英国十八世紀文学叢書｜4

ホレス・ウォルポール　千葉康樹 訳

オトラント城

エドマンド・バーク　大河内 昌 訳

崇高と美の起源

Horace Walpole

The Castle of Otranto

Edmund Burke

A Philosophical Enquiry into the Origin of Our Ideas of the Sublime and Beautiful

研究社

目次

崇高と美の起源　159

オトラント城

初版への序

以下にご覧にいれる物語は、英国北部に古くから続くカトリック教徒の家の書庫で見つかったものである。この物語は一五二九年、ナポリにおいてゴシック体の活字で印刷されたのだが、執筆年代がさらにどのくらい遡るのか、今となっては判らない。そこで描かれる主な事件は、キリスト教が暗黒の中にあった時代に信じられていたような出来事ばかりとなっている。とはいえ、言葉や描写に野蛮の時代の香りは感じられない。文章も最上のイタリア語で書かれている。

執筆の時期が、そこに記された歴史的事実から遠くないと仮定すると、最初の十字軍と最後の十字軍の間、つまり一〇九五年から一二三四年にかけてということになり、せいぜいのところ、その少し後の時代までと想定される。物語に書き込まれた歴史上の事実から執筆年代を推定しようとすると、このくらいしか手がかりは得られない。登場人物たちは例外なく架空のものであり、実在の人物に基づいていたとしても、そうは判らないように書かれている。もっとも、オトラント城の下僕のひとりがスペイン系の名前であることから、執筆時期はアラゴン王家がナポリを支配したころ、つまりスペイン系の名前がナポリで一般的になったころと考えることもできるだろう。だが措辞の美しさや、宗教的な事柄に向ける作者の熱誠（並外れた理性によって抑制されているが）から判断すると、大元の物語は、印刷の年の直前に書かれたのではないかと思われる。この時期、イタリアでは文芸が華と咲き誇っており、宗教改革の波が迷信を烈しく攻撃していた時代であって、文芸は古い迷妄の帝国の一掃に貢献してもいたのである。そんな中、どこかの芸術家肌の神父が、改革派の武器を自ら使って改革派に攻撃をしかけたり、あるいは、民衆に古来の謬見と迷信を知らしめるために文芸家としての才能を発揮したりすることがあっても不思議ではないだろう。もし物語の作者にこのような意図があったとしたら、見事にその効果を挙げたといっていいのではないか。以下に紹介する物語は、ルターの時代から今日までに大量に刊行されてきた論争の書の大半とくらべても、民衆の心をはるかに強く鷲掴みにする力を持っているのである。

しかし物語作者の真意の解明を試みたところで、それはどこまでいっても憶測の域をでない。そして作者の目論見がどうであったにせよ、また、結果としてどんな効果が得られたにせよ、現在ではこの物語は、ただ一編の娯楽作品として公衆に供せられているのである。しかし娯楽作品として位置づけたとしても、さらに弁護が必要のようだ。奇跡、幻影、魔法、予知夢――さらにそれ以外のものも含めて、あらゆる超自然的な事柄は、現代では物語《ロマンス》から追放されている。だが、この作者の時代はそうではなかったし、物語の舞台となった時代には、ましてそうではなかった。暗黒の時代にあってはあらゆる超自然の出来事が信じられており、そういう物事を書き込まない作者がいたら、逆にそのほうが、時代の常識に反していると見なされたくらいなのだ。作者自身が本当にそういった事柄を信じている必要はない。しかし描かれる登場人物たちは、超自然の実在を信じているべきなのだ。

こうした「奇跡的なもの」に対する基本的な構えさえできてしまえば、物語中、読者の味読を妨げるものは一切なくなるだろう。書かれている事柄を事実として受け入れれば、登場人物のいちいちの動きについても、そのような状況にある人間の自然な行動として了解できる。そういう意味では、作品中、不要な記述というものはないのであって、誇張された表現や比喩、華やかな文飾、本筋からの逸脱などは存在しない。すべての構成要素がまっすぐに大団円へと向かっていて、読者の注意はいっときも途切れることがないのである。劇作の規則は、物語を通じて厳格に守られており、登場人物の性格は明確に提示され、最後までしっかりと維持されている。作者の第一の武器である恐怖の作用によって物語は弛緩を免れ、さらには恐怖に対比されうる哀感が織り込まれることにより、読者は刺激に満ちた感情の振幅を常に経験することになる。

読者の中には、物語の全体的な雰囲気に照らして、下僕・家臣たちの性格が著しく真面目さを欠いていると思う方もいるだろう。しかし、単に主要人物たちとの対比にとどまらず、こうした脇役を配する作者の技巧は際立っている。身分の低い脇役たちは、その素朴で単純な性格のおかげで、物語にとって重要な数々のきっかけを与えてくれているのである。とりわけ重要なのは、最終章、侍女ビアンカのみせる女性ならではの怖がりようと弱さであって、これは大団円に直結する必須の性格造形だった。

自分で翻訳した作品に肩入れしてしまうのは、いわば翻訳者の常であって、より客観的な立場にある読者諸賢は、わたしほど、この作品の美質に目が眩むことはないのかもしれない。とはいえわたしも、この物語の欠点に気づかないわけではない。例えばこの作品に、より強固な道徳的な規範が備わっていたらどんなにいいか、つまりこの作品が「父祖の代の罪業の因果は、数代先の子孫を襲う」といった以上の有用な規範を持っていたらどんなによかったかと思わないこともない。というのも現代と同様、かの時代においても、こんな間遠《まどお》な罰の恐怖によっては、個人の野心や支配欲を抑えることなどできなかったと思われるのである。しかも、上記のような呪われた運命も、聖ニコラスを信心すれば避けられるかもしれないとなれば、その教訓の力は弱まらざるをえないのだ。この点、物語作者の判断よりは、聖職者の配慮の方が、明らかに優位に立っているといえるだろう。しかし、このように数々の欠点はあるものの、訳者はこの物語が、英国の読者に喜んで受け入れられることを信じて疑わない。全体を支配する敬虔の気、繰り返される美徳の教訓、そして純粋かつ堅固な情操――それらによってこの物語は、騎士道物語に浴びせられるような非難を免れるであろう。かりに本書が望むような成功を収めたなら、訳者としては、倍の労苦も厭わずに、本書を原文のイタリア語で再版したいと考える。われわれの言葉は、豊饒さと音律の点で、遠くイタリア語の魅力に及ばない。イタリア語はとくに、素朴な語りに勝れた言語であるが、英語で物語を綴ろうとすると、どうしても俗に堕するか、高尚に傾きすぎてしまう。これは普段の会話から、純粋な言葉を使用する意識が乏しいために起こることだろう。フランス語やイタリア語を操るものは階級に関係なく、自らの言葉を正確に吟味して使うことを誇りにしている。この意味でわたしは、作者の言葉を正確に移し換えたと胸を張ることは到底できない。その文体は実に優美であり、さまざまな感情の描き分けもまた、見事としか言いようがない。これほどの才能は、劇作においてこそ鮮やかに花開くだろうと思われるが、作者がその方面に進まなかったのは残念である。

これ以上読者諸賢をお引き留めするのは気が引けるが、最後にもう一言だけ述べさせてもらいたい。物語の筋立ては架空のものであり、登場人物たちも作者の想像力の産物であるものの、物語の骨子は事実に基づくのではないかと考えている。舞台となっているのは、間違いなく、どこかの実在の城であろう。というのも作者はしばしば、そうと意識しないまま城の細部に言及して、「右手にある部屋」とか「左手にある扉」とか「礼拝堂からコンラッドの部屋への距離」などと具体的に記しているのである。こうした記述に出会うたび、作者はどこかの城を思い浮かべながら書いているのではないかと疑ってしまうのだ。好奇心旺盛で、閑暇にも十分に恵まれている読者ならば、イタリアの書き物を渉猟することで、作者の構想のもとになった城館を見つけることができるかもしれない。もし、物語に描かれたような惨事が本当にあって、それがこの物語のきっかけになっていたとしたら、読者の興趣もいや増すであろうし、『オトラント城』の感動もより深いものになるであろう。

レディー・メアリー・コークに捧ぐ

ソネット

かぐわしき乙女、その波乱の物語を
ここなる憂愁の紙葉は物語る
ああ！　優美なる貴女《あなた》の頬を
涙《なんだ》の濡らさぬことがありましょうか
いいえ、貴女の憐れみ深いその心が
人の苦難に顫《ふる》えなかった例《ためし》などない
強くも優しい貴女の心は千々に乱れ
自らと縁なき弱き心のために涙する
ああ、どうか！　これから語る驚異の物語を護り給え——
運命によって罰せられる恐ろしき野心の物語を
理性のこざかしい批判から護られんことを
貴女の微笑みに祝されて、わたしは大胆に帆を張って
空想の疾風《はやて》に乗らんとす
貴女の微笑みがすなわち栄誉ならば

H・W

第一章

オトラントの領主マンフレッドには、ひとりの男子《おのこ》とひとりの姫とがございました。比類なき美しさの姫は御年十八歳の乙女、名をマチルダといいました。お世継ぎのコンラッドは姉より三歳の年下、取り立てて優れたところもなく、羸弱《るいじやく》で、行く末に希望を抱かせるようなご気性もございませんでした。しかし領主マンフレッドはこんなコンラッドを溺愛し、マチルダ様には露ほどの愛情もお向けになりません。マンフレッドの差配によって、コンラッドはヴィチェンツァ侯の愛娘イザベラ姫を娶《めと》るべく、約定が交わされておりました。すでにイザベラ様は後見人たち随伴のもと、オトラント城主マンフレッドの膝下に引き渡されており、コンラッドの身体が小康を得るのを待って、すぐさま婚礼の儀を執り行う手筈が整っていたのです。領民、眷属《けんぞく》の揃って見るところ、領主マンフレッドはお世継ぎの婚礼の日をとても待ちきれぬ様子、しかし城主の峻厳な性格を知る一族の者は、誰もあえて、そのせわ

しなさについて余計な憶測を口にいたしません。ひとり、心優しいお妃のヒッポリタ様だけは、コンラッドの年端のゆかぬこと、その身体の病弱なことを念慮され、かくも早い婚姻への不安を申し述べておりましたが、かえってマンフレッドから、世継ぎをひとりしか宿せぬ石女《うまずめ》のくせにと、お立場を念押しされる始末でございました。これに比べると、家臣、領民たちは己の口に用心する必要はありません。城主さまがお世継ぎの結婚を急ぐのは件《くだん》の予言のために違いない、旧《ふる》い予言の成就せぬうちに万事を運ぶお積もりでいらっしゃる、と噂いたします。

「真の城主、容《い》れ能わざるほど巨大になりしとき、偽りの城主とその同胞《はらから》、オトラントの城を去らん」――この予言がいったい何を暗示しているのか、その解釈をよくする者はひとりとしておりません。まして、今般の婚儀との繋《つな》がりとなると見当もつきません。しかしながら謎が深ければ深いほど、矛盾が大きければ大きいほど、領民たちは婚礼と予言との結びつきをいつまでも信じるのでした。

若君コンラッドの生誕の祝い日が、すなわち婚礼の日と定められました。当日、一族郎党が城内の礼拝堂に集《つど》い、厳粛な式がまさに始まらんとしたそのとき、どうしたことか花婿の姿が見えません。寸時の中座というわけでもないようです。一刻の遅滞も容赦しないマンフレッドは、侍者をひとり若君のもとへと急がせました。ところが使いの者は、中庭を横切って若君の私室にたどり着くかどうかという頃合いに、大慌てに駆け戻ってきたのです。その動転ぶりときたらどうでしょう。見開かれた両の眼《まなこ》は飛び出さんばかり、口元には泡まで浮いているではありませんか。一言だに発せぬ様子で、ひたすら中庭の方向を指さします。それを見た一同は恐怖と驚愕に凍りつきました。奥方のヒッポリタ様は、仔細の判らぬまま、ご子息の身を案じて気を失ってしまわれました。マンフレッドは成り行きに不安を覚えるよりは、婚礼の停滞と侍者の粗相《そそう》に我慢がなりません。

「いったい何ごとだ!」と忿怒《ふんぬ》の表情で一喝されました。

しかし侍者はまだ口がきけません。同じように中庭を指さすばかり。マンフレッドの再度の大喝を受けて、ようやく一語だけ口をつきました。

「兜……、兜でございます！」

すでにその場の何人かが、中庭に駆け込んでおりました。その方角から口々に発せられた恐怖と戦慄の呻きが切れぎれに聞こえて参ります。ようやく、マンフレッドも若君の姿のないことに不安を抱き、混乱の原因を確かめんと、自ら席を立ちました。マチルダはその場に留まって母君の介抱に当たります。そしてイザベラも同じように、ヒッポリタ様の側に寄り添っていましたが、実のところ、イザベラの心は、若君コンラッドに少しも傾いてはいなかったのでありまして、お妃の世話をしている限り、若君への心配顔を装う必要もなかったのでございます。

マンフレッドの眼に飛び込んできた光景、それは従者たちが束になって何物かを持ち上げようとしているさまでした。マンフレッドには、山の如き高さの黒羽根しか見えません。城主は眼前の景色が信じられぬまま、じっと睨みつけます。

「貴様ら、何をしておるか！」その声は怒りに満ちています。「わしの息子はどこにおるか！」

下僕たちが口々に叫びます。

「城主さま！　兜です！」

「兜でございます、マンフレッドさま！」

「ああ、若様が！」

臣下たちの悲歎の声にマンフレッドは動揺を隠せません。まだ見ぬ恐怖と闘いながら、足早にずっと進み出ます。ああ、さても！　父親たる身に、これほどの酷《むご》い光景《ながめ》があるものでしょうか！　最愛の若君は、巨大な兜に組み敷かれ、四肢の見分けのつかぬほどの無惨を晒《さら》していたのです。遺骸を押し潰しているのは、人の頭の被るそれの百倍はあろうかという大兜です。その上に、大兜を暗くするほどの漆黒の巨大な羽根飾りが、高く聳えているのでありました。

その情景の凄惨なること、厄災の由来の知れぬこと、そしてなによりも、この途方もない物体の出現が、城主マンフレッドから言葉を奪っておりました。若君を失った悲しみだけで、これほどの長い沈黙にはなりません。マンフレッドの眼は、幻であってほしいと詮無くも願う、その物体に凝《じ》っと注がれておりました。どうやら、世継ぎを亡くした事実よりも、悲劇の源となった驚異に思いを巡らせている様子です。マンフレッドは大兜に触れ、仔細に吟味を加えました。血糊と化した若君のご遺体がそこに横たわっているというのに、城主の視線は眼前の兆《きざし》から逸れることがありません。臣下の者たちは、道理を越えた兜の出現に、雷《いかずち》に打たれたようになっておりましたが、主君の若君への溺愛を知るだけに、マンフレッドのこの非情にはそれ以上の驚きを喫していたのです。マンフレッドが指示を出さぬうちに、コンラッドの変わり果てた遺骸は大広間へと運ばれました。礼拝堂に残してきたご婦人方の安否も、マンフレッドには思慮の外であったようです。奥方やお嬢様への気遣いはついに口にしなかったマンフレッドでしたが、一言「イザベラ殿をよく看るように」と命じました。

家臣たちはこの言葉を少し意外に思いつつも、これまでの奥方への愛着から、自然にこれをヒッポリタ様に付くようにとの指示と解し、ただちに持ち場へと走りました。私室へ運ばれる奥方は人事不省、一人息子を失ったという事実以外、数々の不思議の知らせにはまるで耳を貸しません。母君の安否で頭がいっぱいのマチルダは、心中の悲しみと驚きを押し殺しながら、母君の現下のお苦しみをお慰めしたいとの一心で仕えています。イザベラもまた、実の娘さながらにヒッポリタ様に傅《かしず》きます。それもそのはず、イザベラはこれまでずっと、ヒッポリタ様からは娘同様に可愛がられ、姫からも奥方に、同じような愛情と奉仕を捧げてきたのです。イザベラの心は、暖かい友情で結ばれたマチルダにも向けられておりました。必死に怺《こら》えている悲しみを少しでも分かち合い、マチルダの心痛を少しでも和らげてあげたいと願っていたのです。一方、自分の置かれた立場についても心を向けないわけにはいきません。コンラッドの死について、イザベラは憐れみを抱きこそすれ、それ以上の格別な想いは持ちませんでした。もともと幸せを約束しない縁組みだっただけに、それが消されたとて何の悲しみでもありません。コンラッドはさておき、あの厳しいご気性のマンフレッドは、なるほどイザベラだけは特別に寵愛なさっていましたが、心優しいヒッポリタ様とマチルダへの故なき暴君ぶりによって、イザベラの心裏に抜きがたい恐怖を植えつけていたのでございます。

姫たちが哀れな母君を臥所《ふしど》へとお連れしているその間、マンフレッドは中庭に残ったまま、不吉な兜に見入っていました。変事が呼び寄せた大勢の野次馬たちなどいっさい眼中にない様子で、口をついて出るのは「これの正体を知るものはおらぬか?」というお訊ねだけでございます。しかし、確かな答えのできる者は、誰ひとりありません。城主の執念に染まったのか、衆人の関心も次第に兜の由来の謎へと集まってまいりましたが、彼らの口を出る当て推量ときたら、前例のない惨事だけに、なんとも荒唐無稽なものでした。見当違いの揣摩憶測が飛び交う中、噂を聞きつけて近在の邑《むら》から参ったのでしょうか、ひとりの若い百姓が進み出ると一声、「これはまさに、聖ニコラス教会に安置せらるる黒大理石像、すなわち、古《いにしえ》の城主、善男公アルフォンソ様の彫像の被る兜に瓜二つである」と言い放ちました。

「何やつだ! 今、何と言った?」

沈思の淵から突然呼び戻されたマンフレッドは、猛々しく叫ぶと、若者の襟元をむんずと締め上げました。

「貴様、よくもそのような不敬が言えたもの! 命が惜しくないとみえる!」

領主の激昂に出くわした俗人たちは、これまでの数々の不思議と同様、新たな成り行きの出現にもいっかな理解が及びません。そして誰よりも驚いたのは当の若者でございました。己の言葉のどこが城主の癇に障ったのかまるで判らずにいましたが、やがて気を取り直すと、謙譲の姿勢をみせながらも実に悠然と城主の拳から身を引き離しました。続いて、恭順の構えを取り、困惑ではなく無垢を装うと、虔《つつし》みながら「わたくしの言葉のどこに、不敬があったとおっしゃいますか？」と問いました。いくら無礼を避けたとて、領主の拳を解《ほど》いたその振る舞い、マンフレッドの忿怒に火をつけないはずがありません。畏服の態度など斟酌《しんしやく》せず、マンフレッドは若者を捕らえるよう命じたのでした。婚礼のために集っていた眷属たちの取りなしがなかったなら、青年は家臣の手で直ちに刺し殺されていたでしょう。

そのやりとりが続いている最中、庶人の一部はすでに、オトラント城の隣に建つ教会に駆け込んでおりましたが、ほどなく、口をあんぐりと開けて戻ってくると、「まちがいない、アルフォンソ公の彫像の兜がなくなっているぞ」と告げたのでした。この知らせにマンフレッドの狂乱はいよいよ募ります。満腔の怒りはその行き場を見つけずにいられません。やにわに件の若者に詰め寄ると「この悪党！　怪物！　魔術使いめが！　コンラッドを殺《あや》めたのは貴様に違いあるまい！」と叫びました。——埒の明かない謎解きに倦んでいた領民たちは、かっこうの獲物がありさえすれば、それに飛びつく用意ができております。領主の託宣を耳にすると、群衆は瞬く間に活気づいたのです。

「そうだ、そうだ、こいつの仕業だ」

「賊はこの野郎だ！」

「アルフォンソの墓から兜を盗み、若君のおつむを割ったのはこの悪党だ！」と、一斉にマンフレッドに唱和します。

しかしながら、教会にあるはずの大理石の兜と、目の前の鉄製の大兜とでは、そも大きさがまるで違っています。それに、見たところ成人にも至らぬ若者ひとりで、これだけの重量を運べるはずもありません。ですが衆人はそうしたことに、思い及びもしないのでありました。

群衆の愚かな興奮を耳にしたマンフレッドは、はたと我に返ります。しかしながら、あるいは二つの兜の類似を言い当てた若者の所作に、やはり我慢がならなかったのでしょうか(これがきっかけで、教会にあるはずの兜の失踪も発覚するに至りました)、あるいは、この無稽な推論を利用することで無用な噂の広がりを防ぐことができると考えたのでありましょうか、城主は「こやつこそは魔術師であるぞ」と重々しく宣告し、教会による詮議までの間、魔術師を捕囚とし、当の兜の中に幽閉せよと言い渡したのでした。マンフレッドの命を受けた臣下たちが兜を持ち上げると、青年をその下へと押し込みます。マンフレッドは「食事をやるには及ばぬ！」と言い放ちました。「己《おの》が魔術を用いて如何ようにも手当するがよかろう！」

常軌を逸したマンフレッドの沙汰に、青年は抗弁しましたが何の甲斐もありません。また、領主の縁者たちも同じように無理無道な裁可の撤回を求めましたが、これもどうにもなりません。ただ衆人のみ、城主の決断に快哉を叫びます。魔術使いが己の道具《からくり》で罰を受けるのは当然の報い――まこと彼らの理解力と正義の観念にぴったりの成り行きでありました。しかも悪魔的手段でもって自ら栄養を摂ることができるのだとしたら、青年の飢えへの気遣いは無用、良心の痛みなど少しもないのです。

マンフレッドはこうして、自らの裁断が歓呼でもって受け入れられたのを看て取りました。そして警護の者に、決して食べ物をやるでないぞ、と厳しく念押しすると、一族郎党に暇《いとま》を告げ、そのまま自室に退《さ》がったのでした。同時に城門の施錠を命じ、血族以外は誰ひとり、城内に残ることを許しませんでした。

さて、ふたりの姫君のまめまめしい看護の甲斐あって、ヒッポリタ様はすでに意識を回復されていましたが、悲しみに我を忘れて取り乱される合間あいまに、夫君であるマンフレッドの安否を気遣い、何度もお付きの者に向かってマンフレッドさまを看るようにと命じていたのでした。そしてとうとう娘のマチルダを説いて、いっとき母のもとを離れ、父親を慰め申し上げることを承知させたのでした。娘としての義務を忘れたことのないマチルダだけに、マンフレッドの峻厳な性格を懼《おそ》れてはいたものの、その言いつけに服し、ヒッポリタ様の看護はイザベラに任せることといたしました。さて、マチルダが家臣に父君の居所を尋ねると、既に自室に退《さ》がったとのこと。しかも何人《なんぴと》も面会あいならんというではないですか。さては、愛息の不幸の悲しみに耐えている最中、ひとり残った娘の顔を見ては涙を新たにされるだけではなかろうか――そう思い至ると、マチルダは悲嘆の境の父君を訪《おとな》うべきかどうか、躊躇《ためら》わずにいられません。さりとて、父君のご容体は気がかりでもあり、また、母君の強い願いもございます。マチルダはついに意を決して、父の命令に背く決心をいたしました。しかし生来のやさしさと怯懦《きょうだ》から、扉の前まで来て、マチルダは逡巡いたしました。扉の向こうからは部屋の中を行きつ戻りつする城主の乱れた足音が漏れ聞こえます。マチルダはいよいよ怯《ひる》んでしまいます。最後の勇気をふるって一声発しようとしたそのとき、マンフレッドの手で不意に扉が開きました。薄暗がりでもあり、また心中の混乱も与《あずか》って、マンフレッドはそこに立つのが誰なのか見分けがつきません。一声「誰だ！」と呼びかけます。

「お父さま、わたくしです。娘のマチルダでございます」

マンフレッドは思わず数歩後ずさりましたが「去れ！　娘などに用はない！」と叫ぶと、おののくほかないマチルダの眼前で、扉を固く閉じてしまいました。

父親の癇性をよく知るマチルダだけに、再び面会を請おうとは思いません。辛い面会の打撃が少しだけ薄れるのを待って、マチルダは涙をきれいに拭われました。それもこの仕打ちを母君にお知らせしては、それこそ傷口に塩を塗るようなものとの配慮からであります。さて戻ってみると、ヒッポリタ様はいかにも待ちかねた様子、悲運を忍ぶ夫君の容体をお訊ねになりました。

「お父さまはご無事でいらっしゃいます」とマチルダは答えました。「このたびのご不幸に気丈にも堪えていらっしゃいます」

「けれど殿下は、わたしには会わないとおっしゃるのだね？」とヒッポリタ様は恨めしそうです。「殿下のお涙にこの涙を添え申し、殿下の御胸で母親の悲傷の涙を流すことができたら！　ああ、マチルダや！　お前の報知《しらせ》に間違いはないのだね？　殿下はあんなにもコンラッドを可愛がっていらっしゃった。此度《このたび》の不幸がどんなにお辛いことか！　お悲しみにうち拉《ひし》がれてはいらっしゃらなかったのだね？　マチルダ、どうして黙っているのかい？　――はて、さては、殿下に何か凶事が！　さあお前たち、わたしを立たせておくれ。いいえ！　これから殿のところへ参ります。すぐに殿のお部屋に連れていっておくれ。わたしにとっては、子供たちよりも大切なお方なのだよ」

マチルダはイザベラに目配せをして、ヒッポリタ様が立ち上がるのを制しにかかります。眉目麗《みめうるわ》しい姫の二人がかり、硬軟取り混ぜての説得で奥方を押しとどめ、何とかお気持ちを落ち着かせていると、マンフレッドの使いの者が姿を見せ、「ご領主様がイザベラ姫との面会をご希望です」と告げました。

「わたくしに！」イザベラは思わず声をあげました。

「さあ、行きなさい――」夫君からの便りを受けて、ヒッポリタ様はひと心地ついたご様子です。「殿下は身内と顔を合わせるのがお辛いのでしょう。それも、わたしの受けた痛手を慮《おもんぱか》ってのこと。あなたなら取り乱すことも少ないだろうとの思し召しでしょう。さあ、イザベラ、殿をお慰めになっておくれ！　殿下のお悲しみをいや増すくらいなら、わたしは胸中の愁いをここでひとり噛みしめておりましょう」

ときは既に薄暮です。イザベラの先に立つ従者は、松明を掲げ持って進みます。絵画室《ギャラリー》でイザベラを待つマンフレッドは、気ぜわしそうに歩き回っていましたが、イザベラが到着するや「灯りは要らぬ。退《さ》がれ！」と命じ、扉を荒々しく閉めてしまいました。次いで壁際の長椅子に身を投げると、イザベラに隣に座るよう示します。イザベラは顫《ふる》える身体で従いました。

「よく来てくれたな――」マンフレッドはそう一言だけ口にすると、煩悶の表情となりました。

「お義父《とう》さま！」

「いかにも、そなたを呼んだのは火急の用向きがあってのこと……」とマンフレッドは言葉を続けます。「涙するでない、イザベラ殿。そなたの花婿はもうおらん。まこと、非情な運命だった。わしもまた、一族の希望を喪ってしまった——だがな、コンラッドはそなたの徳にふさわしい者ではなかったのだ」

「どうしてそのようなことを?」とイザベラ。「もしや殿下は、わたくしが若君のご不運を悲しんでいないとでも……。誓って、これから先も、わたくしは心から……」

「やつのことはもうよいのだ!」マンフレッドが遮ります。「あいつは病持ちの虚弱児にすぎん! あんな弱々しい礎の上に、我が一族の行く末が託されることのないようにと、天が計らって取り除いたまでのこと。マンフレッドの血筋には、数多《あまた》の支えが是非とも必要なのだ。愚かにもあれを溺愛したせいで、わしの分別の眼も曇ってしまった……だが今となっては、万事これでよかったのだ。数年もすれば、コンラッドの死をむしろ言祝ぐことになろう——」

こう聞かされたイザベラの驚き、言葉では表しようもございません。もしかしたらマンフレッドさまは、悲しみが過ぎたせいでご乱心遊ばされているのでは、と疑ったほどでした。またすぐさま、これはもしや、自分を罠に陥れるための弄言なのではと考え直しました。ひょっとしてマンフレッドさまは、わたしが若君に冷淡だったことにお気づきでは——。そこでイザベラは次のように続けます。

「憚りながら、わたくしの実意に偽りはございません。この手をお取りになったコンラッドさまの傍らに、わたくしの真心《こころ》もございます。本来ならば、生涯コンラッドさまのお世話に捧げたはずの身と心、この先、どのような運命《さだめ》が訪れようと、若君の大切な面影を心に抱き、お義父さまのことも徳高きヒッポリタさまのことも、真の両親《ふたおや》と変わらずお慕い申しあげるつもりでございます」

「ヒッポリタなぞ、呪われるがよい!」マンフレッドは大声をあげました。「あの女のことは今を限りに忘れることだ。よいか、イザベラ殿、そなたが懐かしがっている花婿は、そなたの徳に到底釣り合わぬ男。貴女《あなた》は、その美貌にふさわしい相手を得るのが当然なのだ。あのような弱虫など忘れて、そなたの美の愛《め》で方を知る男盛りの夫を授かってはどうだ。さすれば、子宝も大いに期待できようぞ」

「お義父さま、どうぞお聞きになってください」とイザベラ。「この心は、ご一家を見舞った災禍《わざわい》への悲しみで、すでにはり裂けんばかり。どこに再婚を思う隙などありましょう。わたくしの父が戻った暁《あかつき》には、その仰せに従って、コンラッドさまにそうしたように、殿方のお手をお取りすることもございましょう。しかしながら、そのときまでは、殿下の庇護のもと、ご一緒に若君の喪に服し、殿下ならびにヒッポリタさま、そして芳しきマチルダさまのお心をお慰め申し上げたいと――」

「ヒッポリタの名は口にするなと、先ほど申し渡したはず！　金輪際、あの女はわしにとっても、そなたにとっても他人なのだ――つまりだな、イザベラ殿、そなたに息子をやれんようになった今、わしは、代わりにこの身を捧げようと思うのだ――」

「何をおっしゃいますか！」イザベラは、はっとなって叫びます。「何ということでしょう！　殿下！　殿下はわたくしのお義父さま！　コンラッドさまのお父さま！　何よりも、徳高くお優しいヒッポリタさまの夫君でいらっしゃるではありませんか！」

「言ったはず！」マンフレッドは猛り狂います。「あやつは、もはや妻ではない！　たった今、やつは離縁した。長いこと、あの石女には悩まされたものだ。わしの運命はわしの後継ぎ次第。今夜こそ、その新しい希望を手に入れるのだ！」

　こう言うとマンフレッドは冷たいイザベラの手をぐっと握り締めました。驚きと恐怖で茫然となっていたイザベラは、悲鳴をあげて飛び退《の》きます。マンフレッドは身を起こすと、イザベラに追い縋ります。そのときでした。昇ったばかりの月の光が、反対側の窓からさっとさし込んだのです。するとマンフレッドの視界、ちょうど窓の高さに、突然、巨大な兜の黒羽根が現れ、前にまた後ろにと、激しく揺れるではありませんか！　ザワザワと羽根の擦れる不気味な音さえ聞こえてきます！

「あれをご覧なさい！　城主さま！」――窮地に陥ったことで、イザベラはかえって肝がすわったようです。それに、城主の追跡にまさる恐怖など、この世のどこにもありません。「ご覧でしょう！　お殿さま！　そのような不敬なはかりごと、天もお許しにはなりませぬ！」

「天であろうが地獄であろうが、わしの企ての邪魔はさせぬ！」

マンフレッドは再び姫を引っ捕らえようと迫ってきます。次の瞬間でした。先ほどまで二人がいた長椅子の上に、マンフレッドの祖父の肖像画が架かっておりましたが、これがひとつ大きくため息をついたかと思うと、呻き声をあげたのです。肖像画を背にしていたイザベラには、その動きが見えませんでしたし、恐ろしい音の出所《でどころ》も判りません。しかしイザベラの怯んだのは一瞬だけ、「お聴きになって！　お殿さま！　これはいったい何の音でしょう！」と叫んで、扉の方に進んでいきます。イザベラの追跡に一刻の猶予もならないマンフレッドでありましたが(もう姫は階段を降りはじめております)、いきなり動き出した肖像画から眼を離すことができません。イザベラの消えた方角に数歩足を踏み出したものの、視線だけは身体と逆方向、絵の上に釘付けになっていたのです。すると祖父の肖像は、額縁を離れると、暗く陰鬱な表情を湛えたまま床の上へと降り立ったのです。

「はたして、これは夢か？」そう叫ぶと、マンフレッドは部屋へと踵を返します。

「それとも悪霊どもが徒党を組んで、このわしの邪魔立てをしておるのか？　答えろ、悪霊よ！　またもし汝が、我が先祖の霊であらせられるなら、なにゆえに、哀れな子孫へのこの仕打ち。すでにこれほどの災いに見舞われているというのに――」

マンフレッドの言葉をさえぎるように、またひとつ、幻の肖像が大きくため息をつきました。そしてマンフレッドに向かって、ついてくるように合図したのです。

「後に続けと言うか！　よかろう、地獄の口までもついて行こうぞ！」――幻は頭《こうべ》を垂れながら、しかし、

Isabella and Manfred.

しっかりとした足取りで絵画室の外れまで進むと、右手の部屋へと入っていきます。マンフレッドは内心、不安と恐怖でいっぱいでしたが、覚悟を決めて少し後からついていきました。ですが、部屋に入ろうとするその刹那、目に見えぬ手によって、扉は荒々しく閉じられてしまいました。遅れをとった城主は、ふたたび勇気を取り戻すと、なんとか扉をこじ開けようといたしますが、人力によっては寸分も動きません。

「悪魔め。わしの願いを聞き入れぬならそれでよい！　ならば人智によって大願成就を果たし、世継ぎを手に入れるまで。イザベラだけは逃がさんぞ！」

マンフレッドの魔手を躱《かわ》したイザベラですが、さっきまでの強い決心はどうしたのでしょう、今はすっかり恐怖に駆られて、一目散に大階段のところまで逃げてまいりました。しかし、その足もここではたと止まってしまいます。どちらへ向かったらよいものやら、どうしたら城主の追跡を逃《のが》れることができるやら、まるで見当がつきませせぬ。判っているのは、お城の門には閂がかかり、中庭には警護の者が置かれているということです。気持ちの命ずるまま、ヒッポリタ様の側に駆けつけ、お妃の身に迫りつつある残酷な運命についてお話し申し上げるべきかとも思案しましたが、マンフレッドの捜索がそちらに向かうことは必定、そうなれば、乱暴な性質の城主のこと、いよいよ猛り狂って倍の制裁をお考えになるに違いありませんし、そうなっては、嵐のような怒りを避けるどころではありません。万一にも、時間を稼ぐことができたら、城主さまも企みを思い直すことがあるかもしれない、また我が身に好都合な成り行きも生じてくるかもしれない、とにかく今晩だけでも、マンフレッドさまの悪巧《わるだく》みから逃れなくては！　——だが、どこに我が身を隠そうか？城主さまの捜索《しらべ》はお城の隅々にまでわたるはず！　——種々《くさぐさ》の想いが次から次へと、イザベラの脳裏に浮かんできます。そのときです。イザベラは、城内の地下から聖ニコラス教会に通じる通路があったことを思い出しました。マンフレッドに捕らわれるより早く、祭壇にたどり着けさえすれば！　まさか城主さまだって、聖所を汚すような乱暴はしないはず。またそこから先、逃れる術が得られないなら、いっそ俗世を捨てて、教会に隣り合う女子修道院の聖処女たちと一緒に、一生そこで過ごすまで——そう意を決すると、イザベラは階段の上がり口で燃えている松明をひとつ取り、秘密の通路へと急いだのでした。

城の地下に降りてみると、そこは大きな空間になっていて、いくつもの歩廊が縦横に通っておりました。イサベラのように不安におののく者が、地下通路への入口を見つけるのは容易ではありません。地下の世界の至るところ、恐ろしいほどの静寂《しじま》が支配しています。聞こえるのは時折おこる一陣の風が後方《しりえ》の扉をゆする音だけ。そのさび付いた蝶番《ちょうつがい》が耳障りに軋むと、それが暗い迷路全体に谺《こだま》いたします。ひとつ物音がするたびに、イザベラは新たな恐怖にとらわれます。とはいえ、臣下を叱咤して追跡に駆り立てるマンフレッドの怒号を聞くと思えば、これなど物の数ではありません。気を急かせながらも、できるだけ足音を立てないように歩を進め、時折立ち止まっては追っ手のないことを確かめようと、耳をそばだてておりました。何度目かに足を止めたとき、イザベラは人のため息を聞いたように覚えました。思わず身震いをして、二、三歩後退《あとずさ》りました。すると今度は、足音らしきものが聞こえるではありませんか。イザベラは血も凍る思いです。これはマンフレッドに違いありません！　恐怖のあまりイザベラの胸中には、あらゆる悪しき想念が生まれてきます。イザベラはみずからの軽率な逃走を激しく後悔いたしました。こんな場所で怒れるマンフレッドに対面したのでは、どんなに叫んでも助けの来る見込みはありません。しかし、さっきの足音は後ろからではないようです。マンフレッドがイザベラの居所を知って追ってくるなら、音は後ろから聞こえるはず。イザベラはまだ回廊のひとつに留まっておりましたが、たしかにあの音は、追っ手のものにしては近すぎるのです。こう思案すると、イザベラは少し元気になりました。誰だか知らないけれど城主ではない人がいると判断し、そのまま進み出ようとしました。するとそのときです。少し離れた左手の方、半開きになっていた扉がゆっくりと開くではありませんか。イザベラが手にした灯りをかざしてその正体を見極めんとするより早く、灯りを見つけた人影はすばやく姿を隠してしまいました。

小さな音にもおののいてしまうイザベラは、先に進むべきかどうか逡巡いたします。しかしすぐ、マンフレッドへの恐怖が他の気持ちをおしのけてしまいました。また、そこの人物が自分を避けているということも姫に勇気を与えます。

「ひょっとしたら——」イザベラは考えました。「お城の使用人かもしれない——」

心優しいイザベラはどこにも敵というものを持ちません。マンフレッドの命令を授かったものでなければ、むしろ逃走の助けになってくれるかもしれません。そう考えて意を強くしたイザベラは、地下道の入口もこの近くのはずと、わずかに開いた扉へと近づいていきました。しかし次の瞬間、また風が起こって、松明の灯りが消えてしまいました。イザベラは漆黒の闇のなかに取り残されてしまったのです。

このときの姫君の恐怖、とても言葉では表しようがございません。暗鬱な場所にひとり残されただけではありません。この日うち続いて起こった数々の怪奇は記憶に新しく、さらに、今にもマンフレッドの魔手が追ってくるかと思うと、遁走への希望は萎えてしまいます。しかも、正体の判らぬ者が、何の理由か、すぐ近くに潜んでいるのです。いくつもの思いが頭を駆けめぐり、とても平静でおれず、不安と恐怖でその場にへたり込んでしまいそうでした。イザベラは、天上の聖人ひとりひとりの名を呼んで、ご加護を祈願いたしました。そうやって実に長い時間、イザベラは絶望と苦悶の状態でいたのです。が、やがてイザベラはゆっくりと手を伸ばして、扉のあったあたりを手探りしました。そうしてついに扉を探り当てると、ため息と足音の聞こえてきた方向に、顫える身体を滑り込ませました。そこは円筒状の地下室でした。弱々しい光が差しているのに安堵して眼を上げると、雲がかかった月の明かりが落ちているのでした。丸天井の一部が中へと崩れ落ちているのでしょうか、建物の一部なのか地面の一部なのか、よく判らないものが垂れ下がっていきます。イザベラはこの裂け目を目指して一散に進んでいきましたが、そのとき、壁に沿って人影が立っているのを認めました。

Theodore and Isabella.

イザベラは声を限りに叫びました。コンラッドの亡霊が現れたと思ったのです。しかし人影はゆっくり近づくと、へりくだってこう言いました。

「怪しい者ではございません。御身に危害は加えませぬ」

見知らぬ声ではありましたが、その口調と言葉の内容に少し気を強くし、さっき扉を開けたのはきっとこの人だと思いなし、イザベラはようやく口をきける心地に戻ります。

「どなたか存じませぬが、この憐れな姫にお情けを賜りとうございます。破滅の縁に立つわたくしを、どうか、おぞましい城から逃がしてください！　さもないと、数刻の内にこの身は永遠の辱めをうけてしまいます！」

「何ということ！」名を知らぬ若者は答えました。「あなたをお救いすると？　そう、御身を護るためなら、喜んで命も投げ出してご覧にいれましょう。とはいうものの、わたしは城内の地理に不案内。加えて……」

「ああ！　お願いでございます！」イザベラはじれったくなりました。「とにかく、この近くに隠し扉があるはずです。どうか、それをお探しください！　一刻も猶予はなりません！」

そう言うと、イザベラは自ら四つん這いになって地面を探りました。同時に、名も知らぬ者に向かって、このあたりの敷石に平らな真鍮の板が埋められているはず、と指示します。

「それがばね仕掛けの錠前なのです。開け方は判っています。それが見つかれば、わたしはここから逃げられます。もし駄目だったら……ああ、そのときは！　哀れなお人、わたしはあなたを不幸の巻き添えにしてしまいます！　マンフレッドさまは間違いなく、あなたを共謀の者と思うでしょう。そうなったらあなたも殿のお怒りの犠牲です」

「わたくしは命など惜しみません」見知らぬ若者が言い放ちます。「御身を暴君から救うための落命ならば、むしろ甘美というべきでしょう」

「若いお方」とイザベラ。「その寛い心ばえ、お礼の申しようもありません――」

ここまで言ったときです。月光が一条、頭上の廃墟の隙間からさっと差し込むと、まっすぐに二人の求めていた錠前を照らしたのでした。

「ああ、嬉しい！　隠し扉はここに！」

イザベラが鍵を取り出してバネに触れますと、弾むようにはずれて、鉄の輪が現れました。

「扉を持ち上げてください」と姫が命じると、見知らぬ若者が従います。するとそこに、漆黒の闇へと降りていく石の階段が見えました。

「さあ、降りましょう！」イザベラが促します。「どうぞ、わたしに付いてきて！　こんな真っ暗でも、道を誤る気遣いはありません。道はまっすぐ、聖ニコラス教会まで続いていますから。ああ、そうでした」

イザベラは急に落ち着いた声になりました。

「あなたまでお城を離れることはありませんでしたわね。わたしも、これ以上あなたを頼りにせずとも済みそうです。ものの数分も行けば、マンフレッドさまのお怒りから解かれるのですから。あなたは命の恩人です。最後にお名前だけでも――」

「いいえ、わたくしもお供いたします。御身を安全な場所にお連れするまでは――」と若者が返します。「これしきのことで、どうぞわたくしを買い被りませんように。たしかに、わたくしは御身大事の思いから……」

このとき突然、こちらに近づきながら交わされる何者かの喚声《かんせい》が届き、若者の言葉は遮られました。つづいてはっきりと声が聞こえました。

「魔術師などとたわけたことを申すな！　姫は城内にいるに決まっておる。魔法など懼《おそ》れるでない。イザベラを捜し出すのだ！」

「ああ、あの声は！」イザベラは叫び声をあげました。「間違いなくマンフレッドさま！　さあ、急いで。このままでは身の破滅です！　中に降りたら、しっかりと隠し戸をお閉めになって！」

そういうとイザベラは階段を真っ逆さまに降りていきます。若者も急いで後に続こうとしましたが、隠し扉を持っていた手をうっかり滑らせてしまいました。蓋戸は落ち、その拍子にバネが戻ります。再び開けようとしても、もう仕様がありません。イザベラが先ほどどうやって開けたのか、そのやり方も判りません。また試行錯誤するだけの時間も許されてはおりません。蓋戸の落ちた音はマンフレッドの耳にしっかりと届きました。松明を掲げた供の者を従えて、音の出所のこちらへと急行してきます。

「今の音、イザベラに相違あるまい！」そう叫ぶと、マンフレッドは地下室へと入ってきました。「地下通路で逃げるつもりじゃろう。そう遠くには行っておらんぞ！」

城主が仰天したことに、松明が照らし出したのは、イザベラではありませんでした。死の兜の中に閉じこめたはずの若い百姓がそこにいるではありませんか！

「逆賊めが！　どうやってここに入った！　貴様は、中庭で幽閉されていたはず！」

「逆賊ではございません！」若者は大胆不敵にも言い返します。「もっとも、殿がどのように思われようとこちらは知らぬこと」

「生意気にも程があるわい！　貴様、本気でこのわしを怒らせようというのか？　さあ、言え！　どうやってここに降りてきた？　まさか警護の者を賄《まいな》ったわけではあるまいな？　ならば、きゃつらも縛り首じゃ！」

「わたしはこの通りの貧乏人。そのご心配はご無用です」とこちらは落ち着き払ったものです。「殿のような暴君であっても主君は主君、しっかり忠誠を誓って、不当な命令だろうと遺漏なくその任を果たしておられました」

「大胆なやつめ！　お前は、わしの復讐が恐ろしくないのか！　よく判った。言わぬなら、力ずくで口を割らせるまでだ。さあ、言わぬか！　貴様を逃がしたのはどこのどいつだ！」

「わたしを逃がした者は、それあそこに」そういうと若者は、にっこりと笑いを浮かべて穹窿を指さしました。マンフレッドは松明を高く持つように命じます。するとどうでしょう。魔の大兜の面頬が片側だけ、中庭の石畳を突き抜けて、地下にまで垂れ下がっているではありませんか。どうやらマンフレッドの臣下たちが青年を兜に閉じこめた際、大兜の一部が穹窿内まで突き抜けたようです。そのときできたわずかの隙間を利用して、イザベラと出会う少し前、この地下室に身を押し込んだというわけです。

「あの隙間から降りたというのか？」とマンフレッド。

「まさしく」と若者。

「では、先ほどの物音は何だったのだ？」とマンフレッド。「上の歩廊まではっきりと聞こえたぞ！」

「扉の閉まった音のようでした。わたしもたしかにこの耳で」と若者。

「だから、どの扉だと聞いておるのだ！」マンフレッドが急かせます。

「それがあいにく、城内には不案内なものでして。お城を訪ねたのも初めてですし、しかもこの地下室しか知りません」

「だが、たしかに――」（マンフレッドは若者が隠し扉を知っているのかどうか探りを入れているようです。）

「音の出所は、この近くだった。わしの臣下も聞いておる！」

「恐れながら申し上げます」臣下のひとりが余計な口出しをします。「間違いございません。あれは隠し扉の音でした。この者はそこから逃走する魂胆であったかと」

「黙らんか！　たわけ者！」城主が一喝します。「隠し扉を閉めた者が、どうしてこちら側におるか？　わしはこの若造に聞いておるのだ！　さあ、言わんか、若造！　さっきの音は何の音だ？　正直に申せ！　そなたの命がかかっておるぞ！」

「わたしは、命にかけても正直を貫くもの。片方を質に入れて他方を買おうとは思いませぬ」

「こやつめ、今度は屁理屈ときたか」マンフレッドは馬鹿にしたような顔を作ります。「ならば正直に申してみよ。あの音は何の音だ?」

「ご詮議は、わたしの答えられる範囲に留めくださいませ。その上で、こちらに嘘偽りがあったときは、何なりとご成敗を」

さすがのマンフレッドも、青年の強情なまでの図太さと不敵な振る舞いを、いつまでも怺《こら》えるわけにはいきません。

「もうよい、この正直者! いいから、答えてみよ! わしが聞いたのは隠し扉の音に相違ないな?」

「さようで」

「さようでと言ったな! 貴様、どうしてこの地下に隠し扉があると知った?」

「月明かりに、真鍮の板が見えました」

「なぜそれが扉だと判った?」マンフレッドは問い詰めます。「それに、どうやって隠し扉の開け方が判ったのだ?」

「天のお導きでございます!」と若者。「天のお導きでわたしは大兇から逃れ、天のお導きで、撥《は》ね鍵のところまでやってきたのです」

「せっかくの天の導き、わしの手の届かぬ所まで、そなたを連れていってくれたらよかったのにのう」とマンフレッド。「天が扉の開け方まで教えてくれたのに、そなたはありがたい天意を無駄にして、とんだ間抜け顔をさらしておるというわけだ。さあ、どうしてだ? 貴様はどうして、地下通路を使って逃げなかった? なぜ通路に入らずに扉を閉めたのだ!」

「わたしは、城内には不案内の者」と若者。「この通路が外に通じているとどうして知りましょう? ですが、ご詮議に正直にお答えいたします。たしかに、どこへ通じているかは知らずとも、この地下通路に逃げ込むべきでした。いずれにしても幽閉の身よりはましだったでしょうから——しかし本当のところ、わたしはうっかり扉を手から落としてしまったのです。そのすぐあとに殿下がやってこられたのです。まったくこれは、警笛を鳴らしたようなものでした。まあそれも、捕まると決まっていたのなら同じことですが……」

「若さに似ず、度胸のいい悪党よ」とマンフレッド。「こいつめ、わしを愚弄しているとしか思えん。だが、扉の開け方はどうしたのだ？　それも正直に申してみよ！」

「それなら、ただいま、お目にかけます」

そう言うと若者は頭上から落下したと思われる石くれをとり、隠し扉に覆い被さると、真鍮の部分を激しく打ち始めました。どうやら姫の脱出を助ける時間稼ぎのお芝居のようです。率直な物言いのみならず、この肝のすわり方もまた、マンフレッドの心を揺さぶりました。若者に罪科《つみとが》がないことは、マンフレッド自身よく判っておりましたので、この辺で赦してやるべきかと、城主は少し逡巡したのです。もともとマンフレッドは、何の科《とが》もないところで残虐を恣《ほしいまま》にするような暴君ではありません。この度の不幸がもとになって厳しいご気性が一層苛烈になっただけで、そのこと自体は、人として無理からぬことでございましょう。激情によって理性がすっかり隠されてしまっている場合はさておき、城主の徳はいつでも本来の働きのできる状態にあったのでございます。

こうして城主マンフレッドが思案していると、遠くの方から、混乱して言い交わす声が、谺《こだま》して聞こえてまいりました。近づくにつれて声ははっきりとなり、マンフレッドの家来が叫んでいるのだと知れました。イザベラを追って城内を駆け回っている家臣たちと見えて、「マンフレッドさま！」「殿はおいでですか！」と叫んでいます。

「わしはここだ！」とマンフレッドは一声吼《ほ》えて、近づく家来に「どうした、姫が見つかったのか？」と訊ねました。

はじめに現れた家来が「ああ、マンフレッドさま、とうとう殿下を見つけました！」と答えます。

「わしを見つけてどうする！　姫は見つかったかと訊いておるのだ！」

「それが、見つけたつもりだったのですが、殿下……」そう言うと、家来の顔は恐怖に引きつってしまいます。

「ですが、何なのだ？」とマンフレッド。「逃げられたのか？」

「ヤーケスとあっしとで、殿下」

「そうです、ディエゴとあっしとが」と二人目が割って入ります。こちらもひどく驚愕の体です。

「二人して話すでない！」とマンフレッド。「もう一度訊く。姫はどうした？」

「存じませぬ！」と二人で唱和します。「それどころか、恐ろしくって、恐ろしくって、頭がどうかなりそうでございます」

「馬鹿者め！　貴様ら、頭がどうかしておるわ。いったい何があったというのだ？」

「それが殿下！　ディエゴのやつが見たのでございます。殿下はとてもお信じになりますまい」

「今度は何が起こったというのだ？」マンフレッドが叫びます。「手短に、判るように話をせい！　さもないと貴様――」

「そうなんです、殿下、是非ともよーくお聞きください。ディエゴとあっしがですね――」「そうなんです、ヤーケスとあっしが……」

「言ったろう！　二人同時に話すでない！」マンフレッドがまた怒鳴ります。「ヤーケス、お前が話せ！　お前の方が、まだ頭がましと見える。どうしたというのだ？」

「そうなんです、殿下、是非ともよーくお聞きくださいませ。ディエゴとあっしとが、そうです、殿下のご命令を頂戴してですね、イザベラさまの居所を探しておりました。ですが、若さまの亡霊が出るんじゃないかと思うと、ええ、コンラッドさまは耶蘇教の埋葬をされてませんので、そう考えたら、どうにも怖くって仕方ありませんで」

「この大馬鹿者！　つまりお前たち、幽霊を見たというのか！」

「いえいえ、城主さま、とんでもございません。そんなもんじゃありません。もっともっと、恐ろしいやつでございます！」とディエゴが叫びました。「幽霊だったら十四だって構いませんや！」

「ええい、待たんかい！　馬鹿の戯言《たわごと》を聞いておると、こちらまでおかしくなるわ！　ディエゴ、貴様は失せろ！　さあヤーケス、話すのだ！　お前は大丈夫だな？　頭はおかしくないな？　そう、お前の方が日頃からおつむはしっかりしていたはず。よいか？　お前の連れが恐ろしいものを眼にした。お前もそれを見た。それに相違ないな？　よし、言え！　何を見たのじゃ？」

「じょ、城主さま！」ヤーケスは震えが止まりません。「城主さまに申し上げたいのはこういうことでございます。若様のおいたわしいご不幸からというもの……（神さま！　若様のたましいが安らかでありますように！）　城主さまの家来のうちの誰ひとりとして……ええ、そうですとも、あっしらはどれもこれも忠義自慢の家来でございます。どんなに貧しくたって、殿さまへのご奉公には間違いがございません。ですが城主さま、あっしらの誰ひとり、たったひとりで城内を歩くのはとても恐ろしくってできやしませんでした。そこで、ディエゴとあっしとは、イザベラさまはきっと絵画室《ギャラリー》の方にいらっしゃるに違いないと思いまして、そちらの方に行ったわけでございます。城主さまがお探しですとお伝えしなきゃというわけで……」

「この、たわけが！」とマンフレッドが叱呵《しっか》します。「貴様らがそんな間抜けをしておる間に、姫は逃げてしまったではないか！　お前たちが、お化けなんぞに怯えている間にだ！　判っておろう、姫はさっきまでわしと絵画室におったのだ！　わしはそこから、ここに来たのだ！」

「お言葉ですが、城主さま。あっしらは、それでもイザベラさまが、また絵画室に行かれるってこともありゃせんかと思ったのです。ですが、城主さま！　イザベラさまを見つける前に、あっしら悪魔にやられちまいます。ああ、ディエゴです！　城主さま。かわいそうに、ディエゴのやつ、もう元へは戻れませんで……」

「何？　元へとはどういうことだ？」とマンフレッド。「ええい、じれったい！　いつになったらこの馬鹿の恐怖の正体が判るというのだ？　いや、これでは時間を浪費するだけだ。おい、阿呆！　わしについてこい！　直々に絵画室に行って、姫がおるかどうか見て参るぞ！」

「城主さま！　後生です！　そ、それだけはご勘弁を！」とヤーケス。「絵画室だけはお許しくださいませ！　隣の大寝室に、魔王めがいすわってございます！」

臣下たちの取り乱しようは、たわけた妄言に過ぎないと決めつけていたマンフレッドでしたが、この言葉を聞いて、はたとなりました。肖像画から抜け出てきた亡霊のこと、絵画室の扉が大音声とともに勝手に閉まったこと――マンフレッドはつい先ほどの出来事を思い出し、もつれる舌で訊ねます。

「大寝室に何がいると申した？」

「城主さま」とヤーケス。「ディエゴとあっしとが絵画室に入りますと……そうです、ディエゴのやつが先でした。あっしより肝があると威張っておりましたんで。ですが、入ってみると、絵画室は空っぽでした。椅子の下も、長椅子の下も、みんな見ましたが、どこにも誰もおりません」

「絵もすべて、正しい場所に架かっておったのだな？」

「それも、異常ありませんでした。もっとも、絵の裏側までは保証いたしませんが」

「わかった！　それでよい！　先を話せ！」

「つぎにあっしらは、隣の大寝室に向かいました。ところが、そこの扉が閉まっておりました」

「開けられなかったのか？」

「それが、開けられたんです、城主さま。ああ、何てことをしたんでしょう！　開けさえしなければよかったんです！　いいえ、開けたのはあっしではありません。ディエゴのやつです。あの野郎、頭に血が上っていましたんで、いっくら止《や》めなと言っても、聞きやしませんです。あっしはもう二度と、誓って、閉まっている扉を開けたりいたしません！」

「余計なことを言うでない！　扉を開けて、そこで何を見たのか、それだけを申せ！」マンフレッドも震えが止まりません。

「いいえ！　城主さま！　あっしは何も。何も見てません！　あっしはディエゴの後からついていっただけですんで……ですが、音だけは聞きました」

「よいか、ヤーケス！」とマンフレッドは大真面目です。「しかと申せ！　我が一族の先祖代々の御霊《みたま》にかけて、お前に訊ねるぞ。お前はそこで、何を見たのだ？　いったい何を聞いたのだ？」

「いいえ、ですから、城主さま、見たのはディエゴのやつでして。あっしはただ、聞いただけでございます。ディエゴのやつ、扉を開けたとたんに、ぎゃっと叫んで、飛び出してまいりました。で、あっしも一緒に飛び出したってわけです。で、幽霊か？　と訊きましたら、ディエゴのやつ『幽霊だって？　とんでもねえ！』って言いましたが、気の毒に、髪の毛が残らず逆立っておりました。『幽霊なんぞなものか、ありゃ巨人だ』って言いまして――。しかもそいつが、上から下まで鎧だっていうじゃないですか。ええ、あっしは脚が少し見えただけなんですけど、そいつだって庭にある大兜と同じくらいの代物でして。ディエゴがあれこれ言っているのを聞いてましたら、今度はググラって来て、鎧のぶつかるとんでもない音がいたしました。おおかた、巨人のやつめが起き上がったのでしょう。というのは、後でディエゴに教わったんですが、はじめ大男は寝そべっていたようで、ながーい脚が、こう、床にズラッと伸びていたそうでございます。大慌てに絵画室の出口のところまで走ってきたら、今度は大寝室の扉がバタンときましたんで、こりゃ、巨人が追ってくるぞとなりまして、怖くって、とても振り返ってみる勇気なんかありません。ですが、それっきり何の音も聞こえなかったってことは、あいつは追っかけてはこなかったんですな。ですが、城主さま、一刻も早く、神父さまをお呼びしてお城の悪魔祓いをされるのが上策かと。間違いなく、お城には悪霊が取り憑いていますから」

「城主さま、お願いでございます！」

「殿さま、一刻も早く！」ほかの臣下たちも口々に叫びます。「このままでは、これ以上、殿にお仕えいたしかねます！」

「静まれ！　愚か者が！」マンフレッドの怒号が響きました。「黙ってわしについて参れ！　この目でもって確かめる！」

「城主さま！　どうか、われわれはご勘弁を！」家来一同、ひとつの声になって懇願します。「絵画室にだけは、たとえご褒美に財宝をいただけるとしても、ご容赦願います！」

さてここで、これまでじっと沈黙を守っていた百姓の若者が口を切りました。

「城主さま。そのご役目、わたくしめに賜りませんでしょうか？　わたしの命はわたしひとりのもの。どうなっても悲しむ者はございません。そいつが悪しき天使だとしても、決して懼れはいたしません。また、善き天使ならば、その怒りを買うような所業はいっさいありません」

「風体《なり》に似合わぬあっぱれな物言い。追ってそなたの勇気に褒美をとらすぞ」マンフレッドは驚嘆の眼差しで若者を睨みます。「だが、ことがことだけに今度ばかりは、わし自身の目で確かめぬわけにはいかんのだ」と言うと、ひとつため息をつき、「だが、わしに従いたいというのなら結構。ついて参れ！」と続けました。

ここで時間を少し戻して、イザベラを追って絵画室《ギャラリー》を出た直後のマンフレッドの様子です。このときマンフレッドは、妃がすでに自室に退《さ》がったものと思いなし、そのままヒッポリタ様のところに向かわれたのでした。マンフレッドの足音をよく知るヒッポリタ様は、ご子息の非業から一度も顔を合わせていない殿のおなりに、にわかに有頂天となり、思慕の念をどうにも抑えられません。夫君の胸に飛び込んで、喜びと悲しみのたけを打ち明けようと立ち上がったそのとき、マンフレッドはつれなくも、奥方を乱暴にはねのけ「イザベラはどこだ！」と訊ねたのでした。

「なんと？　イザベラと？」ヒッポリタ様は驚かれました。

「そうだ、イザベラだ！」城主は猛り狂っています。「イザベラに用があるのだ！」

「お父さま、イザベラは」とマチルダが答えます。母君への心ない仕打ちを黙って見てはおれません。「イザベラは、お父さまとの面会のために出て行かれてから、ここには戻ってきていません」

「どこにいたかはどうでもよい！　今どこにいるか聞いておるのだ！」

「殿下」とお妃が答えます。「たった今、殿下の娘が申したとおりです。ご命令でここを出ていったきり、戻ってきてはおりませぬ。それよりも、殿下、どうか落ち着きあそばして。お部屋にお戻りになられて、しばらくご安静になさいませ。あれほどの悲事、さぞやお心も乱れて、お疲れのはず。イザベラは明朝にでも、御許へ参らせます」

「何だと？　ということは、イザベラの居所を知っておるな？」マンフレッドは気色ばみます。「ええい、一刻の猶予もならん！　直ちに言え！　それからもうひとつだ」とヒッポリタ様に命じます。「うぬが司祭のところに使いをやって、こちらへ伺候するよう申しつけるのだ」

「イザベラでございますが……」ヒッポリタ様が静かに申します。「すでに自室に退《さ》がったかと存じます。このような時刻まで起きていることはございませんので。憚りながら、殿下」と続けます。「いったいイザベラに何かございましたでしょうか？　何か殿下に失礼でも？」

「貴様は詮議立てするでない！　わしの問いに答えればよいのだ。イザベラはどこにおるか！」

「マチルダに呼んでこさせましょう」とお妃が答えます。「さ、それまでの間、どうぞおかけくださいませ。

まあ、いつもの気丈夫な殿はどうしたのでございましょう？」

「何を言う！　そなた、イザベラに嫉妬申すか？　わしらの面会にも立ち会おうというのか？」

「とんでもない！　どんなお積もりからそのようなことを？」

「ふむ、それは遠からず判ることよ」とマンフレッドは酷《むご》い言葉を投げかけます。「よいから、早く司祭を呼びにやらんか！　ここに着いたら指示があるまで待たせておけ！」

そう言うとマンフレッドはイザベラを探して部屋を出て行きました。残されたのは驚き果てたふたりの貴婦人のみ。マンフレッドの奇妙な言辞と振る舞いの底意を測りかね、茫然となっておりました。

さて場面は変わって、マンフレッドは今、地下から城内へ戻ろうとしています。後ろから従うのは、例の若者と、城主の無理な命を受けた数名の従者でございます。マンフレッドは一息に階段を駆け上がると、そのまま絵画室へと入っていきます。ところが、その扉のところで、ばったりヒッポリタ様と司祭に出くわしました。というのも、先ほど城主に命じられて退《さ》がったディエゴが、まっすぐに奥方のところへ駆けつけて、怪事について報知したのです。賢明なるヒッポリタ様は、マンフレッドのようには家臣の話を馬鹿にされませんでしたが、それでも表向きは、おおよそ譫言《うわごと》の類に違いないというふうをしておりました。とはいえ、夫君にこれ以上の打撃を与えてはならぬとのご配慮からでしょう、さらには、悲しみが過ぎたせいで、もはやあまり恐怖を感じなくなっていたこともありましょう、ヒッポリタ様は、破滅が運命《さだめ》なのだとしたら、自ら進んで第一の生贄になろうと覚悟を決めていたのでございます。是非とも母君にお供したいと懇願してやまないマチルダをやっとのことで退がらせると、司祭だけに付き添いをお願いし、お妃は絵画室および大寝室へと向かわれました。かくて、数時間前までとはまるで様変わり、すっかり気丈夫になった奥方は、夫君と予期せず出くわした折にも、「従者の申していた巨大な脚とやらは唯の幻でございます」としっかり請け合ってみせたのでした。「恐怖心と夜の闇とが結びついて、家来たちの心にとんでもない絵空事を生み出したのでございましょう。神父様と一緒にくまなくお検べいたしましたが、何の異常もございませんでした」

マンフレッドも奥方同様、件の怪物は家臣たちの夢幻《ゆめまぼろし》などではないと感じておりましたが、それでもこれを聞いて、数々の不思議な出来事がもたらした嵐のごとき動揺からようやく少し回復なさいました。それと共に、心ない言葉のひとつひとつに恭順と仁愛をお返しになるお妃に対して、どれほど酷な仕打ちをしてきたことかと、自らを省みて深く恥じ入り、ヒッポリタ様への優しい思いが知らず込み上げてくるのでありました。しかしその一方、内心では、ヒッポリタ様への更に仮借ない非道の扱いを温めていただけに、マンフレッドはかような呵責を覚えることにどうしても我慢がなりません。自然とわき起こる温愛の情を抑え、妃に憐れみを抱くことを自ら禁じました。そうなるとこの城主の魂魄は、もはや非道悪虐に沈潜するのみです。ヒッポリタ様の揺るぎない服従に気をよくするマンフレッドは、妃は離縁の申し出に柔順に従うだけでなく、我が望みとあらば、イザベラへの説得にも素直に当たるだろうと胸積もりをします。かくもおぞましい期待を貪るマンフレッドも、しかし、肝心のイザベラが行方知らずであることを気にしないわけにはまいりません。冷静になった城主は、城内外を結ぶすべての路の警護を堅め、何人《なんぴと》であれ通過させた夜番は死罪に処すと厳令を下されました。例の百姓の若者には、やさしい言葉をかけた上で、階段横の小部屋をあてがい、粗末な寝台で一夜を過ごすよう申し渡します。明朝ゆっくりと面会させてもらうぞと一声、小部屋の鍵はマンフレッドの預かりとなりました。そうして、奥方に向かって不機嫌な顔でひとつだけ首肯《うなず》くと、城主は寝室へ退《さ》がったのでした。

第二章

マチルダ姫は母君ヒッポリタ様の言いつけで私室に退《さ》がったものの、お休みになる気はさらにありませんでした。兄上の無惨な最期の動揺はまだ治まっていませんでしたし、イザベラの姿の見えぬことも気にかかります。さらに父君の口をついて出た謎の言葉、母君に対する思わせぶりな脅迫、それからあのお怒りよう――マチルダの優しい心は恐れと胸騒ぎでいっぱいになっています。マチルダはイザベラの様子を知ろうと、侍女のビアンカを使いに出していましたが、その帰りをさっきから待ちきれずにおりました。やがてビアンカが、他の召使いたちから集めた知らせを持って戻って参りました。イザベラの姿はどこにも見つからないということ、それに続いて、地下室にいた百姓の若者の冒険談が、下僕たちの語った切れ切れの逸話にビアンカの潤色を加えて語られました。ビアンカの持ち帰った一番の知らせは、しかしながら、絵画室《ギャラリー》に現れたという巨大な脚の顚末でした。この噂にはビアンカ

自身が震え上がっていまして、マチルダが「今夜は眠らずに、お母さまがお目覚めになるまで起きていましょう」と言ったのを、ことのほか喜んだほどでした。

マチルダはもうすでに、イザベラの消息について、それから、父君から母君への威嚇について、倦み果てるほど推量を重ねておりました。

「なんだって、あんなに急いで神父さまをお呼びするのでしょう?」とマチルダはビアンカに問いかけます。「お城の礼拝堂に、お兄さまのご遺体を埋葬されようというのかしら?」

するとビアンカが「あ! わかりましたよ! お嬢さま。きっとこういうことでございましょう」と申します。「お嬢さまは、お城の跡取りになられたわけですから、旦那さまはきっと、お嬢さまのご成婚をお考えのはずでございます。これまでにも男のお子を、あれだけ欲しがっていらっしゃいましたから、孫のお顔もご覧になりたいに違いありません。ああ! お嬢さま! わたくしとうとう、お嬢さまの花嫁姿を拝見できるのでございますね! どうか! ご結婚の後も、このビアンカをお見限りになりませんように! それとも、わたしなどよりロザーラさまをご贔屓《ひいき》なさるおつもりですか? そうでしょうとも、もうお嬢さまではなくて、お妃さまでございますものね!」

「まあ、ビアンカったら! お前は、どうしていつもそう、ふざけた空想をするのかしら? わたしがお妃! そんなことがあるものですか。お父さまのわたしへのご様子をご覧なさい。お兄さまが亡くなったって、これっぽっちも変わらない。わたしにはひとつも優しい顔はお見せになりません。いいえ、ビアンカ、お父さまのお気持ちはわたしのところにはないのです。でも、そうであってもお父さまはお父さま。わたしは耐えねばなりません。でもね、お父さまのお心がわたしに向かないのが天の思し召しだとしたら、わたしの小さな孝行心はその分、お母さまの優しいお情けを頂戴することで十分に報われているのです。そうなのよ、ビアンカ! お母さまなの! お父さまの荒々しいご気性が我慢ならないのは、お母さまのせいなの! わたしひとりに辛くされるのは構わない。でも、お父さまが、故なくお母さまに辛く当たられるたび、わたしはそれこそ、胸がはりさけそうになる――」

「まあ、お嬢さま！　世の殿方というもの、奥方の扱いようは、皆そんなものでございます。妻に飽いた男はどれも同じ」

「よくもそんなことが言えるわね」とマチルダ。「お前はたった今、お父さまがわたしの婚礼をお考えと、お祝いしたばかりじゃないですか？」

「お嬢さまには、どうあっても、お妃さまになっていただきますからね！」とビアンカが返します。「お嬢さまが女子修道院にお籠りになるのなんて、拝見したくはございません。お嬢さまはいつもそうされたいとおっしゃっていますが、是非とも奥様から、どんな夫でも夫がないよりはましと、お説教していただきとうございます――あら、お嬢さま！　お待ちください！　今の音は何でしょう？　聖ニコラスさま！　どうかお許しを！　今の言葉はほんの戯れに言ったまで……」

「ただの風ですよ」とマチルダ。「風が塔の胸壁を吹き抜けているのでしょう？　もう何千回も聞いているくせに」

「ああ、そうでした――」とビアンカ。「それにわたくし、何も悪いことは申しておりません。ご婚礼についてお話しすることの、どこに障りがありましょう？　わたくしめの申し上げるとおり、万一、マンフレッドさまがお嬢さまの前に、それは美しい王子さまをお連れになって、これが花婿だと仰せになっても、お嬢さまはきっと『わたくし尼寺に参ります』っておっしゃるのですよね」

「またそんなくだらないことを！　その気遣いはありませんよ！」とマチルダ。「お父さまがこれまで、どれほどの数のお申し出をお断りになられたことか」

「それは、それは、ありがたいお父さま。親思いの姫君としては、是非、感謝申し上げないといけませんね！

でもね、お嬢さま。ひょっとしたらですよ。明日の朝、城主さまがお嬢さまを謁見の間にお召しになられて、何かと思って伺候すると、城主さまの横に、世にも可愛らしい若殿さまが立っていらっしゃったりして！　つぶらな黒い瞳、真っ白ですべすべのお額、ぴょこんとお跳ねになった何とも雄々しい巻き毛の様子——そう、まるでそれは、絵画室にある善男公アルフォンソさまにそっくりのお方！　お嬢さまが、飽きずに何時間もお見守りになっている人に瓜二つなのです！」

「おやめなさい！　あの絵について、そんな軽々しい口をきくのは」とマチルダが遮ります。「たしかに、わたしはいつも特別の想いであの絵を見ています。でも、額縁の中の絵に恋しているわけではありませんよ。お母さまはかねがね、善男公の徳高きお人柄や公のご立派な事蹟についてわたしにお話なさっているし、理由はわからないけれど、アルフォンソさまの墓前にお祈りを捧げるようご命じになる——こうしたことを考えるにつけ、わたしの行く末とアルフォンソさまとの間には、何か因縁があるのではないかと思えてならないの」

「まあ、そんな！　そんなことがあるものですか、お嬢さま」とビアンカ。「お嬢さまのご一族とアルフォンソ公とは何のつながりもないと、ずっと前から聞かされておりますよ。もっともどういうわけでお妃さまが、たとえ厳しい寒さの朝であっても、または露に濡れる晩であっても、お嬢さまに命じてお祈りにやらせるのか、その理由《わけ》は不思議に思っておりました。暦を繰っても、アルフォンソ公の祝い日はございません。どうせなら、聖ニコラスさまにお祈りを献げればよろしいものを。よい夫をお願いするのでしたらこちらでしょうに」

「たしかに、お母さまが理由《わけ》をお話くだされば、わたしの心も軽くなるでしょう。でもお母さまはその秘密を決して明かされないし、そのせいでわたしは、この不思議な——なんと言ったらいいでしょう、そう不思議な胸騒ぎを覚えるの。お母さまは気まぐれで事を起こす人ではないので、そこには何か深い理由《わけ》がおありのはず。いいえ、まちがいない！　秘密があるのです！　お母さまは、さっきだって、お兄さまが亡くなられた悲しみのあまり、秘密があることをほのめかされたのよ」

「まあ！　お嬢さま！　奥様はいったい何と？」

「いいえ、ビアンカ、それは聞いてはいけません。お母さまはうっかり口走ったものの、すぐさまお取り消しになりました。それを口外しては子の道に背くことになります」

「ということは、奥様ご自身、お口になさってはいけなかったとお思いなのですね！」とビアンカが確認します。「お嬢さま、わたくしをどうぞご信用くださいませ」

「わたしの取るに足らない秘密だったら、あなたに是非とも聞いてもらいましょう。でもね、ビアンカ、お母さまの胸の内についてはそうはいかないの。両親《ふたおや》さまのお許しになる外《ほか》に、耳や目をもたないことが子の務めというものよ」

「まあ、なんというおっしゃりよう！　本当にお嬢さまは、生まれつきの聖女でいらっしゃいますね。それに、三つ子の魂百までと申します。お嬢さまには、やっぱり修道院が一番お似合いでございますね。まあそれでも、ようございます。わたくしには、まだイザベラさまがいらっしゃいますので。イザベラさまは、殿方についてのお話でも、包み隠さず喋ってくださいますし。先だって、お城にお美しい騎士の方がみえたときにも、コンラッドさまが少しでもこの方に似ていたらっておっしゃっていたくらいです」

「いいことビアンカ、大切なイザベラについてのつまらぬ噂話、わたしは赦しませんよ。たしかにイザベラは快活なご気性の姫。でもその心根は澄みきって、美徳そのものです。あの方はそなたのおしゃべり好きを承知で、気散じのために耳を傾けて喜んでいるだけ。お父さまに強いられたお独りの境遇ゆえのことに過ぎません」

「ああ、マリアさま！　お、お助けを！」と突然、ビアンカがとんでもない声をあげました。「お嬢さま！

ま、またでございます！　今度こそ、聞こえましたでしょう！　間違いございません。このお城には幽霊が取り憑いてます！」

「静かになさい！」とマチルダ。「しっ、よくお聞き！　そうね、たしかに、人の声のよう――いいえ、でもやっぱり、気のせいでしょう。ビアンカ、お前の怖がりがわたしにも感染《うつ》ったようね」

「いいえ、お嬢さま！　そんなことはございません！」ビアンカは半泣きになって必死に訴えます。「決して、間違いではございません！　人の声がいたしました！」

「それでは、誰か、下の部屋でお休みかしら？」とマチルダ。

「あそこで休まれる方など、いるもんですか！」とビアンカ。「コンラッドさまの家庭教師だった占星学者が身投げされてからというものは――。あ、わかりました！　コンラッドさまの御霊《みたま》が、家庭教師の先生の幽霊とご面会しているのでございましょう！　そうに違いありません！　お嬢さま、こうなったらもう、奥さまのお部屋にお逃げになるに限ります！」

「まあ、とにかく、落ち着きなさい」とマチルダ。「お前の言うとおり、幽霊だとしましょう。ならば、もしこの世への恨みから出てきた幽霊だったら、事情を聞いてあげて、辛い気持ちを慰めてあげるまで。こちらが害を与えたのでないのだから、こちらに害の及ぶ気遣いも無用のはず。また、もしむこうが害を及ぼすつもりなら、どの部屋に行こうと同じことでしょう。さあ、ロザリオを取ってらっしゃい。お祈りをした上で、話しかけてみましょう」

「お嬢さま、幽霊に話しかけるなんて滅相もない！」とビアンカは悲鳴をあげます。

こんな会話を交わしていると、やがて、下の階の窓の開く音が聞こえました。二人は耳を澄まします。すると数分の後、今度は誰かの歌声が聞こえてくるようです。ですが、その歌詞ははっきりとは聞こえません。

「ごらん、悪霊なんかじゃありませんよ」とマチルダが小声で話します。「城の誰かが歌っているのでしょう。さあ、窓を開けてみましょう。はっきり聞こえるだろうから」

「お嬢さま、そんな恐ろしいことを！」とビアンカ。

「何を怖がっているの？　馬鹿ね」そういうとマチルダは窓をそっと開きます。その音が、下の者に聞こえたようでした。窓を開けたと同時に、歌声がぱたりと止みました。

「そこにいるのはどなた？」とマチルダが声をかけます。「誰かいるのなら、答えて頂戴」

「縁もゆかりもない者です」

「縁もゆかりもないとは、いったいどなたでしょう？　それに、どうしてそのような人が、こんな時間に城内に？　城門もすべて堅く閉じられているというのに？」

「ここにこうしておりますのは、我が身の意志によってではございません」と見知らぬ声が答えます。「それでも、お休みの妨げになったのであれば、どうかご容赦の程を。わたくしの声が洩れ聞こえるとは予期せぬことでございました。どうしても寝付けぬゆえ、心安まらぬ寝台を離れて、金色《こんじき》の朝日の訪れを待ちながら、退屈な時間をやり過ごしていたのです。一刻も早く、この城の外の世界に戻りたいと願いつつ……」

「その声も、また、話の様子も、この耳には愁いのそれと聞こえます。もしや何かご不幸に遭われたのならお慰め申し上げますし、また、貧しさが元の嘆きならば、そうおっしゃってください。お妃さまにお伝えしてお力を頂戴したいと存じます。お妃さまは真に慈悲深いお方。お困りの人には例外なく暖かい心を向けられます。あなたのこともきっと手助けされるはず」

「いかにも、わたしは不幸な男です」と見知らぬ者が答えます。「そしてたしかに、富の何たるかも知らぬ身でございます。しかしながら、天から与えられた己の境遇に、不平を申す者ではありません。わたしは若くて強壮の身。己ひとりの始末には困りませぬ。とはいえ、これは自惚《うぬぼ》れからの言でもなければ、心寛いお申し出を軽んじるものでもありません。爾後、聖なる祈りの度、必ずや御身とお妃さまに神のご加護をお祈り申し上げます。とまれ、わたくしのこのため息は、我が身ならぬ別のお方のため……」

「お嬢さま！」とビアンカが耳元で囁きます。「わかりましたよ。これは、例の若い百姓でございますよ！　しかも、誓って申しますが、どこかの女性に恋をしてますよ！　まあ、なんてことでございましょう！　お嬢さま、ここはひとつ、からかってやりましょうよ。相手がお嬢さまだとは気づかず、奥さまのお付きの者と勘違いしているようですから」

「ビアンカ、お前、少し恥を知りなさい」とマチルダが叱ります。「若い男性の秘密を聞きだすなんてとんでもない。話してみれば高潔で率直な物言い。それに、不幸せな境遇だというではないですか。その弱みにつけこんで、気持ちを玩《もてあそ》んでよいはずがありません。そもそもこの人の秘密とわたしたちとは、何の関係もないはずです」

「まったく、これだからお嬢さまは！　恋のことなど、何もご存じないのですね！　ああいう殿方は、恋のお相手の打ち明け話をするのが好きに決まってます！」

「それじゃお前は、わたしに百姓の打ち明け話の相手をさせようというの？」とマチルダ。

「そうおっしゃるのでしたら」とビアンカ。「わたしが話してもようございますよ。わたくし、お嬢さまのお付きという名誉ある身ですけれど、もともとお上品な生まれではございませんので。それに、恋は身分の違いをかき消すといいますけど、両方の身分を引き上げたってよろしいのですよね？　とにかく、恋する殿方ほど魅力的なものはございませんから」

「おだまりなさい！　このお調子者！　不幸《ふしあわせ》だとは言ったけど、恋の悩みに決まったわけではないでしょう？　今日だってあんなにたくさんの不幸があったけど、お前は、そのすべての原因が恋だと言うの？　さあ、そちらの見知らぬ人」とマチルダは再び話しかけます。「あなたの言う不幸《ふしあわせ》が自らの過失に因るものでなく、また、ヒッポリタさまのお力で助けてあげられるものなら、お妃さまはきっとあなたの守護者になってくださいます。お城から出られたらそのまま真っ直ぐ、聖ニコラス教会に行き、隣の修道院のジェローム神父をお訪ねなさい。そして言えるだけのことを残らず神父さまにお話しなさい。神父さまはヒッポリタさまにお取り次ぎされますので、もう大丈夫。お妃は援助を求める者すべての母親でいらっしゃいますから。さあ、もうお終《しま》いにいたしましょう。こんな時刻にこれ以上、見知らぬ方とお話をするわけにはまいりません」

「お優しい貴女《あなた》に、どうか聖人たちのご加護がありますように！」と若者は答えます。「ですが、せめてもう一分《いっぷん》だけ、この哀れで貧しいよそ者にお時間を頂戴できましたら……その幸せだけでもいただけましたら……。まだ窓をお閉めなさいますな、ひとつだけ訊ねたいことが……」

「さっさとおっしゃいなさい！」とマチルダ。「もうすぐ夜が明けます。野に出て働く者たちに見られては大変です。何をお訊ねというのでしょう？」

「それが……どう申し上げたらよいか……」と若者は言い淀みます。「というのは、あなたさまが親切にお声をかけてくださったので、わたしもつい訊ねたくなったのです。あなたさまなら信頼しても大丈夫だろうと……」

「信頼する！　わたしを！」とマチルダ。「信頼するとは、いったいどういうことでしょう？　打ち明けたい秘密があるなら、思い切って言ったらよいでしょう。この汚れなき胸におさめてよい話ならば」

「お訊きしたいのは」気持ちを落ち着かせながら、若者が口を開きます。「姫君が行方不明で、城内にお姿がないと、下僕たちが申しておりました。あれは確かなことでございましょうか？」

「そのようなこと、どうして知る必要がおありでしょう？」とマチルダ。「礼儀正しい言葉遣いから、慎み深い人とばかり思っておりましたが……まさか、マンフレッドさまのご事情を探るためにこの城に入られたのではないか？　ああ、もう話しますまい！　すっかり見損なっておりました！」マチルダはそう言うと若者の返事も聞かず、大急ぎで窓を閉めてしまいました。

「わたしが話したのはとんだ間違いでした」マチルダは怒ったような口調です。「やっぱり、話をするのはお前に任せるべきでした。あの詮索好きときたら、まるでお前といい勝負！」

「お嬢さまに反論できるような身分ではございませんが……」とビアンカ。「わたくしでしたら、お嬢さまより、少しはましな質問ができたのではと思います……」

「そうでしょうとも！　お前ほど思慮深い者はそうはいないでしょうからね！　お前だったら、いったいどんなふうに話しかけたというの？　さあ、教えてちょうだい」

「たしかに、部外者の方がよく見えると申しますからね」とビアンカ。「お嬢さまは、あの者のイザベラさまについての質問、ただの好奇心からとお思いになりますか？　いいえ、決して、あれはそのようなものではございません。お嬢さまのようなご立派な方のお考え以上の意味が、あの言葉にはあったはずです。ロペスが申しておりましたが、城内の家臣は皆、イザベラさまの行方不明はあの若者の差しがねと噂しております。お嬢さま、よくお考えくださいませ。そもそも、イザベラさまはコンラッドさまを、さほどお気に召してはいらっしゃいませんでした。それはお嬢さまもご存じのはず。そしてコンラッドさまは、ご婚礼のまさにその日にお亡くなりになった。……わたくしは誰が下手人だなどとは申しておりませんよ。マンフレッドさまもおっしゃるように、大兜は月から落ちてきたのでございます。ですが、ロペスも他の臣下の者も、あの若者は魔術師で、あやつがアルフォンソさまのお墓から兜を盗み出したに違いないと申しているのです」

「お止めなさい！　何という、すぎた戯言《たわごと》！」

「お待ちください。お嬢さま、どうぞお聞きになって！　だいたい話がうますぎるではありませんか？　コンラッドさまの亡くなったその日に、イザベラさまは姿を消してしまわれる。そして同じ刻限に、隠し扉の近くで、あの魔術使いの若者が捕まった。わたくしは誰がどうだと申しているのではございませんが……ですが、若君の亡くなり方があんまり――」

「お前、まさか、わたしの大切なイザベラの、一点の曇りもない名誉を疑っているのじゃないでしょうね？　立場をわきまえなさい！」

「曇りがあろうがなかろうが、事実、イザベラさまはいなくなってしまわれました。そして、どこの誰だかわからない男が出てきたのでございます。お嬢さまだって、じかにお聞きになったではないですか？　不幸であるとか、恋をしているとか申してましたでしょう？　言葉は別でも、その二つは同じこと。そうそう！　あの男、『別のお方のため』だなんて言ってました。恋でなくって、別の人のために不幸になったりいたしますか？　その次には、イザベラさまは本当に行方不明なのかと、正直に訊ねたりして！」

「なるほど……お前の言うことにも道理があるように思われます。イザベラが姿を消したことにも驚きましたし、あの若者の詮索も、どこか仔細ありげな様子……でも、イザベラはいつだって、何でも包み隠さず、話してくれていたのに……」

「口ではそうおっしゃっても、それはお嬢さまのお心を探るためではないでしょうか」とビアンカ。「でもね、お嬢さま。ひょっとしたら、あの若者、あんな風体《なり》をしてますが、どこかの王子様ってことだってありえますよ！　そうですよ！　お嬢さま、もう一度、窓を開けてもようございますか？　わたくし、もう少し話をして、いろいろ聞き出してみます」

「お待ち」とマチルダ。「それならわたしが訊いてみましょう。イザベラについて何か知っているかもしれないから。でも話をするのはそれだけですよ。それ以上は、ふさわしくない相手……」そう言ってマチルダは窓を開けようとしましたが、ちょうどそのとき、マチルダのいる塔の右手方向、お城の裏門にある鐘が鳴ったのでした。このため姫君は、謎の若者にふたたび話しかける機会を逸することになりました。

二人の間に少し沈黙がありました。ややあってマチルダが口を開きます。

「なるほど、よく判りました。イサベラの失踪の仔細はわからぬとも、そこにはよんどころない事情があるのでしょう。あの者が手を貸しているとしたら、イザベラの信頼に値する人物ということです。ビアンカ、お前は気がつかなかったかしら？　あの話し方！　いかにも信心深そうなことを、ときどき言っていました。口調だって下賤の身のそれではないし、選ぶ言葉だって、相当の身分にふさわしいもの」

「だから申し上げているじゃありませんか」とビアンカ。「あの人はどこかの王子さまに違いありませんって」

「けれども、ひとつだけ腑に落ちないことが……」とマチルダ。「もしあの人がイザベラの手助けをしているとしたら、どうしてイザベラと一緒に姿を隠さなかったのでしょう？　お怒りになっているお父さまの前にあんなふうに現れるなんて、あまりに軽はずみで無鉄砲な振る舞いではないかしら？」

「そのことでしたら、お嬢さま」とビアンカ。「大兜の下に閉じこめられても逃げ出したくらいですから、城主さまのお怒りを躱《かわ》すくらい、何ともないのでございましょう。災難除けの護符でも何でも持っているに決まっています」

「お前にかかると、なんでも魔術のせいになってしまうようね」とマチルダ。「けれど、悪魔と通じている人だったら、おおっぴらに信心の言葉を口にはしないはず。気がついたでしょう？　『お祈りのたびに、神のご加護をお祈り申し上げます』って誓ったときの真剣さといったら！　間違いありません。これほどの信仰の人だからこそ、イザベラは信頼したのでしょう」

「まったく！　駆け落ちしようなんて、二人ともたいした信仰心ですこと！」とビアンカ。「いえいえ、お嬢さま、とんでもありませんよ。イザベラさまはお嬢さまが思っているような方ではございません。たしかに、お嬢さまとご一緒のときは、ため息をおつきになって、天を仰いだりされてました。でもそれはただ、お嬢さまがあまりに聖女でいらっしゃるからです。ひとたび、お嬢さまが向こうをむいたら……」

「それは違います！　イザベラに裏の顔などあるはずがありません！　イザベラは身分にふさわしい信仰心をちゃんと持っている方。ただ身の丈を越えた信心を振りかざすことがなかっただけです。事実、わたしが修道院に入りたいと言ったときは、思いとどまるよう熱心に話してくれました……。たしかに、今回の秘密の行動には驚きましたし、これまでのわたしたちの友情からは信じられません。でも、修道女になるというわたしに反対したときのイザベラは、心の底からわたしのためを思って熱心に説いたはず。わたしが結婚したら、あの人とコンラッドの子の相続分が減ってしまうのに、絶対に結婚すべきだと言い続けたのですよ。そんなイザベラのためにも、あの青年については悪く思いたくないのです」

「ではお嬢さまは、イザベラさまとあの方との間に、特別なお気持ちがあるとお思いですか？」

話がそこまできたときです。別のお付きの者が慌ただしく部屋に入ってくると「イザベラさまが見つかりました」と知らせたのでした。

「見つかった？　どこで？」とマチルダが訊きます。

「聖ニコラス教会のご庇護を求めたそうです。神父さまじきじきに知らせに来られました。ただいま下で、城主さまとご面会でいらっしゃいます」

「お母さまは今どちらに？」とマチルダ。

「お部屋にいらっしゃいます。お嬢さまにお会いしたいとおっしゃっています」

これより少し前、マンフレッドは暁とほぼ同時に床を離れ、奥方の私室に向かうと、イザベラについて何か知っていることはないかと改めてお訊ねになっていました。その尋問の最中、「神父様がご面会をお求めです」と報知があったのでした。マンフレッドはこんな時刻に神父が来たことの理由を、さほど疑いませんでした。また、かねがねジェローム神父はヒッポリタ様の慈善活動を助けていらっしゃいましたので、自分がイザベラの捜索を続ける間、二人っきりにさせたら好都合と、よろこんで招じ入れたのでした。

「神父殿、面会のご用はわたしですかな？　それとも妃で？」

「わたしの話はお二人に」と神父様が答えます。「イザベラ殿が――」

「イザベラが？」とマンフレッドが割って入りましたが、神父様は「イザベラ殿は、ただいま、聖ニコラス教会の祭壇でお祈りなさっています」と続けました。

「それでしたら、ヒッポリタには関係のない話ですな」とマンフレッドは慌てた様子です。「さ、さ、神父殿、わたくしの部屋でお話を伺いましょう。イザベラがどういうわけでそんなところに……」

「マンフレッド殿、少しだけお待ちなさい」神父様の声には威厳と厳粛さが備わっています。ジェローム様の聖人のごとき徳の高さを前にしたら、とても畏れを抱かないわけには参りません。他では譲ることのないマンフレッドであっても思わず怯んでしまいます。

「わたしはお二人に伝言があって参ったのです。殿下のお許しをいただき、お二人揃ったところで、大事な話をしたいと思います。ですが、マンフレッド殿、その前に、お妃にひとつお聞きしたいことがあるのです。イザベラ殿がこの城を離れて教会にお籠もりになった、その理由をご存じですか？」

「いいえ、誓って、わたくし、何も存じ上げません」とヒッポリタ様。「わたくしが関係してのことと、そのようにイザベラが申しておりましたでしょうか？」

「失礼だが、神父殿」とマンフレッドが割り込んできます。「貴殿の神聖なお立場については、十分尊敬申し上げているつもりです。ですが、神父殿、わたしはこの城の主《あるじ》ですぞ。城の中のことについて、あれこれと口を出されるのは見捨てておけません。話があるのなら、わたしの部屋でお聞きいたしましょう。内政に及ぶ種々《くさぐさ》の問題で、いちいち妃の耳を煩わせてはおらんのです。女の出る幕ではありませんので」

「城主殿、わたしはご家庭の問題に口を挟むつもりはありません。わたしの負っている使命は、平和を促すこと、不和を癒すこと、悔悟を慫慂《しょうよう》すること、そして行き過ぎた感情を矯《た》めることです。ただいまの城主殿の不穏当なおっしゃりよう、それは許すといたしましょう。ですが、わたしに課されている義務は、貴殿よりはるか高位の方に仕えるためのもの。わたしの口を借りてお話になる、いと高きお方の声に耳を澄まされますように！」

こう言われたマンフレッドは、怒りと恥辱に顫えておりました。ヒッポリタ様はたいそう驚かれたお顔をされ、成り行きがどうなることか殊のほか心配の様子です。一言も発せずにいることが、マンフレッドへの強い恭順をあらわしておりました。

「イザベラ殿は――」と神父様が続けます。「おふたりに是非とも伝えてほしいと申しておりました。おふたりのこれまでの数々の親切に感謝申し上げるということ、それから、お世継ぎのご不幸についてお悔やみ申し上げるということ。また、おふたりのような立派で賢い方々のご子息と婚姻によって結ばれ得なかったことを、深く悲しんでおられました。おふたりのことは、これからも実の両親《ふたおや》と変わりなく、お慕い申し上げるとともに、おふたりが末永く幸せに暮らされることをお祈りされていました(この言葉にマンフレッドの顔色が変わります)。しかしながら、婚姻による縁組みが叶わぬ今、イザベラ殿は、お父さまについての知らせがあるまでの間、または、万一、父上の逝去が知らされた場合には、定められた後見人の承認を通じて、しかるべき縁組みをされることの自由を得るまでの間、教会の庇護のもとに留まりたいとのお申し出です」

「そのような申し出には賛同いたしません」と城主は答えます。「一刻の遅れもなく、この城に戻ることを要求いたします。わたしは、イザベラの後見人からその身柄を託された身。姫が他人のもとに留まることをどうして許せましょう?」

「城主殿自身、そのような立場にふさわしいかどうか、よくお考えくださいませ」

「わしのやることに、口を挟まんでもらいたい」マンフレッドは気色ばみました。「イザベラのこの間《かん》の動きはどうにも不可解、それにあの若造のことも気になります。イザベラの行動の原因《もと》とは言わぬまでも、共謀をしておることは確か――」

「何と！　若造が原因だなど、よくもそのようなことをおっしゃいますな！」

「ええい、もう我慢がならん！　わしの城内だというのに、神父風情が好き勝手な言いよう！　さては貴殿が、あのふたりの恋をそそのかしているのではあるまいな？」

「そのような不敬きわまりない当て推量、汚《けが》れた言葉をお清めくださるよう、天にお祈りするほかございません。良心に恥じるところがあるからといって、わたしを不当にもお責めなさるか。その非道の振る舞い、改めて天に許しを請わせていただきましょう。よろしいかな、イザベラ殿は神聖な場所にて、しばらくお過ごしいただきます。恋だのなんだの、くだらぬ俗事に煩わされることのないようにいたしたい」

「抹香臭い説教は沢山！」とマンフレッド。「とにかく、城に住むのが姫の務め。ここに戻していただきたい」

「されど、城に戻さないのがわたしの務め。あそこに留まるかぎり、姫は、他の孤児《みなしご》や乙女同様、世の悪だくみや陥穽からは安全なはず。親のたっての申し出でない限り、誰もあそこから連れ出すことはできませぬ」

「わしは姫の親も同然。そのわしが求めておるのだ！」

「姫は殿下に親のようになってもらいたいと、そう願っておいででした。しかし天はそのような結びつきをお許しにはなりますまい。二人の間の縁《えにし》は未来永劫、断たれたのです。誓って申し上げますが――」

「黙らんか！　わしを怒らせたらどうなることか、少しは恐れるがよいぞ！」

「神父さま！」ヒッポリタ様が口をききます。「いずれにも偏らないのが神父さまの神聖なるお務め。神父さまはお務めの命じる通りにお話になられます。同じように、わたくしにとっては、大殿がわたしに聞かせたくないと思し召しの事柄を耳にしないのが神聖な務めでございます。わたくしはこのまま退《さ》がって、小礼拝堂にてマリア様にお祈りを捧げたいと存じます。マリア様のお力によって、平和でお優しい以前の大殿に戻られますようお祈り申し上げます」

「奥方さまの、まこと、あっぱれなおっしゃりよう」と神父様。「では、マンフレッド殿、われわれは向こうで――」

マンフレッドはジェローム神父とともに、自室へと移っていきました。扉を閉めるが早いか、マンフレッドが口を開きます。

「さてはイザベラからお聞きになりましたな。わしが何を望んでいるか？　であれば、わしの決心がいかに堅いかをご理解いただき、ご協力を賜りたい。わしは何としても息子を得なくてはならんのです。これは国を挙げての願い、現下もっとも火急の事案なのです。わしひとりのみならず、民草《たみくさ》の安寧がこの一事《いちじ》にかかっておるのです。ヒッポリタにそれを期待するのは無理というもの。ゆえに、わしはイザベラを選んだのです。さあ、神父殿、イザベラをこちらへお渡しくだされ。それともうひとつ、貴殿に是非ともお願いしたいことがあります。ヒッポリタが貴殿に心酔しているのは明白なこと。つまり、あの者の良心は貴殿次第でございます。ヒッポリタは非の打ち所のない女性であって、それはわしも認めるところです。あの者の魂は天の方角に定められて、俗世の虚栄など歯牙にもかけません。であれば、貴殿のご尽力で、ヒッポリタを俗世間から退かせてやっていただきたい。つまり、俗世の軛《くびき》であるこの婚姻を解き、女子修道院に身を移すことをあれに承諾させたいのです。あるいは、ヒッポリタのために修道院を新たに建ててもよい。いずれにせよ、本人の好むだけ、また貴殿の望むだけ、寄進もさせていただきましょう。これはまた、わが国を脅かしている災厄を避けるための絶好の方便、オトラントの家系も断絶の危機を脱することができるというわけです。神父は思慮深いお方。先ほどはいっときの感情から不躾なことを申しましたが、貴殿の徳高きことは重々承知でございます。御身のお力添えによって、是非とも、我が生涯と一族の安泰を賜りたい」

「神意よ！　今こそ現れ給え！」と神父様が叫ばれます。「我が身はそのささやかな便法にすぎぬとも、天意は愚生の口を通じて、城主殿、そなたの弁疏《べんそ》の余地なき悪だくみを指弾いたします。ヒッポリタさまの堪え忍ばれた心の傷は、すでに天上の御座の憐れむところ。天は愚生の身を借りて、奥方を離縁されんとする邪《よこしま》な目論見を糾弾し、娘同然の姫に対する不義不徳な企てを断たれるよう厳に警《いまし》めておいでです。今般お家を襲った忌まわしい災禍もまた天意の現れ。本来なら、忌まわしい邪念を思い切る機縁となるべきを、さなければ、天は姫をそなたの忿怒の魔手から解かれたのであり、また爾後もお護りされるでしょう。そなたの暴虐から姫をお護り申し上げるだけならば、この愚生、一介の非力な司祭で足りること。罪深い身であり、貴殿からは色恋の指南役と覚えなき汚名を着せられるほどの者なれど、清廉を曲げんとする甘言に靡《なび》くことだけはありません。この一身、我が教団を愛《いと》おしみ、献身の魂魄を嘉《よみ》し、なによりも、お妃さまの敬虔を尊《たっと》ぶもの。しかしながら、お妃さまが寄せられる信頼を逆手にとるなど思いもよらぬこと。奥方の敬虔なお気持ちにご奉仕するとしても、罪深くもおぞましい企みを諾《うべな》うわけには参りませぬ。仰せのとおり、この国の安寧は、城主殿の跡目のあるなしに大きく左右されましょう。ああ、それにしても、われわれ人間の近視眼ときたらどうでしょう！　天もさぞお笑いでございましょう。ほんの昨朝まで、この一族ほどに、栄華と権勢を誇った家があったでしょうか？　ですが今、ご嫡子のコンラッドさまはどこにおいででしょう？　マンフレッド殿、貴殿の流すその涙、それが何よりも貴いもの。堪《こら》えることはありませぬ、どうぞ涙をお流しなさい。天意にあっては、領民の安寧のために重要なのはその涙。決して、政略や情欲から生じる、幸福と無縁の婚姻などではありませぬ。アルフォンソ一族から貴殿の先祖に受け継がれた錫杖とても、教会の認めぬ縁組みによって長く保たれることはありますまい。かりにも、マンフレッドの名の途切れることが神意であるならば、そのときは殿下、定めを受け入れて身を退《ひ》かれることです。それこそが、天の永遠の王冠に値する振る舞い。さあ、城主殿、その貴いお悲しみを大切になさいませ。さ、奥方のところに戻りましょう。お妃は、まだ貴殿の企みをご存じありません。ならばわたくしも、ここはご忠告だけに留めておきましょう。あのお優しいご忍耐をご覧でしょう。貴殿への深い思いから、どれほど自らを抑えて貴殿の話に耳を傾け、かつまた、貴殿の罪深さを耳にされぬよう心を砕いていらしたことか。わたしにははっきりと判ります。奥方のせつなる願いは貴殿を両の手でお受け止めになって、変わることのない気持ちをお示しになることなのです」

「神父殿」と城主。「わしの悔恨の気持ちを誤解せぬようにしていただきたい。わしは、掛け値なしに、ヒッポリタの徳の高さを敬い、あれを聖女そのものとみなしております。ふたりの縁《えにし》の結び目を固くすることが、わが魂の平安になればと常から願っております……。ああ、しかし！　そなたは、この胸の耐え難い痛みをご存じない！　われわれ夫婦の罪深さに心を悩ませて、もうどれだけになることか。ヒッポリタはわしの従妹にあたる者。教会から特赦を頂いて夫婦《めおと》となったものの、後にわしは、あれに別の婚約話があったことを知るに及んだのです。始終我が心を苦しめるのはこの一事！　コンラッドがあのような悲劇に見舞われたのも、はたして、この道をはずれた婚姻が原因《もと》ではないかと懼れるのです。神父殿、この重い良心の呵責から我が魂をお救いくださいますように！　婚姻の軛からわれわれを解き放ち、神父殿の神聖な説諭によって始められた我が魂の浄化の作業《はたらき》を、どうかやり遂げていただきたい！」

何と狡猾な言い逃れ！――マンフレッドの突然の懇願を耳にされたジェローム様は、内心、身を切るような苦悶を覚えていらっしゃいました。お妃の破滅はもはや確実――そう見てとった神父様は慄然となりました。また、イザベラとの婚姻がどうにも叶わぬとなったら、後継ぎに執着するマンフレッドのこと、また別の、領主の求愛を拒む力のない女性から、生贄を求めるに決まっています。しばらくの間、神父様は思索の淵に留まりました。少しして、ここは時間を稼ぐのが適当、つまりは、むしろイザベラ姫の籠絡に関して、今少し城主に期待を持たせておくのが得策かも知れぬと結論されたのでした。――イザベラ姫についても、あれだけヒッポリタさまをお慕い申し上げ、マンフレッドへの嫌悪をはっきりと示しているのであれば、他ならぬこの神父の申し出、教会が離婚の企みに非難を宣するまでの間、この考えに素直に従ってくれるのではなかろうか——。ジェローム様はこうした考えを胸に抱き、顔では城主の良心の咎めに驚いた風を装いながら、次のように切り出しました。「ただいまの貴殿のお話について愚考を申し述べさせていただきましょう。もしおっしゃるように、徳高きヒッポリタさまを遠ざけたいというお気持ちが、真に良心の呵責《せめ》に由来するのであれば、どうしてそのお気持ちに厳しい言葉を浴びせることができましょう。教会はまこと、心寛き母のようなもの。心中のお苦しみは是非とも、包み隠さずお話いただきたい。というのも、ただ教会のみが、城主殿のお心を、あるいはその良心のありようをお認めすることで、あるいはまた、お苦しみの内容を十分に吟味した上、貴殿を晴れて自由の身とし、ご一族の継承を願う計らいに正当な許可を与えることで、お慰めさしあげることができるのです。もし後者となれば、イザベラ殿についても、いずれ貴殿の意向に同意するように——」

神父様の話に耳を傾けていたマンフレッドは、予期せぬ言葉にすっかり有頂天です。さては神父はうまく説得されてくれたのか、それとも、神父の当初の怒りは単に体面からのものだったのかと思案しつつ、「かくなるうえは、万事ご仲介によって、上首尾に進んでほしいもの」と大仰な誓いの言葉を繰り返しました。善意の人ジェローム神父は、内心では城主の計画を挫くべく固く決意しながらも、マンフレッドには己を助けていると信じ込ませておいたのです。

「神父殿、お互いわかり合えたところで、もうひとつ、それとは別にお聞きしたいことがあるのです」とマンフレッドがふたたび話を始めます。「地下室で捕らえた若造ですが、いったいあれは誰でございましょう？イザベラの行動に関係していることは必定。どうか包みなくお話ください。あれはイザベラの情人《おとこ》でしょうか？　それとも別にいる情人《おとこ》に仕えるものか？　息子に対するイザベラの冷淡については前々から疑っておりましたし、その疑念を裏付ける数々の材料もございます。イザベラ自身、疑われていることに気づいておったのでしょう、昨日、絵画室にて問い詰めた折も、不自然なくらいに否定を繰り返し、冷淡な心を隠し通しておりました」

そう問われた神父様の方は、実のところ、若者についてはイザベラの口から聞いた以上のことは何もご存じなく、また、その後の成り行きについても聞かされておりませんでした。そして、マンフレッドの激《げき》しやすい性質をこのときは十分に考量されないまま、神父様は、この機会に嫉妬の種を播いておくのも、不都合どころか、今後のためには効果的かもしれぬとお考えになったのでした。マンフレッドがこの後もイザベラとの結婚に執心するのであれば、ここでイザベラへの不信を植え付けておくのも無益ではなかろうし、そうでないとしても、城主の気をふたりの関係に向け、ありもしない陰謀を追跡させておけば、あらたな生贄の出来《しゅったい》を防ぐことができるだろうと計算されたのでした。神父様は、イザベラと若者との関係ついて、マンフレッドの疑心を肯《うべな》うような答えをされましたが、どうも目算に少しばかり誤りがあったようでございます。マンフレッドはほんの小さな怒りの火種から、たちまち巨大な炎と化す気性、神父様の言葉の刺戟に、一転、瞋恚《しんい》の焔《ほむら》となってしまいました。

「この計略《はかりごと》、底の底まで暴いてくれようぞ!」そう吼えると、神父様にしばらくここで待つように告げ、やにわに部屋を出ていきました。そして、大広間まで降りていくと、あの百姓めをすぐに連れてこい、と命じたのでした。

「ペテン師めが! さっさと吐かぬか!」若者の姿を見るなりマンフレッドは怒声を浴びせます。「自慢の正直を見せてもらおうではないか! 貴様が隠し扉の鍵を見つけたのはあくまでも天意の業《わざ》、つまり月明かりのせいというのだな? それに間違いないな? さあ、言わぬか! 小癪なやつめ! 貴様、名を何という? いつからイザベラと通じておる? よいか、昨夜のような二枚舌はもはや通用せぬぞ! いざとなれば、責め具によって真実を吐かせるまで!」

　これを聞いた若者は、己の手助けによってイザベラが逃げたことが知れてしまったと思い、もはや何を言おうともイザベラの助けにも害にもならないだろうと推し量りました。

「城主さま、わたしはペテン師などではございません」と若者が答えます。「ゆえに、ただいまのような侮辱を浴びる謂れもございません。城主さまのお訊ねには昨夜も誠心誠意お答え申し上げましたし、今もまた隠れなき真実を申し述べる所存にございます。しかもそれは、城主さまのお怒りを恐れるためというより、嘘偽りを厭うがゆえ。城主さま、ご質問を今一度お願いいたします。及ぶ限り、殿下のご満足の答えを申し上げます」

「わしの質問は承知のはず。逃げ口上のための時間稼ぎをするでない！　さあ、答えよ！　貴様はどこのどいつだ！　いつからイザベラと通じておるのだ！」

「わたしは隣の村の小作人。名をセオドアと申します。姫君とは昨夜、地下室ではじめてお会いいたしました。それ以前にお目にかかったことはございません」

「貴様の話をどれだけ信じるかは、このわしが決めること。だが嘘の詮議は後でもよかろう。ひととおり話してみよ。どういうわけで、貴様はイザベラを逃がしたのだ？　さあ、答えよ！　命の保証は答え次第と思え！」

「姫君は――」若者が答えます。「このままでは身の破滅とおっしゃっていました。一刻も早くお城から逃げ出さないと、もう、すぐにも永遠に取り返しのつかないことになってしまうとおっしゃっていました」

「そのような小娘のたわけた言い草を真に受けて、貴様はわしの怒りを買うほどの、愚かな真似をしたというのか？」

「お困りのご婦人がわたしの助けを求めていたのです」と若者。「そのような場面で、わたしは誰の怒りも恐れたりはいたしません」

こうした問答が交わされているちょうどそのとき、マチルダがヒッポリタ様のお部屋へ向かっていました。マンフレッドのいる大広間の上手《かみて》は、格子窓になっていて、外が回廊になっておりましたが、その回廊をマチルダとビアンカが進んでいたのでございます。窓からマンフレッドの声が洩れてきたので、見ると、まわりには大勢の臣下もいるではありませんか。何かと思って目を凝らすと、囚われの者の姿が目に入りました。堂々として落ち着いた受け答え、とりわけ最後の答えに現れたあっぱれな騎士道精神(マチルダがはっきりと聞いた言葉はこれだけでしたが)、マチルダは声の主に悪くない関心を抱きました。その姿も囚われ者にしては、高貴で眉目秀麗、実に堂々としています。その若者の顔に、マチルダの視線は釘付けになってしまいました。

「まあ、何てこと!」マチルダは横のビアンカに囁きます。「はたしてこれは夢かしら? あの者、絵画室にあるアルフォンソさまの肖像にそっくりではありませんか!」

マンフレッドの大声がどんどん激しくなっていきますので、マチルダはそれ以上話すことができません。

「その生意気な口のききようは昨日よりもたちが悪いわい! わしの怒りを見くびりおって。どうなるか思い知るがよい! こやつを捕らえて、縛り上げい!」とマンフレッドが命じます。

「イザベラがはじめに耳にする知らせは、救世主の首が飛んだということになろうぞ!」

「城主さまの不正なお裁きを伺ってよく判りました。姫を暴君の手からお逃がししたのは正解だったわけですね。わたしはどうなっても構いませんが、どうか姫に幸いあれ!」

「こいつはやはり、イザベラの情人《おとこ》に相違ない!」とマンフレッドが怒り狂って言い放ちます。「ただの百姓風情が、死の脅しを受けてこのような態度でいられるわけがない。この命知らずめ。貴様、本当は何者だ! さあ言え! それとも、本当に拷問を望むか?」

「城主さまは我が身を処刑すると脅され、わたしは真実を隠さず申し上げました。その見返りが仰せのようなど処分とあらば、城主さまの虚《むな》しい詮索にこれ以上お答えするつもりはございません」

「これ以上、何も話さぬと言うのだな？」とマンフレッド。

「いかにも」と若者。

「こやつを中庭に連れて行け！」マンフレッドが命じます。「即刻、この者の首を刎《は》ねよ！」

これを耳にしたマチルダは、そのまま気を失ってしまいました。

「ああ、誰か！　お助けを！　一大事でございます！」とビアンカが叫びました。「どうしたことか！　……ああ！　姫君《プリンセス》が死んでしまわれた！」

マンフレッドはときならぬ叫び声にぎょっとしました。「いったい何ごとか」と誰何されます。同じように青年もはっとなり、何が起こったのかと訊ねました。しかし、マンフレッドは若者を速やかに中庭に移すよう指示を出しました。事件を見きわめて戻るまで、処刑の執行は待てとのご沙汰でございました。ビアンカの悲鳴の実相を知ったマンフレッドは、女特有のヒステリーに過ぎぬと断じ、マチルダを部屋に戻せと命じられると、大急ぎで中庭に向かいました。そして護衛の者を呼びつけ、セオドアを跪かせて斬首に備えさせよと命じられたのでした。

怯むことないセオドアは城主の酷薄な宣告を従容《しょうよう》と受け入れましたが、その姿勢に、マンフッドを別にしてすべての者が胸を打たれたのでした。本当のところセオドアは、姫の逃走に関連してマンフレッドが洩らした言葉の意味を今少し探りたかったのですが、城主の怒りがイザベラに向かうことを恐れて、何も言わずにいたのでした。この期に及んで若者は、告解師と面会して天国に行くための準備をしたいと、唯一の願いを申し出ます。告解師と話させればこやつの素性が知れるかもしれぬと考えたマンフレッドは、直ちにその願いを聞き入れます。そして、ジェローム神父なら自分のために動いてくれるはずと見当をつけ、告解の役目を申しつけるべく、神父様を呼びにやらせました。神父様はご自分の軽率な言葉がどんな悲劇を招来したか、何もお気づきでなかっただけに、事態を知るや、城主の前に跪き、無垢の者の血を流すことは罷《まか》り成りませんと厳粛な面持ちで申し上げたのでした。内心ではご自身の短慮を激しくお責めになりながらも、マンフレッドから特別のはからいを得ようと、怒りを鎮めるためのあらゆる言辞を駆使されました。しかし、神父様の取りなしはマンフレッドの忿怒を逆に煽ることになったのです。ふたりして誑《たぶら》かしにかかっていると思いなしたマンフレッドは、神父様に向かって、告解は数分ですませるがよいと言い、遅滞なく任を遂げるよう促します。

「わたくしも、そう長い時間は要りませぬ」と若者が申します。「わたしの犯した罪の数はごく僅か。年相応の数しかございません。さあ、神父さま、涙をお拭いくださいませ。急いで始めとうございます。この世は悪世。暇を告げることに何の悔いがございましょう」

「ああ、哀れな者よ！」とジェローム神父。「どうしたら、わたしの顔を見てそのように静かにしていられるのか？　そなたの悲運はひとえにわたしのせい！　悲劇を招いたのはこのわたしなのだ！」

「神父さまのことは、喜んでお許し申し上げます。さらば、天も我が罪をお許しくださいますでしょうか？　さあ、神父さま、わたしの告解をお聞きください。天にお導きくださいませ」

「天への導きなど、どうしてそなたに対してできようか？　心中に許せぬ敵のある限り、天への道は開かれぬ！　どうだ、あそこにいる不敬なお方でさえも、そなたは許せると申すか？」

「それは誓って」と若者。「お許し申しあげます」

「いかがです、城主殿、無情無慈悲なお心に響きませぬか？」

「貴殿の役目は告解をすませること。そやつの命乞いではないはず。この怒りは貴殿に発したもの。その者の血を浴びられるとは本望であろう！」

「そうですとも、いかにも本望にございます」神父様は悲しみのあまり、こう口にされました。「わたしも城主殿も、この青年の赴くところには、入れる見込みはありますまい」

「さあ！　取りかかれい！」マンフレッドが命じます。「女どもが泣き叫ぼうと微動だにしないこの心。神父風情が何を喚《わめ》こうと知ったことではないわ」

「何と！」これを聞いた若者は仰天しました。「もしや、先ほど響いたご婦人の悲鳴、わたしが原因《もと》ということか？　姫はふたたび、この者の手に落ちたのか！」

「貴様の言葉、ひとつひとつが癪に触ってならぬ！　さあ、これで最期だ。覚悟するがよい！」

若者の胸に再び憤りが込み上げて参ります。しかし、神父さまをはじめ、その場にいるひとりひとりに悲しみを与えていることを見て取ると、怺《こら》えきれぬ思いを押しとどめ、胴衣《ダブレット》を脱ぎ、襯衣《はだぎ》の襟元の留め具を外し、そのまま祈りの姿勢をとりました。身をさっと沈めると同時に襯衣が肩下でひらりとはためき、そこに血の色をした剣の印が現れました。

「ああ！　天よ！　これは何ということ！」そのとき神父さまが叫びました。「まさか夢ではあるまいな……こ、これはわが子！　セオドアや！」

これに続いて現れた様々な感情の動きについては、とても筆の能《よ》く描くところではございませぬゆえ、ただただ、ご想像いただきたいと存じます。供の者たちが流していた涙は、喜びのためではなく、驚きのために乾いてしまいました。城主の眼の動きを窺いながら、どんな顔色をしたらよいものか迷っていたのです。若者の面《おもて》には、驚きと疑念、敬意と優しさが次々に移ろっていきました。そして、セオドアは老いたる父の滂沱《ぼうだ》の涙を恭《うやうや》しく受け止め、その身体を抱えておりました。それでもセオドアは、この間の成り行きからマンフレッドの頑なな気性が判っていましたので、安易な希望を心に抱くことを自ら戒め、その眼《まなこ》をじっと城主の方に向けたのでした。その視線は「城主さま、これでもお心を動かされませんか？」と問うているように見えました。

マンフレッドの心は、まったくの冷血漢のそれではございません。城主はあまりの驚きにしばし怒りを忘れておりました。しかし、その矜恃は己の心が感動に揺れているのを許しはいたしません。それと共に、ひょっとして、神父が一芝居を打って若造を救おうとしているのでは、という疑念も浮かんで参ります。

「いったいどういうことだ?」とマンフレッドが口をききます。「貴殿がこの者の父親だというか? 身の廉潔で名高い貴殿が、神父の身分でありながら、百姓の出としか見えぬこの者に親子の名乗りをするというのか? 不義の関係の結晶と申すのか?」

「ああ! 神よ!」とジェローム様。「この親子の名乗りをお疑いになりますか? 本当の親子でなかったら、これほどの胸の痛みに苦しむものでしょうか? 城主殿、お願いいたします! この者をどうかお許しください! その代わりにこのわたしを好きなだけ罵りください!」

これに唱和して臣下たちも「城主さま、お許しくださいませ!」「神父さまのためにも、お許しを!」と叫びました。

「静まれい!」マンフレッドが一喝します。「許すも許さぬも、詮議をせんことには始まらぬ。聖者の息子といえども不義の子ならば、聖者とは限らぬぞ」

「よくもこんな非道の城主があったもの!」とセオドアが言います。「虐げるだけでは飽きたらず、今度は辱《はずかし》めの言葉を口にされるとは! たしかに城主となるほどの高貴な身ではないにしても、この方の息子とあれば、我が身に流れる血も同じ――」

「まさにそのとおり」と神父様が割って入ります。「この者の血は高貴なもの。城主殿が言うような卑賤の身ではありません。これは我が正嫡の子。ファルコナラ家といえば、シチリアにそれ以上の旧《ふる》い一族はそうありますまい。いやしかし、マンフレッド殿、血筋などというものがどれほどのものでしょう? 高貴な生まれが如何ほどのものでしょう? 人間はみな、罪深い生き物に過ぎませぬ。所詮は畜生と一緒ではございま

せぬか？　篤い信仰があればこそかろうじて区別ができるものの、塵芥《ちりあくた》より生まれ出でて、塵芥に戻ってい
くのが誰も避けられぬ定め――」

「さあさあ、説教はもう十分だ。たった今、みずからが申したこと、貴殿はもはや聖職者ではなく、ファルコナラ伯爵であるという。ならば、ここでその履歴を話すがよい。信仰についての高説は後でゆっくり聞くとしよう。そこにいる強情な罪人をあの世に送ってからな」

「おお！　聖母マリアさま！　この子は父親にとってはたったひとりの息子、しかも長い間別れ別れだった愛しい息子、城主殿はその我が子を取り上げようとなさるのか！　城主殿、どうぞわたくしめを踏みつけにしてくださいませ。わたくしを愚弄し、お責めくださいませ！　わたくしのこの命は差し出します。どうぞこの者をお救いください！」

「どうだ、これでそなたも判ったか？　ひとり息子を失う者の気持ちが？　ほんの一時間前、そなたはわしに、諦めるようにと説教をたれた。血縁の絶えるのが運命なら、それを甘受せよとな！　だがなファルコナラの伯爵殿――」

「ああ、城主殿！　わたしの心ない言葉はどうかご勘弁を！　これ以上の苦しみを、とても老いの身は耐えられませぬ。わたしには家柄を自惚《うぬぼ》れるつもりもありませんし、そのような虚栄もございません。血を分けた息子の命乞いをするのは自然のふるまい。この者の顔《かんばせ》には、母たるものの面影が！　セオドアや！　母君はもはやお亡くなりか？」

「御魂はとうに祝福の地に」とセオドアが答えます。

「ああ！　いったい彼女《あれ》はどんな最期を？」とジェローム様。「言ってくれ！　いや、構わん。あれはきっと喜んでおるはず。今となっては気がかりなのはお前だけ――城主殿、お願いです。どうぞ、可哀想な倅《せがれ》の命だけはお赦しくださいませ」

「そう望むならば、直ちに修道院に戻るがよい！　そして、イザベラをここに連れてくるがよい。それ以外にも貴殿の関知する事柄では、すべてわしの指示にしたがってもらおう。さすれば、貴殿の子の命も助かろうて」

「これは城主殿、何というおっしゃりようでしょう！」とジェローム様。「わたくしに正義を捨てよと言うのですか？」

「それもわたしのために！」とセオドアが叫びます。「正義を汚すくらいなら、わたしは千回だろうとも、喜んで死んでみせましょう。いったいこの暴君は父上に何をさせようというのでしょう？　姫君は安全な場所にいらっしゃるのでしょうか？　父上！　どうか姫をお守りください。この君主の暴虐は我が一身が引き受けましょう！」

若者らしい無鉄砲な物言いを、ジェローム様は懸命にやめさせようとなさいます。そして、マンフレッドがふたたび口を開こうとしたそのときです。何頭もの馬の蹄の音がしたかと思うと、城門のすぐ外に下がっていた真鍮の喇叭《ラッパ》が急に鳴り出したのでした。それと共に、昨日からそのまま中庭に置かれていた魔法の大兜の黒羽根が、激しく揺れ出しました。そのさまはまるで、目に見えぬ誰かが兜を被り、大きく三度お辞儀をしたかのようでありました。

第三章

マンフレッドの心はみるみる不安で一杯になりました。真鍮の喇叭の音に和すかのように、謎の大兜の羽根飾りが大きく揺れるではありませんか。「神父殿！」とマンフレッドはジェローム様に声をかけました。先ほどまでファルコナラ伯と呼んでいたのを、もとの神父様に戻されたようでございます。

「これは何の兆《しるし》だ？　もしや、わしの言葉に不敬があったか？」

（このとき羽根飾りはいっそう激しく揺れました）

「おお、われこそは不運の城主！」とマンフレッドが叫びます。「神父殿！　そなたの祈りでもって、わしを助けてはくれぬか？」

「城主殿」ジェローム様が答えます。「天の下僕《しもべ》たちに向かっての嘲弄ぶりに、天は不興を催しておいでです！　御身を教会に委ねられて、教会の御使いへの迫害をお止めなさいませ。ここにいる無実の若者を放免し、わたくしの纏《まと》っている霊性をお敬いになることで

す。決して天意を軽んじてはなりませぬ。よろしいか——」

（ここで、また喇叭が大きく鳴りました）

「よく判った。わしは万事に性急すぎたようだ」とマンフレッド。「ところで神父殿、御自ら、小門までいって誰が城門の外におるのか、確かめてはくださらぬか」

「それでは、セオドアの命は無事と？」

「さよう」とマンフレッド。「さあさあ、来訪者が誰だか確かめられよ」

もうお心が一杯になられたのでしょう、神父様はわが子の首元にすがりつくと、それこそ川のような涙を流されました。

「城門に出向くと申したではないか」とマンフレッドが促しますが、「その前に城主殿に、心からの感謝を申し上げたく存じます」と神父様が言います。

「さあ、父上。まずは城主さまのお使いを」とセオドアが申します。「わたくしごとき、城主さまの依頼を軽んずる理由にはなりませぬ」

さて、ジェローム様が「来訪者は誰か」と訊ねましたところ、「使者にございます」との返事がありました。続いて「どなたからの使者か？」と問いますと、「大太刀の騎士の使いにございます」と名乗ります。「オトラントの簒奪者にお目通り願いたい」

ジェローム様はマンフレッドのもとに戻ると、ただいま耳にした言葉を一字違わず伝えました。最初の一言を聞くや、マンフレッドは恐怖に撃たれたようになりました。そして次の「簒奪者」という言葉を耳にすると、ふたたび忿怒の焔が燃え上がり、恐れを知らぬ城主に還ったのでした。

「わしが簒奪者だと！　何という無礼！」マンフレッドは吼え立てます。「我が封土権に口を挟むとは、いったいどこのどいつだ？　ええい、神父殿はさがられよ！　これはそちの関知せぬ話。この不遜の輩《やから》には自らが目通りをいたすゆえ、貴殿は修道院に戻って、姫の帰城の準備をされるがよい。この若者は貴殿の信義の印として留めおくことにする！　この者の命、そなたの振る舞い次第ということを忘れぬようにな！」

「城主殿！　ご無体な！」とジェローム様。「たった今、倅の自由を宣せられたはず。先ほどの天意の顕《あらわ》れをもうお忘れですか？」

「天と言われるか？」とマンフレッド。「はたして、正当な封土権に異議を唱える使者の登場が、天意などということがありえようか？　そも、天意が神父の口を通じて示されるというのも怪しいこと――だがこのことはよい。これは貴殿の領分であって、わしには関係ない。貴殿はただわしの満足のいくように行動されればよいのだ。無礼きわまりない使者ごときが、そなたの倅を救うなどということはない。姫の帰還がなくば叶わぬことよ」

神父様がどう言葉を尽くしても無駄でありました。マンフレッドは臣下に命じて神父様を裏門まで連れていくと、そのまま城外へと締め出してしまいました。そして別の臣下には、セオドアを〈黒の塔〉に牢閉し厳しく見張るよう指示を出しました。父と子には別れの抱擁のわずかの時間すら許されません。マンフレッドは、沙汰を済ませると、まっすぐ大広間に向かい、君主然として座を取るや、使者の目通りを許したのでした。

「不遜の使者はそちか？　用向きを申せ！」とマンフレッドが声をかけました。

「われこそは――」と使者。「高名にして不倒の騎士、かの大太刀の騎士より、オトラントの封土権の簒奪者マンフレッドのもとに遣われし者。大太刀の騎士はヴィチェンツァのフレデリック侯爵になりかわり、侯の息女イザベラさまの御身柄を求めるもの。侯の不在をよいことに、貴殿が邪《よこしま》なる後見人たちを籠絡し、姫を恣《ほしいまま》にせんとした陋劣非道の振る舞いは明々白々。さらに、オトラント城主としての貴殿の権勢は、最後の正統の城主におわす善男公アルフォンソさまから血続きのフレデリック侯爵より、貴殿が簒立によって得しもの。直ちに退位されんことを、ここに催告仕ります。正義に由るこれらの求めに従わざるときは、剣を交えて正義の在処を証し立てるまで」こう述べると、使者は手にした職杖を床に投げました。

「嘘八百の言いがかりもいいところ！　貴様を寄越した騎士とやらはどこにおる！」とマンドレッドが訊ねます。

「ここより一リーグのところに控えておいでです」と使者は答えます。「主君の正義を晴らさんがために此方《こちら》まで出向かれたのです。ひとつには真実の騎士であるがゆえに。またさらには、貴殿が蹂躙を常とする簒奪者であるがゆえに」

こんな物言いにマンフレッドは腸《はらわた》の煮えくりかえる思いでありましたが、ここで侯爵側の怒りを煽っても詮無いことと思いとどまります。というのも、マンフレッド自身、侯爵側の言い分に理のあることを判っていたのです。また、このような訴えを耳にするのも今がはじめてではありません。そもそもフレデリック侯の祖先は、善男公アルフォンソが世継ぎを得ぬまま逝去された後、オトラント領主の称号を受け継いでいたのです。しかし、三代にわたるマンフレッド一族の権勢は強大であり、ヴィチェンツァの侯爵家といえども、彼らを追いたてることは叶わなかったのでした。侯爵家の若殿、多情多感で武勇の誉れ高いフレデリックは、美貌の姫を伴侶に迎え、格別の寵愛をそそいでおられました。ところがイザベラのご誕生と入れ替わりに、若妻はお亡くなりになってしまったのです。フレデリックの嘆きよう、それはひと通りではございませんでした。若殿は俗界をお捨てになると、聖地回復の戦いに身を投じられたのです。そして彼の地で異教徒と剣を交えると、深い傷を受け、補囚となり、やがて亡くなったと伝えられました。この知らせを聞いたマンフレッドは、すぐさまイザベラ姫の後見人を籠絡し、愛息コンラッドの花嫁としてオトラント城に迎え入れたのでした。マンフレッドの目論見は、縁組によって両家の言い分を和解させようというものでした。ところがコンラッドに不幸が起こったため、マンフレッドは新たな手だてとして、自分とイザベラ姫の婚姻を企んだのでした。さて今この時も、マンフレッドは同じ企みを貫くべく、侯爵側から婚姻を肯《うべな》ってもらおうと心を砕いておりました。そして、フレデリックに付く騎士を城に招き、歓待しようとの想を得たのでした。城内に入れてしまえば、彼らが姫の失踪を知る気遣いはありません。家臣たちにはすでに厳しく、口止めを命じておりました。

「遣いの方よ」心中で謀《はか》りごとを反芻すると、マンフレッドは切り出しました。「ただちに貴殿の主人《あるじ》のもとに戻って伝えられるがよい。このマンフレッド、意見の相違を剣によっておさめようとは思わぬ。城にお迎えするゆえ、是非とも、腹を割って話をしたい。マンフレッドはまことの騎士、心づくしの歓待と、一同の身の安全は、この身に誓って、請け合わせていただきたい。かりに、友誼に基づく手だてによって和解が得られぬときも、帰路の安寧は心配されぬように。騎士道の則《のり》に従って、ことの決着をつけるまでのこと。神よ！　神聖なる三位一体よ！　ご加護を賜りますように！」

これを聞いた使者は、三度《みたび》まで跪拝して、退いたのでした。

こうした会見が進んでいる間、ジェローム神父は、お心を千々に乱していらっしゃいました。ご子息の身を案じ、どうにも胸が騒いで仕方ありません。イザベラ姫を説いて城に戻らせるのが一番か、とお考えになります。しかし、マンフレッドと姫が結ばれるなどという成り行きも、等しく認めることはできません。それと同時に、ヒッポリタ様が唯々諾々と城主の命に屈していくことにも、身震いいたします。奥方にひと目お会いできたなら、あの篤い信仰に訴えて、離婚の決意を翻すよう諭すこともできるだろうに……。だが、こちらで糸を引いていると城主が知ったら、それこそセオドアにとっては致命的……。神父様はまた、あの使者の出現にも合点がいきませぬ。あのような直截な物言いで、マンフレッド殿の封土権をきっぱり否定するとは、いかなる素性のものか……。さりながら神父様は、もう一度城内に戻ってみる気持ちにはなれません。ご自分の留守のあいだにイザベラ姫が修道院を離れでもしたら、その責はこちらに降りかかってくるにきまっています。ご自分がどうするべきか判らぬまま、神父様は不満の様子で修道院に着きました。すると、入口にいた修道士のひとりが、神父様の悄《しお》れた様子を見てとって、声をかけてまいります。「善良なるヒッポリタさまがお亡くなりとの報知、やはり、真実でございましたか?」

神父様はその言葉に仰天されました。

「何を申すか! 拙はたった今、城を後にしたところ。奥方さまはすこぶる健やかなご様子だったが!」

「マルテッリが申したのです」と別の修道士が口をききます。「およそ十五分も前でしょうか。城から戻るなり、奥方が亡くなられたと知らせたのです。それを聞いた一同は礼拝堂に赴き、来世への旅路の安らかならんことをお祈り申し上げております。わたくしはここに残り、神父様のお帰りをお待ちしておりました。あれだけお心をかけられていた奥方のご逝去、神父様のご心痛はいかばかりかと。……いいえ、われわれも涙を抑えることはできません! われらが修道士にとって、奥方は母親も同然。……とはいうものの、人生は巡礼の旅にほかありません。嘆くのはふさわしくございません。誰もが奥方のあとに続くのです……。願わくば、奥方のような最期を迎えられますことを!」

「わかった、わかった。そなた、夢でも見ておるのじゃろう!」と神父様。「今言った通り、わしはさっきまで城におった。奥方は無事でいらっしゃる! で、イザベラ殿は今どこにおいでかな?」

「ああ! お可哀想な姫君!」と修道士が答えます。「わたくしめは、姫君に悲報をお伝えし、姫のお気持ちをお慰め申し上げたのでございます。この世の生はほんのかりそめと申し上げ、道に入られますようお勧めいたしました。アラゴンの聖サンチャ姫の例をひかせていただきまして……」

「それはあっぱれな信仰心!」神父様は少しお苛立ちです。「だが、今はそんな場合ではなかろうて。ヒッポリタさまはご健在。神にかけて、そう信じてよい。ご健在を疑う理由はあるまい……だが、ひょっとして、マンフレッド殿が執心のあまり……いや、いや、それより、イザベラ殿じゃ。姫は今どこにおられるのかな？」

「それが、定かには……」と修道士が答えます。「姫君はたいそうお悲しみで、お部屋に戻りたいとおっしゃっていましたが……」

ジェローム様はこれを聞くと、すぐにその場を去り、姫の居室へと向かわれました。しかし、そこにイザベラの姿はありません。次いで、修道院の下使いに声をかけます。ここでも姫の行方は聞けません。修道院の建物、教会の建物、くまなく捜索いたしましたが、姫の姿はありません。イザベラの消息を求めて、近在に通達が出されます。が、何の甲斐もありません。善良なる神父様の困りようときたら、他に較べようもございません。もしやイザベラ姫は、奥方の逝去にマンフレッドが関わっていると思いなして、身の危険を感じたため、どこか人目につかない場所に、進んで身を隠したのではあるまいか。だが、姫君がまたも逃亡を企てたとなれば、マンフレッドの怒りはさらに掻き立てられるだろう……ヒッポリタ様が逝去されたという偽報によって動揺が募っていたのに加え、姫君の遁走は確かにマンフレッドを忌む気持ちの表れであるものの、これによって子息の命の危険は増すだけに、神父様の心には、何の慰めもないのでありました。こうなったら再び城に戻るほかありません。ジェローム様は修道士数名に随行を命じました。神父様の身の潔白の訴えを補佐し、必要とあらば、セオドアの命乞いに力を貸してもらいたいとのお考えでした。

一方、使者との面会を終えた城主マンフレッドは、まっすぐに中庭に赴くと、謎の大太刀の騎士とその随員を迎えるべく、城門を開け放つよう命じました。数刻の後、騎馬の一行が到着いたしました。職杖を掲げた露払いの兵卒がまず二名。次いで、二名の小姓と二名の喇叭手を従えた使者が現れます。さらに百名はいようかという護衛歩兵が、馬を連れて続き、その後ろにはさらに五十名の歩兵隊。騎士にふさわしく緋と黒を身に纏っています。続いて従者にはさまれた馬一頭。騎乗の者はヴィチェンツァとオトラントの紋章が互い違いに配された旗を掲げていました。この標識《しるし》を見たマンフレッドは相当に気分を害しながらも、やっとその怒りを堪《こら》えたのでした。行列は続いて二名の小姓、そしてロザリオをつまぐる謎の騎士の聴聞司祭、さらに緋と黒の歩兵が五十名続きます。身体全体に鎧を纏い、面鎧《めんよろい》を下ろして顔を隠した二人の騎士は、おそらく大太刀の騎士の僚友でありましょう。それぞれが、紋章と盾を携えた従者を伴っています。続いては大太刀の騎士の従者たち。その後ろ、巨大な太刀を掲げ持った百名の者が続きますが、こちらは途方もない重量に息も絶えだえの様子です。そして、全身を甲冑で固めた大太刀の騎士が、栗毛の馬に騎乗して進みます。槍受けに槍を置き、その顔は完全に面頬《めんぼお》で覆われています。そして頭上には真紅と漆黒の大羽根が屹立しております。太鼓と喇叭を手にした五十人の護衛歩兵が行列のしんがりを務め、大太刀の騎士の露払いとばかりに、騎士の左右にうねり歩きながら進みます。

城門にたどり着いたところで、行進はぴたりと止まりました。布告の者が進み出ると、今一度、マンフレッドへの挑戦の辞を読み上げます。このとき城主の眼《まなこ》はじっと大太刀へと注がれておりました。どうも布告の声は、ほとんど耳に入っていない様子です。そのときです。一陣の疾風《はやて》が城主の背後で起こりました。注意を逸らされたマンフレッドが振り返ります。その眼が捉えたのは、不吉な大兜の黒羽根が、以前と同じように、激しく揺れているさまでありました。凶兆のように次々と起こる怪事の数々、マンフレッドのような剛の者であっても、正気を保つのがやっとです。とはいえ、見知らぬ騎士たちの居並ぶところで、持ち前の豪胆ぶりを失うわけには参りません。

「貴公がどこの誰かは存ぜぬが、わが城に歓迎いたす！」と傲然と言い放ちました。「貴公が生身の人間ならば、見劣りなき武勇の拙者が相手をいたしましょう。貴公が真の騎士ならば、利を得んがために魔術に訴えることもありますまい。数々の徴《しるし》が天のものにせよ冥界のものにせよ、我が行いのひとつとして義に悖《もと》るものはなく、常に聖ニコラスの加護あるところと固く信じておる。馬より降りて休まれよ。天は義の側にあり。野にて黒白を決するは明日といたそう」

この言葉に、騎士は沈黙を返しました。そのまま馬から降りると、マンフレッドの導くまま大広間へと向かいます。中庭を横切ったおり、騎士はそこに不思議な大兜を認めると足を止めました。そのまま跪くと、ものの数分、静かに祈りの姿勢をとりました。やがて身を起こすと、黙って城主を促します。一同が大広間におさまったところで、マンフレッドは武具を解かれるよう遠来の騎士に声をかけました。ところが騎士はこれに頭《かぶり》を振って答えます。

「貴公の振る舞い、まこと客人にふさわしからぬもの」とマンフレッド。「だが、信義にかけて、咎め立てはいたしますまい。同じように、貴公とても、このマンフレッドを非難するには及びませぬ！　この心にひとつとして邪《よこしま》はございませぬ。であれば、貴公も無用な企みをなさらぬように。さあ、友誼の印《しるし》にこれを――」と言ってマンフレッドは指輪を差し出します。「貴公のみならず、お連れの方々にも不足ない歓待の宴を用意してございます。しばらくこのままお待ちのほどを。わたくしめは、一行の臥所の指図をして参ります」

三人の騎士は城主の厚遇を肯《うべな》った徴《しるし》とばかりに、お辞儀をいたしました。そこでマンフレッドは自ら、供奉《ぐぶ》の者たちを城のとなりの宿泊所へと案内します。ここはそもそも、ヒッポリタ様のはからいで、巡礼者のために建てられたところでございます。さて一同が中庭を通って、もう一度城門の方に戻ってきたときでした、従者たちの支え持つ大太刀が、突然大きく跳ね上がったかと思うと、大兜の正面の地面にズシリと落ち、そのまま身動きしなくなったのです。人知を越えた出来事に少しは慣れてきていたのでしょう、マンフレッドは新たな変異の出現にも何とか平静を保つことができました。そのまま、饗宴の支度の調《ととの》った大広間に戻ると、沈黙の客人をうながして、饗応の席につかせたのでした。心の動揺はまだおさまっておりませんでしたが、客人たちに声をかけて、宴の華やかなることに気持ちを砕いていたのです。ところが城主が何を尋ねようと、客人たちはいっさい声を出さず、わずかの徴《しるし》を返すのみ。また食べ物を口に運ぶ際も、面頬をわずかに持ち上げるだけ、しかもほんの少ししか口にしようとはいたしません。

「おのおの方――」マンフレッドがしびれを切らせます。「城主のわしとの歓談を拒まれるとは、かような客人を迎えるのはこれまで一度もなかったこと。見ず知らずの唖《おし》を相手に城主たる者の威厳がかくも軽んじられるのも、また異なことと申さねばなりません。聞けば、貴公はヴィチェンツァのフレデリック侯の名代。そのフレデリック殿は騎士の鑑にしてあっぱれな勇者。憚りながら、フレデリック侯であったなら、拙者のごとき同位の者、また武勇においても相並ぶ者との歓談を、決して忌みされませんでしょう。なのに、貴公は、まだ黙《だんま》りを続けておる！――よかろう！　好きにされい！　歓待の則《のり》の命ずるところ、貴公はこの城の主人も同然。好きなようにお振る舞いなさい！　……だが、乾杯くらいはお許しくだされ。さあ、酒杯《ゴブレット》をこちらに……。貴公ご寵愛のご婦人たちに幸多からんことを！」

これを聞いた大太刀の騎士は、ため息をつき、ひとつ十字を切ると、身を起こそうといたします。

「まあまあ、騎士殿。わしの言葉はただの戯れ言。何の無理強いもいたしませぬゆえ、随意にくつろがれるがよい。浮かれ騒ぎがお気に召さぬなら、悲しみの餐とされるがよい。用向きの談話をお望みなら、別室にご案内いたしましょう。ひょっとして、歓待の趣向などよりも、わしの申し述べを耳にする方が、貴下のお心に叶うかもしれませんな」

マンフレッドは三人の騎士を奥の部屋へ連れ出すと、そこの扉をピタリと閉め、めいめいを座につかせます。そして頭目の騎士に向き直ると、次のように語り始めたのでした。

「貴殿がヴィチェンツァのフレデリック侯爵の名代としてこの城を訪ねられたことは、拙者も重々承知のこと。その用向きのひとつは、法定後見人の同意のもと、聖なる教会においてわが息子との婚約を交わした、侯の息女イザベラ姫の御身柄の引き受けでありましょう。そして、もうひとつは、自らをアルフォンソ公の(公の御魂の安らかならんことを！)近縁であると宣言されたフレデリック侯のもとへ、この領地を移譲せよと求めるためでありましょう。さすれば、まず領地の件について申し述べるといたしましょうか。貴下も承知のように、オトラント城の封土権は、わが父親ドン・マニュエル、そしてその父親ドン・リカルドから三代にわたって受け継がれしもの。その前代の領主アルフォンソには後継ぎがなく、聖地において死を迎えた際に、忠誠を尽くしたわが祖父のドン・リカルドを指名し、封土権を与えられたのです」

（ここで、騎士たちは首を横に大きく振りました）

「よろしいか！」とマンフレッドは気色ばみます。「ドン・リカルドはそれはそれは、勇気と廉潔に満ちたお方。信仰心も篤い。その証拠に、ここの隣に立つ教会とふたつの修道院のために寛大な寄進をされたのです。そしてわが祖父は聖ニコラス様の特別のご加護を得ておいで。貴下はそのドン・リカルドに対して――だから、申しておるように、決して、ドン・リカルドはそのようなことは――ええい、いちいち否定せんでもらいたい！　拙者にとって、祖父の思い出はかけがえのないもの。いかにも！　ドン・リカルドはこの土地の領主になった。それは間違いなく、正義の剣によってのこと。聖ニコラス様の御心に従ってのこと。わしの父親とてそれは同じ。そしてこのわしも、同様に領地を治めていく所存。ところが、貴殿の主君フレデリックは、アルフォンソ公の近縁ということ。確かに、わしは先ほど、剣によって封土権の行方を決しようと申し上げた。だからといって、わしの地位が不法なものとはならぬはず。それに、わしはこう訊ねることもできるのですぞ。『ご主君のフレデリック侯は、今どこにおいでかな？』と。知らせによれば、侯は捕囚となった上、お亡くなりになったというではないですか。貴下は、侯は生きておいでと仰せでしょう。これまでの貴下の行動、そうでなくては説明できぬもの。ならば、そのことは敢えて不問とさせていただきましょう。その気になれば、疑うことはできる。だが今は問わずにおきましょう――またこうも考えられましょう。わしの立場にある他の領主なら、『継承権を申し立てるのであれば、フレデリック侯自らの力で奪取すべき』と言うやもしれません。領主の身の尊厳を私闘に供するなど、とんだ愚行というわけです。見ず知らずの黙者の意思に領主の地位を委ねるなど、とんでもないというわけです！　や、これは、失礼。つい我を忘れて興奮いたしました。しかし、どうか貴殿には、少しこちらの立場もお考えいただきたい。自身のみならず、父祖代々の名誉まで疑われたとなったら、貴殿のような屈強の騎士は、怒り心頭に発するのでありませんか？さて、貴殿の関心事に戻るといたしましょう。貴殿はイザベラ殿を手放すよう求められた。そこでお聞きするが、貴下は姫を保護される資格をお持ちとお考えかな？」

騎士たちは揃って頷《うなず》きます。

「そのとおりと！」とマンフレッド。「そうか！　貴下はその資格をお持ちでいらっしゃる！　しかし、さらにお訊ねするが、それは姫の身柄についての全権をお持ちということになりましょうか？（騎士たちは再び首を縦にいたします）そうかそうか。であれば、わしの申し出をお聞きいただきましょう。貴殿の前に面《おもて》を晒すこのわしこそは、この世でもっとも不幸の身(と城主は涙を流します）。どうかそなた方、この身を憐れみくだされい！　わしの境遇は、まこと憐れみにこそふさわしい。実を申せば昨日の朝、わしはこの身の唯一の希望を失ったのです！　わしの喜び、この家の支えである息子コンラッドを失ったのです！　（一同、驚きの気色となります）そうなのです。運命の手は、わがひとり息子を、この父親から奪い去ったのです。であれば必然、イザベラ殿は自由の身――」

「ならば、姫をお返しになるとよい！」と頭目の騎士が叫びました。

「まあまあ、今少し、辛抱してお聞きなさい！」とマンフレッド。「見るところ貴下は善意のお方のよう。であれば今次の懸案も、一方の血を流すことなく上首尾に取りまとめることができるはず。以下に申し述べることは、私心からの言葉でないことをあらかじめお断りしておきましょう。ご覧の通り、このわしは既に、俗世に倦み果てた男です。最愛のわが子を失った今、この世に何の未練がありましょう。権力も、また権勢も、この眼には何の魅力にも映りませぬ。わしのかねての願いは、祖父の代から受け継いできたオトラントの錫杖を息子の代へと受け渡すこと。しかしその願いも、うたかたのごとく消えてしまった！　もう我が身の生命《いのち》とて、無価値なものにすぎません。であればわしは、貴公の挑戦も喜んで受けたのです。騎士たる者にとって、剣を交えての落命以上に幸福な最期はありませんでしょう。全ては天の御心ゆえ、わしはそれに従うのみ。ああ、それにしても！　何という悲しみでしょう！　マンフレッドを羨む者は、真に世間知らずの者。貴殿も、わしの噂はお聞きでありましょう？　(三人の騎士は否と合図をします。話の仔細を知りたい様子です)　そもそも貴殿らに秘密にしておく事柄でもない……。わしと妃のヒッポリタについての話ですが、ご存じない？　(三人は首を振ります)　そう！　ご存じでない！　では語って進ぜましょう。貴殿らはわしのことを、野心家であると思っておいでかな。しかし野心家というものは、もう少し粗い布で織られているものです。もしわしが真に野心家であったなら、かくも長きにわたって良心の呵責に苦しめられることもなかったでしょう……。いや、いや、お許しあれ。ここは、ほんの手短に申しましょう。つまりは、ヒッポリタと夫婦《めおと》であることに、わしは長年、苦しんで参ったのです。まことヒッポリタは二人とない優れた女性、貴殿も是非お会いになるがよい！　このわしが、真の恋人のように愛し、親友のように大切にしてきた婦人です！　だが、この世に完璧な幸福など存在いたしませぬ。ヒッポリタもわしと同じ良心の呵責に苦しんで参ったのです。そして、とうとうわしは、妃の許しを得て、この苦悩を教会に打ち明けたのです。つまり、われら夫婦は、本来ならば結婚の叶わぬ縁戚同士であったと教会に告白したのです。教会の裁きによって、二人は明日にも永遠に引き離されるのではと、その瞬間をわしはじっと待っておるのです。この気持ち、貴殿らにはお判りかな？　そうか、お察しくださいますか。ならば、この涙もお許しくだされい！」

(三人の騎士は、いったいこの話はどこに向かっているのだ、と目配せを交わします)

マンフレッドは話を続けます。「こうした不安におののいているところに、息子の悲報が届きました。そうなってはこの心の思い、領主の地位を退いて俗界を去ると決心するほかありませぬ。しかし気がかりなのはこの領地の譲り先です。領民たちを託し、わが子同然のイザベラ殿の身柄をお預けするのは、どなたにすべきでしょう？　次の領主には、たとえそれがどんな遠縁であっても、アルフォンソ公の血筋を求めたい。一方、こう申すことをご勘弁願いたいが、ドン・リカルドの血筋がそれに取って代わることは、そもそもアルフォンソ公ご自身がお許しになったこと。さてそれでは、アルフォンソの血筋といっても、どこに求めればよいでしょうか？　わしの知る限り、それは貴公の主君、フレデリック侯の他においでになりません。その侯は異教徒たちの虜囚の身、あるいは既に命はないかもしれません。また、もしかりに生きてヴィチェンツァにいたとして、あの華やかな領地を捨てて、この取るに足らぬオトラントの地においでになることがありえましょうか？　侯が領主とならないのであればどうでしょうか？　思いやりのない苛斂《かれん》な代理領主がやってくると思うと、寄る辺ない正直な領民たちが哀れでなりませぬ。お判りかな？　領民たちを心から思うわしのこの気持ちが？　領民たちもまたわしを慕ってくれています……。さて、貴殿たち、見たところ、わしの長談義がどこまで続くのか、いささかご不審のようですな。では、急いで結論を申し述べましょう。貴殿たちのオトラント到着をご覧になって、天も八方塞がりの状況への妙案をお気づきになったようです。イザベラ姫は、現下、自由のご身分。このわしも、遠からず、自由の身となります。そして領民の安寧のためには、どんな犠牲も厭ってはなりませぬ。さらに、両家の諍いの火種を除きもする名案となれば、どうでしょう、それはこのわしがイザベラ殿を花嫁に迎えることではないでしょうか？　おお、貴殿、驚かれましたか？　しかし、ヒッポリタがいかに貞淑な妻であっても、領主たる者、一身の欲得だけを考えていてはいけません。領主は常に領民のため――」

　そのときです。マンフレッドの下僕が部屋に入ってくると、「ジェローム様他、数名の修道士がすぐにもお目通りしたいとお越しです」と告げたのでした。

　話の腰を折られた格好のマンフレッドは、一瞬かっとなりましたが、神父がイザベラ姫の失踪の事実を不用意に洩らしては一大事と気づき、入室を止めようと考えます。しかしすぐさま、神父の到来は、姫の帰還の知らせに違いないと思い直し、マンフレッドは騎士たちに向かって中座を詫びました。部屋を後にしようとしたマンフレッドは、ジェローム神父と供の修道士と鉢合わせになりました。

「私室にまで入り込むとは何たること」とマンフレッドは叱責し、一同を外へ押し戻そうとします。ところが、興奮の体のジェローム神父に、城主の圧力は通じません。神父様は大声でイザベラ姫の失踪を宣言され、さらには、自らの潔白を申し立てたのでした。マンフレッドはこの知らせに動揺し、それと共に、騎士たちに知れてしまったことの戸惑いも加わって、言葉にならない言葉をわめき立てます。神父様を叱りつけたと思うと、次には騎士たちに向かって詫びの言葉を口走ります。イザベラの消息は気がかりなものの、真相を騎士たちに知られたくはない。すぐさま姫を追いかけたいが、三人には加わってもらいたくない。とうとうマンフレッドは、使いを出してイザベラ姫の捜索をさせましょうと申し出ます。これを聞いた頭目の騎士は、ついに沈黙を破ると、激しい言葉でマンフレッドを非難いたします。その狡猾で腹黒いやり口を咎め立て、「そも姫が城を離れたのはなにゆえか?」と問い質《ただ》したのです。マンフレッドは神父様の方を見て、余計な口出しをせぬように目配せすると、「息子コンラッドの死に際し、今後の身の振り方が決まるまでの間、姫を安全な場所に移したまでのこと」と話を繕います。わが子の安全が気がかりな神父様は、この嘘偽りに異論を差し挟んだりいたしません。ところが、何の不安もない修道士のひとりが「姫は昨夜、修道院へと逃げておいでになったのです」と正直に言ってしまいました。マンフレッドは慌てて口を塞ごうとしましたが手遅れです。漏れ出た真実に戸惑い、恥じ入るしかありません。城主の二枚舌に仰天した大太刀の騎士は、さてはマンフレッドは口では姫の身を案じておいて、実のところ途方もない隠し事をしていたのかと思い至り、すぐさま出口に向かって走り出すと「この嘘つきめが! 姫はこの手で探し出してみせる!」と言い放ちました。マンフレッドは騎士の行方を遮ろうといたしますが、他の騎士が割って入ります。マンフレッドを振り解いた頭目の騎士は、中庭に駆け出ると、従者たちを呼びつけました。止め立ては無用と悟ったマンフレッドは、共に捜索に当たることを申し出て、自らも従者たちを呼び集め、またジェローム様たちに先導を命じると、そのまま城を後にいたしました。このときマンフレッドは、加勢を求めるために特使を出したと騎士たちには思わせておきながら、その実、騎士たちを追跡するようにと密かに臣下に命じておいたのでした。

マチルダは、先ほど大広間での死刑宣告を見てからというもの、哀れな百姓の身の上を案じ、どうにかしてその命を助けてあげたいと思っておりました。マンフレッドたちが城を離れてまもなく、女官たちから、城の者たちはひとり残らず、イザベラ姫の捜索にちりぢりになったと聞かされました。大わらわのマンフレッドは、家来全体に向かって指図を与えましたが、セオドアの警護にあたる家臣たちに特別の沙汰はございませんでした。おそらくは失念していたのでございましょう。しかし、口うるさい城主に慣れた警護の者たちは、むしろ進んで命令に従うべきだろうと考えますし、また新しい事件の出来《しゆつたい》に好奇心を掻き立てられもいたします。とうとうひとり残らず持ち場を離れ、城を後にしてしまいました。これを知ったマチルダは、お付きの女官を振り切るや、そのまま〈黒の塔〉へと駆け上がり、閂を外すと、驚嘆の体のセオドアの前に姿を現したのでした。

「お若い方」とマチルダが言いました。「わが行い、子の務めにも女性の慎みにも悖《もと》るもの。けれど一切の絆にまさる神聖なる慈悲心は、きっとお許しくださるでしょう。さあ、今すぐお逃げなさい！　この通り、牢の扉は開いています。わが父も家臣たちも、今は皆、城を離れています。しかし、ほどなく戻ってくるのは必定。ならば、さあ、安全な今のうちに、お行きなさい！　あなたの道行きに、天使さまのご加護がありますように！」

「貴女《あなた》こそが、まさに天使です！」とセオドアが狂喜して口走ります。「このような神々しいお姿とお振る舞い、天使でなくで何でありましょう？　わたしをお護りくださる神聖な方のお名前だけでもお聞かせ願えれば——いや、たった今、『わが父』とおっしゃいましたか？　ああ！　そんなことがありえましょうか？　同じ血を分けながら、このような情け深い方でいらっしゃるとは。どうしても、お名前はいただけませぬか？　それにしても、どうして貴女はここにいらしたのでしょう？　ご自身の安全も顧みず、セオドアのような下賤の身をお気遣いになられるなんて？　さあ！　一緒にここから逃げましょう！　貴女が救ってくださったこの命、御身のために捧げる覚悟にございます」

「いいえ、それには及びません」とマチルダはため息をつきました。「わたくしはマンフレッドの娘。この身に危害の及ぶ心配はありません」

「何というおっしゃりよう！」とセオドア。「昨夜、わたしは御身をお救いしたことを祝福していたところ。そして今、御身がこの身に、情け深くも憐れみをお与えくださっている——」

「それは何かの間違いです」とマチルダ。「とにかく、詳しく説明している時間はありません。さあ、徳高き方、すぐにお逃げください。今なら力になって差し上げることができます。もしお父さまがお戻りになったら、それこそ一大事！」

「どうしてわたしだけが？　貴女を危険の中に残したまま、どうしてわたしひとり、命を長らえることができましょう？　それよりは何千もの死を堪え忍ぶ方が、どれだけ……」

「わたくしに危険はございません！　危険はただ、こうしてぐずぐずしていること。さあ、行くのです！　わたくしのことは決して知られてはいけません！」

「それだけは天に誓って！　貴女に疑いの及ぶことは万一にもございません。わずかでもその心配があれば、わたしはこのままここにとどまって、この身を運命に委せるでしょう！」

「まあ！　何ということを！　でもご心配なく。その気遣いは要りません！」

「その言葉の真実の徴《しるし》に——」とセオドア。「どうかお手をくださいませ——御身への感謝の証し、かぐわしき御手にこの涙を捧げとうございます」

「それはいけません！　そんなこと！」とマチルダ。

「わたしはこれまでの生涯、困難のほかは知りませぬ。また、こんな幸せにはこれより先、出会うことはありますまい。御手を取るのは、清らかな喜びと聖なる恩義の気持ちから。わが魂魄の想いを、ただただ、御手に刻ませていただければ――」

「いいえ、なりませぬ！　このままお行きなさい！」とマチルダ。「そのように跪く姿をイザベラが見たら、いったいどうお思いになるか」

「イザベラさま？」とセオドアは驚いた様子です。

「まあ！　何という！　そのように白《しら》をお切りになりますか！　今朝方のあなたの詮索を、まさかお忘れでないでしょうね？」

「貴女のお姿も振る舞いも、まさに神々しさの見本そのもの」とセオドア。「さりながら、貴女のお言葉だけは、謎と暗さに満ちておいでです。どうか、下僕にもわかるような、平易な言葉でおっしゃってくださいませ！」

「あなたにはどれもこれも、とうからお判りのはず。繰り返します！　すぐにお行きなさい！　せっかくあなたの血を流さずにすむところなのに、いつまでも無駄口をきいていると、わたくしも血潮を浴びることになりましょう」

「それでは参ります」とセオドア。「御身のご意志でもあり、また、白髪頭の老いた父親を悲歎のあまり墓場に送るわけにもいきません。さあ、最後にどうか、この身に優しき哀れみを！」

「そうだわ！　待って！　そう、あなたをイザベラも使った地下道に案内いたしましょう。地下道を行けば聖ニコラス教会にたどり着けるはず。そうすれば身の安全は確保されます！」

「ま、まさか！　してみると、わたしがお助け申したのは貴女ではなく、別のご婦人ということですか？　地下道へとお助けしたあの方は？」

「そう、そのとおりです。でもそれ以上はお訊ねなさいますな。あなたがいつまでもここにいるかと思うと、震えがまいります。さあ、一刻も早く、教会のご庇護のもとへ！」

「この身を聖域に！」とセオドア。「いいえ、それはわたしにはできません。教会の聖域は、そも、罪人や寄る辺なきご婦人が身を寄せるところ。このセオドアは罪状とは無縁の身、その見せかけを装うのも忌まわしい。どうかこの身に、剣をお渡しください。セオドアが不名誉な逃亡に訴える者でないこと、貴女の父上もお知りになることでしょう」

「なんという無鉄砲！　まさかその剣、大胆にもオトラント領主にむかって振りかざすおつもりですか？」

「貴女の父上に？　いいえそのような真似は誓っていたしませせぬ」とセオドア。「どうか、お許しくださいませ。うかつにも、すっかり失念しておりました。それにしても……貴女の顔《かんばせ》をうちまもりながら、どうしたら貴女が、あのマンフレッドと血続きと思うことができるでしょう？　しかし、事実、貴女はマンフレッドの娘君。ならば、たった今、これまでに被った辱《はずかし》めの数々は忘却の中に封印するといたしましょう――」

そのときでした。頭上からでありましょうか、太く虚ろな呻き声が大きく響きわたり、二人の肝を冷やしました。

「大変！　ここにいることが判ったのかしら？」

二人は耳を澄ませます。しかし、それ以上、何の物音もいたしません。どうやら閉所に籠もっている悪気の仕業だったのでしょう。そう結論すると、マチルダは若者を導いて、足音を立てずにマンフレッドの武具室へと案内します。そこでセオドアに鎧を着せると、そのまま裏門へと連れ出したのです。

「市中へ向かってはいけません」とマチルダ。「それからお城の西側も。そのあたりは、父と謎の客人たちが

Theodore and Matilda.

イザベラの捜索を続けています。だから、その反対側に急ぐのです！　あの方面、東に張り出した森の向こうには岩場が続いていて、その先の海岸まで洞窟が迷路のように行き交っています。いったんはそこに身を隠し、折を見て沖を行く船に合図を送れば、接岸してあなたを乗せてくれるでしょう。さあ、お行きなさい！　天のお導きがありますように！　それから、ときどきの祈りのときには、どうか思い出してください。このマチルダのことも！」

この言葉に、青年はマチルダの足下に身を投げ出し、その百合のような手を取ると、マチルダが抗《あらが》いながらもお許しになったので、そこに口づけをするのでした。そして、「一刻も早く騎士に叙せられますゆえ、その暁には、終生にわたって御身一筋にお仕えすることを誓わせていただきたい」と、ひどく熱心に請うのでした。

ところが、まだマチルダが返事をしないうち、突然、雷鳴が響き渡り、胸壁を大きく揺らしました。嵐の襲来など意に介さないセオドアは、なおも懇願を続けようとしましたが、あわてふためいたマチルダは、急いで城中に退くと、若者に向かってすぐにこの場を去るよう、有無を言わさぬ表情で命じました。セオドアはひとつため息を洩らすと、その場を後にいたします。しかしその眼《まなこ》は、マチルダが裏門を閉めるまで、じっとその方角へ向けられていたのでした。こうして、二人のつかの間の邂逅は終わりました。二人は、これまでに出逢ったことのない甘美な気持ちを、はじめて深く味わうことになったのでした。

セオドアは物思いに耽りながら、まず修道院へと歩を進めました。父であるジェローム神父に無事を知らせたいと思ったのです。ところが、セオドアはそこで父親の不在を知らされました。皆がイザベラ姫の捜索に出ていると聞かされ、さらには、それまでセオドアが知らなかった、事の仔細も教えられました。義侠心が持ち前のセオドアだけに、それを聞くと、姫を助けたい気持ちを抑えられません。ところが、修道士にどう訊いても、姫の逃げた方角の見当さえつきません。姫を探すにしても、セオドアは遠くまで出かけていく気持ちにはなりませんでした。マチルダの残した印象があまりに強く、その住まいから遠く身を引き離すという考えには、とても耐えられなかったのです。それに加えて、父親が示してくれた愛情もセオドアの歯止めになっておりました。そこでセオドアとしては、子として父親を想うのは当然のこと、自分は城と修道院の間に留まっているべきだと自らを納得させたのです。そこで、ジェローム神父が戻られる夜までの時間、マチルダが指し示してくれた森に隠れていようと思い定め、さっそく件《くだん》の森に赴くと、自身の沈んだ気分にぴったりの、格別に暗い繁みを選んで彷徨《さまよ》い始めました。しばらく沈鬱な歩を刻んでふと気がつくと、以前に隠者の住み処となっていた岩窟《いわあな》に出ていました。この頃、国中で、悪霊が住みついているともっぱらに噂されていた場所でございます。セオドアもそうした言い伝えに聞き覚えがありました。生来《せいらい》、勇敢で冒険を好む性格だけに、セオドアはすぐ、この迷路のような洞《ほら》の秘密を探ろうという好奇の念にとらわれました。そのまま数歩進んでいくと、誰か人の足音が遠ざかっていくように聞こえるではありませんか。セオドアは、聖なる教えには忠実な者でしたが、このときは、「行いの正しい人間ならば何の心配もいらぬ、悪意に満ちた闇の勢力に簡単に征服される気遣いはない」と思いなしておりました。それにこの洞は、人の言うように悪鬼が出て旅人を悩ませるよりは、むしろ盗賊が出没するのにふさわしいようでした。加えて、セオドア自身、己の勇気を試す機会をかねてから求めていたところでもありました。そこで、細身の長剣を腰から抜くと、しっかりとした足取りで前へと進みました。切れ切れに届く足音が、己の進むべき方向を教えます。また逆に、セオドアの鎧の音は、相手に人の接近を知らせていたのです。間違いなく誰かが逃げていると確信したセオドアは、歩みを倍に速めます。人影との隔たりはみるみる縮まります。相手はなおも足早に駆けますが、とうとうセオドアはその者に追いつきます。するとすぐ目の前、息を切らしたご婦人が崩れるように倒れました。セオドアは、さっと駆け寄るとその身を起こします。しかし恐怖に駆られたご婦人は、そのまま気を失ってしまいそうです。ありったけの慰めの言葉をかけて、若者は心配の無用なことを言い聞かせます。

「危害は加えませぬ。わが命を賭しても御身をお護り申す所存」と宣言いたしました。この恭しい態度を見た婦人は、少しだけ気を取り戻すと、若者の方に視線をやりました。

「そのお声。間違いありません。どこかで、聞き覚えが――」

「そうおっしゃる貴女《あなた》は――」とセオドア。「間違いない。イザベラ姫」

「ああ、神様！　まさか、追っ手の者では？」そう叫ぶとイザベラは、セオドアの足下に身を投げ出し、どうかマンフレッドに引き渡すのだけは勘弁して欲しいと懇願するのでした。

「マンフレッドに！　とんでもございません！　わたしは一度、御身を城主の魔の手からお救いした者。今一度、たとえ困難があろうとも、貴女を安全な場所までお送りいたします」

「まさかあなたは、昨夜の方？　お城の地下で、昨夜お会いした親切なお方でしょうか？　ああ、生身の人とはとても思えません！　わたくしを守護される聖者でなくてなんでしょう！　どうか跪かせてください」

「お待ちくださいませ。お優しい姫君にそんな真似は！」とセオドア。「わたしは貧しく友もない若造に過ぎません。わたしが姫君をお救いしたのは天の思し召し。わたしは天意を果たす使命ゆえに心強くなっているに過ぎません。それより、姫、ここは洞窟の入口に近すぎます。もっと奥の方へ入りましょう。貴女《あなた》を危険から遠ざけるまで、この胸にひとつとして平安は訪れません」

「まあ！　どういうおっしゃりようでしょう！」とイザベラ姫。「気高い行いと澄みきったお心の方とばかり思っておりましたのに！　二人きりで、入り組んだ洞《ほら》の一番奥まで行こうだなんて！　そんなことが許されるとお思いですか？　もし二人でいるところを見られたら、口さがない世間はどんな噂を立てるでしょう？」

「姫の貞節へのご懸念、まことに貴いものにございます」とセオドア。「しかし、わたしの名誉に関わるお疑いとなれば、見捨てるわけには参りませぬ。わたしの思いはただひとつ、人目からもっとも遠く、岩々に隠された洞にまで御身をお連れすること。そこでわたしは、岩々と一緒に、命をかけて御身をお護りする決意

Theodore and Isabella.

です。それに――」とセオドアは大きくため息を洩らします。「確かに姫はお美しく、お姿にも何一つ欠けるところはありません。そして、わたしの心とても、まったくの無垢というわけではございません。しかし実を申せば、わが魂はすでに他のご婦人に捧げられておりまして、かりそめにも――」

このとき、突然物音が聞こえたので、セオドアの言葉は途切れました。それは人の声だとすぐに判りました。

「イザベラさま！」

「おーい！」

「イザベラ姫！」

先ほどの恐怖がまた甦ってきたのでしょう、イザベラは激しく顫《ふる》えだしました。セオドアは懸命に姫を励ましますが、効き目はありません。

「貴女をマンフレッドに引き渡すくらいなら、この命を犠牲にしてみせます」

そう誓ったセオドアは、その場に隠れているように念押しすると、追っ手たちを挫くべく、声の方角へと向かっていきました。

洞窟の入口まで戻ってみると、鎧を着た騎士が百姓風情と話しているところに出くわしました。百姓は、貴婦人がここに入っていくのを見た、と証言しています。そう聞いた騎士の方は、洞に入ろうと歩み出ます。その行く手を遮って、長剣を抜いたセオドアが立ちはだかり、ここを通る者は死を覚悟せよと挑みました。

「わが歩みの邪魔立てをするは何者か！」と騎士が見下して言い放ちます。

「やると言ったことは、必ずやり遂げる者だ」とセオドア。

「拙者はイザベラ姫の捜索にあたる者。姫はこの洞にお入りになったと聞いておる。さあ、邪魔立てするでない！　わが怒りに火をつければ、きっと後悔することになるぞ！」

「なるほど、志《こころざし》の忌まわしき者は、腹立ち具合も卑しいものよ」とセオドアが言い放ちます。「元の場所にさっさと引き返すがよい。さもなければ、どちらの怒りが恐ろしいものか、白黒をつけることになるぞ！」

対する騎士は、実のところ、ヴィチェンツァのフレデリック侯の名代を務める、例の謎の騎士でありました。マンフレッドが姫の行方の詮索に汲々とし、三人の騎士に先を越されるのを気にかけているその隙に、ひとり騎乗してマンフレッドの側から離れてきたのでした。この頭目の騎士は、イザベラ姫の失踪にはマンフレッドが関係しているのではないかと、はじめから疑っておりました。その証拠に、今もまた、城主の指図によって姫を匿《かくま》うために配置されたと思《おぼ》しい若者から、このような辱めの言葉を投げかけられるのです。謎の騎士はセオドアの言葉には答えず、いきなり長剣を振りかざして斬りかかります。セオドアの方も、とうから相手をマンフレッドの家臣の領袖《りょうしゅう》とみなしておりましたし、厳しい言葉を投げつけながらも、同時に身を守る用意も整えておりましたので、最初の一撃はしっかと盾で受け止めることができました。が、そうでなければ、まちがいなく寸時のうち、騎士の邪魔者は消えていたことでございましょう。一太刀を受けたことで、セオドアの胸中でくすぶっていた勇猛心が一気に破裂いたしました。大胆にも騎士にむかって真っ直ぐに突進します。ですが、相手も誇りと忿怒にかけては見劣りしません。それは激しい応酬となりました。しかし、闘いは熾烈でこそあれ、長くは続きませんでした。セオドアは騎士に対して三ヶ所の深傷《ふかで》を与え、ついに騎士は、剣を落とすと、血を流して意識を失いました。闘いの始まりと同時に逃げ去っていた先ほどの百姓が、森の中を捜索していたマンフレッドの家来たちに急を告げたのでしょう、ちょうど決着のついた頃に集まって参りました。そしてすぐさま、倒れた騎士は、遠来の謎の騎士であることが判りました。マンフレッドに対しては憎しみを抱いていたセオドアでしたが、勝利に際して、哀れみと思いやりを抱かずにはいませんでした。さらに相手が身分卑しからぬ者であり、さらには城主の家来ではなく、マンフレッドの敵であったと聞かされていっそうの哀れを催したのです。セオドアは家来たちに手を貸して、傷ついた者の武具をはずし、傷口から噴き出る血潮を止めようと努めました。ようやく少しだけ口がきけるようになったのでしょう、騎士はか細く、切れ切れの声で「心寛《ひろ》きお方よ。われわれ、互いに思い違いをしておったようだな」と言いました。「拙者はそなたを暴君の手下と思っていた。そなたも、同じ誤解をされたのだろう……だが、気づいても、もう、手遅れ……。この通り、気が遠くなっていく……もし、イザベラが近くにいるのなら……呼んでもらえぬか……どうしても伝えたい、秘密がある――」

「ああ！　お亡くなりになる！」と家来のひとりが叫びます。「誰か、ロザリオを！　アンドレア、お祈りを！」

「それより水だ！」とセオドアが指示をします。「水を飲ませるのだ。その間に、わたしは姫をお連れする！」

そう言い残して、セオドアはイザベラのところへ急ぎます。そして、姫の御前で恭しい構えをとると、手短に、過失からとはいえ御父上の宮廷の者に深手を負わせてしまいましたと申しました。

「死にぎわに、姫君に重大な報知《しらせ》があるとの仰せです」

自分を呼ぶセオドアの声を耳にして、いったんは安堵に包まれた姫でしたが、続く知らせにぎょっとなりました。セオドアに先導を任せたイザベラは、若者の心強い勇ましさに、乱れた心を鎮めながら、血まみれの騎士がじっと横たわっているところに着きました。そこには数名、マンフレッドの家来も居合わせましたので、イザベラの心に、また不安が甦ります。

「誰も剣は携えておりませぬ」とセオドアがただちに告げ、同時に、姫を捕らえんとする者は死を覚悟せよと宣してくれたので、ようやく姫はその場を逃げ出さずにすみました。

手負いの騎士は、眼を開いて、そこにいる姫を認めると、「そなた……間違いないか……ヴィチェンツァのイザベラに相違ないか？」と訊ねました。

「いかにも」と姫が答えます。「天の思し召しにより、お命が助かりますように！」

Frederic, Theodore and Isabella.

「そうか……とうとう、会えたか！　やっと……そなたに会えたか！」騎士は絶え絶えの息で、言葉を継いでいきます。「判るかな……そなたの父だ……さあわしに……」

「まあ！　何ということでしょう！　これはどういうこと！　あなたが！　あなたが！」姫はもう狂乱の体です。「あなたがお父さま！　わたしのお父さま！　どうしてここに？　お願い！　お答えになって！　ああ！　誰かお助けを！　お父さまのお命が！」

「まこと、そのとおり……」手負いの騎士は力を振り絞って言葉を継ぎます。「わしはお前の父親、フレデリックだ……そうだ……わしは、お前を助けに来た……決して……さあ、お別れの口づけを……それから……」

「お願いです」とセオドア。「これ以上、ご無理はなさらないように！　すぐにお城までお運びいたしますので――」

「お城へ！」とイザベラが叫びます。「もっとこの近くによいところはございませぬか？　お父さまをあの暴君のもとに置くなんて！　あなたがそうされても、わたしは参りません！――でも、お父さまのお側だけは、とても離れられない！」

「よいか、娘よ」とフレデリック侯が声をかけます。「この身は、どこに運ばれようと同じこと。あと数分もすれば、何の危険もないところに行くのだからな。だから、それまでの間、わたしの近くにいておくれ。お前の姿をよく見ておきたいのだ……こちらの勇ましいお方――どこのどなたかは存ぜぬが――この方がこの先も、お前の身を護ってくださるだろう。お願いです、決してわが娘をお見限りになりませんように……」

　これを聞いたセオドアは、自ら手をかけた侯爵の上に滂沱《ぼうだ》の涙を流します。そして命に賭けて姫をお護りすると高らかに誓い、改めて、城内にお運びすることの許しを得るのでした。一同はフレデリック侯の傷口をできるだけきつく縛ったうえで、マンフレッドの家来の馬に乗せました。セオドアは侯の横に付き添って歩き、父親から離れられないイザベラは、沈んだ面持ちで、後ろからついていくのでした。

第四章

悲しみにうち沈んだ一行をオトラント城で出迎えたのは、ヒッポリタ様とマチルダでありました。おふたりはすでに、イザベラ姫の遣わした家臣から事情を聞いていたのです。フレデリック侯を一番近い部屋へと案内すると、ご婦人方はそのまま引き下がられ、後を受けた医者たちが傷口の診察にあたりました。マチルダは、セオドアがイザベラと一緒にいるのを見て、顔を赧《あか》くいたします。しかし自分の気持ちを隠して、イザベラを抱擁し、父上の不幸に慰めの言葉をかけました。ほどなく医者がやってくると、侯は命に別状はなく、姫君とご婦人方にお目にかかりたいとおっしゃっていますと告げました。セオドアは表向き、自分の与えた傷が致命傷でなかったことの喜びと安心を侯と分かちあいたいという様子でしたが、実のところ、侯のもとへ行くマチルダについて行きたくて仕方ないのでした。一方のマチルダは、セオドアと視線が会うたび、さっと眼を伏せてしまいます。さっきから、セオドア

がマチルダばかり見ているので、その様子をじっと伺っていたイザベラは、洞の中でセオドアが魂を捧げたと言っていた女性が誰なのか、はっきりと了解したのでした。こうした黙劇が進行するかたわら、ヒッポリタ様はフレデリック侯に向かって、いったいどんなふうに此度の親子の名乗りに至ったのか、その仔細をお訊ねになり、また、今般の両家の子供たちの縁組みに関して、夫である城主マンフレッドのために、幾重にも弁解をいたしました。マンフレッドに対しては立腹千万のフレデリック侯でありましたが、恭しくも心優しいヒッポリタ様には感じ入らないわけに参りません。が、侯はそれ以上に、マチルダの美しさに心底、感嘆していたのです。ご婦人方を少しでも長く臥所《ふしど》のそばに引き止めたくて、侯はヒッポリタ様のせがむまま、これまでの身の上を語ってきかせたのでした。

——かつて、異教徒に囚われの身になっていたときのことです(と侯は語られました)。ある夜、わたしは夢を見たのですが、それは、虜囚になってこの方、何の知らせも受けていなかった娘が、どこかの城に留めおかれているという夢でした。そして娘には途方もない危難が降りかかろうとしているようなのです。「捕囚の状態を解かれて、ヨッパ近くの森に赴くならば、さらに詳しくことの次第は知れるだろう」——そう夢は告げたのです。この夢にただならぬ胸騒ぎを覚えたものの、わたしは夢の教えに従うことも叶わず、獄にあることが一層うらめしくなるのでした。どうして身の自由を得たものかと苦しい思案の日々を送っていたところ、嬉しい知らせが届きました。パレスチナの地で戦いに身を投じていた味方側の諸侯が、わたしの身柄の引き渡しに必要な大金を用意したくれたというのです。そこで、わたしは一刻も猶予せず、夢に教えられた森へと急ぎました。まる三日間、わたしと供の者は森の中をさまよいましたが、ひとりも人には出逢いませんでした。ところが三日目の夜、行く手に小屋が見えました。中をのぞくと、世を捨てた隠者の方が、神々しくも、死の迫った様子で苦しんでいるではありませんか。わたしたちが効き目の強い気付け薬をあてがいますと、何とか口がきけるようになりました。

「お若い方々、親切には感謝の言葉もない――」と隠者は言いました。「しかし、すべては甲斐なきこと……わしはすぐに、永遠《とわ》の安息につくことになる……じゃが、ここで、天意を果たせるのは大きな喜びというもの。そも、わしが隠遁の道を選んだのは、わが故郷が不信心者の手に落ちた折のこと(ああ！　何ということか！　あの惨事から、もう五十余年が過ぎてしまった！)――その頃じゃった、聖ニコラス様が、わしのもとに現れて、死への旅立ちの間際まで誰にも明かしてはならぬとご命じの上、ある秘密を授けられたのじゃ。そして、今がまさにそのとき。そして汝らこそ、わしの受け取った託宣を委ねるために選ばれた戦士たちじゃ。よいか、この哀れな老人の亡骸《むくろ》の始末をつけたなら、ただちにこの洞《ほら》の左手、七番目の木の根元を掘り返すのだ、そうすれば……ああ！　もういかん！　天よ！　この魂を受け取りたまえ――」

こう叫ぶと、隠者は息を引き取られたのでした……。さて、翌日(とフレデリック侯は続けました)夜明けを待ってわれわれは、神聖な遺骸を土中におさめると、遺言のとおりに木の根元を掘りました。すると……ああ！　あれが驚きでなくて何でしょう！　およそ六フィート掘ったところから、巨大な太刀が現れたのです！　そうです、今あちらの中庭に置かれている、あの大太刀です。そのときわたしは、一部が表に出ていた太刀の刃の上に(その後、大太刀を掘り起こす途中で、鞘に収まって隠れてしまったのですが)、次のような文字が刻まれているのを見たのです。――いや、いや、奥方さま、この辺でやめておきましょう(と侯爵はヒッポリタ様に声をかけられます)。これ以上は控えとうございます。皆さま方は立派な身分の婦人方でいらっしゃる。耳障りを口走って、奥方さまの大切なものを傷つけるのは忍びありません――。そう言って侯は口を閉ざします。ヒッポリタ様は、顫《ふる》えていらっしゃいました。奥方は、フレデリック侯こそは、天意によってわが家の破滅を託された者とお思いなのです。わが娘愛《こ》しさと心配のためでしょう、マチルダをご覧になるヒッポリタ様の眼から、知らず涙が流れます。しかし気を取り直されると、奥方は「どうぞお話をお続けください」とおっしゃいました。「何ごとも天意ならば、故なきこととは申せませぬ。人はただ、あらゆる神聖なるお働きに、身を低くして服するのみ。私どもにできるのは、天のお怒りの降りかからぬことを祈り、あるいは、その命ずるところに頭を垂れることだけ。侯爵さま、どうぞお続けください。私どもは観念してお言葉に耳を傾けます」

フレデリック侯は、引き返せないところまで物語を進めてしまったことを悔やみました。威儀を正してじっと辛抱強くされているヒッポリタ様の姿は、侯の胸を崇敬の念で満たし、また、互いを思いやる母と娘の間に交わされる無言の暖かい気遣いに、侯はしみじみと涙を流しそうになりました。そして、かたくなに口を閉ざしていても、かえって奥方の不安を増すだけと思い至った侯は、低い吶々《とつとつ》とした声で、剣に刻まれていた詩句を諳《そら》んじたのでした。

大太刀と対なる兜のあるところ
汝《な》が娘、危難に遭わん
乙女を救うはアルフォンソの血のみ
長く迷いし王子の霊も、さが鎮めん

「その詩句のいったいどこが――」とセオドアがせっかちに口を挟みます。「ご婦人方に障《さわ》るというのです？あやしく謎めいてはいるけれど、こんなたわいない詩行のどこに怯える理由《わけ》がありましょうか？」

「そのような軽々しい口をきくものではありません！」とフレデリック侯。「一度幸運に恵まれたくらいで調子に乗って……」

「侯爵さま！」とイザベラが口を開きます。セオドアの常軌を逸した高ぶりはマチルダへの想いゆえと解したイザベラは、それが面白くありません。「百姓風情の愚かな言葉に、お耳を傾けるには及びません。侯爵さまに払うべき当然の敬意も持ち合わせない者。もちろん、育ちが育ちですから、致し方ありせんが――」

ここでヒッポリタ様が、一同の気持ちを静めようと、まずはセオドアの不躾《ぶしつけ》を(その寄ってきたる熱心な思いは認めた上で)お諫めされ、ついで会話の成り行きを変えるべく、フレデリック侯に領主マンフレッドとどこで別れたのか訊ねました。それに侯が答えようとしたときです、外で大きな物音が聞こえました。何ごとかと一同、椅子から腰を浮かせたとき、マンフレッド、ジェローム神父、それから家臣数名が、部屋の中に入ってきたのでした。すでに事件の報知を受けていたのでしょう、マンフレッドはまっすぐフレデリック侯の寝台に近づくと、いたわりの言葉をかけ、一騎打ちの詳細を話されるよう求めました。と、次の瞬間です。マンフレッドの顔は、みるみる恐怖と驚愕に乱れ、大声で叫んだのです。

「亡霊め！　貴様！　なぜこんなところにおる？　何だ？　わしもこれで最期というのか？」

「まあ！　どうなさいました？」ヒッポリタ様はそう叫ぶと、城主を両の手で抱きすくめます。「いったい何をご覧です？　そのように眼《まなこ》をカッとお開きになって！」

「何を言うか！」マンフレッドはぜいぜいと叫び返します。「ヒッポリタ、お前はあれが見えんと言うか？　さては、悪霊め、わしのところにだけやってきたな。どうにも解せぬ。わしはけっして――」

「どうか！　おやめください！」とヒッポリタ様。「お心を確かに！　どうぞ、落ち着きくださいませ。ここにはわたしたちだけしかおりませぬ。一族の者だけです」

「何を言う！　あそこにおるのはアルフォンソではないか！」とマンフレッド。「お前にはアルフォンソが見えぬか？　それとも、わしの頭が狂ったのか？」

「そこにいるのは――」とヒッポリタ様。「セオドアではありませんか！　不幸な若者、セオドアでしょう！」

「セオドアとな！」マンフレッドは悲痛な声をあげ、額を激しく叩きます。「セオドアだろうが幽霊だろうが同じことだ。マンフレッドの心の蝶番《ちょうつがい》は外れてしまったわ。だが、やつはどうしてここにおるのだ？　どうして鎧を着ておるのだ？」

「イザベラを捜して、この者も方々を歩いたのです」ヒッポリタ様が答えます。「何！　イザベラを捜しに！」マンフレッドは忿怒の顔になって返します。「なるほど、それはそうだろうて。だが、あの部屋からどうやって逃げたのだ？　いったい誰が逃がしたのだ？　イザベラか？　それともこの善人づらの神父めか――」

「親たる者に何の科《とが》がありましょう？」とセオドアが訴えます。「わが子の身の自由の仲立ちをするのは、むしろ自然なことではないでしょうか」これを聞いたジェローム様は、ご子息の口から己が下手人だと、とんだ濡れ衣を着せられたわけで、あまりの驚きに言葉もありません。もちろん、神父様は、セオドアがどうやって獄を破ったか、なぜ鎧を身に纏っているのか、またどのような経緯でフレデリック侯と一騎打ちをしたのか、皆目見当がつきません。とはいえ、マンフレッドの怒りに油を注いではならないと思い、よけいなことは訊かずにじっと黙っておりました。ところがこの黙《だんま》りのせいで、マンフレッドはかえって「神父の仕業」と確信するに至ったのでした。

「何という恩知らず！」とマンフレッドが神父様に向かって言い放ちます。「わしと妃からの数々の恩顧に対する、これが貴殿の返礼というわけだ！　わしのたっての願いの邪魔立てをするのでは飽きたらず、倅《せがれ》とやらにあのような甲冑を着せ、城内を闊歩させてわしを辱《はずかし》めおる！」

「お待ちください、城主さま！」とセオドア。「それはとんだ誤解というものです！　わたくしにも父にも、殿下のお心を乱そうなどという含みはございません。お許しくださるなら、今ここで、この身を殿下にお預けしとうございます」そう言うとセオドアは、手にした剣を恭しくマンフレッドの足下に置きました。「この胸をご覧ください！　ここに邪な思いが宿っているとお考えでしたら、どうか城主さま、この胸をひと突きにされますように！　城主さまとご一家に寄せる崇敬より他の思いなど、何ひとつ抱いてはおりませぬ！」

誠《まこと》のこもった実に天晴れな言い分、その場にいた誰もかれも、若者に好感を抱かずにはいられません。当のマンフレッドでさえ、これには深く感じ入ったのです。しかし、若者がアルフォンソに瓜二つだったため、その賞賛の気持ちも、故知らぬ恐怖によって覆われてしまっていたのでした。

「立つがよい！」マンフレッドは言いました。「今、わしが求めているのは、貴様の命などではないわ！　それより、貴様の話を聞こうではないか。どうして貴様が、ここにいる老いぼれの裏切り者の息子であるか述べてみよ」

「城主殿、それは！」とジェローム神父が色めきます。

「黙っておれ、詐欺師めが！　貴様の口添えは必要ない！」

「城主さま」とセオドアが申します。「わたしの物語はごく短いもの。口添えは要りませぬ。齢《よわい》五歳のときでした。母とわたしはシチリアに住んでいたのですが、親子二人、掠奪をほしいままにするイスラムの船にさらわれ、アルジェに渡ったのでした。母は悲歎のあまり一年も経たないうちに亡くなってしまいました――」ジェローム様の眼から涙が流れ、そのお顔も、千々の思いに歪んでしまわれます。「母は亡くなる前に――」とセオドアは続けます。「わたしの腕の、ちょうど袖に隠れるあたり、書き物を巻き付けました。そこには、わたしがファルコナラ伯爵の息子であると記されていたのです」

「いかにもそのとおり」と再びジェローム様。「わたしが、その哀れな父親というわけです」

「申したろう！　黙っておれ！」とマンフレッド。「続けよ！」

「その後も、わたしは奴隷のままでおりました。ところが二年も経った頃でしょうか、主人に付き従って、船に乗っておりましたところ、海賊船に力で勝るキリスト教徒の船によって助け出されたのです。その船の船長はわたしの素性を知ると、シチリアの岸辺まで連れていってくれました。しかし、何という運命でしょう！　シチリアで父親に巡りあうどころか、海岸近くにあった父の領地は、父が不在だった間、かつてわたしと母の拉致に手を染めた海賊たちによって荒らされるがままになっていたのです。城館《やかた》は焼かれて廃墟となりました。領地に戻ってきて、このありさまを見た父は、残った資産を処分すると、世を捨ててナポリ王国にある修道院に入ったということでした。それがどこの修道院であるか、知る者はありませんでした。お金もなく、助けてくれる人もなく、いつか父親とひしと抱き合う日が来るという希望すら、ほぼ完全に失われました。それでもわたしは迷わず、ナポリに向けて船に乗ったのです。そして六日ほど前に、わたしはこの地方に入り、その日稼ぎで自分を養って参りました。そういうわけで、昨日の朝までは、わたしは貧乏ながらも、心落ち着いた不満のない生活を送っていたのです。それ以外のものを、天から与えられるなどとは、夢にも思っておりませんでした。以上が、城主さま、セオドアの物語でございます。わたしは、こうして父親と巡り会えましたことを、過ぎた幸福と思っております。一方、城主さまのご不興の原因《もと》となってしまいましたこと、こちらは己の分《ぶん》に合わぬ不幸と存じあげます」

セオドアの話は終わりました。一座から、それはもっともだ、という囁き声が漏れました。

「話はまだ終わっておりません」とフレデリック侯が口を開きました。「名誉にかけて申しますが、今の話には、まだ隠されたところがあるのです。この者は控えめに話していましたが、わたしは遠慮なく語らせてもらいましょう。この者は、キリスト教徒の住む土地でも、並ぶ者のない勇敢な若者。それに、温かい心を持っておる。加えて、短い時間に知りえた限りで申せば、間違いなく正直な男と言ってよいでしょう。つまり、今の来歴に偽りがあれば、そのような話ははなから口にしない者ということ。そして、わたし個人の感情を言わせてもらえば、若者よ、生まれに似つかわしいそなたの率直な態度に、敬意を表したい。たしかにそなたはわたしに傷を負わせた。しかし、そなたの身体に流れているのが、たった今確認したような高貴な血潮ならば、むしろあの場合、沸き立つのが自然のこと。(マンフレッドの方に向き直って)どうだろう、マンフレッド殿、わたしはこの青年を許そうと思う。貴殿も同じようにはされまいか? 貴殿がこの者を亡霊と取り違えたとて、若者の非ではあるまいに」

皮肉たっぷりの侯の口ぶりに、マンフレッドは煮えくりかえるような思いでした。

「わしに畏れを抱かせるものがあるとすれば、さしずめ、この世を超えたところのもの」城主は傲然と言い返します。「この世の者には不可能事。ましてこのような青二才には――」

「さあ、さあ」とヒッポリタ様が割って入ります。「そろそろ侯には、お休みいただかないと。しばらく、おひとりにしてさしあげませんか?」こう言ってマンフレッドの手を取ると、奥方はフレデリック侯に挨拶し、一同を外へと誘《いざな》います。マンフレッドにしても、己のもっとも秘められた心の動きを露わにしそうになっただけに、会話をここで切り上げることに何の異存もございません。セオドアについては、明朝再び城に戻ってくるという条件付きで、父親と一緒に修道院に帰ることを許し(セオドアは喜んで、この条件を飲みました)、自身も促されるまま、私室へ引き下がったのでした。マチルダとイザベラも、それぞれに自分だけの思案に忙しく、しかも、お互いに対して含むところもございます。これ以上、ふたりで会話を続ける気にはなりません。ふたりはめいめいの部屋へと別れていきましたが、その際の挨拶ときたらどうでしょう、これほど心のこもらない、形ばかりの挨拶がふたりの間に交わされたのは、幼い頃以来このときが初めてでした。

このように情愛薄く別れただけに、翌朝、日が昇ってみると、その分、相手に会いたいという強い思いを、ふたりとも抱いたのでございます。夜の間も、とてもぐっすり眠れる心持ちではありませんでしたし、相手に訊きたかった数々の問いが、一晩中、頭の中に浮かんできていたのです。マチルダが繰り返し思い出していたのは、イザベラが若者によって二度も危ないところを救われたということで、とても偶然の出来事とは思えません。しかし、フレデリック侯の臥所のそばにいた間、間違いなくセオドアの視線は、ずっとマチルダに注がれていました。けれどこれも、イザベラへの想いを親たちから隠すための巧妙なお芝居かもしれません。

「このことは、はっきりさせなくては。イザベラの思い人に間違って想いを寄せたりしたら大変なこと」マチルダは真実を突き止めたいと強く願うのでした。このように嫉妬《やきもち》は好奇心をかき立て、また友情の名を借りては好奇心に許しを与えるのでした。

一方、同じように落ち着かない夜を過ごしたイザベラでしたが、相手を疑うにしても、こちらの方がよりしっかりした拠り所を持っておりました。セオドアの舌と眼の両方が、思い人のあることをはっきりと物語っていました。それは間違いないことです。しかし、もしかしたら、マチルダの方が、その想いに応える気のないこともありえます。マチルダはずっと、色恋にはまるで無頓着。その思いのすべては天に向けられているように見えます……。

「何だってわたしは、信仰の道に反対なんかしたのだろう?」とイザベラは自らに問いかけます。「なまじ自由な考えをするわたしは、こうして罰を受けている! それにしても、ふたりはいつ出会ったのだろう? それから、どこで? いや、会うなんて、それはあり得ないこと! 間違ってはいけないわ! ふたりが会ったのは、昨夜がはじめてのはずだもの……ということは、あの人の心を占めているのは、また別の誰かということになる。それならわたしの不幸せも、そんなに辛いものではないのかも。そう、それが大切なマチルダでないならば……それにしても、どういうこと? あの人の不躾《ぶしつけ》な態度は、お前なんかに興味はないと言っているのに等しいのに、それでも、わたしはそんな人に振り向いてもらいたいと思ってしまう……本当なら、もっと腰を低くして、恭しくあるべきときに、あんな振る舞いをした人なのに……さあさあ、マチルダのところに行ってこよう! わたしのこんな腹立ちも、マチルダなら当然のことと同情してくれるはず。そう、殿方は不実なもの! 信仰の道についてもう一度マチルダと話し合ってみましょう。マチルダだってきっと喜ぶわ。もう修道女には反対しないってはっきり言ってあげましょう」

こう思いなしたイザベラは、思いのたけをマチルダに明かそうと、その部屋へと赴きます。すでに着替えをすませたマチルダは、片腕に頭をのせて、何やら物思いに沈んでいる様子でした。この姿、まるで自分の気持ちをなぞり書きしたように見えたもので、イザベラの心に、はじめの疑いが再び起こってまいります。それに、一度は決意した友への信頼も揺らいでしまうように感じられます。ふたりは眼を合わせて、顔を赧らめます。あまりに無垢なふたりのこと、己の真の気持ちを繕うことも叶いません。何だか要領をえない質問と答えとが数度やりとりされましたが、とうとうマチルダの方から、どうして逃げたりしたのかと問いかけました。そう訊かれたイザベラの方は、マンフレッドの求婚のことはすっかり忘れて、自分の想いだけに囚われていましたので、逃げたというのは城からのことではなくて、昨夜の騒ぎのもとになった修道院からのことだろうと思って答えます。

「それはマルテッリが、ヒッポリタさまがお亡くなりになったという知らせを持って帰って……」

「ああ、そのこと！」とマチルダが言葉を遮ります。「ビアンカが言ってたわ。とんだ間違いがあったって。わたしがちょっと気を失ったとき、ビアンカったら、『姫君《プリンセス》が死んでしまわれた！』って叫んだっていうの［訳注：「プリンセス」には姫と奥方の両方の意味がある］。そのときたまたまマルテッリが、いつものように施しものを受けとるためにお城に来ていたものだから……」

「でも、どうして」イザベラの興味はただひとつです。「あなた、気を失ったりしたの？」

マチルダは顔を赧くして、しどろもどろに答えます。「そ、それは……お父さまが……罪人に厳しい罰を……」

「罪人って、誰のこと？」イザベラは追求をやめません。

「たしか……若い人だったわ……そうそう、昨日の若い人よ……何ていったかしら……」

「セオドアでしょう？」とイザベラ。

「そう、そうよ」とマチルダ。「姿を見たのはそのときがはじめてだったし、何がお父さまのご不興を買ったのかも判らなかったわ。でも、お父さまがお赦しになったのはよかった。あの人、あなたにはずいぶん尽くしていたみたいだから――」

「尽くしていた？　お父さまにあんな傷を負わせて、あやうく殺《あや》めてしまうところだったのに？　確かに昨日お父さまに出会うまで、ずっとわたしは孤児《みなしご》だった。でもね、マチルダ、あなたなら判ってくれるでしょうけど、だからといってわたしは、親への愛をまるで忘れて、若者の傍若無人な振る舞いを見過ごすような者ではないわ。わたしをこの世に生んでくれたお父さまに剣を向けた人に、どうしたら情けを抱けるかしら？　いいえ！　決して！　いいことマチルダ、わたしはあの者を憎んでいます。あなたにしても、わたしたちが子供時代から誓い合った友情を大切に思うなら、わたしを永遠の悲しみの瀬戸際まで追い詰めた若者を、きっと同じように憎んでくれるはず！」

　マチルダは少しうなだれると答えました。

「そんな……大切なイザベラ、あなたにはわたしの友情を信じてもらいたい……。あの若者を見たのだって昨日がはじめてだし、どんな人かだって、まるで知らないし……。でもね、イザベラ、お医者さまもおっしゃっていたように、フレデリック侯のお怪我はもう安心なのだから、若者のことを容赦なく責めるのは、少し気の毒かもしれないわ。そもそも、あなたのお父さまだなんて夢にも思わなかったわけだから」

「まあ！　ずいぶん熱心にかばうのね」とイザベラ。「見ず知らずの人だというのに！　きっと、弁護した見返りはあるのでしょうけど」

「え、どういうこと？」とマチルダ。

「いいえ、何でもないわ！……」と答えたもののイザベラは、セオドアのマチルダへの想いをほのめかしてしまったことを悔やみます。そこでイザベラは話題を変え、どうして城主さまはセオドアを見て亡霊などと思ったのだろうと問いかけました。

「あら、知らないの？」とマチルダが答えます。「セオドアは絵画室にあるアルフォンソさまの肖像にそっくりでしょう？　鎧を着けていないところでも、わたしはすぐに気がついて、ビアンカにそう言ったわ。まして、ああして兜をかぶると、それはまるで瓜二つ！」

「わたし、絵なんてよく見たことがないし、それに――」とイザベラ。「あなたみたいに、あの人をじっくり観たこともないから……。そうよ！　マチルダ！　あなた、気をつけた方がいいわ！　ね、友だちとして忠告するわね。あの人、気になる女の人がいるってわたしに打ち明けたのよ。でも、それはあなたではないわ。だって、あなたたちが会ったのはほんの昨日のことだもの。そうよね？」

「そう、それはたしかに、そうよ……でも……」とマチルダが答えます。「でも、どうしてわたしの大事なイザベラは、わたしの言った言葉の端をとりあげて、そんなふうに考えるのかしら……（ここでマチルダはいったん話を止めましたが、また思い直して話し出します）……その、つまり、セオドアと会ったのはあなたの方が先で、あの人の心はあなたの方を向いているから、わたしのちっぽけな魅力なんかに、振り向くわけがないって、どうしてそう思うのかしら？　いえ、いえ！　わたしの幸せなんかどうでもいい！　イザベラ、あなたが幸せになってくれればいいの！」

「ねえ、お願い。聞いて！」これを聞いたイザベラの正直な心は、やさしい言葉をかけずにはいられません。「セオドアが慕っているのは、本当はあなたなのよ。ちゃんとこの眼で見て、そのことは確信したの。それにわたしも、あなたの幸せの邪魔をしてまで幸せになりたいなんて、そんなふうには思わないわ」

やさしい言葉を聞いたマチルダの眼から涙が流れます。さっきまで、一時《いっとき》のやっかみが原因《もと》で、ふたりの乙女のあいだにはよそよそしい気配が漂っていましたが、イザベラの素直な告白を境にそれもすっかり消えて、いつものような暖かいいたわりと真心が姫たちに戻ってまいりました。めいめいが、セオドアから受けた印象を包みなく打ち明けます。その後は、お互いに恋の権利を譲り合って、寛《ひろ》い心の競い合いとなりました。結局のところ、徳高いイザベラ姫は、セオドア自身がその想いの在りかをはっきりと仄めかしていたことを忘れるはずもなく、己の胸の中の思慕をじっと抑え、大切な友だちに愛しいひとを譲る役目を貫いたのでした。

姫たちがこんなふうに友思いの先陣争いをしているところに、ヒッポリタ様が訪ねていらっしゃいました。「イザベラ姫」と声をかけられます。「マチルダにひとかたならぬ情けをかけてくれ、またこの不幸な家にふりかかる一々にも、深く心を砕いてくれている姫であれば、母娘の内密の話に、是非とも加わっていただきたいもの」

これを聞いた姫たちは、何ごとかと不安の面持ちに変わります。「イザベラ姫も――」ヒッポリタ様が続けます。「それからマチルダも、よく聞きなさい。この二日間、城にふりかかった数々の忌まわしい出来事を振り返り、これはマンフレッド殿が手にするオトラントの錫杖をフレデリック侯にお渡しせよとの神意に違いないと思い至りました。そして、わたしたちの破滅を避ける道はただひとつです。いがみ合う両家をひとつとなして、和合をはかるほかありません。そう思い至ったわたくしは、たった今、マンフレッド様に、愛しいわが娘《こ》をフレデリック侯に嫁がせたいと、申し上げてきたのです」

「わたしをフレデリック侯に！」とマチルダが叫びます。「お母さま！　それはまた、どういうお考えでしょう！　まさかそのことをお父さまに、すでにお話しになられたのですか？」

「話しました」ヒッポリタ様が答えます。「殿下はわたくしの話を熱心に聞いてくださいました。さっそく、フレデリック侯に面会されておいでです」

「ああ！　可哀想なマチルダ！」今度はイザベラが叫びます。「はばかりながらお妃さま、今次のことは、あまりのなさりよう。お判りでしょうか？　お妃さまのせっかくのお心遣いが、かえってご自身と、わたくしと、それからこのマチルダ、その三人の身の破滅になることを！」

「わたしのせいで、あなたとマチルダが不幸になる？　それはいったいどういうこと！」

「ああ！　お妃さまはご存じないのです」とイザベラ。「あまりに清いお心のため、お妃さまは世の者たちの邪心をお知りにならないのです。マンフレッドさまの神をも恐れないあの心を……」

「口をつぐみなさい！」とヒッポリタ様。「わたくしの前で殿下のことをそのように申すとは！　マンフレッドさまは城主にしてわたくしの夫――」

「それもいつまで続くことでしょうか？」とイザベラ。「城主さまの邪《よこしま》な謀事《はかりごと》が成就するとしたら……」

「何と恐ろしいことを！」とヒッポリタ様。「イザベラ姫、どうしたというのです。あなたの気性は判っているつもりでしたが、そのような節度をわきまえぬ物言いをするとは。まるで殿下が人殺しでもあるかの言いよう。いったい殿下に、そんなお振る舞いがあったというのですか？」

「ああ！　お妃さまの清い心は疑うことを知らないのですね！　よろしいでしょうか、お妃さま。城主さまがうかがっているのはお妃さまの命などではありません。城主さまは、離縁なさろうとのおつもりなのです」

「わたしを離縁！」

「お母さまを離縁に！」ヒッポリタ様とマチルダが同時に驚きの声をあげました。

「そう、離縁です」とイザベラ姫。「そして城主さまは、ご自分の罪の仕上げとして、密かに……いいえ！　もうこれ以上は、わたし、言えません！」

「イザベラ、いったい何なの？　言いかけたことを言って頂戴！」とマチルダが催促します。一方、ヒッポリタ様は黙ったまま、悲しみに心を塞がれて、言葉が出てこないご様子です。最近の夫君の思わせぶりな言葉の数々を思い出すだに、イザベラ姫の言うとおりと思えてくるのでした。

「ああ！　ご立派なお妃さま！　奥方さま！　おかあさま！」感きわまったイザベラは、奥方の足下に身を投げ出すと「どうぞ、わたくしをお信じください！　わたくしの申し上げることをお信じください！　お妃さまを陥れようとするくらいなら、そんなことを肯《うべな》うくらいなら、わたくし、千度だって死んでみせましょう！」と叫びます。

「ああ！　わたしは、もうたくさん！」とヒッポリタ様。「ひとつの罪から、こんなにも別の罪が出てくるなんて！　さあ、イザベラ、お立ちなさい。あなたの正直な心、わたしは決して疑いません。ああ！　マチルダ！　おまえには辛すぎるこの打撃。さ、泣くのはおやめ。それから、一言だって、不平を言ってはいけませんよ。いいですか、マンフレッドさまは、おまえの父親だということを忘れないようにね」

「でもそれなら、あなただって、わたしのお母さま！」とマチルダは激しく言い寄ります。「それに、こんなにご立派で、なんの罪もないお母さまです！　それなのにわたしは、不平ひとつ、不満ひとつ、言ってはならないのですか！」

「そうです。不平を言ってはなりません！」とヒッポリタ様。「さあ、さあ。やがてまた、すべて元通りになるでしょう。マンフレッドさまは、お子を亡くされて、ほんのいっときご乱心なだけ。ご自分のおっしゃっていることも、きっとお判りにならないのでしょう。ならば、イザベラが誤解したとしても仕方ないこと……本当は心根の優しい方なのに……それ以外にも、あなたたちは知らないようなこともいろいろあって……そう！　わたしたちは、今、避けられない運命の下にあるのです。天の御心が大きく手を広げられてわたしたちを覆っています。ああ！　せめてあなたたちだけでも、運命の手から救ってあげられたら！　そうだ！（と、お妃は何かを決意したご様子で、さらに話し続けます）　このわたしが犠牲になれば、これまでのすべての罪は拭い去られるのでは？　ならば、この身をすすんで運命に捧げ、離婚の道を受け入れましょう！　自身の行く末など、何の重みがありましょう？　このままそこの修道院に身を寄せて、生涯を祈りに捧げ、わが子と城主さまのために涙を流せばそれでよい……」

「ああ！　お妃さま！」とイザベラが叫びます。「この世で生きるには、あまりに清らかなお人柄！　城主さまの黒々とした心との、何という違いでしょう。とはいえ、そのような優しいお心で、同じようにわたくし誓って……」

「いいえ！　それ以上言ってはなりません！」とヒッポリタ様。「自分の意思で身の振り方を決めるなど、あなたには許されておりません。お父さまがいらっしゃるではありませんか！」

「父ならば、あの通り、気高く、信心深いひと。わたくしが不敬の道を歩むことなど、許すはずがありません。娘が呪われた人生を選ぶことを、はたして父親たるものが認めるでしょうか？　そのような道を父親が命じるでしょうか？　わたくしが縁づいていたのはご子息さま。そのお父上との縁組みなど、どうしてありえましょう？　いいえ、お妃さま。決してありえないことです。どのように強いられても、わたくしが城主さまの臥所を訪ねることなど、ありえないのです。忌まわしい城主さま！　呪わしいマンフレッドさま！　人の世の掟も、天の教えも、そのようなことは決して許しませんでしょう！　ああ！　わたしの大切なマチルダ！　わたしはこうして、あなたの優しいお母さまに、あなたの大切なお母さまに、辛い思いをさせてしまう！

「そうよ！　お妃さまは、わたしにとっても母親同然。他に母は知らないのだから！」

「そうよ！　イザベラ！　お母さまは、わたしたちふたりのお母さま！　どんなにお慕いしても、したりないくらいの方！」

「ああ、可愛い娘たち！」ヒッポリタ様が感極まっておっしゃいます。「あなたたちのその思いやり、わたしは胸がいっぱいになりました。でも、その気持ちに押し切られるわけにはいきません。わたしたちは、めいめい勝手に、自分の道を決めることはできません。すべては天が、それから、夫や親が、わたしたちの運命を決めるのです。マンフレッドさまとフレデリック侯とがどのようにお決めになるか、わたしたちはじっと待つよりほかないのです。もし侯がマチルダのお手を取ってくださるとなれば、この子はきっと、おとなしく従うことになるでしょう。ああ、天よ、それ以外の道は、どうかお塞ぎくださいますように！　……まあ、この子は！　いったいどうしたというの！」

声にならない涙を流しながら、足下に崩れ落ちたマチルダを見て、ヒッポリタ様は思わず声をあげました。

「いえ！　何も答えずにおきなさい！　親に逆らう子の言葉など、この耳に入れたくはありません！」

「お母さま！　わたしはこのとおり、親の言いつけにはいつも恭しく従うもの。どんなに恐ろしい言いつけであっても、おとなしく従う子であることを、お疑いになりませんように――」とマチルダが申します。「ですが、この世でもっとも貴い母親であるお母さま、わたくしが一番お敬《うやま》いするお母さまから、これほどまでの情けをかけていただいておきながら、どうして、どうして、この心の秘密を打ち明けずにいられましょうか？」

「マチルダ！　あなた何を言うつもり？」とイザベラが割って入ります。「早まったことはやめて！」

「いいえ！　いいのよ、イザベラ」とマチルダ。「わたしは立派なお母さまにふさわしくない娘。お母さまのお許しを得ないまま、心の中に、密かな想いを抱いているのだもの――そうなの！　わたしは、お母さまを裏切ったの！　お母さまの知らないところで、わたしは人を好きになってしまったの！　……でも、今ここで、わたしはそれを、あきらめます。天とお母さまに誓って……」

「マチルダ！　マチルダや！　いったいそれはどういうこと？」とヒッポリタ様。「この上、また別の災いを、おまえはわが家にもたらそうというの？　おまえが？　恋ですって？　家がなくなろうかというこの時に、おまえは恋だというのかい？」

「ああ！　何て罪深い娘でしょう！」とマチルダ。「お母さまを苦しめるなんて、わたしは何という娘だろう！　お母さまは、この世で一番大切な人なのに……もう二度と、あの方にはお会いいたしません！」

「イザベラ姫」とヒッポリタ様。「あなたは、マチルダの不幸な秘密を知っておいでのよう。さあ、どういうことか、すっかりわたしに話しておくれ！」

「お、お母さま！　……ああ、お母さまはわたしに罪の告白もお許しにならない！　わたしはそれほど、お母さまの愛をなくしてしまった……なんと惨めな！　なんて哀れなマチルダだろう！」

「お妃さま、それはあんまりなおっしゃりよう」とイザベラ。「清く正しいマチルダがこんなにも苦しんでいるというのに、お妃さまは何の憐れみもお感じにならないのですか？」

「わが子が憐れでないなんて！」そう言うとヒッポリタ様はマチルダの両の腕をお取りになります。「どうして、憐れでないことがありましょう！　この娘《こ》が優しい子であること、清い子であること、そして親思いであることは、わたしが一番知っています。さあ、たった今、許しましょう！　可愛いわたしの娘！　わたしのたったひとつの希望！」

　こうして、ふたりの姫君は、かわるがわるに、セオドアに寄せるめいめいの気持ちを奥方に打ち明け、イザベラがマチルダに恋の権利を譲った顛末を話して聞かせたのでした。ヒッポリタ様は姫君たちの軽々しい行動をお諫めになり、たとえ生まれは高貴であっても、あのような貧しいものに嫁ぐなど、どちらの父親もお認めになるはずがないと、その望みのないことを諄々《じゅんじゅん》と説かれるのでした。ただ、姫君の恋情がまだ生まれてまもないものであるということ、それから、セオドアがどちらの気持ちにもまだ気づいていないらしいことは、奥方にとっていくばくかの慰めとなりました。ヒッポリタ様は、今後セオドアと面会することを厳しく禁止なされ、マチルダは決して会わないときっぱりと約束します。ところがイザベラは、愛しいマチルダとセオドアとの恋の架け橋になろうと思い定めていただけに、どう返答をしたものか困惑してしまい、結局、はっきりとした返事はしませんでした。

「わたしは今から修道院へ参ります」とヒッポリタ様がおっしゃいます。「此度の数々の厄災からお救いくださいますよう、ミサをお願いして参りましょう」

「お母さま、まさか」とマチルダが遮ります。「わたくしたちをお見捨てになるのでは？　そのまま聖域に留まられて、お父さまが恐ろしい企みを行うがままにさせておしまいになるのでは？　ああ！　お願いです！　今一度、お考えくださいませ！　こうして跪いてお願いいたします。どうかわたくしを、フレデリック侯への生贄《いけにえ》にするのだけは！　わたくしも一緒に修道院にお連れくださいませ！」

「落ち着きなさい！」とヒッポリタ様。「わたしはすぐに戻ってきます。それに、おまえのことを見捨てたりはしません。天のご意志にも叶い、おまえの利益にもなる縁組みだけを願っているのですから」

「どうおっしゃろうと、わたしの気持ちは変わりません。お母さまのご指示がなければ、わたしは決して、フレデリック侯とは結婚いたしません！　ああ！　いったいわたしはどうなってしまうのだろう！」

「どうしてそのような大声を？　かならず戻ってくると言ったでしょう？」

「ああ、お母さま！　どうか、お留まりを！　わたしは、もう自分の心を抑えられません！　お母さまのお諫めのまなざしは、それこそお父さまの厳しい言いつけの何倍も辛いもの。わたしの心は、言うことを聞いてくれません。お母さまがいてくださればこそ、どうにか正気を保てるのです！」

「それまでにおし！」とヒッポリタ様。「マチルダ、そのような取り乱しは許しませんよ！」

「セオドアなら諦めます」とマチルダ。「でも、だからといって、他の誰かと結婚しなくてはいけないのでしょうか？　どうかわたしも、お母さまについて、祭壇に跪きとうございます。そして、この世をきっぱりと捨ててしまいとうございます」

「おまえの将来はお父さまがお決めになります」とヒッポリタ様。「わたしはおまえを甘やかし過ぎたのかもしれません。お父さまより他のものを、そのように崇め立てるなんて——さようなら、愛しいマチルダ。あなたのためにお祈りを献げてきます」

しかしヒッポリタ様の本当の目的は、ジェローム神父にお目通りした上で、離婚の決意をすることが良心の点から許されるかどうか、訊ねることにありました。良心ある奥方にとっては、マンフレッドが城主であることがかねがね心痛の種になっていましたので、これまでも折に触れ、封土権を放棄されてはと、直接マンフレッドに申し上げていたのでした。そういう事情もあって、今般、離婚を決意するに際しても、当然抱くべき良心の咎めをさほど感じずにいたのでした。

　さて、一方のジェローム様はといいますと、昨晩、お城から戻られるや、セオドアを呼びつけ、どういうつもりから、脱出幇助の首謀として父親を名指ししたのかと詰問されました。セオドアはまず、領主の猜疑心がマチルダに向かうのを避けるためと答え、さらに続けて、父上のような身分と人格の方ならば、領主の怒りから安全と考えたからと述べました。セオドアの情熱がマチルダに傾いていることを知って、神父様はたいそう驚かれました。いったんはセオドアを休ませることにしたジェローム様でしたが、別れ際、姫への想いを止《とど》めなくてはならぬ重大な理由について明朝告げることにしよう、と言い残したのでした。セオドアは(イザベラ姫もそうですが)父親と巡り会ってからさほど時間が経っていないこともあって、己の心の強い動きを抑えつけてまで、親の意向に服そうという気持ちにはなれないのでした。神父様の言った重大な理由とやらについても、さほど気には留めませんでしたし、それに従おうという考えもありませんでした。美しいマチルダは、子としての親への想いよりはるかに強い印象をセオドアの心に残していたのです。セオドアは夜通し、マチルダとの愛の成就の愉しい夢想に浸っておりました。そして、アルフォンソ公の御廟まで来るようにという昨夜の父親の言いつけを思い出したのは、朝の祈禱も終える刻限でした。

「息子や――」セオドアの姿を見ると、神父様は声をかけました。

「約束の時間に遅れるとはどういうことだ。おまえにとって父の言葉は、かくも軽いのか?」

　セオドアはしどろもどろになりながら、遅刻を寝坊のせいにいたします。

「そんなに遅くまで、いったい誰の夢を見ておったのだ?」神父様は厳しい言葉を投げかけます。

　セオドアは赧くなりました。

「いかん、いかん！」神父様が続けます。「何という思慮のなさ。これは決して許されぬこと。お前のその罪深い気持ち、きれいさっぱり拭わねばならぬ」

「罪深いとおっしゃいますか！」とセオドア。「汚れない美しさと、心正しい慎みに、罪が宿るとおっしゃるのですか？」

「天が破滅を定めた者に――」神父様が答えます。「情けをかけるのは罪深いということだ。暴君の一族は、数代先までも、この地上から払われなくてはならぬ」

「天は、罪人の科《とが》のために、汚れない者までも罰せねばならないのでしょうか？」とセオドアが問いかけます。「かぐわしきマチルダ姫は、じつに心清き方です」

「それもお前を亡ぼすため」と神父様。「お前はもう忘れたのか？　残忍なマンフレッド殿は二度もお前の死を宣したのだぞ」

「忘れるものですか！　そして我が身が救われたのは、その暴君の娘の慈悲心ゆえ！　わたしは身の受けた危害は忘れますが、恩義は決して忘れません」

「マンフレッド一族からどれだけの災厄を被ってきたことか、お前には到底判るまい」と神父様。「要らぬ口答えはもうよい！　この神聖なお姿を見るがよい！　この大理石の碑の下には善男公アルフォンソさまの遺灰が収められている。すべての徳を身につけられた領民のよき父親、いや、世のすべての喜びであった……。さあ、跪くのじゃ！　このたわけ者！　そして、父が今から語る恐怖の物語にしっかりと耳を傾けよ！　さすればお前の心も復讐の念に満たされ、情けの入る隙はなくなるであろう。ああ、アルフォンソさま！　幾重にも苦しまれた善男公！　恨み多き御身の霊、今一度《ひとたび》、この平穏ならぬ世に降り立たれますことを！　そしてこのわなな口の申し上げる――や、誰じゃ！　そこにおるのは？」

「この世でもっとも不幸な女にございます」そう答えたのはヒッポリタ様でした。ちょうど聖歌隊席まで入ってこられたところでした。「神父さま、少しお時間を頂戴できますでしょうか？……まあ！　どうしてこんなところで、お若い方が跪かれて？……それにおふたりとも、そのような恐ろしい顔をされて！　神聖なお墓の前というのに！　まさか何かご覧になったのでは……」

「いや、われわれはただ、天に祈りを捧げていただけ」ジェローム様は少しまごついて答えられます。「この地方を次々に襲う災いの数々に終止符を打ちたいと思いまして……さあ、奥方、あなたもご一緒にお祈りを！　あなたの汚れなき魂が祈られるなら、数日来、数々の予兆が示しているお家の災厄についても、厳しい裁きを免れることができるかもしれません」

「それが可能でしたら、是非とも、天に向かい、心からお祈りしとうございます」とヒッポリタ様。「神父さまもご存じのように、わが君と子供たちの幸せを祈ることは、わたくしの生涯絶えることのない務めでございました……ああ、なのに！　わが子のひとりは、無惨にも奪われてしまった！　どうか天が、マチルダを思うこの祈りをお聞きくださいますように！　神父さま、どうかマチルダのために特別のお計らいを！」

「姫を祝福せぬものなど、あるものですか！」セオドアが恍惚として言い放ちます。

「黙らんか！　うつけ者が！」ジェローム様が叱り飛ばします。「よろしいですか、奥方。天意と争ってはなりませぬ。主はお与えになり、主はお取りになられます。ただひたすら、主の御名を唱え、主の御心に従うのです」

「この通りわたくしは――」とヒッポリタ様。「身を捧げて御心に従うもの。でも、主はわたくしのたったひとつの安らぎをお守りくださいますでしょうか？　それともマチルダも、同じ運命なのでしょうか？　ああ！　神父さま！　わたくしが参ったのはほかでもありません、わたくし……ごめんなさい神父さま、ここは、お人払いをお願いしてもよろしゅうございますか？　わたくし、神父さまだけに内々に話しとうございます……」

Jerome and Hippolita.

「世に較べるものとてないお妃さま。お望みのすべてが叶いますように！」そう言うと、セオドアは退《さ》がりました。神父様はその姿を、眉をひそめて見送られます。

そこでヒッポリタ様は、ジェローム様に向かって、マンフレッドに打ち明けた決心のこと、マンフレッドがそれを肯《うべな》ったこと、さらにはマチルダを差し上げたいとフレデリック侯に申し入れていることなどを話されました。それを聞いたジェローム様は、不快の表情を隠すのがやっとです。不賛成の気持ちをようやく抑え、「フレデリック侯はアルフォンソ善男公の血縁ゆえ、そのような縁組みはありえません。ましてやオトラント城の正統な継承者を名乗る者が、簒奪者であるマンフレッド殿との縁組みなど、受け入れるはずがありません」とおっしゃいました。しかし、それに続いてヒッポリタ様が、マンフレッドとの離婚に応ずるつもりであり、それについて神父さまのご意見を頂戴したいと打ち明けるに至って、ジェローム様の動揺は頂点に達しました。神父様は、とにもかくにも、ヒッポリタ様が助言を求めていらっしゃるというその一点にしがみつきました。マンフレッドとイザベラ姫の婚姻への嫌悪の気持ちは言葉に出さずに、離婚というものがいかに罪深いものであるか、実に恐ろしい言葉を並べたててお諌めし、そのような申し出を承知したならどんな天罰が下されるかをお説きになり、今後マンフレッドがどのように誘おうとも、強い決意と怒りの気持ちできっぱりと拒むべきことを、それは厳粛な口調で諭されたのでした。

さて、その間、城主マンフレッドはフレデリック侯に対して婚姻の申し出をし、二組の夫婦の誕生について持ちかけておりました。すでにマチルダの魅力に囚われていた弱き君公は、マンフレッドの言葉にただ熱心に耳を傾けました。このときすでに、フレデリック侯はマンフレッドへの恨みを忘れておりました。侯は、マンフレッドを力ずくで退かせるのは難しいと感じていましたし、娘をこの暴君に嫁がせたとて、世継ぎが生まれると決まったわけでもないと思いなし、むしろ自分とマチルダの結婚によって自らが封土権に近づくことができると見積もっていたのです。侯は「ヒッポリタさまが離婚をお受けにならない限り、お申し出には同意できませんな」と、ほんの形だけの不同意を申し述べます。マンフレッドは、そのことなら自分に任せてもらいたいと請け合いました。まんまと事が進んだことに有頂天のマンフレッドは、もう一刻も早く、世継ぎを待つ身になりたくて仕方がありません。ただちに奥方から承諾を得ようと、大急ぎにヒッポリタ様のお部屋へと向かいました。ところがそこで、何とも腹立たしいことに、奥方が修道院にいって留守であると聞かされます。うしろめたいマンフレッドは、イザベラが奥方に入れ知恵したのだろうとすぐに感づきました。まさか、このまま長いこと修道院に閉じこもって、離婚の成り行きに頑な態度をとるつもりではあるまいな、と新しい疑念が起こってまいります。しかもそこには、先からマンフレッドがうさんくさく思っているジェローム神父がいらっしゃるのです。さては、神父めが――とマンフレッドはいきり立ちます。わしの目論見に楯突くだけでなく、ヒッポリタをそそのかして修道院に籠もらせようという積もりか！――己に仕掛けられた企みを明るみにし、その成就を挫かんとして、マンフレッドは修道院へと急ぎます。そして、ちょうど神父様がヒッポリタ様に向かって離婚を思いとどまるよう諭していらっしゃるところに出くわしたのでした。

「ヒッポリタ！」とマンフレッドが声をかけます。「貴様、いったい何の用があってここにおるか！　わしがフレデリック侯との会見を終えるのを、待っているはずではなかったか？」

「わたくしは、会見の首尾よかれと願うために、ここに参ったのでございます」とヒッポリタ様が答えます。

「わしの交渉ごとに、神父ごときの仲立ちが要るものか！」とマンフレッド。「しかも、よりによって、このような老いぼれ修道士を頼りにするとは笑止千万！」

「何と、不敬な！」とジェローム様が色をなします。「神の御使いを侮辱する言葉の数々、神聖なる祭壇の前ということをお忘れか！　マンフレッド殿、貴殿の神を恐れぬ悪だくみ、天も、それからこちらの奥方も、底の底までお見通しですぞ！　いや、そのように恐ろしい顔をされても無駄なこと。教会は貴殿の脅しなどひとつも恐れてはおりません。やがて天の怒りの雷鳴が、貴殿の頭上に轟くことでしょう！　離婚などという呪われた計略、どうぞお進めになるがいい。遠からず、教会の宣託が下されることでしょう。わたしも今ここで、貴殿に破門の宣告を申し渡しておくといたしましょう」

「謀反者めが！　不敵な文句を並べおって！」神父様の言葉に内心畏れを抱きながら、それを押し隠してマンフレッドが言い放ちます。「貴様、正統な領主であるこのわしを、脅すつもりか！」

「貴殿は正統な領主などではございません。真のオトラント城主ではありません！　さあ、フレデリック侯のところにお戻りになって、貴殿の主張を繰り返されるといい！　それが首尾よく済んだなら――」

「それならもう終わっておる！」とマンフレッド。「侯はマチルダの手を取りたいとのご意向だ。そしてわしに嫡男ができなかった場合を除いて、封土権はこちらに譲ると言ってくれた」

マンフレッドがこう述べたそのときでした、アルフォンソ公の彫像の鼻から、三滴、血が滴っているのが見えました。マンフレッドは蒼白となり、お妃は両膝から崩れ落ちてしまいます。

「ご覧なさい！」と神父様。「これはまさに奇跡の徴《しるし》。アルフォンソ公の血が貴殿の血と混ざることは、未来永劫、許されぬとお示しです！」

「どうぞ、かくなるうえは――」とヒッポリタ様がマンフレッドに言います。「夫婦揃って、天の御心に従うほかはないと存じます。わたくしは、あなたの柔順な妻。夫たる者の権威に逆らう気持ちなど露ほどもございません。夫と教会、その二つにわたくしは服するだけです。さあ、聖《きよ》らかなる天の裁きに、わたしたちの身を委ねましょう！　わたくしたちの神聖な絆を断つのは、わたしたちの意思ではございません。もし教会が、わたくしたちの離縁をお認めくださるなら、そのときはじめて、粛々とそれに従いましょう。そうなれば、わたくしに残されるのはわずか数年、その時間をわたくしは嘆きのうちに過ごしましょう。御身とマチルダの安寧を祈りながら、この祭壇に跪いて時を数えとうございます」

「とはいえ、それまでずっと、こうしてここにいるわけにはいかん！」とマンフレッド。「さあ、城へ戻るのだ！　それからゆっくりと、離縁の道筋について、話し合おうではないか。だが、この邪魔者の神父は、金輪際、城には近づけん！　マンフレッドの歓待の館も、反逆者だけは容れぬのだ。それから、この者の息子だが——」とマンフレッドは続けます。「わしの領地から追放とする。あの者は聖職にあるわけではないし、教会の庇護下にあるのでもない。かりにイザベラが誰かほかの者を伴侶にするとしても、ファルコナラ伯の小倅だけはありえぬわ！　あの成り上がりの若造だけは！」

「成り上がりというならば——」とジェローム様が返します。「正統な領主を差しおいて、その地位に居座ったものこそ成り上がり。だが、その者の栄華も、ほどなく冬枯れの草のようにしおれていき、そこに草のあったことも忘れられることでしょう」

マンフレッドは蔑むような眼差しを神父様に向けましたが、そのままヒッポリタ様を城の方へと促しながら、去っていきました。その際、教会の入口のところにいた従者のひとりに、何やら耳打ちいたしました。暫時、修道院の近くに身を潜め、城からここに来る者があったら、すぐに報知するようにと含めたのでした。

第五章

ジェローム神父のここ数日の振る舞いを思案するにつけ、マンフレッドには、神父がセオドアとイザベラの間を取り持ったとしか思えないのでした。それにしても、先ほどの神父の出しゃばった態度は、従前の穏和な人柄からは考えられないことで、マンフレッドはゆえ知れぬ不安に駆られてしまいます。マンフレッドはさらに、神父がフレデリック侯から密かに援助を得ているのではないかとも疑います。そもそも、セオドアの出現とフレデリック侯の到着がほぼ一緒とは、あまりに符節が合っているではありませんか。それにも増してマンフレッドの心を騒がせたのは、セオドアと肖像画のアルフォンソ公とがまるで瓜二つという事実でした。マンフレッドの知る限り、アルフォンソ公は後継ぎのないまま死んだはずです。そんな中、フレデリック侯は、イザベラとの結婚を、快く肯《うべな》ってくれているのです。――こうした矛盾の数々が、城主の心を幾重にも苦しめておりました。この苦しさから抜け出

る方途は二つ――マンフレッドはそう見ていたのです。ひとつは、オトラントの領地を侯爵に譲り渡すことでした。しかしマンフレッドの大望と矜持、さらにそこに、封土権を子孫に伝えることも可能だと告げていた古《いにしえ》の予言の存在も加わって、この考えを押しとどめていたのです。もうひとつは、ただちにイザベラと夫婦になる道を進めるというものでした。妃を従えて城に戻っていく道すがら、マンフレッドは不安に彩られたこれらの想いを、ひとり黙って反芻しておりましたが、ついに意を決すると、自らの案じ事について、奥方に話を切り出しました。マンフレッドは、もっともらしい理屈と仄めかしを並べ立て、何とかヒッポリタ様から、離縁への賛意、さらにはその約束までを引き出そうとつとめます。城主の御意とあらば、奥方は喜んでそれに寄り添うお方、さほどの説諭は要りません。はじめは封土権を手放すよう意見をされていましたが、マンフレッドには効き目がないと悟ってしまうと、良心の許す限りではあるけれど、離婚を拒みはしないとお請け合いになったのでした。もっとも、マンフレッドの並べ立てる以上の明らかな理由《ことわり》のないうちは、奥方から進んで離婚の働きかけをするおつもりはありませんでしたが。

ヒッポリタ様のお答えは、願ったとおりと言えるほどのものではありませんでしたが、マンフレッドの希望にとっては十分の光明でありました。自分の富と権勢をもってすれば、ローマにおける裁きの場でも離婚の申し立てを易々と進めることができるだろう――そうマンフレッドは目論んでおりました。そしてその任には、フレデリック侯にあたってもらい、ローマへの長旅に出そうと決めていたのです。あれだけマチルダにのぼせている侯であれば、こちらの思う通りに動かすことができるというもの。こちらへの協力を惜しもうが惜しむまいが、マチルダの魅力を餌にして、押したり引いたりしてみせれば、容易に操《あやつ》れるはず――。それに侯が不在となれば、それもまた好機。マンフレッドは己の体勢を整えるだけの時間が稼げるのでした。

さて、ヒッポリタ様をお部屋へと退かせたマンフレッドは、すぐさまフレデリック侯のところへ向かいます。ところがその途中、大広間を横切ったところで、ばったりビアンカに出くわしました。――この女は両方の姫の秘密に通じている者。そう知っているマンフレッドは、イザベラとセオドアの間柄について、この小間使いから聞き出してみようと思います。ビアンカを広間の張り出し窓のところまで連れていくと、マンフレッドは小娘の喜びそうな甘い言葉や約束などで気をひいておいて、イザベラの思い人について何か知っていることはないかと問いかけました。

「城主さま！　わたしがでございますか？」ビアンカは驚きました。「いいえ、城主さま！　わたくしは、何も！　い、いいえ、城主さま！　わたくし存じ上げております！　可哀想なお姫さま！　お父さまのお怪我に、あんなにもご心配なさって……きっとご快復なさりますって、わたしは申し上げました。それで間違いございませんでしょうか、城主さま？」

「わしはそんなことは訊いておらん！」とマンフレッド。「父親のことなどどうでもよい。訊きたいのはお前の知っている姫の秘密の方だ！　さあ、さあ、正直に申せ。誰かおるだろう？　姫の思い人が？　何の話だか、わしの言うことが判っておるな？」

「城主さまを判る！　滅相もございません！　わたくし、じょ、城主さまのことなど……イザベラさまには、いくつか薬草についてお話しし、あとはよくお休みになられますようにと……」

「だから言うておるだろうが！」マンフレッドは癇癪を起こします。「わしは父親の話など訊いておらん！父親なら心配ない！　大丈夫だ」

「そううかがって嬉しゅうございます。お姫さまをご心配させてはいけないと思いましたので何も申しませんでしたが、フレデリックさまはあんな顔色で……まるで、うら若きフェルナンドさまがヴェニス人に傷つけられたときと同じくらい……」

「何を訊いても、お前は見当はずれの返事ばかりだ！」とマンフレッドが遮ります。「さあ、この指輪を取るがよい。どうだ、少しは頭がしっかりしたか？　いや、礼には及ばん。もっとよいものだってくれてやろう。

どうだ、正直に話してくれんか？　イザベラの心はどこにあるのだ？」

「まあ！　城主さま！　そうやってお聞きになろうというのですね？　いいですとも――」とビアンカ。「でも、城主さま、秘密は必ずお守りくださいませよ？　もし城主さまの口から漏れでもしたら……」

「判っておる！　大丈夫、そんなこと、起こりはせぬ！」とマンフレッドは大声になります。

「いいえ！　城主さま！　きちんとお誓いくださいませ。もしわたくしから出たことと判ったりしたら、そのときは……、ああ！　聖遺物に誓って、そのときは！　でもね城主さま、これだけは確かでございます。イザベラさまは城主さまのご子息については、さほどお気に召してはいらっしゃいませんでした。わたくしの見る限り、立派な王子さまでしたのに……もしわたくしがお姫さまでしたら間違いなく……あ、いけない！　わたくし、もう、マチルダさまのところに戻らなくては！　どうしたことかと、マチルダさまが心配なさっています……」

「待て、待て、まだ肝心の話をしておらぬぞ！」とマンフレッド。「そなた、これまでに、なにか伝言を受け取ったりはしておらぬか？　それから手紙はどうだ？」

「城主さま！　手紙を出すだなんて！　とんでもございません！」とビアンカ。「お妃にすると言われてもそんなことは決して！　わたくし、この通り、貧しくはあっても正直者。前にマルシーリ伯爵がマチルダさまに求婚されたとき、伯爵さまはわたしに何を贈ろうとされたかご存じですか……」

「お前のその長話――」とマンフレッド。「そんなものに付きあっている時間はないのだ！　なるほど、お前は正直な女。であれば、なおのこと、わしに隠し事をしてはいかん。どうだ？　イザベラとセオドアはいつ知り合いになったのだ？」

「まあ！　さすが城主さま。どんな秘密も、お耳から隠れることはできないのですね！」とビアンカ。「でも、だからといって、わたしが何か大事な秘密を知っているということではありませんよ……。そう、セオドアはたしかに立派な若者……マチルダさまもおっしゃっていたけれど、まるでアルフォンソさまの生き写し。城主さまも、そのこと、お気づきになりました?」

「おお、そういえば、た、たしかに、似ておるな……い、いや、よけいなことを言うでない!」とマンフレッド。「ちゃんと答えんか! ふたりは、どこで会ったのだ? いつ会ったのだ?」

「誰のことをお訊ねで? マチルダさまですか?」

「ちがう、ちがう! マチルダではない! イザベラだ! イザベラとセオドアはいつ会ったのだ!」

「そんなこと! ああ、マリアさま! どうしてわたしが知ってましょう!」

「いや、お前はちゃんと知っておるはず! わしはそれを知らねばならん。いや、どうあっても知ってみせる!」

「まあ、城主さま! まさか、セオドアさまにやきもちを焼いておいでですか?」

「やきもちだと! 何を言うか! どうしてわしがやきもちを焼く必要がある? わしは、その、ふたりを結ばせてやりたいと思っているだけだ。……もしイザベラがどうしても嫌がるのなら致し方ないが……」

「嫌がるなんて、とんでもありません! セオドアさまはあの通り、キリスト教国で一番の好男子。わたくしたちはひとり残らず、セオドアさまをお慕いしています。城内のものは誰だって、あのような方をご領主にいただけるのでしたら喜んで……あ、もちろん、それは、天が城主さまをお呼びになった後の話でございますけれど」

「なんと、なんと、もうそんなに話が進んでおるのか……」とマンフレッド。「あの、呪わしい神父めが、そこまで……ええい、これは一刻を争うぞ! ビアンカ! すぐにイザベラのところに参れ! よいか、今の会話、一言も洩らすでないぞ! イザベラのところに行って、セオドアについてどう思っておるか、聞き出してくるのだ! よい知らせを持って参れ。そのときは、もうひとつ、指輪をお前に取らせよう。螺旋階段の下で待っておれ。わしは今から、侯爵を訪ねてくる。戻ったところで、そなたとまた、ゆっくり話をするとしよう」

フレデリック侯のもとを訪れたマンフレッドは、しばらくたわいもない話題に花を咲かせておりましたが、一区切りついたところで、至急の話があるため、お付きの騎士ふたりを退かせてほしいと申し出たのでした。人払いのすんだところで、マンフレッドは言葉巧みに、マチルダに寄せる侯の気持ちについて、それと知られぬよう探りを入れていきます。そして侯の執心がこちらの望むとおりと見てとると、マチルダとの結婚の実現には、いくつか障害があることを仄めかします。「ただそれも、もし……」と言いかけたときでした、いきなり扉が開き、ビアンカが部屋の中に飛び込んでまいりました。その顔はまるで狂ったよう、手振り身振りも恐怖にわなないているではありませんか。

「城主さま！　城主さま！」声を限りに叫びます。「ああ！　もうお終いです！　あいつがまた出ました！　また出ました！」

「いったい、何が出たというのだ！」とマンフレッド。

「手です！　大きな、大きな！　手です！　ああ、ふらふらする！　恐ろしくて、もうとても、正気でいられません！」ビアンカはなおも叫びます。「わたくし、もうこれ以上、お城にはいたくありません！　今夜にでもお暇をちょうだいいたします。でも、どこへ行くというの？　いいの、わたしの荷物は、明日送ってもらえばいいから……ああ！　こんなことなら、フランチェスコと結婚しておけばよかった！　高望みの報いが来たのだわ！」

「いったいぜんたい、そなたは、何をそんなに恐れておる？」と侯爵が訊ねました。「ここにいれば、誰も安全のはず。そんなに怖がらなくてもよいではないか」

「ああ、侯爵さま！　なんという優しいお言葉でしょう……でも、わたし、やっぱりいやです！　行かせてください！　ここに一時間いるくらいなら、荷物をぜんぶ置いて、逃げとうございます」

「行け、行ってしまえ。勝手にするがよい！　こやつ、すっかり動転してしまっておる」とマンフレッド。「よいか！　これ以上、わしらの話の邪魔をするな！　大切な話をしておるところなのだ……な、なんという、この娘、今にもひきつけを起こしそうではないか。さあ！　ビアンカ！　こちらに来るのだ！」

「ああ！　それだけは！　どうかご勘弁を！」とビアンカ。「まちがいございません！　あれは城主さまへの戒めにございます。そうでなくて、どうしてわたくしが、あんなものを見るでしょうか？　朝な夕なにきちんとお祈りを捧げておりますのに。そうですとも！　ディエゴの言ったとおりでございます！　ディエゴは、大寝室で大きな足を見たといいます。わたしが見たのは、そいつの手でございます。そう、ジェロームさまも、つねづね、恐ろしい予言がまもなく実現するだろうと話されてました。『ビアンカよ。わしの言葉をよく心に留めておくのだ』とおっしゃっていました」

「でたらめばかりを並べおって！」マンフレッドは忿怒の表情です。「さあ、もうよい、行け。くだらぬ怪談話は、仲間内だけに留めおくようにせい！」

「何をおっしゃいますか、城主さま！」とビアンカが答えます。「わたしが何も見ていないと、そうおっしゃるのですか？　城主さまご自身で、どうぞ大階段までおいでくださいませ。わたくし、はっきりとこの眼で、見たのでございますから！」

「いったい何を見たというのだろう？」フレデリック侯が割って入ります。「さあ、申すがよい」

「貴殿はこんな戯言《たわごと》に耳を貸されるおつもりか？」とマンフレッド。「幽霊話を聞き過ぎたせいで、とうとう信じ込んでしまった愚かな娘ではありませんか！」

「いや、これはただの幻とは違うようだ」とフレデリック侯。「気のせいにしては、この者の怖がりよう、あまりに激しく、また自然なものと思われます。さあ、詳しく話すがよい。何を見てそんなに怖がってしまったのだろう？」

「はい。侯爵さま。優しいお言葉、本当にありがたく存じます。わたくし、今は、きっと真っ青な顔をしているると思います。でも、落ち着きさえすれば、すっかり元気になるでしょう。そうです、わたくしはちょうど、城主さまのご命令で、イザベラさまのところに行くところでした……」

「細かい話はせんでよい！」とマンフレッドが割り込みます。「侯爵がお望みゆえ、許すこと。とっとと進めよ！　手短にだ！」

「まあ、そんなに話の腰を折られては、先に進められません！」とビアンカ。「……そう、こんなこと、生まれて初めてでございます。わたくし、まるで髪の毛が……そうです、先ほど申しましたように、わたくしは城主さまの言いつけでイザベラさまのところに参るところでした。イザベラさまは空色のお部屋でお休みでした。そうです、階段の右手の部屋でございます。わたくし、ちょうど大階段のところに来ていました。そこで、城主さまからいただいた指輪をしげしげと見ていたのでございます」

「こやつめ！　もう我慢がならん！」とマンフレッド。「お前はいつになったら話の本筋に入るのだ！　娘によく仕えてくれる褒美に、おもちゃをくれてやったことを、どうして侯爵殿に話す必要がある？　さっさと、お前の見た物を話さんか！」

「ですから、そのことについて――」とビアンカ。「話そうとしていたところでございます。……わたくしが指輪を手でこすりながら、階段をものの三段ほど上がったときでございます。鎧のガラガラいう音が聞こえるではありませんか！　ああ、何という音でしょう！　ディエゴが申しておりました。絵画室《ギャラリー》にいた入道が、寝返りをうったときにもそんな音がしたと！」

「聞かれたか、マンフレッド殿！」とフレデリック侯。「この城には化け物やら幽霊やらが出ると見える」

「あら、侯爵さま！　侯爵さまは、絵画室の化け物のこと、お聞き及びではございませんか？」とビアンカ。

「城主さまがお話になっていないなんて！　それでは、予言のこともご存じないのですね？」

「気に食わぬ！　くだらぬ戯《ざ》れ言ばかり並べおって！」とマンフレッド。「侯爵、この愚か者にこれ以上付き合うことはございませぬ。われわれには、大事な用がございます」

「失礼ながら――」とフレデリック侯。「この娘の言うこと、とても戯れ言とは思えません。わたしが森の中で巡り会った大太刀といい、あそこにある、それと揃いの兜といい、どうもこの娘がただの幻を見たとは思えません」

「そうです！　はばかりながら、侯爵さま、ヤーケスも申しておりました！」とビアンカ。「今出ている月が新月になるまでに、何か天変地異が起こるだろうって。わたくしは、それが明日だとしても、決して驚きはいたしません。申しますように、鎧がガタガタ鳴るのを耳にして、それこそ冷や汗を流したのでございます――わたくし、その物音に眼をあげました。ああ！　お信じくださいますでしょうか！　大階段の一番上の手すりのところに、手甲で覆われた大きな手が！　その大きさときたら……わたくし、もうすこしで気を失うところでした。でも、何とかこらえて、ここまで走ってきたのです。もう、一刻も早く、このお城を出とうございます！　マチルダさまも、昨日の朝、おっしゃっていました。ヒッポリタさまが何かご存じでいらっしゃると――」

「貴様、なんと無礼な！」マンフレッドがいきり立ちます。「フレデリック侯、どうもこれは、わしを陥れるための 謀《はかりごと》 のよう。この者、まさか、わしの名誉を傷つける法螺話をふれて回るようにと、誰かに唆されておりましょうか？　貴殿は、騎士にふさわしい武勇によってお望みのものを求めるもよし、あるいは、最前《さいぜん》からお誘いしているように、互いの子供たちを輿入れすることで、両家の反目を埋めるもよし。いずれにしても、貴殿ほどのお方、よもや小娘を 賄《まいな》 って目的を遂げようなどとはされませんでしょうな？」

「それは、聞き捨てならぬ言いがかり！」とフレデリック侯。「今の今まで、この娘には会ったこともなければ、まして装飾品のたぐいを贈ったこともない。よろしいか、マンフレッド殿、貴殿がこのように謂われない罪をこちらに着せるのは、思うにそれは、貴殿の良心の咎めのせい。罪悪感が貴殿を責めるからではなかろうか。どうぞ、マチルダさまは手元にお留めいただきたい。そしてイザベラのことはお忘れになりますように。貴家に下された天の裁き、それを知った今、縁組みなどどうしてできましょう?」

フレデリック侯のきっぱりとした言いように肝を冷やしたマンフレッドでありましたが、すぐ気を取り直すと、侯の機嫌を取ろうとやっきになります。ビアンカを部屋から退《さ》がらせるや、侯爵に向かってへりくだった姿勢をとり、マチルダについてもう一度、言葉巧みに飾り立てたもので、侯のせっかくの決心もすぐに揺らいでくるのでした。しかし、侯のマチルダへの想いはまだ日が浅かったので、思慕の念が躊躇する心をやすやすと越えることはありません。また侯は、ビアンカの話を聞いて、天意がマンフレッドの側にないことをはっきりと見てとっていました。それに、マチルダとの縁談も、実現すれば侯の当初の目的の成就を遠ざけてしまうことになります。やはりオトラントの封土権奪回こそが侯の大望でして、マチルダと結婚してそれを偶然に委ねる道筋は、さほど心に訴えないものなのでした。しかし侯はせっかくの縁談をきっぱりと断るだけの決心もつきません。そこでしばらく時間を稼ごうと、侯はマンフレッドに向かって、ヒッポリタ様が離婚に同意されたというのは事実であるかと訊ねました。それを聞いたマンフレッドは、もはやフレデリックから出てくる障《さわ》りはその一事だけと思いなし、妃などは己の力でどうにでもなると信じ込み、「ご心配には及びませぬ」と請け合いました。そして「何なら妃の口から直《じか》にお話しさせましょう」とまで言ったのでした。

こうしてふたりが会談を進めているところに、晩餐の支度が整ったとの知らせが届きました。マンフレッドはフレデリック侯を大広間へと案内いたします。そこにはすでにヒッポリタ様と姫君たちがいて、ふたりの到着を待っています。マンフレッドは侯爵をマチルダの隣に座らせ、自分は奥方とイザベラの間に席を取りました。ヒッポリタ様は威厳の中にも寛《くつろ》いだ様子を見せておられましたが、ふたりの姫君は、物思いに沈み、ずっと黙っておいででした。マンフレッドは夜の時間を利用してフレデリック侯に働きかけ、己の狙いを遂げようと決めていましたので、夜更けになるまで宴を長引かせておりました。そして、底の抜けた陽気さで侯をからかっては、幾度も葡萄酒を勧めるのでした。マンフレッドの思惑とは逆に、用心怠りないフレデリック侯は、昨日の怪我をいいわけにして、繰り返し城主の誘いを退けます。一方、マンフレッドは、己の落ち込みがちな気分を盛り上げ、さらには不安を紛らわせようと、さすがに前後不覚にはなりませんでしたが、しこたま聞こし召したのでした。

夜は更にふけ、やがて宴もお開きとなりました。マンフレッドは別室に行こうとフレデリック侯を誘いましたが、侯はまだ身体が弱っているので少し横になりたい旨を述べ、自室へと退《さ》がられます。その際、侯は城主に、自身がお相手できるようになるまで、娘のイザベラをお供させましょうと申し出たのでした。マンフレッドは一も二もなく肯《うべな》いました。そして目立っていやな顔をされたイザベラ姫を伴って、姫のお部屋へと向かったのです。一方、マチルダ姫はお妃のお供をして城壁の上の通路を歩き、爽やかな空気にあたっておりました。

宴の人々がそれぞれに散ってしまうとほどなく、いったん部屋に戻ったフレデリック侯はふたたび外に現れ、ヒッポリタ様はおひとりでいらっしゃるかと訊ねて歩きます。奥方が外に出たのを知らないお付きの者が、この刻限、お妃さまはたいてい小礼拝堂にいらっしゃいますのでそちらでお会いになれるでしょう、と告げました。先ほどの宴の間、ずっとマチルダを目で追っていた侯爵は、ふたたび思慕を募らせておりまして、ヒッポリタ様のお気持ちがマンフレッドの述べる通りであるかどうか、確かめたくなったのでした。マチルダへの募る想いに覆い隠されて、これまで見聞きした数々の不吉な兆しは、侯爵の心から忘れられてしまったようです。奥方には是非とも離婚の決心をしていただかなくてはと思い定めて、誰にも気づかれぬよう足音を忍ばせて奥方のお部屋に近づくと、そこにさっと滑り込みました。マチルダをもらい受ける約束を得るためには、その前にマンフレッドの譲ることのない条件、つまりはイザベラ姫との結婚を、確かなものにしておかねばならないのです。

ヒッポリタ様のお部屋は静まりかえっておりましたが、別に侯爵は驚きませんでした。お妃はおそらく、言われたように小礼拝堂にいるのだろうと思いなし、そちらへと歩を進めます。小礼拝堂に続く扉は半開きになっており、その向こうは夜の闇に閉ざされています。そっと扉を開いたフレデリック侯は、祭壇の前で跪いている人影に気づきました。少し近寄ってみると、どうもご婦人ではないようです。雑草のような、また、獣の毛のような衣服を長く纏い、こちらに背を向けています。一心に祈りを捧げている様子です。侯爵が踵を返そうとしたそのとき、人影が立ち上がりました。しかし、こちらには気がつかないようで、しばらく背を向けたまま、じっと瞑想に耽っています。祈りの人がこちらに来るような気がしましたので、侯爵は、邪魔立てを謝ろうと声をかけました。

「失礼いたしました、道士さま。ヒッポリタさまを探していましたもので……」

「ヒッポリタと申すか！」虚ろな声が響きました。「汝がこの城にやってきたのは、ヒッポリタに会うためであったか！」

そして次の瞬間、人影は侯爵の方にゆっくりと顔を向けました。隠者のかぶる頭巾の下、頤《おとがい》には肉がなく、眼窩には黒い洞《ほら》のみ。骸骨の顔でありました。

「天使よ！　われを護り給え！」侯はそう叫び、思わず後ずさりします。

「天の加護にふさわしい身となるがよい！」亡霊がそう言うと、侯爵はその場に跪き、憐れみを請います。

「この姿に見覚えはないか！」と亡霊が続いて問いかけます。「汝、ヨッパの森を忘れたか！」

「ま、まさか、あなたは、あのときの聖者さま？」侯爵は震えが止まりません。「――聖者さまが安らかにお眠りになられるよう、わたくしに何か……」

「囚われの汝を救ったのは、肉の快楽を求めさせるためというのか！　地中から掘り出した大太刀を忘れたか！　そこに刻まれた天意の文字を忘れたか！」

「いいえ、決して……決して忘れはいたしませぬ」と侯爵。「ですが、お教えください、聖者さま！　わたしに何をせよとおっしゃるのですか？　何かやり残したことがあるのでしょうか？」

「マチルダのことは忘れるのだ！」こう告げると、亡霊はそのまま忽然と姿を消してしまいました。

フレデリック侯はそれこそ血も凍る心地でした。しばらくの時間、身動きもできず、その場に踞《うずくま》ったままでしたが、やがて祭壇の前に低く身を投げると、あらゆる聖人の名を呼びながら、己のために赦しを賜るよう、一心に祈るのでした。狂ったような祈りに続いて、侯爵は滂沱《ぼうだ》の涙を流しました。それでも脳裏には愛しいマチルダの姿が何度も浮かぶので、侯爵は悔悟と思慕の狭間に苦しみながら、額を地面にこすりつけておりました。こうして侯が苦悶の只中にあるところに、燭台を片手に携えたヒッポリタ様がひとり、礼拝堂に入ってこられました。床に身を投げ出し、ぴくりともしない人影をご覧になると、奥方はてっきり誰かが死んでいると思いこみ、大きく悲鳴をあげました。この悲鳴によって、フレデリック侯はようやく我に返ります。涙に濡れた面《おもて》をあげ、やにわ立ち上がると、奥方の面前から、一目散に退こうとします。しかしヒッポリタ様がその行方をふさぎ、「この取り乱しはいったい何事ですか！」と強い調子でお尋ねになります。

「偶然に出会わしたとはいえ、仔細なくば、あのようなお姿をなさるわけがありません」と哀願するように問い糾《ただ》します。

「ああ、徳高きヒッポリタさま！……」悲しみに打たれた侯爵は一声叫ぶと、言葉に詰まってしまいます。

「後生でございます！」とヒッポリタ様。「侯のこのような常軌を逸したお振る舞い、その理由《わけ》をお話しくださいませ！　ただならぬ悲しみに満ちたそのお声。わたくしの名を口にされたお声は、さし迫る危険を察しているかのよう。いったい何があったというのでしょう？　この哀れなヒッポリタに、天はなおも、災いを与えるというのでしょうか？……侯はお黙りになられますか――哀れみ深い天使の名にかけてお願いいたします！　どうかこの通り――」と奥方は、侯の足下に跪き、言葉をお継ぎになります。「お心にわだかまっている言葉を、どうぞおっしゃってくださいませ！　侯はわたくしのために苦しんでいらっしゃる！　わたくしを思って、じっと心の痛みに耐えていらっしゃる！　お願いです！　どうぞ、おっしゃって！　まさか、わたくしの娘の身に、何かが起こるというのでは……」

「お話するわけには参りませぬ！」侯爵はそれだけ言うとヒッポリタ様から身を振り解《ほど》きます。そして「ああ！　マチルダ！」と一声、嘆くのでした。

こうしてヒッポリタ様のそばを慌てて辞したフレデリック侯は、大急ぎで部屋に戻りました。ところがその扉のところで、マンフレッドに呼び止められました。葡萄酒の酔いと色欲にのぼせ上がったマンフレッドは、侯を誘って、さらに数時間、音楽と浮かれ騒ぎに興じようと、侯を探しに来たのです。しかしフレデリック侯の心持ちは、そうした戯れからは限りなく遠いものでありました。マンフレッドを乱暴に押しのけたかと思うと、そのまま部屋に入り、城主の面前で扉を荒々しく閉め、内側から閂《かんぬき》をかけてしまいました。傲岸不遜の城主のこと、このような仕打ちを受けて、怒り狂わぬはずがありません。腹いせに、どんな非道の行いにも手を染めそうな勢いで、その場を去っていきました。そのまま中庭を横切っていきますと、今度は、先ほどジェローム様とセオドアの見張りのために修道院に残してきた従者に行き会いました。マンフレッドのところに急ごうと、すっかり息を切らせていたこの男は「城から参ったと思われますご婦人とセオドアとが、アルフォンソ公の御廟にて、密会の最中にございます」と告げたのでした。「セオドアの後をつけてそこまで追ったのですが、相手のご婦人の顔は、闇に隠れていて、どなたであるか判りませんでした」

マンフレッドはこれを聞くと、気が昂ぶっていたこともあり、また先ほど、イザベラとふたりきりの折、馴れ馴れしく言い寄って撥ねつけられたこともあり、さてはさっきのイザベラの落ち着かぬ態度は、ひとえにセオドア会いたさのことだったかと思い込みました。この結論に怒りを掻き立てられ、さらにはセオドアの父親への憤りを新たにしたマンフレッドは、誰にも気づかれぬよう、聖ニコラス教会へと急ぐのでした。身廊に沿って足音もなく滑り歩くマンフレッドは、彩色絵の描かれた硝子窓から入るわずかな月の光を頼りに、そっとアルフォンソ公の御廟に近づいていきます。たしかに、人の囁き声のようなものが、その方向から聞こえてきます。マンフレッドの探していた者の声のようです。はじめにマンフレッドが聞き取ったのは、次の言葉でした。

「そんな！　万事、わたし次第というのですか？　あの方が、わたしたちの結婚をお許しになるものですか！」

「そうとも！　結婚など、こいつが断じて、許しはせんぞ！」

暴君マンフレッドは一言叫ぶと、短剣を抜きました。そして、声の主の肩から胸にかけて、それを深く突き刺したのです。

「ああ！　何という！　もはやこれまで！」そう言うとマチルダは、その場に崩れます。「天よ！　この身をどうか、お受け取りくださいませ！」

「な、何をするか！　この人非人！」セオドアはそう叫び、マンフレッドに飛びかかると、その手から短剣を奪います。

「お願い！　早まったことはしないで！」とマチルダが叫びます。「これは、お父さま……。わたくしのお父さま……」

その声を耳にした刹那、マンフレッドははっと我に返ります。己の胸を拳で打ち、両の手で髪をかきむしり、次には、自害して果てようとの心づもりでしょう、奪われた短剣を取り戻そうとセオドアに掴みかかります。セオドアもまた激しく動揺しておりましたが、その気持ちを何とか静め、大声を出して近くの修道士の助けを求めると、マチルダの介抱に向かいます。そして集まった修道士たちの何人かは、悲歎の淵にあるセオドアを助けて瀕死の姫の止血にあたり、別の何人かは、自らを殺《あや》めんとするマンフレッドを何とか取り押さえます。

すでにマチルダ姫は、自らの命については、その行方を粛《しず》かに運命に委ね、セオドアの真心《まごころ》に応えながら、感謝の眼差しを注いでおりました。そして、遠のく意識の中で口をきけるようになるたび、父親であるマンフレッドをお労《いたわ》りして欲しいと呟くのでした。恐ろしい知らせを聞きつけたジェローム様も、すでにこの場に来ておいででした。息子のセオドアには厳しく咎めるような一瞥をくれ、マンフレッドの方に振り返ると言い放ちました。

「ご覧なされい！　非道の城主よ！　貴殿のなした数々の不敬の結末がこれというもの！　自業自得と知るがよい！　血塗られたアルフォンソ公は、天に向かって復讐を祈られ、天はその祈りを聞き遂げた。その結果がこの通り、おぞましい刃傷沙汰。件《くだん》の公の御廟の前、貴殿は自らの剣で、自らの血を流すことと相成ったのです」

「どうか、後生です。ご慈悲を！」とマチルダが遮ります。「お父さまはすでに、耐えられぬほどのお苦しみ。どうか天主さま！　お父さまに祝福をお授けください。わたくしはこの通り、お父さまをお許し申し上げます。同じように、どうぞお許しを！　それから神父さま！　どうかご子息をお咎めになりませんように。実のところ、わたくしがこちらに参ったのは、セオドアさまに逢うためではございません。セオドアさまがここでお祈りを捧げていたのを、たまたまわたくしが認めたのです。わたくしが参ったのは、お母さまの言いつけで、ふたりの間のお取りなしをいただけるよう、お祈りを捧げるため……そう、お母さまと、お父さまのため……ああ！　大好きなお父さま！　どうぞ娘を祝福ください。そしてお許しくださるとおっしゃってください……」

「お前を許すとな！　このわしが！　このけだものが！」とマンフレッドが叫びます。「人殺しが人を許す、そんなことがあるというのか？　わしはてっきりイザベラと思っておった……この血塗られた手を、さらにわが子の血潮で濡らせと、それが天の御意であったか！　ああ！　マチルダよ！　わしからは何も言えん。だが、お前はわしを……怒りに盲《めし》いたこのわしを、許すと申すか？」

「許します！　わたくし、許しますわ！　天もそのことは、お認めくださいますでしょう！」とマチルダ。「……わたくしに、まだ口をきく力があるのなら、わたくしの気がかりはお母さま……ああ！　お母さまは、どんなに悲しまれることか！　お父さま、お願い、お母さまをお慰めくださいませね……どうか、お母さまをお見捨てになりませんよう……お母さまは、それは心底、お父さまを愛していらっしゃるのだから……ああ！　なんだか暗くなってきました……どうかお城に、お運びください……この瞳、お母さまにお閉じいただくまで、はたして開いていますことか……」

セオドアだけでなく、その場にいた修道士たちも、姫に声をかけ、修道院にお運びする許しを得ようとしましたが、マチルダはどうしても城に移りたいと言って譲りません。しかたなく一同は姫を吊り台に載せ、請われた通り、城へと運びます。セオドアは、その腕で姫の頭を支えつつも、狂おしいばかりの哀惜の思いと思慕の苦しみの中、覆いかぶさらんばかりにマチルダの顔を覗き込み、最後の命の望みをその魂に吹き込もうと躍起です。そのかたわらでジェローム様は、姫に向かって天国の話を語ってきかせ、その心を慰めていらっしゃいます。面《おもて》ちかくに掲げられたロザリオは、すでにマチルダの清らかな涙に濡れ、永遠《とわ》の国への旅路の用意はほぼ整ったかに映ります。ひとり底なしの悲歎に落ちたマンフレッドが、うち拉《ひし》がれて、吊り台の後ろに続きます。

一行が城に入るより先、すでに災いの報を耳にしていたヒッポリタ様は、深傷《ふかで》を負ったわが娘《こ》を迎えんと、表に飛び出していらっしゃいました。ところが、実際に悲しみの行列をご覧になると、あまりの悲歎に気が遠くなってしまい、わなわなとそのまま地面に倒れてしまいます。奥方に付き添っていたイザベラとフレデリック侯も同じように、途方もない悲しみに槌《う》たれました。そんな中、ひとりマチルダだけが、身に起こったことの重大さにまるで無頓着の様子、ひたすら母親の身を気遣います。ヒッポリタ様が気づかれたのを認めるや、姫は一同に歩みを止めるよう命じ、父親を側に呼び寄せました。マンフレッドは言われたとおりにいたしますが、一言も口がきけません。そこでマチルダ姫は、父母《ちちはは》双方の手を取ると、それを添い合わせ、自らの手で包み込み、それから、己の胸のうえに置くのでした。何と痛ましい、また、何と神々しい所作でございましょう！　マンフレッドはもう悲しみに耐えることができません。そのまま地面に突っ伏すと、己がこの世に生まれた日を、それは激しく呪いました。これを見たイザベラは、このような興奮はマチルダに障るのではと恐れ、マンフレッドを城内にお運びするよう命じます。それと共に、マチルダについては城内のもっとも手近な部屋へと指図します。お妃は、マチルダ姫と区別ないほどに人事不省のご様子、娘のこと以外を気をかける余裕などとても持てません。ところが、医者たちがマチルダの容体を診《み》るというので、イザベラが優しい心遣いでお妃を別室に移そうとすると、急に「よそに移そうというの！　やめておくれ！　わたしはここにいます！」と叫びました。「娘はわたしの命も同然。わたしも、娘と一緒にここで息絶えます！」

この声に、マチルダはいったん眼を開きましたが、何も言わぬまま、またすぐに閉じてしまいます。脈は弱まり、その手も氷のような冷たさとなり、希望のなくなってきたことを伝えます。医者たちに続いて部屋を出たセオドアは、残酷な宣告を聞いて、それこそ半狂乱となりました。

「マチルダとこの世で一緒になれぬのなら――せめてあの世で夫婦《めおと》となるまで！　父上！　神父さま！　この場でわれわれの手をお合わせくださいませ！」

医者たちに付いてフレデリック侯と一緒に部屋を出たジェローム様に、セオドアが懇願します。

「何を取り乱しておる！　気でもふれたか！」と神父様。「こんな時に結婚の儀式など！」

「いえ！　これでいいのです！　今をおいて他にありません！」

「セオドア殿、どうか分別をお忘れなく」とフレデリック侯が諫めます。「今は急なとき。そのような無分別が聞き入れられるとお思いかな？　そもそも、どんな資格があって、そなたは姫と結婚されようというのだろう？」

「領主です！」とセオドア。「オトラント城主の称号です。父である神父さまの口から、己が何者であるか伺っております」

「何を言う！　気でも狂ったのか？　マンフレッド殿がおぞましい罪によって領主の資格を失った今、領主を名乗ることのできる者はわたしの他におらぬはず」

「侯爵殿」ジェローム様が重々しい口調で割って入ります。「倅《せがれ》の申すことは真実にございます。このようなときに重大な秘密を明かさねばならぬのは、時期尚早でもあり、わたくしの本意ではございません。ですが、天意は、その成就の早からんことをお求めのよう――そも倅が、我を忘れて申したことではございますが、このわたくし、それが間違いのない事実であると保証いたします。話はさかのぼって、アルフォンソ公が聖地奪還の戦いに加わらんと船で旅立った折でございます――」

「そんな説明をしている場合ではありません！」とセオドアが叫びます。「父上！　どうか、わたしとマチルダをこの場で娶《めあわ》せてください！　マチルダをどうかわたしのものに！　この願いさえ聞き届けていただければ、これからは何でも父上のおっしゃる通りに――ああ！　マチルダ！　愛しいマチルダ！」

　そう叫ぶと、セオドアはマチルダのいる部屋にとって返します。

「マチルダ！　僕のものになっておくれ！　どうか、僕のことを祝福しておくれ――」

あわててイザベラが静かにするように合図します。もうマチルダは虫の息だというのです。

「マチルダが！　死んでしまう！　そ、そんなことがあるものか！」

セオドアの大声に、マチルダがもう一度、目を覚ましました。視線をあげると、眼だけで母親の姿を探します。

「ああ！　命より大事なマチルダや！　わたしはここ！　ずっと、お前のそばにいるよ！」とヒッポリタ様が叫びます。

「いつも……おやさしい、お母さま……」マチルダが囁きます。「でも、どうぞ、お悲しみにならないで……わたしは、悲しみのない国にいくのです。……イザベラ。わたしを好いてくれてありがとう。わたしに代わって、たいせつなお母さまを、大事にしてね……ああ……だんだん、くらくなってきた……」

「マチルダ！　ああ！　マチルダ！」お妃は涙を流して悲鳴をあげます。「もう少し！　もう少し！　どうか行かないでおくれ！」

「お母さま……これにて、お別れです。どうぞ、わたしを天国にお送りください……お父さまはどこかしら？……お母さま。お父さまをお許しくださいね。わたしを殺《あや》めたこと……これは、ほんのまちがいだったのですから……ああ、わたしの方こそ、言いつけを守らなかった……セオドアにはもう逢わないと、誓ったのに……そのせいで、とんでもないことが起こってしまった……でも、お母さま、わたし、逢ってしまうとは思わなかったの……だから、許してくださいね」

「ああ！　お前はそれほどにわたしを苦しめる！」とヒッポリタ様。「お前を許さないなんて、そんなことがありましょうか。ああ！　誰か！　マチルダが！　お願い、誰か！」

「もう一言だけ、言わせてください……」マチルダが苦しそうに囁きます。「……ああ、もう……イザベラ……セオドア……お願い、ふたり……」

しかし、そこまで言うと、マチルダ姫はこときれてしまいました。

イザベラとお付きの女官たちが、泣き叫ぶ母君を遺骸から離します。しかしセオドアは、「俺を引き離す者は死を覚悟せよ」と脅し、土のように冷たくなった姫の手に繰り返し口づけをしては、愛する者を喪った失意の嘆きを続けるのでした。

一方、イザベラは、烈しくお嘆きのヒッポリタ様を支えて、お部屋まで付き添っていましたが、途中、中庭を横切る際、マンフレッドに行き会いました。こちらは狂おしい物思いに取り憑かれつつも、今一度マチルダの顔を見んとの願いに突き動かされ、娘のいる部屋へと向かうところでした。ちょうどそのとき、月の光が真上から降っておりましたので、イザベラたちの顔を一瞥したマンフレッドは、恐れていた出来事の徴《しるし》をそこにしかと見てとったのでした。

「何と！　姫は身罷《みまか》ったか！」そう叫ぶと、城主もまた、悲歎の極みへと陥るのでした。

ところが、その刹那です。雷鳴が烈しく轟いたかと思うと、城全体がその土台から大きく揺れたのです。大地までが大きく動いたほどでした。それに続いて、この世のものとは思われぬような、甲冑のぶつかる巨大な音が聞こえてまいりました。その恐ろしさ、フレデリック侯もジェローム様も、世の終わりが来たと思ったほどでございます。それでもジェローム様は息子セオドアを促して、共に中庭へと飛び出しました。セオドアが中庭に降り立つやいなや、マンフレッドの後ろに聳えた城壁が不思議な力で大きく開かれ、崩れ落ちた壁の只中、途方もない背丈になったアルフォンソ公の像が現れ出たのです。

「セオドアを見よ！　この者こそは、アルフォンソの真の世継ぎ！」アルフォンソ公の巨像は、そう一声、告げたのでした。そして、これに続いて再び雷鳴が轟くと、巨大な公は厳《おごそ》かに天へと昇っていったのです。少しして雲が二つに割れ、そこから今度は、聖ニコラス様の御像が現れました。アルフォンソ公を天空でお迎えになると、そのままふたりは、輝く光に包まれて、見えなくなってしまわれたのでした。

天意の現れは明々白々。一同しばらく、地にひれ伏し、じっと畏《かしこ》まっておりました。はじめに口を聞いたのはヒッポリタ様でした。

「あれを、ご覧になりましたか！」と打ち沈むマンフレッドに向かって呼びかけます。「人の野心の何と虚《むな》しいことでしょう！　コンラッドは逝ってしまいました。マチルダも、もう、この世にはおりません。オトラントの真の領主はセオドアということです。どんな奇跡からそんな道理が成り立つのか、わたくしには判りません。しかし、天意が示されたからには、わたくしたちは、それに従うしかございません。もはや、わたくしたちにできることは、残されたわずかな時間、その嘆きの時間を、天のお怒りを鎮めるために捧げるくらいでしょう。天はわたくしたちを拒まれたのです！　わたくしたちは、いったいどうしたらよいのでしょう？わたくしたちに手を差し伸べてくださっているのは、あそこだけ、聖なる修道院だけではないでしょうか？」

「わが妻よ！　何の罪もなく、不幸の淵に落ちてしまったわが妻よ！　すべてはこのわしの罪業のため！」とマンフレッドが応えます。「この期に及んで、わが心もようやく、お前の敬虔な忠言を受け入れるらしい――まさか、そんなことが！　それはあり得ぬこと！　お前もそう思って驚いておるだろう――ならばこの場で、自らの身を裁かせてもらいたい。天を汚してしまった償いとしてわしにできるのは、この身に自らの手で、恥辱を注ぐことくらい。今次の審判は、ひとえにわしの身の上に基づくもの。故にそれを告白し、せめてもの償いとさせてもらいたい。ああ！　それにしても！　告白をするくらいで、封土権簒奪の罪が、わが子を殺めた罪が、はたして拭えるものだろうか！　わしはあろうことか、聖なる場所で、わが子に手をかけたというのに！　おのおの方、どうかお聴きくだされ。この身の物語、将来にわたる戒めにしようございます――」

「ご存じのように、アルフォンソ公は聖地奪還に赴いた彼の地にて没されたのです。――そう、異論があるのは承知のこと。公の最期は、非業の死であったというのでありましょう。――いかにも、真実はそのとおり。それを認めなければ、この告白の苦い杯《さかずき》を飲みほしたことにはなりますまい。……わたしの祖父のリカルドはアルフォンソ公の家令でありました。血のつながる祖先のことなれば、その醜聞には覆いをかけてやりたくなります。ですが、その試みはまるで無駄でありましょう。……そうです。アルフォンソ公は毒殺されたのです。偽の遺言書は、公の正統な後継ぎとしてリカルドの名を記しておりました。もちろん、この罪はどこまでもリカルドについて回ります——とはいえ、リカルドには失うべきコンラッドはいなかった！　マチルダもいなかった！　この身だけが、マンフレッドひとりが、簒奪の罪の償いをしているのです！　しかし、リカルドはあるとき恐ろしい嵐に襲われました。罪の意識におののいた簒奪者は、聖ニコラス様に誓いを立て、このままオトラントの領主に留まれるものなら、この地にひとつの教会と、ふたつの修道院を寄進したいと請け合ったのでした。この捧げ物は、天によって受け入れられました。リカルドの夢に聖人が現れ、こう約束したのです。すなわち、正統なる城主が巨大になりて城に容《い》れ能わざるほどになるまでの間、リカルドの末裔が城主に留まるべし、と——。ああ、しかし！　呪われた血脈よ！　このマンフレッド以外、男も女も、一族には残らなんだ！　わしの話すべき物語はこれまで……この三日間の悲劇がその後の顚末を、雄弁に物語っておりましょう——。どうしてここにいる若者がアルフォンソ公の後継ぎとなるのか、それについては判りませせぬ。だが、その真実を疑いはいたしませぬ。この領地はこの若者のもの。この身はただ退くのみ……それにしても解せぬのは、どうしてアルフォンソ公に息子がおったかということ。とはいえ、天意を疑うわけではない。残された嘆きの時間、やがてリカルドの元に召されるまで、祈りだけのつつましい暮らしのうちに過ごすといたそう」

「物語の足りないところを埋めるのは、わたしの役目」とジェローム様が口を開きました。「聖地奪還に赴くアルフォンソ公を乗せた船は、シチリア沖で嵐に遭い、沿岸に流されてしまわれた。城主殿もお聞きでございましょう、リカルドとその配下の者たちを乗せた別の船は、主人の船と別れてしまったのです」

「まこと、そのとおり」とマンフレッド。「ところで神父殿、わしを城主の名で呼ぶなど、落ちた身には過ぎたこと……まあ、それもよけいな話であるな。どうぞ、先を続けられよ――」

神父様は、少しばつが悪そうにされましたが、すぐに話を続けます。

「それから三ヶ月もの間、風向きが好転するまで、アルフォンソ公は、シチリアで足止めとなったのでした。そこで公は、ヴィクトリアという名の眉目麗《みめうるわ》しい乙女と恋に落ちたのです。あまりに敬虔なアルフォンソ公は、乙女と禁じられた関係を結ぶことは許されなかった。ゆえに、公は娘と結婚されたのです。しかしすぐに公は、ご自分が聖なる戦いに身を捧げた立場であることを思い出し、娘との婚姻関係はそれにふさわしくないものと考えました。そこで公は、聖地から戻るまでの間、結婚の事実は世に伏せておき、帰還の暁に晴れて夫婦の名乗りをしようとお決めになったのです。しかし、残された娘のお腹には子供がおりました。そして公の不在の間に、ヴィクトリアは女の子を産んだのでした。ところが、出産とほぼ時を同じくして、ヴィクトリアは、公が戦死して、リカルドがその後継ぎとなったという恐ろしい噂を耳にしたのです。友もおらず、助ける者とてない女性の身、ヴィクトリアに何ができましょう？　夫婦であったと申し出たところで何の甲斐がありましょう？　ですが、城主殿、実はここに、出所の確かな書き付けがあるのです――」

「いや、それには及びませぬ！」とマンフレッド。「この数日間の奇跡の数々、それから、たった今われわれが目撃したあの幻が、千枚の証書よりもはるかに雄弁に、真実を証しているではないだろうか。それだけではない。わが身の没落も、それから、ああ！　マチルダの死も……」

「どうぞ、落ち着きあそばして」ヒッポリタ様が声をかけられます。「ジェロームさまのお話、わたしたちの悲しみをいや増そうとのお積もりではありません」

ジェローム神父は話を続けます。

「よけいな枝葉は省いてお話しするといたしましょう。このようにして生まれたヴィクトリアの娘は、成人の後、この身の妻となるに至りました。やがてヴィクトリアはこの世を去り、秘密を宿すのはこの胸だけとなったのです。その後の物語は、すでに以前、セオドアが皆さまに話したとおりでございます」

こうしてジェローム様の物語は終わりました。そして一同、打ち沈んだ面持ちのまま、城の崩れずに残った建物へと退いたのでした。翌朝、マンフレッドは封土権を正式に手放す旨、書類に署名をいたしました。これにはヒッポリタ様も同じ意向を示され、おふたりはそのまま、隣の修道院へと赴いて、法衣に身を包んだのでありました。フレデリック侯は娘のイザベラを新しい城主の妻に差し出され、姫の幸せを願うヒッポリタ様も、やさしい口添えをされました。しかし当のセオドアの悲しみはあまりに生々しく、他の女性への想いが芽生える余地などとてもございません。その後、イザベラと何度となく会話を重ね、大切なマチルダの思い出を幾度となく共にするうちに、ようやくセオドアは、己の魂を捕らえて離さぬ悲しみをいつまでも語り合える人と一緒にいるほか、どこにも心の平安はないと悟ったのでありました。

〈了〉

第二版への序

この小品があれほどの高評価を世間から頂戴したとなると、作者としては、作品執筆のいきさつについて筆をとらないわけにはいかないであろう。しかし、その動機を明らかにする前に、まずは、先般、翻訳者という隠れ蓑を使ってこの作品を紹介したことを読者諸賢にお詫びしなくてはならない。あのような別人格を借りたのは、ひとえに菲才への危惧と試みの目新しさゆえであって、その点、どうかご容赦いただきたいと思っている。筆者はそうすることで作品を、江湖の偏りない判断に委ねたいと願ったのであって、受け容れられなかった場合は、忘却の中に消える運命を甘受するつもりだった。また具眼の士から、作者として名乗り出るのに何ら恥じることはないと保証してもらうまでは、かような下作の著者との公言はためらわれたのである。

この作品は二種類の物語《ロマンス》、つまり古い物語《ロマンス》と新しい物語《ロマンス》を混ぜ合わせることを狙ったものである。古い物語にあっては、すべてが想像上の事柄と不可能事で構成されている。一方新しい物語では、自然を写し取ることが常に目指されていて、これまでにそれなりの成功を収めてきている。そこに新奇がないわけではないが、空想の偉大なる貯蔵庫は厳格に閉じられていて、日常世界への忠誠が求められているのである。もし新しい物語《ロマンス》において自然が想像力を踏みにじっているように見えるとしたら、古い物語《ロマンス》で完全に締め出されていた「自然」が、今度は復讐する側にまわっているためだろう。古い時代の主人公たちを見ると、立ち居振る舞いから、情趣、会話にいたるまで、舞台となる物語の構造と同じく、いかにも不自然なのである。

以下の物語の作者である私は、この二種類の物語《ロマンス》は和解可能であると考えた。一方で空想の力を自由に羽ばたかせて、新奇の世界をどこまでも経巡らせて興趣あふれる舞台を創っておきながら、同時に劇中の登場人物の行動については、あくまで蓋然性の規則の中に留めおくのである。つまり、どんな異常の状況が描かれようと、そこにいる男女は、そのような状況におかれた人間が当然そう振る舞うように、考え、話し、行動するのである。作者の知る限り、啓示的な書物に登場する人物たちは、奇蹟に遭遇した者であれ、途方もない徴《しるし》や顕《あらわ》れを目撃した者であれ、人間らしい性質を失ってしまうことはない。ところが中世的な物語《ロマンス》の登場人物たちは、ありそうもない出来事が起こると、人間たちも同じようにわけの判らない会話を始めてしまう。まるで、自然の法則がその階調を踏み外すのに同調して、人間も正気を失ってしまうかのようなのだ。私の人物の描き方について、江湖は賞賛でもって応えてくれた。このことから私は、自分がこの任にまったく不適当というわけではないと考えてよいだろう。この企てが、後世の才能ある書き手のための新たな道を整えたことになるのであれば、作者としては控えめながらその喜びを噛みしめたい。また、いずれはこの目論見が、作者個人の構想力や感情の描き方の限界を超えたところで、後進によってさらに磨きをかけられるだろうと愚考するものである。

初版の序文でも触れたことだが、家臣・下僕たちの造形について、ここでも短く付言しておきたい。彼らの単純素朴な立ち居振る舞いは、それこそ時には読者の笑いを誘うほどのものであって、作品全体の荘重な雰囲気にそぐわないように思われるかもしれない。しかしこうした性格造形は、何の不釣り合いにもなっておらず、かえってこの作品の大きな特長を形成している。私の原則は自然らしさである。君主たちの感情がいかに崇高・偉大であっても、また、英雄たちがいかなる憂愁に囚われていようと、同じ感情のありようを下々の者に求めてはいけないのである。少なくとも下層の者たちは、貴人に見るような荘重な感情表現は行わないし、また、そうあってはならないのだ。愚見を述べさせてもらうなら、一方に崇高な感情があり、もう一方に素朴さが配されていること、それによって前者の感情が際立ち、より大きな効果がもたらされるのである。確かに、下賤の者の戯言が続くおかげで重要な大団円が先延ばしになるのであれば、読者は少なからず苛立ちを覚えるであろう。だが逆にいうと、この苛立ちこそが未決の事件の存在をより際立たせ、読者の興味を巧妙に引き延ばすのである。さらに言うと、私は個人的な創見だけでこのような描出に及んだのではない。自然の偉大な模倣者であるところのシェイクスピアに倣ったのである。シェイクスピアを例に次のことを考えてみよう。『ハムレット』や『ジュリアス・シーザー』の如き偉大な悲劇作品において、はたして墓堀人夫の諧謔やポローニアスの道化、あるいはローマ市民たちのくだらない冗談がいっさい省かれていたら、または彼らがそろって英雄的な装いをさせられていたら、その場合、作品の美や魅力は大きく損なわれることにならないだろうか。アントニーの弁舌、さらにはブルータスのいっそう高貴で冷静を装った演説は、その聴衆の口から当然にも発せられる野蛮な言葉によって、巧みにもその崇高さを際立たせているといえないだろうか。こうした効果の演出法は、印章の上の限られた平面の上で巨大なアポロ像の観念を表すために、像の隣にその指の大きさを測定する少年の姿を刻みこんだギリシャの彫刻家を思い出させる。*

「いや、厳粛と滑稽の混在は耐え難い」とヴォルテールは自らが編集したコルネイユの作品集で述べている。たしかにヴォルテールは一個の天才である。が、シェイクスピアの天才とは比べようがない。この点に関して、私は、他の権威に頼って要らぬ議論を招くよりは、ヴォルテール自身の言葉を紹介したいと思う。とはいえ、氏がこれまでにシェイクスピアに与えてきた讃辞をここで披瀝しようというのではない。それについて述べるなら、氏は『ハムレット』の同じ台詞をこれまでに二度翻訳しているのであるが、数年前にはその台詞を褒め讃えていた同じ批評家が、最近では嘲りの態度をみせている。年齢と共に成熟をみせるべき判断力が次第に弱っていくのを見るのは悲しいことではなかろうか。さて、私がここで引用するのは、ヴォルテール氏が劇作一般について語ったときの言葉である。氏はシェイクスピアを讃えようとも貶《けな》そうとも考えていないわけで、その点、彼の偏りのない意見が反映されているといえるだろう。以下の一節は氏の『放蕩息子』の序文からのものだが、この作品は、私も最大の賞賛を惜しまない素晴らしい出来栄えのもので、これから私が二十年生きたとしても、けっして笑いものにすることなどありえないだろう。その序文でヴォルテール氏は、喜劇について次のように論じているのである(私としては、ここでの理屈は、悲劇も喜劇と同じく人生の写し絵であり、そうであれば、悲劇にも適応され得るだろうと考える。喜劇に哀愁と真面目さが混在してもよいように、悲劇にだって愉快な冗談が混ざっていて構わないと思うのだが)。

喜劇には楽しさと真面目さ、笑わせるものと胸を打つものとが共存している。そして、ひとつの出来事が両方の要素を併せ持つことがしばしばある。例えばある家庭において、父親は何かに怒って昂ぶった演説をし、一方、自分の感情しか念頭にない娘はただ泣いている。それを見る息子がふたりの様子に馬鹿笑いをし、親戚の者はまた別の態度をとるといった具合――とはいえ、おふざけや涙の場面が喜劇に必須というわけではない。陽気な騒ぎがほとんどを占めている傑作もあれば、真面目ばかりの傑作もある。それらが混在する秀作もあるし、情愛の細やかさが涙を誘う佳作もある。どの要素も、喜劇から追放する必要はないのであって、どういう種類の喜劇が最上の喜劇かと訊かれたら、上手に描かれた喜劇が最上であると答えればよい。

しかし、もしある喜劇が全体的に真面目であることを許されるのなら、悲劇もときには、節度を心得たうえで、笑いを許してよいのではないだろうか。この意見に賛同してくれるものはいないだろうか。自作の弁護のために「喜劇からは何も追放する必要はない」と宣言した批評家が、他方でシェイクスピアに厳格な規則を当てはめてよいものだろうか。

私が引用した先の文章は、「劇作家」ヴォルテール氏の署名のもとに書かれたものではなくて、「編者」が執筆者となっているようであり、そのことは私も承知している。しかし、だからといってヴォルテール氏と別に編者がいたと考える者はないだろう。これほど見事に「劇作家」の文体を真似ることができて、「劇作家」の論法を駆使できる「編者」などいるわけがない。この文章は間違いなく、偉大な作家ヴォルテールの真情を吐露したものである。実際、自作『メロープ』に付せられたマッフェイ氏宛の書簡の中で、ヴォルテール氏はほぼ同じ内容のことを(少し皮肉まじりではあるが)述べている。以下はその一節だが、引用の後に、私がこの一節に注目する理由もお知らせしよう。マッフェイ氏が書いた悲劇『メロペー』の一部を紹介し、ヴォルテール氏は次のように書き継いでいる。「この劇は単純素朴な要素で成り立っています。舞台にあがった登場人物たち、それから彼らの振る舞いには、そうした性格づけがぴったりといえるでしょう。こうした自然で親密な雰囲気は、あるいはアテネでは受け入れられるのかもしれません。しかし、パリとその街の観衆は、それとは別種の単純さを求めているように思われます」――この引用部分も含めて、マッフェイ氏宛の手紙には、何となくヴォルテールの皮肉が込められているように思えてしまうのだが、かといって、真実の力が皮肉によって損なわれるわけではない。マッフェイ氏が描いたのはギリシャの物語であり、その意味で、アテネ市民はパリの観客に劣らず、舞台に繰り広げられるギリシャ習俗(その描かれ方の適否について)の判定者の資格を有している。しかしながらヴォルテール氏によれば(そして私は氏の論理展開に賛嘆を禁じ得ない)、アテネ市民の数はせいぜい一万人であるが、パリの人口は八十万であり、そこには軽く見積もって三万人の目利きがいるというのである。――なるほど! 大した計算だ! 「裁判官」の数の多さは認めよう。しかし、ギリシャの物語に基づいて書かれた悲劇のあるべき姿に関して、頭数の違いは大きいにせよ、古代ギリシャ人より約二千年も後に生まれた「三万人」の方が勝れた判定者だなどという意見は、これまで一度も耳にしたことはなかった。

パリの目利きたちの要求する「素朴さ」とはいかなるものかとか、「三万人の判定者」がどんな手枷足枷を詩に課しているかなどについて、ここで立ち入るつもりはない。『コルネイユ新解』で繰り返し述べられる事柄から推すと、詩の取り柄とはこうした障害物を越えて高く跳躍することにあるのだが、そうだとすると、かえって詩が、想像力の崇高な働きであることをやめて、幼稚で蔑むべき業《わざ》に堕してしまい、世間に向けて「手の込んだ無意味」を贈ることにもなってくるだろう。ところで、私はここである二行連句《カプレット》を紹介しないわけにはいかない。間違いなく、英国人の耳には平板で取るに足らぬ物事を扱った詰まらぬ詩行と響くだろうが、ヴォルテール氏はそのカプレットを、(コルネイユの作品のほとんどを手厳しく扱っておきながら)ラシーヌを擁護する際に取り上げるのである。

この扉は皇帝の部屋のものであり
あちらの扉は女王の部屋へと続いている

英語ではこんなふうになる。

この扉は皇帝の私室のものであり
あちらの扉は女王の客間へと続いている

不幸なるシェイクスピアよ！　汝はなぜ、ローゼンクランツをして同僚ギルデンスターンに、コペンハーゲンの宮殿の案内図を言わしめなかったのか。どうしてその代わりに、デンマーク王子と墓堀人夫との間に交わされた、深遠な会話などを書き込んでしまったのか。前者のようにしていれば、高名なるパリの観衆はもう一度だけ多く、汝の才能を讃える機会を持っただろうに！

私が長々と申し述べてきたことは、結局のところ、わが国の生んだもっとも輝かしい「大砲」級の詩人の後ろから、向こう見ずな発言を打ち上げてみているにすぎない。あるいは私自身、新しい種類の物語《ロマンス》を創出したのだと自己宣伝して、それにふさわしい芸術的規則を自ら定めてみせてもよかったのかもしれない。だが私としては、新しいものを創造する喜びよりも、ほんのわずか、百歩及ばぬ程度にしても、あまりに偉大なる先達の模倣を行いえたことに大きな誇りを覚えるのであって、自作に独創性や天才の燦めきが見いだせなくても一向に構わないのである。少なくとも読者諸賢はすでに、どの序列に置いたかは別にして、わが作品に栄誉を与えてくださったのである。

＊以下の記述は、これまで述べてきた事柄と関係ないのであるが、一英国人として、どうしても書かずにいられないことであって、その点お許しをいただきたい。というのも、我らの不滅なる国民詩人に対する巨匠ヴォルテール氏の手厳しい評価は、注意深い判断に基づいたものではなく、軽々しい機知の産物としか思えないのである。批評家が我々の言葉の力強さと潜在力を論じる際には、ヴォルテール氏の歴史知識に見られるような不正確や見劣りがあってはならないのだ。氏の欠陥について、歴然たる証拠をひとつお示ししよう。トマ・コルネイユ『エセックス伯』の序文でヴォルテール氏は、この作品では史実が大きく歪曲されていることを認めながらも、コルネイユの時代、フランスの貴族たちはそもそも、英国の歴史など碌に知らなかったと弁明している。続いて氏は、しかし、英国史を学ぶようになった現代においては、このような誤りは許されないだろうと述べている。それなのに、氏は、無知の時代がとっくに過ぎ去っており、知識のある読者に対して教えを垂れる必要などないということを忘れてしまったのだろうか――氏は、溢れるほどの読書量を誇るかのように、自国の貴族階級に向かってエリザベス女王の寵臣たちについて解説し、あろうことか「一番の寵臣がロバート・ダドリー、二番目の寵臣はレスター伯であった」と記したのである。この二人が同一人物であるとヴォルテール氏に教えてあげる必要があったとは、いったい誰が想像できただろうか。

The Castle of Otranto.

崇高と美の起源

趣味に関する序論

皮相な見方をすれば、われわれ人間は推論の仕方においてお互いに大いに違っているし、それに劣らず何を快いと感じるかにおいても違っている。だが、そうした違いにもかかわらず――その違いは真実というよりは見かけでしかないと私は思うのだが――すべての人間に共通な規準が、理性と趣味(taste)の両面において、存在しているように思われる。というのも、すべての人類に共通な感情と判断の原理が存在しなければ、日常生活における人間相互の交流を維持するのに十分なだけ、理性もしくは情念を制御することはできないからである。物事の真偽に関しては、ある種の決まりごとがあるということは、じっさいに一般に認められているようである。真偽に関する論争においては、人々がお互いに許容し、かつ共通な人間性に基づいて確立していると思われる、試金石や規準にたえず訴えかけているのを目にする。しかし、趣味に関する普遍的で定まった原理については、それと同様な明白な意見の一致は存在しない。あまりにも移ろいやすいがゆえにどのような定義の鎖にも縛られない、この繊細でとらえがたい能力が、試金石によって適正に試されたり、規準によって規制されたりすることはありえないのだと、一般に考えられてさえいる。推論の能力を行使することはつねに求められ、またそれは絶えざる論争で鍛えられているので、正しい理性に関するある種の原則は、もっとも無知な人間においてさえ、暗黙のうちに定まっているように思われる。学識ある者たちがこの粗削りな学問を改善し、それらの原則を体系化した。もし、趣味の領域が十分に開拓されていないとしたなら、それはその主題が不毛であるからではなく、働き手の数が少なく怠惰だからである。というのも、真実を言うなら、推論の能力を解明するようにわれわれを駆り立てるのと同様な興味深い動機が、趣味の場合は存在しないからである。結局、趣味に関する事柄で人々の意見が異なったとしても、その違いが理性に関する事柄と同じくらい重大な結果を伴うことはないのである。さもなければ、趣味の論理（こういう言い方が許されるなら）が理性に関する事柄と同じくらいよく理解される可能性があるし、そうした事柄が、たんなる理性の領域により直接的に関わる事柄と同じくらいの確実性をもって、論じられるようになるかもしれない。そして、現在われわれが取り組んでいるような、こうした研究の入口において、この点をできるだけあきらかにすることは、じっさいにはとても必要なのである。というのも、もし趣味に確定した規準がなく、もし想像力が何らかの不変で確かな法則の支配を受けないのであるならば、われわれの労力はほとんど無駄に費やされることになるだろうからである。なぜなら、気まぐれのために法則を定め、移り気と空想のために立法者を定めるということは、ばからしいとまではいかなくとも、無益な企てに違いないからである。

他のすべての比喩的な用語と同様に、趣味という用語はとても正確というわけにはいかない。これによってわれわれが理解しているものは、ほとんどの人々の精神の中にある単純で限定された観念ではけっしてないし、それゆえにそれは不確かさと混乱に陥りやすいのである。こうした混乱に対する治療薬として名高い「定義」というものを、私はあまり高く評価しない。なぜなら、われわれが定義するとき、われわれは自分たちの概念で自然を囲い込む危険があるように思われるからである。その概念というのは、われわれが行き当たりばったりに選んだり、信用だけを頼りに受け入れたり、目の前の対象に対する限定的で部分的な考察から生み出されたりしたものであって、それは、自然本来の結びつけ方にしたがって自然が包括するすべてのものを受け入れられるように、われわれの観念を拡張することではない。われわれは、出発点においてしたがった厳密な法則によって、探求に限界を設けられてしまう結果になるのである。

だれもが通れる広い周回路をまわりつづける……

臆病さ、もしくは作品の法則のために、そこから一歩も踏み出せないのだ。

〔ホラティウス『詩論』一三二、一三五行〕

定義がとても正確であっても、定義された事柄の性質をわれわれにほとんど伝えてくれないこともあるだろう。だが、その利点が何であれ、定義とは探求に先立つものではなく、それにつづくものであり、探求の結果として考えられるべきものである。探求と教育の方法がときに異なること、しかも疑いなくもっともな理由で異なることがあるのは、私も認める。しかし、私としては、教育の方法は探求の方法にもっとも近い場合が最良であると確信している。なぜなら、そうすれば、不毛で命なき真実を食卓に出すのではなく、それが生えている親木のところへ通じることになるからである。それは、読者自身を創意工夫の軌道に乗せることになるし、もし著者が幸いにも価値ある発見をした場合には、その発見をした道筋に読者を導くことになるのである。

しかし、あらさがしをあらかじめ防ぐために言わせていただくなら、私は趣味という言葉で、想像力の産物や洗練された芸術に感銘を受けたり、それらに対して判断を下す精神のひとつあるいは複数の能力のことだけを意味しているのである。思うに、それはこの言葉のもっとも一般的な観念であり、特定の理論とはまったく無関係なものである。この探求における私の眼目は、想像力が働くさいにしたがう原理があるかどうかを見つけることである。しかも、その原理は、想像力に関する推論の手段を満足のゆくかたちで与えてくれるくらいに、万人に共通で、強固に基礎づけられているようなものでなければならない。そして、そうした趣味の原理は存在すると私は考えている。たとえ、趣味はその種類と程度においてあまりに多様であるので、趣味ほど定めがたいものはないと、皮相な見解に基づいて思い込んでいる人々にとって、そうした考え方がどれほど逆説的なものに思われようとも。

私が知る人間の自然な能力の中で、もっとも外的な事物になじみやすいのは感覚、想像力、判断力である。まず感覚について考えよう。人間の器官の構造はほとんどもしくはまったく同じであるのだから、外的事物を知覚する仕方はすべての人間において同じであるか、もしくはほとんど違わないとわれわれは想定しているし、また想定しなければならない。ある人の目に明るいものは他の人の目にも明るい、ある人の味覚に甘いものは他の人にも甘い、この人にとって黒く苦いものはあの人にとっても同様に黒く苦い、とわれわれは信じて疑わない。大きい小さい、硬い軟らかい、熱い冷たい、粗い滑らかといったこと、そしてじっさいに物体がもつすべての性質や属性についても、われわれは同様に結論している。もし、人間の感覚が、人によって事物の異なったイメージを与えるとあえて想像してみるなら、この懐疑的手続きは、あらゆる主題に関するあらゆる推論を無益でばかげたものにしてしまうし、知覚の一致に関して疑問を抱くようにわれわれを説き伏せた当の懐疑的推論すらその例外ではない。だが、同じ物体は人間という種全体に、似かよったイメージを提示することにほとんど疑いはないわけだから、あらゆる対象は一人の人間に喚起する快と苦を、少なくとも、その力が自然かつ単純にそれだけで働いている間は、すべての人間に喚起するということが、必然的に容認されねばならない。なぜなら、もしそのことを否定するなら、同じ種類の対象に同じように働きかける同じ原因が、違った結果をもたらすということをわれわれは想像しなければならず、とてもばかげたことになってしまうからである。最初に味覚(taste)に関してこの点を考察してみよう。なんといっても、われわれが問題にしている能力は、この感覚から名前を取っているのだから。すべての人間は、酢は酸っぱく、蜂蜜は甘く、アロエは苦いと言うことに同意している。これらの対象にこれらの性質を見出すことに同意しているのだから、それらがもたらす快と苦に関する効果に関しても、意見を異にすることはないだろう。人は一致して甘さを快いと言うし、酸っぱさや苦さを不快であると言う。ここに意見の多様性は存在しないし、存在しないということは、味覚から取られた隠喩における万人の意見の一致からも十分にあきらかである。

酸っぱい(意地悪い)性格、苦い表情、苦々しい呪詛、苦い運命といった用語は、すべての人々が十分に深く理解する。また、われわれが甘い性格、甘い人間、甘い条件と言った場合も、われわれは同様によく理解してもらえる。たしかに、慣習その他の原因によって、いくつかの味覚に属する自然な快や苦に逸脱がもたらされることは認めねばならない。だが、その場合でも、自然な味わいと後から身についた味わいの区別は最後まで残るのである。人はしばしば砂糖の味より煙草の味を、牛乳の風味より酢の風味を好むようになる。だが、煙草と酢は甘くないことを感じ、習慣のみがそうした異質な快に舌を慣らすのだということを知っているかぎり、そのことが味覚に混乱をもたらすことはない。そういう人と出会っても、われわれは味覚に関して、十分な正確さをもって話すことができる。しかし、もし人が、自分にとって煙草は砂糖のような味がするし、牛乳と酢の味の区別ができないとか、あるいは煙草と酢は甘く、牛乳は甘く、砂糖は酸っぱいなどと宣言するなら、われわれは即座に、その人の器官は狂っているし、彼の味覚は完全に損なわれていると結論を下すのである。そうした人と味覚に関して到底意見を交わすことができないのは、すべての部分の和が全体と一致するということを否定する者と、量の関係について意見を交わすことができないのと同様である。どちらわれわれはこうした者を、意見がまちがっているとは言わずに、完全に狂っていると言うのである。どちらにしてもこの種の例外は、われわれの一般法則に疑問を投げかけるものではないし、事物の量の関係や味覚に関して、人は多様な原理をもっているという結論をわれわれに出させるものでもない。だから、趣味についての議論はできないと言われるとき、それは特定の人が特定のものの味からどのような快や苦を見出すかを厳密に答えられないということだけを意味している。じっさいそれを議論することはできない。しかし、われわれは、感覚に対して自然に快いものと不快なものに関して議論することはできるし、しかも十分な明晰さをもってできるのである。しかし、特殊で後天的な味わいについてわれわれが語るさいには、われわれはその特定の人の習慣、偏見、身体の不調について知らねばならないし、それらから結論を引き出さねばならない。

　こうした人類の一致は味覚にかぎらない。視覚に由来する快の原理は、みなに共通である。明るさは暗さよりも快い。大地が緑に覆われ、空が澄んで明るい夏は、すべてのものが違った表情を帯びる冬よりも心地よい。人であれ、獣であれ、鳥であれ、植物であれ、美しいものが人々——たとえそれが百人であっても——に示されて、彼らが即座にそれが美しいと同意しなかったことは記憶にない。もちろん、人によっては期待ほどではないとか、もっといいものがあるといった見解をもったかもしれないけれども。私は、鵞鳥が白鳥よりも美しいと考えたり、いわゆるフリーツランド種の鶏が孔雀に勝ると思ったりする人はいないと信じる。つぎのこともまた言わねばならない。視覚の快は味覚の快ほど複雑でもなく、混乱してもいないし、また、不自然な習慣や観念連合によって変更を加えられることもない。なぜなら、視覚の快は一般にそれ自体で自足しているし、視覚それ自体と無縁な思考によって変更を加えられることもないからである。しかし、視覚の場合と違って、事物は味覚に対して自発的に自らを提示するわけではない。それらは食べ物や薬として味覚に適用される。それらがもつ栄養的、薬効的な性質から、段階的にあるいは観念連合の力によって、それらが味覚を形成してゆくこともしばしばである。こうして、トルコ人にとって阿片は、それが生み出す快い幻覚によって快適なものとなる。煙草は無感覚と心地よい麻酔状態を広めるために、オランダ人たちの楽しみとなる。発酵した酒は一般大衆を楽しませるが、それは酒が憂さを晴らし、未来や現在の心配事を消し去るからである。もし最初から味以上の属性をもたなければ、それらは完全に顧みられることはなかったであろう。しかし、それらは、紅茶、コーヒーその他と一緒に、薬剤師の店からわれらの食卓にもたらされ、健康のために長く摂取されることによって、快いものと考えられるようになったのである。薬品としての効果ゆえに、われわれは頻繁にそれを用いる。快適な効果と結びついた頻繁な使用は、ついには味そのものを快適なものに変えるのである。だが、このことは、われわれの推論にとってけっして障害とはならない。なぜなら、われわれは後天的な味覚と自然な味覚を最後まで区別できるからである。はじめて食べる果実の味を記述するさいに、人はその甘く快い風味を煙草や阿片やニンニクのようだとは言わないだろう。たとえ、これらの薬品を常用して、それらに大いなる快を見出している人に対してであっても。すべての人間には、根源的で自然な快の原因の十分な記憶があって、彼らの感覚に対して提示されたすべてのものをその規準に照らし、その規準によって自分の感情や意見を制御することができるのである。味覚が損なわれたために、バターや蜂蜜よりも阿片の味を快いと思うようになった人に、海葱根《かいそうこん》［ユリ科で強心薬などに用いられる］の丸薬が与えられたと想像してみよう。この者が、この胸の悪くなるような小片あるいは彼が慣れていないその他の苦い丸薬よりも、バターや蜂蜜を好むであろうことにほとんど疑いはない。これはつぎのことを証明している。つまり、彼の味覚はもともと他の人々とあらゆる点で同じだったということ、彼の味覚は依然として他の人々と多くの点で同じであり、特定の点でのみ損なわれているということである。というのは、どんな新しい味を判断するさいにも、たとえ習慣によって好むようになったものに似通った味を判断する場合であっても、彼の味覚は自然な仕方で、共通原則に則って、作用を受けるからである。このように、すべての感覚の快は、視覚においても、感覚の中で最も曖昧な味覚においてさえも、身分の上下や学識の有無にかかわらず、万人に共通なのである。

感覚によって与えられる快と苦を伴う観念以外に、人間の精神は、感覚によって受け入れた順序と仕方にしたがって事物のイメージを自在に再現したり、それらのイメージを新しい仕方や違った順序で結合したりする、独立したある種の創造的な力をもっている。この力は想像力と呼ばれ、機知、空想、創意などと呼ばれるものはみな、それに属している。だが、想像力は、完全に新しいものを生み出せないということは述べておかねばならない。想像力は感覚から受け取った観念の配列を変えることができるだけである。さて、想像力は快と苦のもっとも広大な領域である。なぜなら、われわれの恐怖、われわれの希望、われわれのすべての情念の領域が、快と苦に結びついているからである。根源的で自然な印象の力によって、これら支配的な観念を伴ったかたちで想像力に働きかけようとするものは何でも、すべての人間に対してきわめて等しい力をもつはずである。なぜなら、想像力は感覚のたんなる代理であるのだから、現実によって感覚が楽しんだり不快になったりするのと同じ原理によって、想像力はイメージによって楽しんだり不快になったりすることしかできないからである。結論としては、想像力においても、人々の間の感覚における一致と似かよった一致があるに違いないということになる。少し注意を払いさえすれば、われわれはそれが必然的に事実であるという確信をもつことになるだろう。

しかし、想像力においては、自然の事物の属性から生じる快と苦のほかに、模倣が原型に対してもつ類似性から快が知覚されることがある。私が思うに、想像力はこれら二つの原因から生じる以外の快をもつことはない。これらの原因はすべての人間にひとしく働く。なぜなら、それらは自然にある原理によって働くのであり、しかもその原理は特定の習慣や利得から生じるものではないからである。ロック氏〔英国の哲学者ジョン・ロック（一六三二―一七〇四）のこと〕は正当かつ精妙に、機知は主に類似性をなぞることに関係があると述べている。彼は同時に、判断力の仕事は、差異を発見することにあると述べている。そう想定すれば、機知と判断力の間には実質的な差異はないように思われるかもしれない。というのも、それらはどちらも比較という同じ能力の異なった作用の結果のように見えるからだ。しかし、じっさいには、それらが精神の同じ力に依存していようがいまいが、多くの点でとても異なっているので、機知と判断力が一人の人間の中で完全に結びついていることは、世界でもっとも希なのである。二つの別個な対象がお互いに似ていない場合、それはたんにわれわれの期待どおりのことである。そうしたことはありふれており、それらが想像力に印象を残すことはない。だが、二つの別個の対象が似ていれば、われわれは驚き、注意を払い、そして嬉しくなる。人間の精神というものは生まれつき、違いを探すよりも、類似性を見つけることに、はるかに大きな積極性と満足をもっているのである。なぜなら、類似性をつくり出すことでわれわれは新しいイメージを産み出すからである。われわれは自分のもつ蓄えを結びつけ、創造し、拡大するのである。しかし、区別をすることは想像力にいかなる糧も与えない。その仕事自体は厳しくうんざりするようなものである。そして、そこから得られる快は、その性質上、消極的で間接的なものである。午前中にあるニュースが告げられる。それはたんなる一片のニュースとして、私の蓄えの増加として、私にある一定の快を与える。晩に私はそのニュースには何の内容もなかったことを発見する。私はそこに、騙されていたことを知る不満以外の何を見出すだろうか。ここからわかるのは、人は生まれつき、不信よりも信に傾きがちであるということである。観念を区別したり分類したりすることが苦手で遅れている無知で野蛮な民族の多くが、たとえ話、比較、隠喩、寓話においてしばしば秀でているのは、この原理に基づいているのである。ホメロスや東洋の作家たちが、たとえ話を好み、本当に賞讃すべきたとえ話をしばしばつくり出すにもかかわらず、たいていの場合正確さに無頓着なのは、この種の理由によるのである。つまり、彼らは類似性に引きつけられ、それを力強く描くが、比較されたものの間の差異に注意を払わないのである。

さて、類似性の快は、主として想像力を楽しませるものであるから、表象され比較される事物に関する知識の広さが同じなら、すべての人間において、想像力の楽しみはほとんど等しい。この知識の原理はきわめて偶然的なものである。なぜなら、それは経験と観察に依存しているのであって、生まれつきの能力の強さや弱さに依存しているのではないからである。われわれが通常、不正確に、趣味の違いと呼ぶものは、この知識の違いから生じる。彫刻を知らない人が人間の頭部のかたちをした鬘台やありきたりの彫刻を見れば、すぐに驚き、嬉しく思う。なぜなら、彼は人間の姿に似たものを見たからである。彼はその類似性に関心を抱き、その欠点には注意を払わない。模倣作品を最初に見た人で、その欠点に注意を払ったような人はいないだろうと私は信じる。しばらくすれば、この初心者はもっと技巧が凝らされた彫刻作品に出会うであろう。

そうなると彼は最初に賞讃したものを、軽蔑をもって見始める。最初のときでも、彼は人間との非類似性ゆえに彫刻を賞讃したのではなく、それがもっている人間の姿との、不正確ではあるが一般的な類似性ゆえに賞讃したのである。異なった時点で異なった像について彼が賞讃したものは、厳密に言えば同じである。つまり、知識が向上しても、趣味は変わらないのである。ここまでは、彼のまちがいは、美術に関する知識の欠如から来ていた。それは未経験から来ていたのである。しかし、自然に関する知識の欠如から彼が依然として不十分な鑑賞者だという可能性はある。というのも、問題の人物がここで歩みを止めて、偉大な作者の傑作も、低俗な作家の凡庸な作品と同じくらいしか、彼を楽しませないことだってありえるからである。このことは、よりよい高度な趣味の欠如から来るのではなく、すべての人間が模倣作品を適切に判断できるくらい十分に正確に、人間の姿を観察しているわけではないからなのである。批評的趣味が人間の優れた原理に依存するのではなく、優れた知識に依存しているということは、いくつかの例からわかるだろう。古代の画家と靴屋の話はよく知られている。その靴屋は、画家が描いたひとりの人物の靴について画家が犯したまちがいを正した。画家は、靴についてそれほど正確な観察をせずに一般的な類似性で満足しており、そこまで観察したことはなかったのである。だが、これはこの画家の趣味を非難することにはならない。彼は製靴の技術に関する知識不足を示しただけなのである。ある解剖学者が画家の作業部屋に入って行ったと想像してみよう。彼の作品は概してよくできており、問題の人物の姿勢もよい。各部分もさまざまな動きによく合致している。だが、画家の仕事に批判的なこの解剖学者は、ある筋肉の盛り上がりが、人物の特定の動きに完全に合ってはいないことを観察するかもしれない。ここで解剖学者は、画家が観察しなかったことを観察しているのであり、また、靴屋が注目したことを見すごしているのである。しかし、解剖学に関する究極的な批評的知識をもたないことが、この画家もしくはその作品の一般的な鑑賞者の自然なよい趣味に影響をおよぼさないのは、正確な製靴の知識の欠如が影響をおよぼさないのと同じである。洗礼者ヨハネの斬首の優れた絵画をトルコ皇帝に見せたとき、彼は多くの点を褒めたが、一つの欠点を指摘した。皇帝が言うには、首の切られた部分から皮膚が縮れていなかったのだ。このときのトルコ皇帝はとても正確だったけれども、彼はこの絵を制作した画家や、おそらく同様のことを指摘しなかったであろうヨーロッパの目利きたちよりも、より優れた生まれつきの趣味を示したわけではない。このトルコ皇帝は、他の者たちが想像力の中でしか見ていない恐ろしい光景を、じっさいに見慣れていたのである。人々が気に入らない点を見つけるさいには、彼らの知識の種類や程度の違いから生ずる違いがあらゆる人の間に存在する。しかし、画家、靴屋、解剖学者、トルコ皇帝に共通するある事柄が存在する。それは、自然の事物が正しく模倣されたと知覚するときに生じる快であり、快適な形象を見るときの満足であり、衝撃的で感動的な出来事から生じる共感である。趣味が自然なものであるかぎり、それは万人にほぼ共通なのである。

詩その他の想像力の作品においても、同様の一致が存在する。たしかに、ウェルギリウスに冷淡で『ドン・ベリアニス』〔スペインの作家ジェロニモ・フェルナンデス作のロマンス作品〕に魅せられる者がいる一方で、『アエネーイス』に恍惚となって、『ドン・ベリアニス』を子供向けと考える者もいる。この二人はお互いにとても違った趣味をもっているように見えるが、しかし、その違いはわずかなのである。二つの作品は正反対の感情を喚起するけれども、どちらも賞讃を呼び起こす話が語られている。どちらも行動に溢れており、どちらも情熱的である。どちらにも、航海、戦い、勝利、運命の絶えざる転変がある。『ドン・ベリアニス』を賞讃する者は、『アエネーイス』の洗練された言語を理解できないのであり、もしそれが『天路歴程』の文体にまで落とされた場合には、『ドン・ベリアニス』を賞讃したのと同様の原理に基づいて、『アエネーイス』がエネルギーに満ち溢れていると感じるであろう。

そうした読者は、お気に入りの作家における蓋然性のたえざる無視、時間の混乱、礼儀作法違反、地理的関係の無視にショックを受けることはない。なぜなら、彼は地理や歴史を知らず、蓋然性の根拠を調べることもないからである。おそらく彼は、ボヘミアの海岸での難破を読み、かくも興味深い出来事に引き込まれ、主人公の運命だけを知りたがり、この法外なしくじりに悩まされることはまったくないだろう〔ボヘミアの海岸はシェイクスピアの『冬物語』に登場する〕。なぜなら、ボヘミアを大西洋の島であろうとしか考えない者が、どうしてボヘミアの海岸での難破にショックを受けることがあるだろうか。結局、そうしたことは、ここで想定されている程度の自然でよい趣味にとって、どんな不名誉になるのだろうか。

趣味が想像力に属しているかぎり、その原理はすべての人間において同一である。影響の受け方、影響の原因において違いはない。しかし、その程度には違いがあり、それは主として二つの原因から生じる。ひとつは生まれもった感受性の程度の違いであり、もうひとつは対象へ払う、より綿密でより長きにわたる注意である。同様の違いが見られる感覚の働きを例にとって説明するために、滑らかに磨かれた大理石のテーブルが二人の男の前におかれたと想定してみよう。彼らはそれを滑らかと感じ、その性質ゆえに快く感じる。ここまでは一致している。しかし、もうひとつ、さらにもうひとつのテーブルが彼らの前に置かれたと想定しよう。後者は前者よりも滑らかである。滑らかさと、そこから生じる快について一致していたこれらの者たちが、どちらのテーブルが滑らかさの点で勝っているかを決定するさいに、意見の一致を見ないということは、大いにありえる。人が物事の超過や不足を、測定ではなく程度で比較するようになると、趣味の大きな違いが本当に存在する。超過や不足があからさまでない場合にそのような違いが発生すると、問題を解決することは容易ではない。もし、意見の違いが二つの量に関するものであるなら、われわれは共通の尺度に頼ることができるし、それは最高の正確さでもって、問題を解決できるだろう。そして、私が思うに、それこそが何にもまして数学的知識に大きな確実性を与えるものである。しかし、滑らかさ粗さ、硬さ柔らかさ、暗い明るい、色調といったような、超過を大小で測れないものの場合、違いがかなり大きければとてもかんたんに判別できるけれども、違いが微妙な場合には、何らかの共通の尺度がなければ——そしてそれが発見される見込みはない——判別はやさしくないのである。こうした微妙な場合には、感覚の鋭さが同じなら、そうした事柄に対する注意と慣れが大きい方が有利であろう。大理石のテーブルの場合には、大理石研磨職人がもっとも正確に決定できるであろう。だが、感覚とその代理人たる想像力に関する多くの議論を解決するための共通の尺度がないにもかかわらず、われわれは、原理は万人に共通であることを発見したし、また、物事の卓越や差異に関する吟味——それがわれわれを判断の領域へと誘うのだが——を開始するまでは、不一致は存在しないことを発見したのである。

事物の可感的な性質に関するかぎり、想像力以上のものは、ほとんどそこに関与しないし、情念が提示されたときにも、想像力以上のものはほとんど関与しない。というのは、自然な共感の力によって、それらは推論に頼ることなくすべての人間において感じられるし、それらの正しさはすべての人間の胸中で認識されるからである。愛、悲しみ、恐怖、怒り、嬉しさといった情念は、それぞれすべての人間の精神に影響をおよぼす。そして、それらは恣意的で偶発的な仕方によってではなく、ある自然で均一な原理に基づいて、影響をおよぼすのである。しかし、多くの想像力の産物は、可感的な対象の表象あるいは情念に関する作業に限定されているわけではなく、礼儀作法、性格、行動、人間の意図、人間関係、人間の美徳と悪徳にまでおよぶわけだから、それらは判断力の領域に入ってくるし、判断力はまた、注意と推論の習慣によって向上するのである。これらすべては、趣味の対象と考えられるものの大きな部分をなしている。そして、ホラティウスはそれらについて教育するために、われわれを哲学の学校と世間へと送りだすのである。道徳と人生の知恵について到達できる確実性は、模倣作品中のそれらに関してわれわれが到達できる確実性と同程度なのである。じっさい、識別のために趣味と呼ばれているものは、礼儀作法における熟練、時と場所にしたがうこと、一般的な上品さ——それらはホラティウスがわれわれに勧めてくれた学校でのみ学ぶことができるのだが——といったものに存している。趣味とはじっさいは洗練された判断力にすぎない。全体として、もっとも一般に受け入れられている意味での趣味と呼ばれるものは、単純観念ではなく、部分的には一次的な感覚の快の知覚と、二次的な想像力の快と、それらのさまざまな関係と人間の情念、礼儀作法、行動に関する推論能力による結論とから構成されているように、思われる。趣味を形成するためには、それらすべてが必要なのであり、それらすべての基礎は人間の精神において同一なのである。というのは、感覚がわれわれのすべての観念の大いなる起源であり、結果としてわれわれのすべての快の起源であるのだから、もしそれらが不確実かつ恣意的でないなら、趣味の基礎は万人に共通であり、こうした事柄に関する決定的な推論の十分な基礎となるのである。

趣味をその性質と種類だけにしたがって考察している間は、われわれはその原理がまったく一様であることを見出すだろう。しかし、これらの原理が何人かの個人において支配的になるその程度は、原理そのものが似かよっているのと反比例するかのように、まったく異なっているのである。というのは、一般に趣味と呼ばれているものを構成する性質である感受性と判断力は、さまざまな人々の間で大きく異なるからである。これらの性質のうち、前者に欠陥があれば趣味の欠如が生じる。後者が弱ければ、まちがったもしくは悪い趣味がつくられる。人間の中には、感情があまりに鈍く、気質があまりに冷淡で粘液質であるがために、生きている間中ずっと、ほとんど目覚めていないと言われる者もいるのである。そのような人にとっては、もっとも衝撃的な対象でさえ、かすかでぼんやりとした印象しか残さない。ほかにも、野卑でたんに官能的な快楽につねに突き動かされているために、あるいは卑しい吝嗇にかまけすぎているために、あるいは名誉と卓越の追及にあまりに熱心であるがために、これらの激しく嵐のような情念の暴風に絶えず慣らされてしまった彼らの精神が、想像力の繊細で洗練された遊戯によって動かされることがほとんどなくなってしまう場合もある。これらの者たちは、違った理由からではあるが、前者と同じように麻痺し、無感覚になっているのだ。しかし、いずれの者たちも、たまたま自然の優美さや偉大さ、あるいは芸術作品の中のそうした性質に打たれることがあれば、彼らは同じ原理に基づいて感動するのである。

まちがった趣味の原因は、判断力の欠陥である。それは悟性（その能力の強さが何に存するにせよ）の生まれつきの弱さ、もしくは、こちらの方がありがちなことだが、適切で正しい方向性をもった訓練――それだけが悟性を強く即応性をもったものにすることができる――の欠如から生じてくる。その他にも、無知、不注意、偏見、性急さ、軽率さ、頑固さ、つまり、こうしたすべての情念やすべての悪徳――これらは他の事柄においても判断力をねじ曲げる――が、その洗練された優美な領域においても同様に、判断力を偏向させるのである。これらの原因は、悟性の対象となるすべてのものに関する異なった意見を生み出すが、理性の定まった原理など存在しないとわれわれに考えるように説き勧めることはない。じっさいに、全体として、人間の間には、純粋に理性だけに依存する事柄に関する違いよりも、趣味に関する事柄の違いの方が少ないということが観察されるであろう。人々は、アリストテレスの理論の真偽についてよりも、ウェルギリウスの描写の卓越性に関して、はるかによく意見の一致を見ているのである。

よい趣味と呼ばれる芸術における判断力の正しさは、かなりの部分を感受性に依存している。というのは、精神が想像力の快を求める強い傾向をもたなければ、想像力が生み出した作品に関する完全な知識を得るのに十分なくらい、それらに没頭することはないからである。しかし、よい判断を形成するためにある程度の感受性が必要だとはいえ、よい判断はかならずしも快に関する鋭敏な感受性から生じるわけではない。とても稚拙な判断力しかもたない人が、体質的な感受性の力によって、すぐれた鑑定人が完璧な作品から受けるよりもずっと大きな感銘を、とても稚拙な作品から受けるということはしばしば起こる。というのは、新しいもの、異常なもの、大きなもの、激情的なものは、そうした人間に大きな影響を与えることになっており、欠点は彼に影響を与えないので、彼が感じる快は純粋で混じりけのないものとなるのである。そして、それはたんなる想像力の快であるがゆえに、判断力の正しさに由来するどんな快よりも大きい。判断力は大部分、想像力のゆく手に躓きの石を投げ、魅惑の場面を追い散らし、不愉快な理性のくびきに自らを縛りつけるために用いられるのである。というのは、他人よりもよく判断したことから得られる唯一の快は、ある種の意識的な誇りと優越性に存するのであり、それは正しく考えるということから生じる。しかし、そうだとしたら、それは間接的な快、すなわち思い描いている対象から直接に生じるのではない快なのである。人生の朝の時期には、感覚は摩耗しておらず柔らかく、体全体のあらゆる部分が目覚めており、われわれを取り巻くすべてのものには目新しい新鮮さの輝きがある。そのとき、われわれの感覚はなんと生き生きしているであろうか。そして、われわれは物事に関して、なんとまちがって不正確な判断を下すであろうか。私は、天才のもっとも卓越した仕事からでさえ、現在の私の判断力が些細で軽蔑すべきものとみなす作品からその年頃に感じていたのと同じ程度の感動を得ることは、もはや絶望的だと思う。あまりに快活な気質をもった人は、あらゆる些細な快の原因から影響を受けやすい。彼の欲求はとても鋭いので、彼の趣味は繊細になれないのである。彼はあらゆる点で、愛に関してオウィディウスが言ったような人物なのである。

私の優しい心には、的外れな愛の矢でも当たってしまう。それも当然のこと。
だから、私を、愛するがままにしておいておくれ。

〔オウィディウス『愛の技法』第十五巻七九〜八〇行〕

こういう性格をもった人は、けっして洗練された判断者になれない。あの喜劇的詩人が「何とも注文の多い判断者」(*elegans formarum, spectator*)〔テレンティウス『無能者たち』五六六行〕と呼んだ者にはけっしてなれないのである。作品の卓越性と力を、だれかの精神に対する効果から測ることは、その精神の気質と性格を知らなければ、いつだって不完全なものにしかならないのである。詩と音楽のもっとも力強い効果は、それらの芸術が低次元で不完全な状態にある場合でも示されてきたし、今でも示されている。未熟な聞き手は、それらの芸術のもっとも未熟な状態においても作用している原理によって、影響を受けるのである。そして欠点に気づくほどの技量はない。しかし、芸術が完成に向けて進歩するにつれて、批評の学も同じペースで進歩し、判断者の快は、どれほど完成された作品においても発見される欠点によってしばしば妨げられることになるのである。

この主題を離れるにあたって、私は多くの人々が抱いている意見に対して、注意を払わずにはおれない。その意見は、趣味をあたかも精神の独立した機能であり、判断力や想像力とはべつなものであると見なしている。つまり、趣味はひとつの本能であり、それによってわれわれは自然に、一目見たときから、その作品の卓越性や欠点に関して前もって推論することなしに、感動するのだというのである。想像力と情念に関するかぎり、理性がほとんど介在しないことは真実であると思われる。しかし、配列、様式、調和などが関係するところ、つまり最良の趣味を最悪の趣味から区別するものが関係するところでは、悟性が、そして悟性だけが働いていると私は確信している。そしてその機能は、じっさいには、つねに迅速なものであるわけではけっしてないし、迅速な場合にはしばしばまったく正しくないのである。熟慮によって最良の趣味を示す者は、しばしば以前の性急な判断を改める。それは、どっちつかずやためらいを嫌うという理由だけで精神が即座に下したがる判断なのだ。趣味は(その正体が何であれ)判断力の改善――それは知識の拡大、対象につねに注意を払うこと、頻繁な訓練によって実現する――に正確に比例して改善することはよく知られている。こうした方法を取らない者たちが、その趣味によって素早い判断を下した場合、いつも不たしかなのである。彼らの素早さは、思い込みと性急さによるものであり、精神からすべての闇を一瞬にして吹き払う突然の光明によるものではないのである。趣味の対象となるような種類の知識を育んだ者は、徐々にかつ不断に、判断の健全性だけでなく即応性をも獲得するのであるが、それはその他のあらゆる場合と同様の手順を踏むのである。最初は字を綴る練習をしなければならないが、最後には、楽々と迅速に読み取るのである。

だが、この迅速さは、趣味が独立した能力であることを証明するわけではない。私が思うに、純粋な理性の領域の内部にある問題に向けられた議論の進行を観察したことがある者なら、発見された根拠、提起され答えられた異論、前提から引き出された結論などに基づいて、趣味が働く場合に想定されているのと同じくらいとても迅速に、議論が進行するのを見たことがあるはずである。しかも、そこでは純粋な理性だけが働いており、また働くことができると想定されているのである。異なる外見に対していちいち異なる原理を増やしてゆくことは、無益であるし、とても非哲学的なことでもある。

この問題をさらに追及することもできるが、それはわれわれの探求の限界を定めることを目的とするこの主題の範囲内ではない。というのは、無限に枝分かれしてゆくことのない問題などありはしないからである。ここでの計画の性質と、それを考察するさいに取るべき単一的視点ということを考えれば、われわれの考察はここでひとまず終わりとしなければならない。

第一部

第一節　目新しさ

われわれが人間の精神に見出す最初のもっとも単純な情緒は好奇心である。好奇心という言葉で私は、目新しいものに対してわれわれがもつあらゆる欲望と快を意味している。われわれは子供たちが新しい何かを探し求めて、たえずあちこちと駆け回るのを見る。彼らは目の前にあるものに対して、とても熱心に、ほとんど選別することなく、手を伸ばす。彼らの注意はあらゆるものに引きつけられる。なぜなら、人生のこの段階にある者にとって、あらゆるものはそれを引き立てる目新しさの魅力をもっているからである。しかし、たんなる目新しさだけで注意を引く物事は、長い間われわれを引きつけることはできないがゆえに、好奇心はすべての情動の中でも、もっとも浅薄なものである。それは対象をたえず変えてゆく。それはとても鋭い欲求をもっているが、とてもかんたんに満足する。そしてそれはつねに浮ついて、落ち着きのない、不安な外見をもっている。好奇心は、その性質上、とても活発な原理である。それは対象の大部分に素早く触れてゆくので、自然の中に通常見出される多様性はすぐに尽きてしまう。同じ物事が頻繁にくり返されるが、そのたびに快適な効果は減少してゆく。つまり、もし多くの物事が目新しさ以外の力によって、またわれわれ自身がもつ好奇心以外の情動によって、精神に働きかけるようにできていないのであれば、人生中の出来事は、われわれがそれを少々知るようになるころまでには、うんざりして飽き飽きしたという感覚を伴わずに、われわれの精神に作用することはできなくなるであろう。これらの力と情念についてはしかるべき場所で説明する。しかし、その力が何であれ、またどのような原理に基づいて精神に作用するのであれ、日常的に身近で用いられることによって何の感銘も与えなくなってしまった物事においては、それらが発揮されなくなるのは、絶対的に避けがたいことである。ある程度の目新しさは、精神に働きかけることを目的としたあらゆる手段の材料のひとつとなる必要がある。そして、好奇心は、多かれ少なかれ、われわれのあらゆる情念と混じり合っているのである。

第二節　苦と快

それゆえ、かなりの程度人生を過ごした人々の情念を動かすためには、その目的にあてられた対象が、ある程度新しいということに加えて、それ以外の原因から苦 (pain) もしくは快 (pleasure) を喚起できることが必要である。快と苦は定義不可能な単純観念である。人々は自分の感情についてまちがうことはあまりないが、感情に与える名前やそれらに関する推論においては、しばしば誤るのである。多くの者は、苦は快を取りのぞくことから必然的に生じるという意見をもっている。というのは、彼らは、快は苦が終わるもしくは減少することから生じると考えているからである。私自身はむしろつぎのように考えている。苦と快は、それらのもっとも単純で自然な作用において、それぞれに積極的な性質であり、それぞれが存在するために互いに依存し合っているわけではない、と。人間の精神はしばしば、そして思うに大部分は、苦でも快でもない状態にある。その状態を無関心と呼ぼう。私がこの状態からじっさいの快の状態へと移行するとき、どんな場合においても苦という中間物を通りぬける必要があるとは思えない。そのような無関心——それを安楽とか静穏とか何とでも好きに呼んでかまわないが——の状態にあるときに、突然音楽の演奏会で楽しんだとしよう。あるいは、美しい姿をもつ対象と明るく生き生きした色彩が目の前に示されたとしよう。あるいはあなたの嗅覚がバラの香りで満足したとしよう。あるいは喉は乾いていなかったが美味しい種類のワインを飲む、もしくはお腹がすいていないときにお菓子を食べるとしよう。聴覚、嗅覚、味覚といったこれらいくつかの感覚において、疑いなくあなたは快を見出す。だが、もし私が、その満足に先立つ自分の精神の状態についてあなたに尋ねても、どんな種類の苦もほとんど見つけられなかったとあなたは答えるだろう。あるいは、いくつかの快でいくつかの感覚を満足させた後で、快は完全に終わってしまったが、その後に何らかの苦が引きつづいてやって来たとあなたは言うだろうか。他方、同様に無関心な状態にある者が、激しく打たれた、苦い薬を飲んだ、不快で耳障りな音で耳を傷めた、といったことを想定してみよう。ここに快の除去はない。だが、作用を受けたすべての感覚は、とてもはっきりとした苦を感じるのである。これらの場合において、苦はそれまでその人が享受していた快の除去から生じたのだが、その快は程度においてあまりに低いものだったので、取り去られることによって初めて知覚されたのだと言うことも、おそらくできるだろう。しかし、それはあまりに微妙なので、自然の中に発見できないようなものである。というのは、もし、苦に先立って私が快をじっさいに感じていないなら、私がそのようなものが存在すると判断する理由がないからである。なぜなら、快は感じられて初めて快であるからだ。同様のことは、同じ理屈をもって苦についても言える。私自身は、快と苦が、対照されたときだけ存在するたんなる相関的なものであると信じることはけっしてできないし、お互いにまったく依存することのない積極的な苦と快が存在することを、はっきりと識別することができる。そのこと以上に私自身の感情にとってたしかなことはない。無関心、快、苦という三つの状態が存在するということほど、私の精神の中で明瞭に区別できることは、ほかにはないのである。私は、その中のどれかとの関係についての観念なしに、その中のどれかを知覚することができる。カイウスは疝痛の発作で苦しんでいる。彼はじっさいに苦痛の中にいる。彼を拷問にかければ、彼はさらに大きな苦痛を感じるだろう。しかし、この拷問による苦しみは、何らかの快の除去から生じたのだろうか。あるいは、その疝痛の発作は、それをどう考えるかに応じて、快になったり苦になったりするのであろうか。

第三節　苦の除去と積極的な快の違い

われわれはこの命題をさらに一歩進めることにする。つぎのことを提案することになるだろう。それは、苦と快はその存在を、他方の減少や除去にかならずしも依存しないというだけではない。快の減少や終焉は積極的な苦と似かよった作用をじっさいにもつことはないし、また、苦の除去や減少は、その効果において積極的な快に似たところは非常に少ないということである。* 私が思うに、これらの命題のうち前者は、後者よりもすんなりと受け入れられるであろう。というのは、快が終わったとき、われわれはそれが始まる以前とほとんど同じ状態に戻るということは、とても明白だからである。あらゆる種類の快は、素早くわれわれを満足させる。それが終わると、われわれは無関心の状態に陥るか、もしくは、それまでの感覚の快適な色彩を維持した穏やかな静謐に浸るのである。大きな苦の除去が積極的な快に似ていないということは、一見してそれほどあきらかではないと私は認める。だが、差し迫った危険から逃れたとき、あるいは激しい苦痛から逃れたとき、われわれの精神がどのような状態にあるのかということを、思い出してみよう。私がまちがっていなければ、そうしたときのわれわれの精神のあり方は、その状態において、積極的な快の存在に伴うものとはとても違っている。われわれは自分たちの精神が、恐怖の影が差したある種の静謐の中で、畏怖の感覚の印象を受けたまま、とても醒めた状態にあるのを見出すのだ。そうした場合の顔の表情や体のしぐさは、精神の状態にとてもよく対応しているので、そうした外見の原因を知らない者にとって、その人は積極的な快のような何かを享受しているというよりも、ある種の自失状態にあると判断するだろう。

あたかも、罪を意識した罪人が
殺人のために自分の生まれ故郷を追われ、

息も絶え絶え、青ざめて、驚いて、
目を見開き、驚愕して、やっと国境にたどりついたときのように。
〔『イリアス』第二四巻四八〇〜八二行、ポープ訳による〕

ホメロスが、差し迫った危険からやっと抜け出したとして描いたこの男の衝撃的な外見と、見る者を打つ恐怖と驚きの混じり合ったような種類の情念は、似かよった状況下でわれわれがどのような状態になってしまうかを、とても鮮やかに描いている。というのは、われわれが激しい情緒をかき立てられた場合、それを引き起こした原因が作用を止めた後でも、精神は当然ながらそれに似かよった状態の中にありつづけるからである。嵐の後には大きな波が残る。恐怖の名残が収まってゆけば、その出来事がかき立てたすべての情念は、それとともに静まってゆく。そして、精神はいつもの無関心の状態に帰ってゆくのである。つまり、私が思うに、快(私はこの言葉で、内的な感覚もしくは外見のどちらかに属するもので、積極的な快に由来するすべてのものを意味している)の原因は、苦痛や危険の除去にあるのではないのだ。

＊ロック氏(『人間知性論』第二巻第二〇章第一六節)は、苦の除去もしくは減少が快と見なされ、また快として作用するのであり、また快の喪失もしくは減少が苦と見なされ、また苦として作用すると考えている。われわれがここで考察しているのはそうした見解である。

第四節　お互いに対比されるものとしての悦びと快

しかし、だからといって、苦の除去もしくは苦の減少がいつもたんなる苦しみを後に残すと言えるのだろうか。あるいは快の休止もしくは減少が、いつも快を伴うと言えるのだろうか。けっしてそんなことはない。

私が提言したいのはつぎのことだけである。第一に、積極的で独立した性質をもつ快と苦が存在するということ。第二に、苦の停止もしくは減少から生じる感情は、快と同様の性質をもつと考えていいほど、あるいは快という同じ名前で通用するのに相応しいほど、積極的な快と十分な類似性をもってはいないということ。第三に、同様の原理に基づいて、快の除去もしくは制限は積極的な苦と類似性をもたないということである。前者の感情(苦の除去もしくは緩和)はその中に、その性質上苦しいとか不快であるというのとはほど遠い何かを含んでいることはたしかである。多くの場合において快適だけれども、積極的な快とはあらゆる点で違っているこの感情は、私の知るところでは、名前をもっていない。しかし、だからといって、この感情が実在のものであり、他のすべての感情と異なっているという事実が変わるわけではない。あらゆる種類の満足もしくは快は、その作用の仕方においていかに違っていようとも、それを感じる者の精神において積極的な性質をもっていることは、きわめてたしかである。この情動は疑いなく積極的である。しかし、その原因がある種の欠如でありうるということは、この場合たしかなのである。性質においてこれほど違っている二つのもの——ひとつは単純で関係性をもたない快であり、もうひとつは関係性つまり苦との関係性なしでは存在しえない快——を、何らかの用語で区別することは、とても理にかなっている。その原因がこれほど識別可能で、その作用においてこれほど違っているこれらの情動が、世俗的な用語法で同じ名前を冠されているという理由でお互いに混同されているとしたら、それは異常なことである。この相関的な種類の快について私が語るときはいつでも、それを悦び(delight)と呼ぶことにする。そして、その意味以外でこの言葉を使わないように、最大限の注意を払うことにする。この言葉が一般にはそうした意味で用いられていないことは認めなければならない。だが、私はすでに知られている言葉を使ってその意味を制限する方が、われわれの言語にはうまく組み込めないであろう新語を導入するよりもいいだろうと考えたのだ。もし、哲学よりもむしろ実業の目的でつくられた言語というものの性質のために、また私の主題の性質のために、通常の論述の道筋から離れざるをえない事態が発生しなかったら、私は言葉に対してどのような小さな変更もあえてすべきではなかったろう。私はこの度を越した自由を、細心の注意を払って使わせていただく。私は悦びという言葉を、苦もしくは危険の除去に伴う感覚を表現するのに用いるように、積極的な快について語るさいには、それを大体においてたんに快(pleasure)と呼ぶことにしよう。

第五節　嬉しさと悲しさ

快の停止は三通りの仕方で精神に作用するということを述べておかなければならない。ある一定時間持続した後たんに停止した場合には、その結果は無関心(indifference)である。突然に断絶したのであれば、絶望(disappointment)と呼ばれる不快な感覚が後につづく。もし対象が完全に失われ、それをふたたび享受できる機会がなくなってしまった場合には、悲しみ(grief)と呼ばれる情念が精神の中に発生する。これらの中のもっとも激しいものである悲しみでさえも、積極的な苦に似てはいないと私は考える。悲しんでいる人間は、その情念が膨らむがままにし、それに溺れ、それを愛する。しかし、じっさいの苦痛の場合にはそれは起こらない。じっさいの苦痛をかなりの時間進んで耐えようとはした者は、いまだかつていなかったのである。単純に快適な感覚ではけっしてないにもかかわらず、人が自ら進んで悲しみに耐えるということを理解するのはそれほど難しくはない。対象を絶えず眼の前に置き、もっとも快適な姿でそれを提示し、それに伴うすべての環境をもっとも緻密な細部にいたるまで反復するということが、悲しみの性質だからである。それはすべてのひとつひとつの楽しさに立ち返り、その各々に思いを巡らし、以前は十分には気づいていなかった何千という新たな完璧さを発見するのである。悲しみにおいては、依然として快は最高度に存在する。われわれが被る痛みは絶対的な苦——それはつねに忌わしく、できるだけ早く振り払いたい——とは似ても似つかない。数多くの自然で感動的なイメージで満ち溢れているホメロスの『オデュッセイア』の中でも、メネラーオスが彼の友人の悲惨な運命とそれに対する自分の感情に関して列挙するものほど、衝撃的なイメージを含むものはない。じっさい彼はそうした陰鬱な瞑想から身を休めるときがあると告白するが、また、憂鬱はそれ自体、自分に快を与えると述べてもいるのである。

心地よい悲しみの短い合間に、
私が負っている友への恩義を思って、
永遠に愛おしい栄光ある死者への、
感謝の涙という供物に私は浸るのだ。

〔『オデュッセイア』第四巻一〇〇～〇三行、ポープ訳による〕

他方、われわれが病気から回復したとき、あるいはわれわれが差し迫った危険から逃れたとき、われわれは嬉しいという気もちをもつだろうか。こうした場合の感覚は、快に対するたしかな見込みが与えてくれる滑らかで感覚的な満足とはほど遠いものである。苦を緩和することによって生じる悦びは、その固く強く厳しい性質の中に、その出自を露呈するのである。

第六節　自己保存に属する情念について

単純な快であれ苦であれ、あるいはそれらを緩和したものであれ、精神に強力な印象を残すことができる観念の大部分は二つの項目、すなわち自己保存(self-preservation)と社交(society)に還元できる。われわれのすべての情念は、どちらかの目的に応えるようにできているのである。自己保存に関係する情念は大部分、苦もしくは危険に依存している。苦、病気、死の観念は、強い恐怖の感情で精神を満たす。しかし、生命と健康は、快の作用を受けられる状態にわれわれを置くにもかかわらず、単純な嬉しさによって強い印象を残すことはない。だから、個人の保存に関係がある情念はすべて苦と危険に依存しており、それらはあらゆる情念の中でもっとも強力なのである。

第七節　崇高について

どんな種類であれ、苦と危険の観念を喚起するものは何でも、すなわち、あらゆる種類の恐ろしいもの、もしくは恐ろしい対象と関係があり、危険と類似した仕方で働きかけるものは何でも、崇高の源泉となる。つまり、それは精神が感じられるもっとも強力な情緒を生み出すのである。もっとも強い情緒と私が言うのは、苦の観念は快を構成する観念よりも強力であると、私が確信しているからである。疑いもなく、われわれに加えられるかもしれない拷問は、もっとも酒色に精通したものが示唆する快や、生き生きとした想像力ともっとも健康で精妙なまでに鋭敏な身体が享受可能な快よりも、身体と精神に対するその影響において大きいのである。いや、あの不幸なフランスの国王殺害者〔ルイ十五世の殺害を企て、公開の場で身体を引き裂かれるという方法で死刑に処せられたロベール・ダミアン〕に正義が数時間にわたって課した責め苦の中で死ぬという代償を払って、もっとも完璧な満足ある人生を勝ち得ようとする者を見出すことができるかどうか、私は大いに疑う。だが、苦が快よりもその作用においてより強いのと同様に、死は一般に苦よりも影響力の強い観念である。なぜなら、どれほど強烈であっても、死の方が好ましいと考えられるような苦はほとんどないからである。いや、苦それ自体をつくり出すもの、こう言ってよければ苦をより苦痛に満ちたものにするものは、言わばこの恐怖の王である死の使者の姿をしているのである。危険や苦があまりに身近に迫ってくると、それらは悦びを与えることはできなくなり、たんなる恐怖となる。しかし、ある一定の距離があり、ある種の緩和を伴うなら、われわれが日々経験しているように、危険と苦は悦びとなりうるし、じっさいになっている。私は以下で、その理由を探求すべく努力するつもりである。

第八節　社交に属する情念について

情念を分類するために私が立てるもうひとつの項目は社交であり、それは二つの種類に分類されうる。ひとつは種の繁殖の目的に応える両性間の社交であり、二つめはより一般的な社交である。われわれは人間や他の動物と交わりをもつし、ある意味では、無生物の世界とさえ、交わりをもつとも言える。個体の保存に属している情念は、完全に苦と危険に依存している。繁殖に属している情念は、満足と快にそれらの起源をもっている。この目的にもっとも直接的に属している快は、快活な性格であり、熱狂的で激しく、たしかに感覚にとっての最高の快である。しかし、これほどまでに大きな享楽が欠けていても、ほとんど不快を感じることはない。そして、特定の時期を除けば、私はその影響をほとんど感じないように思われる。人々が苦と危険が作用する仕方を記述するとき、彼らは健康の快や安全の満足について語ったり、その後でそれらの満足の喪失を嘆いたりということはしない。そのすべては、彼らが耐え忍んでいるじっさいの苦痛と恐怖に向けられる。しかし、あなたが失恋した人の嘆きを聞くなら、主としてその人が楽しんだ、あるいは楽しむことを望んだ快について、そして望んだ対象の完璧さについて、力説するのを観察するだろう。彼の心に第一にあるものは喪失なのである。愛によってつくられ、ときに狂気にさえいたる激しい効果は、われわれが立てようとしている法則と矛盾しない。人の想像力がある観念によって長く影響を受けるままにされると、それは想像力をあまりに強く支配する結果、しだいに他の観念を締め出して、それらを収めている精神の仕切りを壊してしまうのである。どんな観念でもこれを引き起こすのに十分であるということは、狂気を引き起こす原因が無限にあることからあきらかである。しかし、このことが証明できるのは、せいぜい愛の情念は異常な結果をもたらしうるということだけであって、異常な情緒が積極的な苦と関係をもっているということではない。

第九節　自己保存に属する情念と性的な社交に関する情念の差異の究極原因

自己保存に関する情念と、種の増殖に向けられる性的な社交に関する情念に違いをもたらす究極原因は、さきに述べたことをさらに説明するだろう。そのことは、それ自体でも説明に値すると思われる。われわれのあらゆる種類の義務の遂行は生命に依存しており、活力と有効性をもってそれができるかどうかは健康に依存しているがゆえに、われわれはそれらを破壊する恐れのあるものからとても強い影響を受ける。しかし、われわれは生命と健康だけに満足するようにはできていないので、それらだけを享受しても本当の快は付随しないが、それはわれわれがそれに満足して、怠惰と無為に身を任せないようにするためである。他方、人間の増殖は大きな目的であり、大きな誘因によって、それを追求することが鼓舞される必要がある。だから、それにはとても大きな快が伴うのである。しかし、人間はそれを恒常的な仕事とするようにはけっしてつくられてはいないので、その快の不在にとても大きな苦が伴うということは都合がよくない。この点における人間と獣の差異は顕著であるように思われる。人間は愛の快に、かなり等しくいつでも心を傾けるが、それは人間がそれに耽る時と仕方が、理性によって導かれるようにつくられているからである。もし、この満足が得られないことから大きな苦が生ずるのであれば、理性はその任務を遂行するにあたって、大きな困難に出会うことになるだろう。獣は遂行にあたって理性がほとんど関与しない法にしたがっているわけだが、その獣たちは定期的な繁殖期をもっている。そのような時期においては、欠如から生じる感覚はとても厄介なものとなる。なぜなら、目的は果たされなければならず、さもなければ、多くの場合おそらく永遠に果たされないに違いないからである。というのも、その欲求は季節的にしか戻ってこないからである。

第一〇節　美について

たんなる繁殖に属しているのは性欲だけである。そのことは獣たちにおいては明白である。獣たちの情念は混じりけがなく、われわれよりも直接的に目的を追求する。相手に関して、彼らが見る唯一の区別は性である。たしかに、彼らはめいめいに他ならぬ自らの種に固執する。しかし、私が思うに、その好みは、彼らが自分たちの種に見出す美の感覚から生じるものではなく、アディソン氏〔ジョゼフ・アディソン、英国の文筆家、一六七二―一七一九〕が想定するように、彼らがしたがっている何らかの法によるのである。そのことは、種の境界線の内部にいる対象に対しては、選択があきらかに存在しないということからも、結論することができる。しかし、多様で複雑な関係に適合している生き物である人間は、この一般的な情念に、ある社交的な性質をもつ観念を結びつけるのだが、それは人間が他のすべての動物と共有している欲求を方向づけ高めるのである。人間は動物たちのように漫然と生活するようにはつくられていないので、嗜好をつくり出すための何かをもち、それによって自分の選択をするのが自然なのである。そして、その何かとは一般に可感的な性質でなければならない。そうでないものが、これほど素早く、力強く、確実にその効果を発揮することはないのである。つまり、われわれが愛と呼ぶこの混合した情念の対象は、性がもつ美なのである。人間は異性に引きつけられる。というのは、それが性というものであり、またそれは自然の一般法則によるのである。しかし、彼らは身体的な美によって個別的な相手に愛着をもつ。私は美を社交的性質と呼ぶが、その理由は、男女だけでなく、他の動物などが、見ることで嬉しさや快の感覚をわれわれに与えるとき（そうしたものはたくさんある）、それらの身体に対する優しさと愛情という感覚が喚起されるということである。それに反対する強い理由がなければ、われわれはそれらを側に置きたいと思い、進んでそれらとある種の関係をもちたいと願うのである。しかし、多くの場合、どういう目的でそういうふうにできているのかは、私にはわからない。というのも、人間ととても魅力的な外見をもつ動物たちとの関係の中に、そうした魅力をまったく欠いているか、もしくは魅力をわずかしかもっていない動物との関係よりも、強い結びつきをもたらす理由を見つけることができないからである。しかし、何か大きな目的を配慮することなしには、神の摂理はこうした区別はしないであろう。もっとも、われわれにはそれが何かはわからない。神の知恵はわれわれの知恵ではなく、神の方法はわれわれの方法ではないのだから。

第一一節　社交と孤独

社交的情念の第二部門は、社交一般をつかさどるものである。これに関して言うなら、たんなる社交は、とくにそれを引き立てるものがなければ、その楽しみの中で積極的な快を与えることはない。しかし、絶対的で完全な孤独、つまりすべての社交から完全かつ永遠に排除されるということは、ほとんど考えられるかぎり最大の積極的苦痛である。それゆえ、一般的な社交の快と絶対的な孤独の苦のバランスにおいては、苦が優越的な観念なのである。しかし、個別的な社交の快は、その個別的な楽しさの欠如によってもたらされる不快さを大きく上まわる。だから、個別的な社交に関するもっとも強い感覚は、快の感覚なのである。よい仲間、生き生きした会話、友への愛着は、精神を大きな快で満たす。他方、ときどき孤独になることは、それ自体快適である。これは、おそらく、われわれは行動だけでなく思索をもするようにつくられているということを示しているのだろう。というのも、社交と同様、孤独もそれ自体の快をもっているからである。上で述べたことからわかるように、完全に孤独な生活はわれわれ人間の目的に反する。なぜなら、死そのものですら、観念としてそれより恐ろしくはないからである。

第一二節　共感、模倣、野心

こうした名目の社交の下では、情念の種類は複雑であり、大きな社会の連鎖の中でそれらが果たす多様な目的に適合するように、多様に枝分かれしているのである。この連鎖の中の三つの主要な輪は共感(sympathy)、模倣(imitation)、野心(ambition)である。

第一三節　共感

われわれが他の人々の関心事に入り込むのは、これら三つの情念の中の最初のもの、すなわち共感によってである。共感によってわれわれは彼らが感動したように感動するし、人が自ら為しうる、あるいは他人から為されうるほとんどすべての事柄の、無関心な観察者でいることはできないのである。というのは、共感はある種の置き換えと考えられるからである。それによって、われわれは他人の位置に置かれ、多くの点で同じように感じるのである。だから、この情念は、自己保存に関する情念の性質を帯び、苦に基づいた崇高の源泉となるか、もしくは快の観念に依存するかのどちらかの可能性をもつ。その場合、社交的情動に関して言えることはすべて、社交一般に関するものであろうと特定のかたちの社交に関するものであろうと、ここに当てはまるのである。詩、絵画その他の感動的な芸術がある人の胸からべつな人の胸へ情念を注ぎ込み、悲惨、不幸、そして死そのものに悦びを接ぎ木できるのは、主としてこの原理によるのである。現実にはぞっとする対象が、悲劇その他の上演において、とても高次元な種類の快の源になることは、一般に観察されている。それは事実として認識されているので、多くの考察がなされる原因となっている。第一に、この満足は、かくも陰鬱な物語がたんなる虚構にすぎないと考えるさいにわれわれが受け取る慰めと、第二に、われわれがそこに表現されているのを見る災禍から自分自身は逃れているという事実を心に思い浮かべることが原因であると、一般に言われている。たんにわれわれの身体の機械的構造、もしくはわれわれの精神の自然な組織と構造に由来する感情の原因が、われわれに提示された対象に関する理性的な能力が導き出す結論にあると考えることは、この種の論考においてあまりにもありがちなことであると私は思う。というのは、われわれの情念をつくり出すにあたって、理性の影響は、一般に信じられているほど広範囲ではないと私は考えるからである。

第一四節　他人の苦痛への共感の効果

悲劇の効果に関するこの点を正しく考察するために、現実に苦痛の下にある同胞の感情によってわれわれがどういう影響を受けるのかということを、前もって考察しなければならない。他人の現実の不幸や苦において、われわれはある程度の悦びをもつと私は確信している。というのも、その情動がどんな見かけであろうと、われわれがその対象を避けたくなる場合でも、逆にそれに近づきたくなる場合でも、それについて思いを巡らしたくなる場合でも、その種の対象を心に描くとき、われわれは何らかの種類の悦びもしくは快を感じるに違いないと思われるからである。われわれは、この種の場面を含む史実に忠実な歴史書を、虚構の出来事であるロマンスや詩と同じ程度の快をもって読むのではないだろうか。どんな帝国の繁栄も、どんな王の壮大さも、マケドニアの国家の滅亡とその不幸な王の苦悩ほど、それを読むさいに快適な感動を与えることはない。歴史中のそのような破局は、寓話の中のトロイの滅亡と同じように、われわれを感動させるのである。この種の場合、われわれの悦びは、受難者が不当な運命の下に沈んでゆく卓越した人物であるとき、とくに大きく高まる。スキピオとカトーはともに有徳な人物である。しかし、われわれは後者の壮絶な死と彼が身を捧げた大義の破滅の方に、前者に相応しい勝利と切れ目のない栄華よりも、深い感動を覚えるのである。というのは、恐怖はそれが身近にないときにはつねに悦びを生み出す情念であり、憐憫は愛と社交的情動から生じるがゆえに快を伴う情念である。われわれが自然にうながされて活動的な目的を目指している場合はいつでも、それに対してわれわれを鼓舞する情念は、その対象が何であろうと、悦びもしくは何らかの快が付随しているのである。そして、創造主は共感の絆でわれわれが繋がるように設計したさいに、その絆をそれに比例する悦びで強めたのである。そして、われわれの共感がもっとも必要な場所、つまり他人の苦痛において、それは最大となるのである。もしこの情念がたんに苦をもたらすものであるなら、われわれは最大限の注意をもって、そのような情念を喚起するすべての人物や場所を避けるはずである。ちょうど、とことん怠惰になってすべての強い印象に耐えられなくなった人間がじっさいにそうするように。しかし、人類の多くの部分にとって、実態は逆である。尋常ならざる不幸な出来事の光景ほど、人々が熱心に見たがる光景はない。だから、その不幸がわれわれの眼前にあるにせよ、歴史の中で振り返って見るにせよ、それはつねに悦びでもって人の心に触れるのである。これは混じり気のない悦びではなく、少なからざる不快感が混じっている。そうした物事にわれわれが感じる悦びのせいで、われわれは不幸な場面を避けることがないのである。そして、自分自身が感じる苦にうながされて、受難者を助けることで自分自身が救われたいと思うようになるのである。そしてこれらはすべて、それ自体の目的をもった本能によって、われわれの同意なしに、あらゆる推論に先立って、存在しているのである。

第一五節　悲劇の効果について

現実の惨禍については以上のようである。模倣された苦痛における唯一の違いは、模倣の効果に由来する快である。それはけっして完全なものとはならないが、われわれはそれが模倣であることがわかるし、その原理によっていくらかの快を得る。そして、じっさい、ある場合においては模倣から実物そのものと同じかそれ以上の快を引き出すのである。しかし、悲劇にわれわれが見出す満足の大きな部分は、悲劇は偽りでありそれが表現するものは事実ではないという理由に基づいていると考えるなら、大きなまちがいを犯すことになるだろう。それが現実に近づくほど、そしてそれが虚構の観念から遠ざかるほど、その力は完全となる。だが、その力がどんな種類のものであれ、それはけっしてそれが表現する対象に近づくことはない。もっとも崇高でもっとも感動的な悲劇を上演する日時を選び、お気に入りの役者を選び、舞台や装飾に費用を惜しまず、詩、絵画、音楽の効果を最大限に融合するとしよう。そして、観客を集め、彼らの精神が期待で高まったまさにそのときに、近隣の広場で重大な国事犯の処刑が執行されるということが報告されたとしよう。そのときたちまち劇場から人がいなくなってしまうという事実が、模倣芸術の比較的な弱さを示し、現実の共感の勝利を宣言するのである。現実にはたんなる苦痛をもたらすだけなのに、表象においては悦びをもつというこの考え方は、われわれがじっさいにはけっしてやらないだろうことと、それがなされる場合には熱心に見たいと思うことを、十分に区別していないことから生じていると思われる。われわれは、そうしたいどころか、それを元に戻してほしいと心から願うような事柄を見て悦びを感じるのである。たとえその危険から十分遠くに離れていたとしても、イギリスとヨーロッパの誇りであるこの高貴な首都ロンドンが、大火災や地震で破壊されるさまを見たいと願うほど奇怪なまでに邪悪な者はいないだろうと私は信じる。しかし、かりにそうした破滅的な出来事が起きたとすれば、世界中からどれほどの数の人々がその廃墟を見るために押し寄せるだろうか。しかもその中には、栄光の中のロンドンを見たことがなくても満足な者が数多くいるはずである。現実の苦痛であろうと虚構の苦痛であろうと、われわれに悦びをもたらすのは、自分はその災難から逃れているという事実ではない。私自身の心の中にはそうしたことは見つからない。このまちがいは、われわれがしばしば欺かれるある種の詭弁のせいなのである。それは、じっさいには一般にある行動から生じたり、その行動の対象となったりする場合の必要条件と、特定の行為の原因とを、区別しないことから生じるのである。もしある男が剣で私を殺す場合、その事実の前にわれわれ二人が生きているということは必要条件である。だが、二人が生きているということが彼の罪と私の死の原因だったと言ったなら、それはばかげたことであろう。だから、つぎのことはたしかである。現実であれ想像であれ、他人の受難やその他あらゆる原因から生じるあらゆることに悦びを感じる前に、自分の生命が差し迫った危険から逃れているということが、絶対に必要なのである。しかし、そこから、危険から逃れていることが、こうした場合に私が感じる悦びの原因であると論じるのは詭弁である。思うに、自分自身の心の中に、そのような満足の原因を識別できる者はいないであろう。いや、自分自身は鋭い痛みを被ってはおらず、また生命の差し迫った危機に直面してはいないときこそ、われわれは、自分自身で苦しみを感じながら、他人を思いやることができるのである。そして、しばしばそういうときこそ、苦悩によって心優しくなり、他人の苦痛を見て憐れみを感じ、その苦痛をわが身に引き受けようとするのである。

第一六節　模倣

社交に属する第二の情念は模倣である。あるいは、模倣への欲望とその結果として生まれる快と呼んでもいい。この情念は、共感と同じ原因から生じてくる。というのは、共感が、人が感じるすべてのものに対するわれわれの関心を喚起するのと同様に、この情動は、人が行うことは何でも模写するようにわれわれを仕向けるからである。そして、結果としてわれわれは模倣に快を感じる。われわれが快を感じるのはたんに模倣そのものからであって、理性的能力の介在によるものではなく、われわれの自然な身体構造から発するものである。われわれの身体構造は、われわれの存在目的に関わるあらゆる場合に、対象の性質に応じて快もしくは悦びを感じるように神の摂理によってつくられているのである。われわれは教訓によってよりもむしろ、模倣によって、あらゆることを学ぶのである。そのようにして学んだものは、より効果的に身につけることができるだけでなく、より楽しく身につけることができる。それによってわれわれの礼儀作法、意見、生活が形成されるのである。それは社会のもっとも強力な紐帯のひとつである。それはある種の相互承諾なのであり、それに対して、あらゆる者が自らに強いることなくしたがい、あらゆる者が非常な心地よさを感じるのである。絵画その他多くの快い芸術は、その力の主要な基礎をそこに置いている。そして、礼儀作法や情念に対する模倣の影響によって、非常に大きな結果がもたらされるわけだから、わたしはここでひとつの規則を定めてみようと思う。その規則があれば、われわれが芸術の力の原因を模倣もしくは模倣者の技量が与えてくれる快だけに見出そうとするとき、また共感とそれに関連するその他の原因に見出そうとするとき、大きな確信をもつことができるだろう。詩や絵画に表現された対象が、現実世界においてわれわれが見たいと思うようなものではない場合、詩や絵画のもつ力は模倣の力によるのであって、事物そのものの中に働いている原因によるのではない。そのことは、静物画と呼ばれる作品のほとんどに当てはまる。静物画に描かれる小屋、積み上げられた堆肥、台所の些細でありふれた道具は、われわれに快を与えることができる。しかし、絵画や詩の対象が、現実にあれば駆けて行ってでも見たいものである場合には、それが与える感じがどんなに奇妙な種類のものであろうと、その詩や絵画の力は事物そのものの力によるのであって、たんなる模倣の効果、もしくは模倣者の技量——それがどんなに卓越したものであろうと——への敬意に由来するものではないということはたしかである。アリストテレスは彼の詩学において、模倣の力について多くの確固としたことをすでに語っているので、この主題についてこれ以上語る必要はないだろう。

第一七節　野心

模倣は人間性を完成に向かわせるために神の摂理によって用いられている偉大な道具のひとつであるが、もし人が模倣に完全に満足し、お互いがお互いにしたがい、永遠の循環の中に留まるならば、人間にどのような改善もありえないであろうことを理解するのはたやすい。人間は獣のように停滞せざるをえないし、最後まで今日の状態で、もしくは世界の始まりにそうだったのと同じ状態で留まらざるをえない。これを防ぐために、神は人間の中に、野心の感覚、もしくは価値があると見なされている事柄において自分が仲間に勝っていると思うことから生じる満足、を植えつけたのである。あらゆる方法で自分を目立たせたいと人に思わせるのはこの情念であり、自分が卓越していると思わせてくれるものすべてをこれほどまでに快適にしてくれるのもこの情念なのである。この情念はとても強いので、ひどく不幸な人間は、自分は最高に不幸であると考えるときに、慰めを感じるほどである。そして、われわれが何か卓越したことで自分を目立たせられないときに、特別な虚弱さや愚かしさなどのさまざまな欠点に、自己満足を見出し始めるというのもたしかなのである。追従がこれほどまでに蔓延しているのは、この原理に基づいている。というのは、追従というものは、人の精神の中に、じっさいには彼が受けていない愛顧の観念をかき立てるからである。さて、根拠のあるなしにかかわらず、自分自身に対する評価を高めてくれるものは何でも、人間精神にとって気もちのよいある種の高揚感と勝利感を生み出すのである。この高揚感は、危険なしに恐ろしい対象と交わりをもつときほど、はっきりと感じられ力強く働くことはない。そのときつねに精神は、自らが思い描く対象がもつ威厳と重々しさを自らの一部と見なすのである。崇高な詩人や雄弁家の一節の読者をつねに満たす栄光と内的偉大さの感覚についてロンギノスが語ったものの起源はそこにあるのである。それは、そうした機会にだれもが自分自身で感じたことがあるはずである。

第一八節　総括

これまでのべたことをいくつかの要点にまとめよう。自己保存に属する情念は苦と危険に依存している。それらの原因が直接われわれに作用するとき、それらは単純に苦痛をもたらす。じっさいにそうした状況に陥ることなく苦と危険の観念をもつとき、それらは悦びをもたらす。わたしがそれを快と呼ばないのは、それが危険に依存しているからであり、それがどんな積極的快の観念とも非常に異なっているからである。この悦びを喚起するものを私は崇高と呼ぶことにする。自己保存に属する情念は、あらゆる情念の中でもっとも強い。

究極原因との関係で情念が問題となる第二の項目は社交である。社交には二種類ある。ひとつは性的な社交である。これに属する情念は愛と呼ばれる。そこには情欲という混ぜものが含まれ、その対象は女性の美である。もうひとつは人間や他のすべての動物たちとの広い意味での社交である。これに従属する情念も同様に愛と呼ばれるが、しかしそこに情欲は含まれない。そして、その対象は美である。美は愛情や優しさの感覚、もしくはそれらによく似た情念を呼び起こすような物事のすべての性質に私が適用する名前である。愛の情念は積極的快から起こってくる。快から起こってくるすべてのものと同様に、その対象の観念が同時に取り返しのつかない喪失の観念と一緒に生じるとき、それは不安感と混じりあうことがある。この混じりあった快の感覚を私が苦と呼ばないのは、それが快に依存しているからであり、またその原因とそのほとんどの結果の性質において、まったく異なっているからである。

われわれみながもっている社交を求める情念と、対象がもたらす快のためにわれわれが選び取る方向性について、共感と呼ばれる特殊な情念がこの項目に分類されるが、それは大きな広がりをもっている。この情念の性質は、他人の境遇――彼がどういう状況にあろうと――にわれわれの身を置くことであり、同じような仕方でわれわれに作用するということである。だから、この情念は場合に応じて、快にも苦にも関係するが、第一一節でいくつかの事柄について触れたような制限がある。模倣と愛顧に関しては、これ以上言うべきことはない。

第一九節　結　論

われわれの主要な情念のいくつかを分類し組織化することは、以下の論考でわれわれが行おうとする研究に相応しい準備となるだろう。情念の種類は多様で、枝分かれした多様な情念はそれぞれ詳細な考察に値するが、私が言及した情念は現在の目的に関して考察することが必要となる可能性があるものだけである。人間精神を正確に調べれば調べるほど、それを創造した精神の智恵の強力な痕跡を見つけることになる。もし、身体各部の使用に関する論考が創造主への讃歌と見なすことができるなら、精神の器官である情念の使用は、創造主に対する讃美として無駄なものではありえないし、学問と賞讃の高貴で稀有な結合を作り出す一助となるだろう。それはただ無限の知恵を思うことによって、理性的な精神に対して与えられるものである。われわれ自身の中にある正しいもの、よいもの、美しいものの起源を神に見出し、われわれ自身の弱さと不完全性の中にさえ神の力と智恵を発見し、それらをはっきりと見出すときにそれらを讃え、われわれの探求の挫折において神の業の深遠さを礼賛するとき、われわれは焦ることなく探求し、高慢になることなく高揚することができる。こう言っていいなら、神の業を考察することによってわれわれは全能なる神の意図を推し量ることができるのである。精神の高揚こそがわれわれの学問探求の主要な目的であるべきであり、もし何らかのかたちでそうした効果がなければ、それはわれわれにとって役に立つものとはならない。しかし、こうした偉大な目的のほかにも、われわれの情念の基本的な根拠を考察することは、確固としてたしかな原理に基づいてそれらの情念を嗜もうとするすべての者にとって、とても必要なものに思われる。情念一般を知ることだけでは十分ではない。繊細な仕方でそれらを嗜み、かつそれらを嗜むことを目的とした作品を正しく評価するためには、それらがもついくつかの影響力の範囲を正確に知る必要がある。われわれはそれらの多様な作用を追跡し、人間性の中にあって近づきがたく見えるものを、そして「自分の奥底に、言葉を超越して隠れているもの」［ペルシウス『諷刺詩』第五巻二九行］を、見抜かねばならない。それがなければ、自分の作品の真実について、ときに混乱した仕方で自己満足してしまうということがありうる。しかし、人は既存の法則にしたがうことはけっしてできないし、自分の説を他人に十分明確に説明することもできないのである。詩人、雄弁家、画家そして人文学のその他の分野の発展に努める人々は、この批評的知識なしに、彼らのいくつかの領域で成功してきたし、これからも成功するであろう。それはちょうど、工人たちが、その機械を支配する原理に関する正確な知識をもたないままつくったり発明したりする多くの機械をもっているのと同様である。理論でまちがっていても実践では正しいということが珍しくないのは私も認めるし、それはそれで結構なことである。人はしばしば感情に基づいて正しく行動するが、あとで考えれば原理的にはまちがっていたということもある。しかし、その種の推論をしないでいることは不可能だし、それが実践に影響を与えるのを妨げることもまた不可能であるのだから、それを正しいものにし、たしかな経験の上にそれを基礎づけるよう努力をするのは意味あることである。芸術家たち自身がもっともたしかな導き手であると期待する者もいるだろう。だが、芸術家たちは創作の実践であまりに忙しかった。哲学者たちはほとんど何もしていないし、した場合であっても、それはほとんど自分の枠組みや体系に引きつけたものであった。そして、いわゆる批評家たちに関して言うなら、彼らは芸術の規則を、たいていの場合まちがった場所に探してきた。彼らはそれを詩、絵画、版画、彫刻、建築に探してきたのである。しかし、芸術は芸術の規則を与えることはできない。思うに、芸術家一般、とくに詩人たちが狭いサークルに閉じこもるのはそうした理由からなのである。彼らは自然ではなく自分たちをお互いに模倣してきたのである。しかも、彼らは忠実なまでに画一的であり、遠く離れた古典古代に忠実であるので、だれが最初に規範を設定したのかほとんどわからなくなっている。批評家たちは彼らに追随しているので、導き手としてはほとんど何もしていない。何かを測るさいに、測る対象そのものを規準にしてしまえば、その判断は当てにならなくなってしまう。芸術の真の規準は各人の力の中にある。自然の中のもっともありふれたもの、ときに些細なものを気安く観察することでわれわれは真実の光を手に入れることができるだろう。この種の探求においては、そうした観察を軽蔑するならば、もっとも偉大な知恵と勤勉といえども、われわれを暗がりに置き去りにし、さらに悪いことには、まちがった光でわれわれを惑わし、欺くのである。探求においては、一度正しい道に乗せるということがもっとも重要である。私は、自分の論述それ自体によってはごくわずかなことしか成し遂げていないと考えている。もし、自分の意見がもたらすものは悪くとも学問の停滞であって、堕落をもたらすことはけっしてないと確信していなければ、私はそれを纏めようとはしなかっただろうし、ましてや公にしようとは思わなかったろう。水はその効能を発揮するためには、攪拌されなければならない。物事の表面を超えて仕事をする者は、たとえ彼自身がまちがっていたとしても、他の人々の道を開くことになるし、自分のまちがいを真実のために役立てる機会さえもてるかもしれないのだ。以下の諸篇において私は、本編で崇高と美の情動そのものを考察したように、それらの情動をわれわれの中に引き起こす原因となるものは何なのかを探求するつもりである。私が読者にお願いしたいのは、この論考の各部分をそれ自体で、他の部分から切り離して判断することは止めていただきたいということである。というのは、私は自説を、気難しい論駁の試練に耐えられるようにではなく、冷静で寛容な検討をお願いせざるをえないようなかたちで書いているということを、わきまえているからである。また、私の書いたものは、あらゆる点で論争に備えたものではなく、穏やかに真理へと入ってゆこうとする人を訪問するのに相応しい装いをしているからである。

第二部

第一節　崇高によって引き起こされる情念について

自然の中の巨大で崇高なものによって引き起こされる情念——とくにその原因がもっとも強力に作用するとき——は、驚愕(astonishment)である。驚愕とは、ある程度の恐怖によって、すべての動きが停止してしまうような魂の状態である。* この場合、精神は対象によって完全に満たされるので、他のことを考えることはできないし、その結果、それ自身を占めている対象について推論することもできない。ここから崇高の偉大な力が生じるのである。それは推論から生じるものではなく、逆にわれわれの推論の機先を制し、抗いがたい力でわれわれを押し流すものなのである。すでに述べたように、驚愕は崇高の最高度の効果である。もっと程度の低い効果としては、賞讃、畏敬、尊敬がある。

*第一部　第三、四、七節。

第二節　恐怖

恐怖(fear)ほど、精神から、行動と推論のすべての力を奪う情念はない。* というのは、恐怖は苦と死に対する不安であるので、じっさいの苦に似かよった仕方で作用するからである。それゆえ、視覚にとって恐ろしいものは何でも——その恐怖の原因の外形が巨大であろうとなかろうと——崇高である。なぜなら、危険かもしれないものを些細であるとか、軽蔑に値するとか見なすことは不可能だからである。けっして大きくはないのに、危険な対象と考えられているという理由で、崇高の観念を喚起する多くの動物がいる。あらゆる種類の蛇と毒をもつ動物である。外形が大きなものに、偶然に恐怖の観念が加われば、それは比類を絶して偉大となるだろう。広大な平地はたしかにそれだけでもなかなかの観念である。その平野の眺望は大海の眺望と同じような広がりをもつかもしれない。だが、大海それ自体のような偉大さで精神を満たすことができるだろうか。それにはいくつかの理由があるが、最大の理由は、大海は少なからぬ恐怖の対象であるということである。じっさい、恐怖は、あからさまにもしくは潜在的に、崇高の支配的原理なのである。いくつかの言葉がこれらの観念の間にある親和性の証拠となる。それらは驚愕や賞讃や恐怖のあり様を示すときに、しばしば同じ言葉を無差別に用いるのである。ギリシャ語の θάμβος は、恐怖もしくは驚きを表す。δεινός は恐ろしいもしくは尊敬に値するという意味である。αἰδέω は畏怖もしくは恐怖という意味である。ラテン語の vereor はギリシャ語の αἰδέω と同じ意味である。ローマ人は、単純な恐怖と驚愕を表現するために、驚愕した精神を強く表す用語である stupeo という動詞を用いた。attonitus(雷に打たれた)もこれらの観念の関係を同様に示している。また、フランス語の etonnement も、英語の astonishment も amazement も、同じくらい明確に恐怖と驚きに伴う似かよった情緒を指し示しているのではないだろうか。もっと包括的な言語知識をもった人なら、他の数多くの同じように印象的な例を列挙できるであろうことを、私は疑わない。

*第四部　第三、四、五、六節。

第三節　曖昧さ

どんなものでもそれをとても恐ろしくするためには、一般的に言って、曖昧さ(obscurity)が必要であるように思われる。危険の全範囲を知り、目をそれに慣らせば、不安の大部分は消滅する。危険という点で夜がいかにわれわれの恐怖を増幅するか、あるいは明晰な観念にならない幽霊や悪鬼がいかに精神に作用して、それらの存在に関する民間のおとぎ話を信じる気にさせるかを考えたことのある者はだれでも、そのことに気づくだろう。人々の情念、主として恐怖の情念に基礎を置く専制的な政府は、彼らの長をできるだけ公の目から遠ざける。その方針は、多くの宗教の場合においても同じである。ほとんどすべての異教の寺院は暗い。今日のアメリカの野蛮な寺院においてさえ、彼らは礼拝のために聖なるものとされた小屋の暗い部分に偶像を置いている。ドルイドが森のもっとも暗い深部で、あるいはもっとも古くもっとも枝を広く伸ばした樫の木陰で儀式のすべてを行うのもまた、この目的のためなのである。精神を高揚させる秘訣、あるいはこういう言い方が許されるなら、賢明な曖昧さのもっとも強い光の中に恐ろしい対象を据える秘訣をミルトンほどよく理解している者はいない。第二巻における彼の死の描写は賞讃に価するほどに入念である。いかに陰鬱な壮麗さで、すなわち筆致と色調における意味深く表現的な不たしかさを用いることで、彼が恐怖の王の肖像を完成させたかは、驚くべきことである。

……もうひとつの姿

身体各部、関節、手足といった、

識別できる姿をもたない者を姿と呼べるなら、

あるいは影にしか見えないものを実体と呼べるなら、

（というのもそれはどちらにも見えるのだが）、彼は夜のように立っていた。
十人の復讐神のように獰猛に、地獄のように恐ろしく、
そして、死の槍を振っていた。彼の頭と思しきところには
王冠に似たものが被せられていた。

〔ミルトン『失楽園』第二巻六六六～七三行〕

この描写においては、すべてが暗く、不たしかで、混乱していて、恐ろしく、最高度に崇高である。

第四節　情念に関する明晰さと曖昧さの違いについて

観念を明晰(clear)にすることと、それを想像力に対して強く作用する(affecting)ものにすることはべつである。もし私がある宮殿、寺院、風景のスケッチを描けば、それらの対象の明晰な観念を提示することになる。その場合、(模倣の無視できない効果というものを考慮に入れても)私の絵が与える効果は最大でも、じっさいの宮殿、寺院、風景が与えたであろう効果と等しい。他方、私にできるもっとも生き生きして活力に富んだ言語記述は、そうした対象のとても曖昧で不完全な観念を喚起することになる。だが、その場合、私は最良の絵画でできるよりももっと強い情緒を、言語記述によって喚起する力をもつのである。この経験はつねに証明されている。ひとつの精神から他の精神へと情動を運ぶ適切な方法は言葉によるものである。他のすべての伝達方法には大きな不完全性がある。情念に作用するのに明晰なイメージが必ず必要であるということはまったくないので、イメージをまったく提示することなく、その目的のために用いられたある音だけによって、情念に大きな作用を与えられるのである。その証拠は、みなが認めている器楽曲の力強い効果の中に見出すことができる。じっさいには、非常に明晰であるということは、情念に対する作用においては大

して役に立たないのである。なぜなら、明晰さはあらゆる種類の熱狂に対するある種の敵だからである。

（第四節）　同じ主題のつづき

ホラティウスの詩論の中には、この見解に反対しているように思われる二つの部分がある。それゆえ、さらにはっきりと説明する努力をしようと思う。それはつぎのような部分である。

耳から入ったものは、目の前に忠実におかれたものと比べて
それほど強く心に働きかけない。
〔ホラティウス『詩論』一八〇～八一行〕

これに基づいてデュボス師〔ジャン＝バティスト・デュボス、フランスの歴史家・批評家、一六七〇―一七四二〕は、情念を動かすことに関する論考において、詩よりも絵画が好ましいという批評を打ち立てた。その主たる理由は、絵画が提示する観念の明晰性である。この卓越した判断者がまちがいに迷い込んだのは（それがまちがいならばだが）、自分自身の体系のせいであり、思うに、彼は経験よりも体系にしたがってしまったのである。絵画を賞讃し愛しているにもかかわらず、感動的な詩や修辞作品に熱く感動することに比較したとき、その賞讃の対象である絵画をとても冷淡にとらえるような人たちを私は知っている。一般民衆の間では、絵画が情念に大きく働きかけるということを私は知らない。そうした階級の人たちの間では、最良の種類の詩がそうであるように、最良の絵画はあまり理解されない。しかし、狂信的な説教者、「チェヴィー・チェース」や「森の中の子供たち」といったバラッドその他の俗謡、下層民の間に流行している詩や物語などによって、彼らの情念がかき立てられるのはたしかである。よいものであれ悪いものであれ、絵画がそうした効果をもたらすということを、私は知らない。つまり、曖昧さをもった詩が、他のどんな芸術よりも、情念に対して包

括的かつ強力な支配力をもつのである。曖昧な観念が、正しく伝達された場合に、明晰な観念よりも感動的である理由は自然の中にあると私は考えている。われわれのすべての賞讃の原因となり、われわれの情念をいちばんにかき立てるのは、事物に対するわれわれの無知である。知識と経験は、もっとも衝撃的な原因がもたらす効果でさえも矮小なものにしてしまう。無教養な人たちに関してはこのような次第であるが、われわれはみな、自分が知らないことに関しては、無教養な人々と同様なのである。永遠性や無限性は、もっとも感動的な観念のひとつであるが、無限性や永遠性ほどわれわれが理解していないものもない。このミルトンの有名な一節ほど崇高な記述に出会える場所はない。そこで彼は主題に相応しい威厳をもってサタンの肖像を描いている。

……彼は他の者たちの上に、
誇り高くも堂々とした姿と身振りで
塔のように立っていた。彼の姿はそのもともとの輝きを
失ってはおらず、堕ちたとはいえ、
大天使の面影を残していたが、夥しいまでの栄光は
なくなっていた。それはあたかも、
新たに上った太陽が、地平線の霧によって
その光を奪われてしまっているような、あるいは日蝕で隠れた月から
禍をもたらす薄明かりが、
世界の国々の半分に降り注ぎ、変革を恐れる
王たちを当惑させるときのようであった。

〔ミルトン『失楽園』第一巻五八九〜九九行〕

ここには高貴な絵画がある。この詩的絵画は何に存しているのであろうか。それは塔、大天使、霧をとおして昇る太陽、日蝕、王たちの没落、王国の革命のイメージである。精神は、一群の偉大で混乱したイメージ――それは群れをなし混乱しているからこそ効果的である――によって当惑するように仕向けられる。それらを切り離せば偉大さの大部分は失われる。それを繋げることで、まちがいなく明晰さは失われる。詩によって喚起されるイメージはつねに曖昧な種類のものである。一般論としては、詩の効果はけっしてそれが喚起するイメージに帰してしまうことはできないのだが、その点に関しては、後で詳しく説明する。* しかし、絵画は――模倣がもたらす快に関しては考慮しなければならないが――それが表象するイメージによってのみ感動を与えるのである。そして、絵画においてさえ、ある事物を適切に曖昧化することで、その絵の効果を高めることができるのである。なぜなら、絵画におけるイメージは自然におけるそれととてもよく似ているからである。そして、自然においては、暗く混乱した不明確なイメージは、明晰で明確なイメージよりも、壮大な情念をつくり出す大きな力をもって空想に働きかけるのである。だが、いつどのようにしてこの見解が実践に適用できるのか、どの程度それを拡張していいのかということは、与えられうるどんな規則よりも、主題の性質と機会に応じて決定した方がいいだろう。

こうした考え方が反対にあってきたこと、そしてこれからも拒否されるだろうということはわかっている。しかし、考えてほしい。何らかのかたちで無限性に近づかないものは、精神を偉大さで打つことはほとんどできないと。われわれが限界を知りうる場合には、何ごとも精神を偉大さで打つことはできないし、物事をはっきり見るということと、その限界を知るということは、まったく同じである。だから、明晰な観念というのは、小さな観念の別名なのである。『ヨブ記』の中には、驚くほど崇高な一節があるが、その崇高性は記述されている対象の恐るべき不明確さに由来している。「夜の幻が人を惑わし、深い眠りが人を包むころ、恐れとおののきが臨み、私の骨はことごとく震えた。風が顔をかすめてゆき、身の毛がよだった。何ものか、立ち止まったが、その姿を見分けることはできなかった。ただ、目の前にひとつのかたちがあり、沈黙があり、そして声が聞こえた。「人が神より正しくありえようか」〔『ヨブ記』第四章一三〜一七節〕。われわれは最高度の厳粛さをもってこの幻視に向きあう準備をする。情緒の曖昧な原因に立ち入る以前に、われわれは最初に怯える。だが、その恐怖の原因が姿を現すとき、理解不可能な暗闇の影に包まれたそれは何であり、何ではないのか。それはどんな生き生きした記述よりも、あるいは明確な絵画が表現できる何よりも畏怖すべきものであり、衝撃的で、恐ろしい。画家たちがそうした空想的で恐ろしい観念を明確に表象しようとした場合、つねに失敗したと考えられる。そのため、地獄についての絵を見たとき、その絵が滑稽さを狙ったものではなかろうかと思えて、私は困惑してしまったのである。画家の中には、恐ろしい幽霊を、自分たちの想像力が生み出すのと同じくらいたくさん集めることを目論んでこの種の主題をあつかう者もいるが、私がたまま見た、聖アントニウスの誘惑を主題にした絵におけるすべての目論見は、深刻な情念を生み出すというよりは、むしろ奇妙で途方もないグロテスクなものであった。こうした主題に詩はとても適している。詩の中の幻影、キマイラ、ハルピュイア、寓意的形象たちは壮大で感動的である。ウェルギリウスの「名声」〔『アエネーイス』第四巻一七三行〕やホメロスの「不和」〔『イリアス』第四巻四四〇〜四五行〕は、曖昧であるが壮麗な形象である。これらを絵に描いたならば十分明晰なものをなるだろうが、おそらく滑稽なものになってしまうだろう。

＊第五部。

第五節　力

危険の観念を直接的に示唆するもの、機械的な原因によって類似の効果をもたらすもの以外では、何らかのかたちで力(power)が姿を変えたものではないような崇高を私は知らない。崇高のこの部門は、他の二つの部門と同様に、あらゆる崇高なものに共通の源泉である恐怖から自然に生じてくる。力の観念は、一見すると、苦にも快にも等しく属するような、中立なものに見える。しかし、じっさいは、巨大な力の観念から生じる情動は、中立的な性格からはほど遠いのである。というのは、第一に、最高度の苦の観念は、最高度の快の観念よりもずっと強いし、苦の観念の優位性はそれよりも低いあらゆる段階でも変わらないのだということを、われわれは思い出すべきだからである。* ここから、苦痛と楽しさを得る機会があらゆる点で同じであるなら、つねに苦痛の観念が優越するということが言えるのである。じっさい、苦とりわけ死の観念の影響力はとても強いので、苦もしくは死をもたらしそうな力をもつものを眼前に置いている場合には、恐怖から完全に自由になることは不可能である。また、われわれは経験から、快を楽しむためには大きな努力をして力を発揮する必要はまったくないことを知っている。いや、そうした努力はわれわれの満足を大いに損なうだろうということを知っている。というのは、快は知らぬ間にやってくるものであって、強いられるものではないからである。快は意志にしたがう。それゆえ、われわれは一般に、自分自身よりも劣っている多くのものの力によって、快の効果を得るのである。しかし、われわれが進んで苦に身を任せることはないのだから、苦はつねに何らかの意味でわれわれに優越するものによってもたらされる。だから、強さ、激しさ、苦、恐怖は一緒に精神に侵入してくる観念なのである。並はずれて大きな力をもった人間もしくは動物を見たとき、あなたは反省に先立ってどんな観念をもつだろうか。その力が何らかの意味であなた、あなたの安楽、あなたの快、あなたの利益にとって役立つだろうと考えるだろうか。そうではない。あなたが感じる情緒は、この巨大な力が、略奪と破壊の目的に用いられないことを願うものなのである。** 力がもつあらゆる崇高性は、それが通常身に纏っている恐怖に由来することは、それがもつ破壊能力のかなりの部分を剝ぎ取れるとても希な場合に、その力の作用がどうなるかを考えればあきらかになるだろう。もしそうなれば、あらゆる崇高性は失われ、それはすぐに軽蔑すべきものになってしまうだろう。去勢牛(ox)は大きな力をもった生き物である。だが、それは無垢でとても人間の役に立つ生き物であり、まったく危険ではない。そういう理由で去勢牛の観念はまったく壮大ではない。雄牛(bull)もまた大きな力をもつが、その力は別種のものである。それはしばしば破壊的であり、(少なくともわれわれの間では)めったに仕事の手助けにはならない。それゆえ雄牛の観念は偉大であり、崇高な叙述や、人を高揚させる比喩において頻繁に用いられる。われわれが考察可能な二つのべつな観点から、もうひとつの力強い動物を検討してみよう。役に立つ獣という観点から、馬は耕作、交通、運搬に適しており、あらゆる社会的有用性という観点から見れば馬には崇高なところはない。だが、つぎのような場合には、われわれは馬によって心揺さぶられる。「おまえは馬に力を与え、その首をたてがみで装うことができるか……そのいななきには恐るべき威力があり……身を震わせ、興奮して地をかき、角笛の音に、じっとしてはいられない」〔『ヨブ記』第三九章一九、二〇、二四節〕。この記述においては、馬の有用性はまったく消え去り、恐怖と崇高がともに燃え立っている。われわれの周囲にはつねに、重々しいが凶暴ではない強力な動物たちが存在している。われわれはそれらに崇高を求めることはない。われわれが崇高を強く感じるのは、昼なお暗い森、荒野に聞く遠吠え、ライオン、虎、豹、サイの姿においてである。力がたんに有用で、われわれの利便と快のために用いられるときには、それが崇高となることはけっしてない。というのは、意志にしたがわない行動は、われわれにとってけっして快適なものではないし、それが意志にしたがうためには、われわれに従属しなければならないし、その場合には壮大で威厳のある概念とはなりえないのである。『ヨブ記』における野生のロバの記述は少なからぬ崇高性を達成しているが、たんにそれが自由を主張し、人間を寄せつけないからであり、そうでなければこうした動物の記述が高貴な性格をもつことはない。「(彼は言う)だれが野ろばを解き放ってやったのか。その住みかとして荒れ地を与え、ねぐらとして不毛の地を与えたのは私だ。彼は町の雑踏を笑い、追い使う者の呼び声にしたがうことなく、餌を求めて山々を駆け巡り、緑の草はないかと探す」〔『ヨブ記』第三九章五～八節〕。同じ『ヨブ記』における野牛とレビヤタンの壮麗な記述は、同様に高揚的な雰囲気で溢れている。「野牛が喜んでお前の僕となり……お前は野牛に綱をつけて畝を行かせ……力が強いといって、頼りにし、仕事を任せることができるか……。お前はレビヤタンに鉤をかけて引き上げ……屈服させることができるか……彼が永久にお前の僕となったりするだろうか……見ただけでも打ちのめされるほどなのだから」〔『ヨブ記』第三九章九、一〇、一一節、第四〇章二六、二八、第四一章一節〕。要約するなら、強さを見出すときはいつでも、そしていかなる観点から力を見ようとも、われわれは恐怖の付随物としての崇高を見ることになるし、力に伴うものが従順で無害なものであるときには、それを軽蔑するのである。犬の種類の中には、かなりの力と敏捷さをもっているものが多くある。そして、自分がもつ力、敏捷さその他の有益な性質を、われわれの便益と快に奉仕するかたちで発揮する。犬はじっさいに獣全体の中でも、もっとも社交的で、愛情深く、愛想がよい。だが、愛は一般に思われているよりもずっと軽蔑に近いのである。したがって、われわれは犬を愛撫するが、相手を非難するさいに、もっとも侮蔑的な言葉を彼らから借りるのである。そして、この犬という呼び名はあらゆる言語において、最高の悪意と軽蔑を表す一般的な符牒なのである。狼はある種の犬に力において劣っている。しかし、彼らの手に負えない獰猛さゆえに、狼の観念は軽蔑すべきものとはなっていないし、彼らは壮大な叙述や比喩から除外されてはいない。こうしてわれわれは、自然な力のもつ強力さによって、心動かされるのである。王や指導者という制度から生じる力は、恐怖と同様の関係をもっている。君主はしばしば「畏怖すべき陛下」(dread majesty)という称号で呼びかけられる。そして、世間慣れしておらず、権力者に近づくことに慣れていない若者が、畏怖の念に打たれて何もできなくなってしまうという事実は、一般に観察されている。「(ヨブは言った)私が町の門に出て広場で座に着こうとすると、若者らは私を見て静まった」〔『ヨブ記』第二九章七～八節〕。じっさい、力に対する臆病さはとても自然で、われわれの身体構造の内部に強く存在しているものなので、大きな社会の仕事の中でそれに慣れて、自分の生まれながらの気質に小さからぬ無理をかけることなしに、それを克服できる者は希である。畏怖や恐怖は力の観念に付随してはいないという意見の人々がいること、また、畏怖や恐怖の情緒なしに神の観念を思い描くことができるとまで主張する人々がいることは、私も知っている。最初にこの主題を考察したときに、こうした軽い主題の議論における例として、偉大で畏怖すべき神という存在を導入することを私は意図的に避けた。もっとも、この問題に関する私の考えに対する反論ではなく、強い裏づけとして神はしばしば私の頭に浮かんだのではあるが。以下の議論において、人間が厳密な適切さをもって語ることがほとんど不可能な話題を取り上げるが、人間としての分を超えたことは話さないようにしたい。つぎのことは言えよう。神をたんなる悟性の対象として、つまり、われわれの理解の限界をはるかに超えた力、智恵、正義、善の複合観念として考えているかぎり、あるいはわれわれが神性を純化された抽象的観点から考えているかぎり、想像力と情念はほとんどあるいはまったく影響を受けない。しかし、われわれが純粋で知的な観念へと上昇してゆくさいには、人間性の条件によって可感的イメージを媒介とすることを余儀なくされているし、それらのあきらかな行為や力の発揮によってしか神の性質を判断できないのであるから、原因の観念を、われわれがそれを知る手がかりである結果の観念から解き放つことはきわめて難しくなる。こうして、われわれが神を思うとき、神の属性と神の御業が精神の中で結合することで可感的なイメージが形成され、われわれの想像力に働きかけることが可能となる。こうして、神の正しい観念においてはどのような属性も優越することはないのだろうが、われわれの想像力にとっては、その力が飛びぬけて顕著なものとなるのである。少しの反省、少しの比較だけが、神の知恵、神の正義、神の善性を納得するために必要である。神の力を感じるために必要なのは、目を開けることだけである。しかし、われわれが、言わば全能の神の手の下で、あらゆる面で神の全能性を帯びている、かくも巨大な対象に思いをはせるとき、われわれは人間性の小ささの中で萎縮し、ある意味で神の前で打ち砕かれるのである。神の他の属性を考えることで、われわれの不安は、いくらかは取り除かれるであろうが、神の力の行使に伴う正義やそれを和らげる慈悲をいくら確信しても、何によっても抗うことのできない力から自然に生じる恐怖を完全に取り除くことはできない。われわれが嬉しく思う場合でも、畏怖で震えながら嬉しく思うのである。神の恩恵を受け取る場合でさえも、かくも重要な恩恵を授けることができる力に対して身震いするのである。預言者ダビデは、人間の営みに見られる知恵と力の驚異に思いをはせたとき、ある種の神の恐怖に打たれたように思われる。そして彼は叫んだ。「わたしは恐ろしい力によって、驚くべきものにつくり上げられている」〔『詩編』第一三九章一四節〕。ある異教の詩人は似かよった性質の感情をもっている。ホラティウスは、宇宙という巨大で栄光ある建築物を恐怖と驚愕なしで見ることは、哲学的に強靭な最高の努力であると考えている。

太陽、星たち、季節が
決められたときに、過ぎ去ってゆくことを
いささかの畏怖も感じないで、眺める者もいるのだ。
〔ホラティウス『書簡詩』第一巻第六歌三～五行〕

ルクレチウスは迷信的な恐怖に身を任せた詩人ではないかと疑われている。しかし、自然の全機構が彼の哲学の師〔エピキュロス〕によってあきらかにされたと彼が考えたとき、大胆で生き生きした色彩の詩に表現された壮麗な展望に対する彼の恍惚は、密やかな畏怖と恐怖の影を帯びているのである。

これらの事柄について、神々しい喜びと恐怖に
私はとらえられる。というのも、あなたの力によって、自然が
あらゆる部分にいたるまで、あきらかにされたからである。
〔ルクレチウス『事物の本性について』第三巻二八～三〇行〕

しかし、この主題に相応しい観念を提供するのは、ただ『聖書』のみである。『聖書』においては、現れ語る神が表現される場合はいつでも、自然におけるあらゆる恐ろしいものが、神の現前の恐怖と荘厳さを高めるために、呼び出される。『詩編』と『預言書』は、この種の例をたくさん含んでいる。「(詩編作家は言う)地は震え、天は雨を滴らせた……神の御前に」〔『詩編』第六八章九節〕。注目すべきは、こうした描写には、悪しきものに復讐をするために神が降臨するときだけでなく、人間に恩恵を与えるために同じように大いなる力を発揮するときにも、同様の性格が保持されているということである。「地よ、身もだえせよ、主なる方の御前に、ヤコブの神の御前に、岩を水のみなぎるところとし、硬い岩を水の溢れる泉とする方の御前に」〔『詩編』第一一四章七～八節〕。われわれの神の観念と、神聖で敬虔なる畏怖の不可分の結合に関する、人類の普遍的な感情を証拠づける記述は、神聖な作家と瀆神的な作家の両方から、かぎりなく引用することができるだろう。ここから「恐怖が地上で最初の神を創った」〔スタティウス『テーバイド』第三巻六〇一行〕というありふれた格言が出てくるのである。私の信じるところでは、この格言は宗教の起源に関する説明としてはまちがっている。この格言の作者はこの二つの観念がいかに分かち難いかを理解しているが、偉大なる力の概念がそれに対する恐れにつねに先立つことを考えていない。しかし、この恐れは、そうした力の観念がひとたび精神の中で喚起されれば、その力の観念にかならずや引きつづいて起こるのである。真の宗教が多くの健全な恐怖をその中に含んでいて、偽りの宗教が一般に自らを維持するための恐怖しか含んでいないのは、この原理によるのである。キリスト教が神の観念をいわば人間化し、いく分われわれの身近に引き寄せる以前には、神の愛について語られることはほとんどなかった。プラトンの追随者たちはそれをいくらかはもっていたが、しかし、大してもっていたわけではない。その他の古代の異教の作家たちは、詩人であれ哲学者であれ、それを、まったくもってはいなかった。どれほどのかぎりない注意力によって、どれほどまでに壊れゆくものを軽蔑することによって、またどれほどまでの長い敬虔な習慣と瞑想をとおして、人は神への全面的な愛と献身を身につけうるのかということを考察する者は、神の愛が神の観念から生じる最初の、もっとも自然でもっとも強い効果ではないのだと気づくであろう。こうしてわれわれは、いくつかの段階をとおして、われわれの想像力が無力となってしまう最高のものへと力を辿ってきた。そして、力の不可分の伴侶であり、力とともに大きくなるものとしての恐怖を、われわれが辿れるかぎりのすべての行程において見出してきた。さて、力は疑いなく崇高の主要な源泉であるのだから、それは崇高のエネルギーが由来するところを、そして崇高がどのような種類の観念と結びつくのかということを、あきらかにしてくれるだろう。

＊第一部第七節。　＊＊第三部第二一節。

第六節　欠如

すべての全面的な欠如(privation)——虚空、暗闇、孤独、静寂——は偉大である。なぜならば、それらは恐ろしいからである。判断力の厳しさをもちながらも、いかなる想像力の火をもってウェルギリウスは、すべての恐るべき荘厳なイメージが結合されるべきと彼がわきまえていたあらゆる状況を、地獄の入口において集積したのか。そこで偉大な深淵の秘密の鍵を開ける前に、彼は宗教的な恐怖にとらえられ、自分の構想の大胆さに驚愕して尻込みしているように見える。

汝ら、地底の世界の神々よ。通り過ぎる幽霊も、
沈黙する影も、汝らの恐ろしき支配にしたがう。
白髪の深遠よ。深遠なる冥界の火の川よ。

汝らの荘厳な帝国は、あたりに大きく広がっている。
地獄の深遠の場面と脅威について語るために、
汝らの偉大で恐るべき力を私に与えよ。
この暗闇の黒い国から、日のあたる場所に
開陳するために、汝らの大いなる秘密を私に明かしてくれ。

〔ウェルギリウス『アエネーイス』第六巻二六四〜六七行、クリストファー・ピット訳による〕

彼らは荒涼とした死者の国を通る、荒涼とした
影の中を抜けて、茫漠と進んでいった。

〔ウェルギリウス『アエネーイス』第六巻二六八〜六九行、ドライデン訳による〕

第七節　広大さ

広がりにおける巨大さは、崇高の強力な原因のひとつである。このことは、あまりにも明白で、あまりにもありふれた見解であるので、説明は要らないだろう。だが、どのように広がりの巨大さ、延長や量の莫大さがもっとも強力な効果を生むのかという点に関する考察は、ありふれたものではない。というのは、同じ量の延長でも、他よりも大きな効果を生み出す方法や様式が、たしかに存在するからである。延長とは長さ、高さもしくは深さである。その中でも、長さはもっとも効果が低い。百ヤードの平地は百ヤードの塔や同じ高さの岩や山と同様の効果をもたらすことはないであろう。同様に私は、高さは深さよりも壮大な効果において劣っているし、絶壁から見下ろす方が、同じ高さの対象を見上げるよりも人の心を強く打つと考えたい

気がするが、その点についてはそれほどたしかではない。垂直面は傾斜面よりも崇高を生み出す力が強い。ごつごつして起伏のある表面は、滑らかで磨かれた表面よりも強い効果をもつ。これを論じつづけると、道を外れて、そうした見え方の原因論に踏み込んでしまうことになるだろう。だが、それが大きく実り豊かな探求の領域を提供してくれることはたしかである。しかし、大きさに関するこれらの意見に、以下のことをつけ加えることは場ちがいではないだろう。つまり、極端に大きな広がりが崇高であるのと同様に、極端な小ささもまた、ある程度は崇高なのである。事物の無限の分割可能性を考えるとき、感覚による細微な調査をも逃れてしまうほど極端に小さく、それでもなお有機体であるような存在に至るまで動物の生命を追求するとき、そして発見をさらに小さいレベルに落としてゆき、さらにずっと小さな生命を考察し、それを辿ることで感覚だけでなく想像力も無効になってしまうとき、われわれは微小さの驚異に驚愕し困惑する。そして、われわれは、極端な小ささがもたらす効果と巨大さそのものの効果を区別できないのである。なぜなら、分割は付加と同様に切りがないに違いないからである。というのは、それ以上付加できない完全な全体を考えることができないのと同様に、分割不可能な完全な統一体を考えることもできないからである。

第八節　無　限

崇高のもうひとつの源泉は無限(infinity)である(それが前章であつかった広大さに含まれないかぎりであるが)。無限は精神を、崇高のもっとも真正なる効果であり真の試金石でもある、悦びに満ちた恐怖で満たす。本当に、その性質上無限なもので、われわれの感覚の対象になるものはほとんどない。しかし、目が多くの事物の境界線を知覚することができない場合、それらは無限のように見えるし、それらがあたかも無限であるのと同様な効果をもたらす。大きな対象の部分が際限なくつづいている場合は、想像力が好きなだけ拡大してゆくのを妨ぐための押さえがないので、われわれは同様に欺かれてしまう。

同じ観念が頻繁に反復されるときはいつでも、精神はある種のメカニズムによって、最初の原因が働きを止めた後でも、ずっとそれを反復する。* くるくる回転した後、椅子に腰かけると、周囲の事物は依然として回転しつづけているように見える。滝や鍛冶屋のハンマーのような長く継続する騒音を聞いた後は、それらの音の最初の作用が終わったずっと後まで、ハンマーの打音や滝の音が想像力の中で鳴りつづける。そして、それらが終わるときも、ほとんど気がつかないほど少しずつ鳴り止むのである。まっすぐな棒を手にもって、目を一方の先端に当てれば、それは信じられないくらい長く延びて見える。** 棒の上に均一で等距離のしるしをつければ、それらは同じ欺瞞の効果を発揮して、際限なく増えて行くように見えるだろう。ある仕方で強い作用を受けた感覚は、急にその進路を変えたり、べつな事物に順応したりすることはできず、最初の起動原因の力が衰えるまで、同じ行路を進みつづけるのである。このことが、狂人において非常にしばしば見られる現象の原因である。彼らは数日数夜、ときには数年にわたって同じ言葉、同じ嘆き、同じ歌をつねにくり返す。それは錯乱の最初の時点で彼らの乱れた想像力に強い衝撃を与えたので、くり返すたびにそれは新たな力を得るのである。そして、理性によって抑制されない彼らの想像力の騒乱は、人生の終わりまでつづくのである。

＊第四部第一二節。　＊＊第四部第一四節。

第九節　連続性と画一性

部分の連続性(succession)と画一性(uniformity)は人工的な無限を構成するものである。(一)連続においては、部分が十分に長く一定方向につづき、感覚に対して頻繁に与える刺激によって、それらがじっさいの限界を超えてつづくような観念を想像力に印象づけることが必要である。(二)画一性が必要なのは、もし部分のかたちが変わってしまえば、そのたびに想像力が抑制されてしまうからである。変化が起こるたびにひとつの観念が終わってしまい、べつな観念が始まる。そのため、限界をもつ対象に無限の印象を刻印する唯一の手段である、中断することのない進行が不可能となってしまうのである。* 思うに、丸天井の建物がとても高貴な印象を与える理由は、この種の人工的無限性に求められるべきなのである。なぜなら、丸天井の建物では——それが建物であろうと植物園であろうと——どこにも境界線を固定することができないからである。どちらを向いても同じ対象がいつまでもつづくように思われ、想像力は休まることがない。しかし、この形状が最大の力を発揮するためには、円環状の配置だけでなく部分が画一的であることが必要である。なぜなら、配置や形状や色彩におけるいかなる変化も、無限の観念を大きく損なうことになるからである。変化のたびに新しい連続が始まってしまうわけだから、あらゆる変化は無限の観念を抑制し妨げるに違いないのである。連続性と画一性の同じ原理に基づいて、古代の異教の寺院の壮大な外観——それは一般に楕円形であり、各側面に画一的な柱が並んでいる——も、かんたんに説明できる。わが国の多くの古い大聖堂における翼廊の壮大な効果も、同じ理由による。多くの教会で用いられている十字の形状は、古代人の平行四辺形のそれと同様、適切なものとは思われない。少なくとも、外観に関しては適切ではないと思われる。なぜなら、十字の腕の部分のかたちがあらゆる点で等しいとして、いずれかの側の壁、列柱に対して平行に立った場合、建物の大きさをじっさいもより大きく見せる錯覚に陥るどころか、じっさいの長さの大部分(三分の二)を見えなくしてしまう。そして、十字の腕の部分が新しい方向を取り、梁と直角をなすと、想像力が先立つ観念を反復することができないので、進行の可能性が妨げられてしまう結果となる。あるいは、観察者がそうした建物を正面から見るということを想定してみよう。何が結果として起こるであろうか。その必然的な結果として、十字の上の部分の交差でつくられるそれぞれの突出部の基礎部分の大方が不可避的に失われてしまう。全体はもちろん切れ切れで関係性のないかたちになってしまう。光も不均等で、ここは明るいがあそこは暗いということになり、直線上に切れ目なく配置された部分に対して遠近法がつねに作用するあの高貴な明暗の漸次的移行は失われてしまう。この反対論の一部もしくは全部は、あなた方がそれに対してどういう立場を取っていようと、あらゆる十字架型の建築物に向けられている。私が例に挙げたのは、欠点がもっともあきらかなギリシャの十字架型建築物であるが、それらの欠点はあらゆる種類の十字架型建築物に、ある程度見られるものなのである。じっさい、角が多いということほど建築物の壮大さを損なうものはない。この多く見受けられる欠点は、多様性に対する過度の渇望に由来するものであり、それが幅を利かすときはいつでも、真の趣味に対してほとんど寄与することはない。

＊アディソン氏は、想像力の快に関する『スペクテイター』誌〔第四一五号〕の記事で、その理由は、丸天井の建物では一目で建物の半分を見るからであると考えている。私にはそれが本当の理由とは思われない。

第一〇節　建築物の大きさについて

建築物の崇高にとって、容積の大きさは不可欠であるように思われる。というのは、わずかな部分、しかも小さな部分、に基づいて想像力が無限の観念へと飛翔することはできないからである。様式におけるどんな偉大さも、適切な容積の欠如を補うことはできない。この法則によって人が法外な設計へと陥る危険は存在しない。それには適切な警告が伴っているのである。というのは、建物の幅があまりに広いと、それが増進しようと目論んだ偉大さという目的を破壊してしまうからである。遠くから見た場合、幅が広がった分だけ高さが減じられ、ついにはそれが点になってしまい、そのかたち全体がある種の三角形——およそ目に見えるあらゆる形状の中でもっとも貧弱なもの——になってしまう。私は、適切な長さの列柱や並木道は、それらが長大な距離まで引き延ばされたときよりも、比較にならないほど壮大になるということをいつも観察してきた。真の芸術家は効果的に観察者を欺き、かんたんな方法で高貴な計画を実現する。容積だけが巨大な設計はつねにありふれて低次元な想像力のしるしである。芸術作品は欺くことなしに偉大とはなれない。そうでないのは自然だけがもつ特権である。すぐれた目は過度な幅や高さ(どちらにも同様の批判が当てはまりえる)と短く断続的な量との中間を探り当てるのである。もし、私の目的が何か特定の芸術の細部にまで降りて行くことであったなら、おそらくかなりの程度まで正確なことが言えたであろう。

第一一節　快適な対象における無限

無限は、べつな種類ではあるが、崇高なイメージにおける悦びだけでなく、快適なイメージにおける快の多くをもたらす。春はもっとも快い季節である。ほとんどの動物の子供たちは、完全な姿にほど遠いとしても、成長した動物よりも快適な感覚を与える。というのは、より以上のものへの見込みによって想像力に楽しみが与えられ、現在の感覚の対象にしたがうことがないからである。未完の絵画のスケッチの中に、私はしばしば完成された最良の絵画以上に私を楽しませるものを見出す。そのことは、今私が挙げた理由から来ると思われる。

第一二節　困難さ

偉大さのもうひとつの源泉は困難さ(difficulty)である。ある仕事が、それを成し遂げるのに膨大な力と労力を要するとき、その観念は壮大である。ストーンヘンジがわれわれの賞讃を呼び起こすのは、その配置や装飾のためではなく、立てられお互いに積み重ねられた巨大で武骨な石の塊が、そのような仕事に必要であった膨大な力へと、われわれの精神を向けるからである。いや、技芸や工夫の観念が排除されるので、その仕事が武骨であることこそが壮大さの原因を増幅する。なぜなら、巧妙さは、これとはまったく異なった種類の効果を生み出すからである。

第一三節　壮麗さ

壮麗さ(magnificence)も同様に崇高の源泉のひとつである。それ自体が立派で価値あるものがとても豊富にあることが壮麗である。星たちが輝く天空は、しばしばわれわれの目に入るものではあるが、壮大の観念を喚起せずにはおかない。それは、個別的に考えられた星のもつ何かが原因なのではない。数がその原因であることはたしかである。見かけ上の無秩序は、壮大さを増幅する。というのは、配慮が見えるということは壮麗の観念に大きく対立するからである。その上、星空は大いに混乱して見えるので、通常それらを数えるということは不可能である。そのことが、星たちにある種の無限という有利さを与える。芸術作品においては、数に依存するこの種の壮大さは、よくよく注意して導入されなければならない。というのは、卓越した事物を数多く集めることは不可能か、もしくはあまりに難しいからである。また、多くの場合、この華麗なる混乱は、ほとんどの芸術作品に大いなる配慮をもって奉仕すべき有用性をすべて破壊してしまうからである。さらに、もし無秩序によって無限の見せかけをつくり出すことができなければ、壮麗さのないただの無秩序をつくってしまうのだということも考慮されねばならない。しかしながら、この方法で本当に成功し、本当に壮大となったある種の花火その他のものは存在する。イメージの豊かさと夥しさにその崇高性を負っている詩人や雄弁家の多くの記述もまた存在する。そうしたさいには、精神はあまりに幻惑されるので、その他の場合に要求される正確な一貫性や引喩の整合性などに注意を払うことができなくなってしまう。ヘンリー四世の芝居の中の王の軍隊の描写ほど、これに当てはまる衝撃的な記述を私は今思いつくことはできない。

みんな兵士の恰好で武装している。
風に乗ったダチョウのような羽飾りをつけ、
水浴びをしたばかりの鷲のように休んでいる。
五月のように生気にあふれ、
夏の太陽のようにきらびやかだ。
若い山羊のように元気で、若い雄牛のように荒々しい。
甲冑の顎当てをつけたハリー王子を見たが、
羽飾りをつけたマーキュリーが地上に現れたようだ。
楽々と馬に乗る姿は、
あたかも天使が雲から降りてきて、
火のようなペガサスを乗りこなすかのようだった。

〔シェイクスピア『ヘンリー四世』第四幕第一場九七～一〇九行〕

その文の凝縮性と透徹性だけでなく、生き生きした描写でも有名な卓越した書物『シラ書（集会の書）』の中で、オニアスの息子で高僧のシモンに対する賛辞がある。これはわれわれの論点のすばらしい一例となっている。

> 主の家の垂れ幕を出てくる姿は、なんと栄光に満ちていたことか。彼は、雲間に輝く明けの明星、祭りのときの満月、いと高き方の聖所に輝く太陽、きらめく雲に照り映える虹のようだ。春先のバラの花、泉のほとりの百合、夏の日のレバノンの若草のようだ。香炉にくべられた乳香、金を打ち延べ、あらゆる宝石をちりばめた器のようだ。豊かに実るオリーブの木、雲にそびえる糸杉のようだ。彼が輝かしい衣をまとい、華麗な衣装に身を包み、聖なる祭壇に登ると、聖所の境内は輝いた。彼が祭司たちの手からいけにえを受け取り、祭壇の炉の傍らに立つと、その周りを兄弟たちが冠のように囲んだ。それはあたかも、レバノンの若杉が、しゅろの木に囲まれているようであった。アロンの子らも皆、輝かしく装い、主への供え物を両手に捧げ……。
>
> 〔『シラ書（集会の書）』第五〇章五～一三節〕

第一四節　光

偉大さの観念を喚起するかぎりにおいての延長を考察したので、色彩がつぎの考察対象となる。すべての色彩は光に依存している。だから、光とその反対物である暗闇を前もって考察しなければならない。光に関して言うと、光が崇高をつくり出す原因となるためには、たんに事物を照らし出す機能以外に、ある状況が付随しなければならない。たんなる光はあまりにありふれていて、精神に強い印象を与えないし、強い印象なしには何ものも崇高にはなりえない。だが、直接に目に当たる太陽光のような、感覚を圧倒する光は、とても偉大な観念である。太陽よりも弱い光であっても、それが恐ろしく速いものであれば、同様の力をもつ。というのは、稲妻はたしかに壮大さを生み出すが、それは主としてその動きの極端な速さに由来するからである。光から闇へ、闇から光へという素早い移り変わりは、さらに大きな効果をもつ。しかし、暗闇は光よりもっと崇高な観念を生み出す。われらの偉大な詩人ミルトンは、このことを確信していた。そして、彼はこの観念に満たされ、よく制御された暗闇の力に完全にとりつかれていたので、彼が主題の壮大さに応じてまき散らした豊富で壮麗なイメージの中で神の姿を描くとき、すべての存在の中でもっともとらえがたい者を取り巻く曖昧さをけっして忘れることはなかった。

……彼の玉座は荘厳なる
暗闇に取り巻かれていた。

〔ミルトン『失楽園』第二巻二六六～六七行〕

これに劣らず目覚ましいのは、ミルトンが神の存在から流れ出る光と栄光を記述し、こうした暗闇の観念から遠く離れているように見えるときでさえ、その観念を保持する秘訣を心得ていて、その光を過剰によってある種の暗闇に変えてしまうということである。

過度の光による暗闇の中に、汝は裳裾をあらわす。

〔ミルトン『失楽園』第三巻三八〇行〕

ここにあるのは、最高度に詩的なだけでなく、厳密かつ哲学的に正しい観念である。過剰な光は視覚の器官を圧倒し、対象を消し去ってしまうので、その効果において、まさに暗闇に似ているのである。しばし太陽を眺めた後では、それが残した印象である二つの黒点が目の前で踊るように見える。こうして、想像しうるかぎり正反対の観念が、その両極端において合致するのである。両者はその正反対の性質にもかかわらず、崇高を生み出すという点で一致するのである。これは崇高を生み出す点で両極端が同様に働く唯一の例ではない。崇高はあらゆる点で、中庸を嫌うのである。

第一五節　建築物の中の光

光の操作は建築術において重要な問題であるので、この見解がどの程度建築物に適用可能なのかを検討することには意味があるだろう。私は、崇高の観念を生み出すことを目論むすべての大建築物は、つぎの二つの理由から、暗く陰鬱であるべきと考える。第一に、暗闇は経験上、情念に対して光よりもあらゆる場合に大きな作用をおよぼすということが知られている。第二に、ある対象を衝撃的なものにするためには、それをわれわれが直前まで慣れ親しんでいた対象とできるだけ違ったものにすべきである。建物に入るときに、屋外の光よりも明るいところに入って行くことはありえないし、少しだけ明るさが不足している場所に入るのも、些細な変化でしかない。その経過を本当に衝撃的なものにするためには、最高に明るい場所から、建物の有用性を損なわない程度に、できるだけ暗いところへ入って行くようにすべきである。夜にはこの規則と逆のことが当てはまるが、それは同じ理由からである。部屋が明るく照らされていればいるほど、情念は壮大なものとなるだろう。

第一六節　崇高を生み出すものとしての色彩

色彩の中でも、柔らかな色彩と快活な色彩（おそらく快活な強烈な赤を除くが）は、壮大なイメージを作り出すのには不向きである。輝く緑の芝生で覆われた巨大な山は、暗く陰鬱な山に比べれば、その点では無に等しい。曇った空は青い空よりも壮大である。夜は昼よりも崇高で厳粛である。それゆえ、歴史画においては、華やかでけばけばしい掛け布は、けっしてよい効果を生み出さない。最高度の崇高を目指す場合、建物の素材や装飾は、白色、緑色、黄色、青色、淡い赤色、すみれ色、まだら模様であってはならず、黒色、茶色、深紫色といった陰鬱で暗い色であるべきである。塗金、モザイク、絵画、彫刻は、崇高に貢献することはほとんどない。もっとも、衝撃的な崇高を一様に、しかもあらゆる細部において創造する場合を除いて、この規則を適用する必要はない。その理由として、つぎのことを述べておかなければならない。たしかに最高度のものではあるが、この憂鬱な種類の偉大さは、あらゆる種類の大建築物において企画されるべきではないし、とくに、壮大さまでをもを目論む場合にはそうである。そうした場合には、べつな源泉からも崇高を引き出さなければならないが、明るく陽気なものが入り込まないように細心の注意を払う必要がある。なぜなら、明るく陽気なものほど崇高な味わいを殺いでしまうものはないからである。

第一七節　音と音量

目だけが崇高な情念を生み出す感覚器官ではない。他の情念と同様、音も崇高において大きな力をもっている。私は言葉のことを言っているのではない。というのは、言葉はたんなる音によって作用するのではなく、まったく違った手段で感情に働きかけるからである。過剰な大音量だけが、魂を圧倒し、その動きを停止させ、それを恐怖で満たすことができる。巨大な瀑布、荒れ狂う嵐、雷、大砲の騒音は、それらの音楽の中に工夫や技巧を見出すことはできないにもかかわらず、精神の中に偉大で畏怖すべき感情を喚起する。群衆の叫び声は同様の効果をもつ。それはたんなる音の強さだけで想像力を当惑させ混乱させるので、そうした精神の驚愕と騒乱の中では、どんなに落ちついた気質の人物でさえ圧倒されてしまい、集団の一致した叫びやその決断に同調せずにいることはほとんどできなくなってしまうのである。

第一八節　唐突さ

大きな音量をもった音が突然始まる、もしくは突然止むことは、同様の力をもつ。それによって注意力が喚起され、いわば精神機能が身構えることを余儀なくさせられるのである。目に見えるものや耳に聞えるものにおいて、極端から極端への移行を和らげる効果をもつものは何であれ、恐怖の原因とはならず、結果として偉大さの原因とはならない。急激で予想外のあらゆる事柄において、われわれは驚く。つまり、危険を知覚し、われわれの本性はそれに対して防御せよと命じる。たとえ持続が短いものであっても、かなりの強さをもつひとつの音は、一定の間を開けてくり返される場合、壮大な効果をもつ。夜の静けさによって注意が散らされることがないときに、時を打つ時計の音ほど畏怖すべきものはほとんどない。同じことは、間隔をおいて打たれる太鼓の音、遠くでつづけて撃たれる大砲の音についても言える。本節で述べられた効果は、ほとんど同じ原因をもっている。

第一九節　中　断

いくつかの点で、上で述べたことと矛盾するようであるが、低く震えるような断続音もまた、崇高を生み出す。このことは、少し考察するに値する。この事実自体は、各々が自分の経験に照らして考察すれば、はっきりしたものとなる。他の何よりも夜がわれわれの恐怖を増幅するということはすでに述べた。* 何が起こるか分からないときに最悪を恐れることは、人間の本性である。だから、不たしかさはとても恐ろしいので、われわれは多少の危険を冒してもそれを取り除こうとするのである。低く、混乱した、不明瞭な音は、その原因に関して恐ろしい不安をもたらすが、それは光の欠如もしくはぼんやりした光がわれわれを取り巻く対象に関して不安をもたらすのと同様である。

移り気な月の不吉な光の中で、
森の中の小道を抜けるように……

〔ウェルギリウス『アエネーイス』第六巻二七〇〜七一行〕

……今まさに消えようとするランプのように、
あるいは曇った夜に包まれた月のように、
不たしかな光のおぼろな影が、
恐れと大きな恐怖の中で歩みを進める彼の前に姿を現した。

〔スペンサー『妖精女王』第二巻第七篇二九行〕

しかし、今現れたかと思うと消えて行く光、点いたり消えたりする光は、完全な暗闇よりも恐ろしい。ある種の正体がわからない音も、必然的な条件が伴えば、完全な静寂よりも人を驚かせるものとなる。

＊第三節。

第二〇節　動物の叫び声

人間の自然で不明瞭な声や、苦痛や危険の中にある動物の声を模倣した音は、それがよく知っておりなおかつ日ごろ軽蔑をもって見ている動物の声でなければ、偉大な観念を伝達することができる。野生の獣の怒りの声は、同様に偉大で恐ろしい感覚をもたらすことがある。

そこから、鎖と格闘し、夜遅くまで呻っている
ライオンの怒りとほえる声が、
毛を逆立てた猪や檻に入れられた熊が怒り狂う声が、
巨大な狼の姿をした獣の遠吠えの声が、聞こえた。

〔ウェルギリウス『アエネーイス』第七巻一五～一八行〕

これらの音の抑揚は、それが表現する事物の性質と何らかの関係をもっており、たんに恣意的なものではないように思われる。すべての動物の自然な叫びは、われわれの知らない動物であっても、かならずそれ自体で意味を伝えるのであるが、言語の場合はそうではない。崇高を生み出す声の抑揚は、ほとんど無限である。それがどのような原理に基づいているかを示すために私が触れた例は、その中のごく一部である。

第二一節　臭いと味——苦みと悪臭

臭いと味も偉大さの観念といくらか関係をもっているが、その関係は小さく、性質としても弱いものであり、その働きも限定されている。つぎのことだけを言っておこう。つまり、過度の苦みと耐えがたい悪臭以

外には、どんな臭いもどんな味も、壮大な感覚を生み出すことはできないのである。たしかに、これらの臭いと味の影響は、それらが最高度であり、かつ感覚器官に直接襲いかかるときには、単純に苦であってそこに悦びは付随しない。だが、それらが描写や物語における場合のように緩和されるならば、他の場合と同様に、緩和された苦という原理に基づいて、崇高の本当の源泉になりうるのである。「苦い杯」、苦い「運命の杯」を飲み干す、「ソドム」の苦いリンゴ、といったように。これらはみな、崇高な記述に適した観念である。アルブネアの蒸気の悪臭が、預言の森の聖なる恐怖と陰鬱さと相俟って、大きな効果をあげているウェルギリウスの一節には、崇高性が存在している。

しかし、この異変に心動かされた王は、
彼の祖先で預言者のファヌスの神託を求め、
聖なる泉に木霊を返し、暗闇の中で死に至る瘴気を放つ
アルブネアの森の下の神の森に祈願する。

〔ウェルギリウス『アエネーイス』第七巻八一～八四行〕

同じ『アエネーイス』第六巻のきわめて崇高な記述においては、アケロンの瘴気も忘れられてはいないし、それを取り巻く他のイメージと調和している。

そこには深い洞穴が、岩だらけで、
黒い湖と森の陰に守られて、大きな口を開けている。
その上を無事に飛んだ鳥は一羽すらいない。
それらの黒い顎から上空へと放たれる瘴気は、
それほどにすさまじいものであった。

〔ウェルギリウス『アエネーイス』第六巻二三七～四一行〕

これらの例を加えたのは、私がその判断力を信頼する何人かの友人たちから、もしこの見解がそれだけで披露されたなら、一見しただけで笑劇と嘲笑の題材にされるだろうという意見を言われたからである。しかし、思うに、そうした意見は、苦みや悪臭を下品で軽蔑すべき観念——たしかに苦みや悪臭はしばしばそれらと結合している——と結合させて考えることから生じるのである。そうした結合は、これらにおいてだけでなく、他のすべての結合においても、崇高を減退させる。しかし、イメージの崇高性の試金石となるのは、それが下品な観念と結びついて下品になるかどうかではなく、みなが壮大と認めるイメージと結びついたときに作品全体が威厳によって支えられるかどうかなのである。恐ろしいものはつねに偉大である。しかし、ヒキガエルやクモのように、不快な性質をもつもの、もしくはある程度の危険はあるが容易に克服できるものは、たんに不愉快なのである。

第二二節　触覚と苦

触覚に関しては、身体的苦——あらゆる様式と程度の労苦、苦痛、苦悩、責め苦——が崇高を生み出すということ、そしてこの感覚においてはそれ以外のもので崇高を生み出せるものは何もないということ以外に言うべきことはほとんどない。ここで新たな例を示す必要はないだろう。なぜなら、先行するいくつかの節であげた例が、私の意見を十分に例証しているし、その意見の正しさを知るには、じつは各自が自然に対して注意を払うだけでいいのである。

このようにすべての感覚を参照しながら崇高の原因を概観したことで、崇高は自己保存に属する観念であるという、私の最初の見解(第七節)がほぼ正しいということがあきらかになったと思う。また、それゆえ崇高はわれわれがもつ観念の中で、もっとも強い作用をもつ観念であるということ、ならびに、もっとも強い情緒は苦痛の情緒であり、積極的な原因に由来する快はそれには属していないということも同様にあきらかになったと思う。これらの真理を例証するために、これまで挙げた以外の無数の例を引くこともできるだろうし、有益な結果をそこから引き出すこともできるだろう。

だが、われわれがひとつひとつの細部に夢中になって拘泥しているその間に、
時は過ぎ去ってしまい、呼んでも戻ることはない。

〔ウェルギリウス『農事詩』第三巻二八四〜八五行〕

第三部

第一節　美について

私の意図は、美を崇高と区別して考察することであり、またその探求の過程でどの程度まで美と崇高が一致するのかを検討することである。しかし、その前に、この性質に関してすでに人々が抱いている見解を概観しなければならない。だが、それらをいくつかの確固とした原理に還元することはほとんど不可能である。なぜなら、人々は美を比喩的に、つまりきわめて不たしかで曖昧に語ることに慣れてしまっているからである。美という言葉で私は、愛もしくは愛に似た情念を喚起する、物体のひとつもしくは複数の性質を意味する。私はこの定義を事物の可感的性質にのみ限定するが、それは主題のもつ単純さを保持するためである。というのは、たんに見ただけでそれとわかる直接的な原因からではなく、二次的な理由からわれわれが人やものに寄せる共感のさまざまな原因を考慮するときにはいつでも、われわれの注意が散漫になってしまうからである。同様に私は、愛――この言葉で私は、どんな性質であれ美しい事物を思念するときに精神に湧き上がる満足を意味するのだが――を、欲望あるいは色欲と区別する。それらは、ある対象を所有すべくわれわれを駆り立てる精神のエネルギーであり、対象が美しいからではなく、まったくべつな仕方でわれわれに作用するのである。われわれはさほど美しくない女性に強い欲望を感じることがあるが、他方、男性や動物の非常な美しさは、愛を喚起することはあるにしても、欲望というものを引き起こすことはまったくない。このことからわかるのは、美によって喚起される情念――われわれはそれを愛と呼ぶ――は、欲望とは異なるものだということである。もっとも、欲望はときには愛と連動するのではあるけれども。通常愛と呼ばれているものに伴う激しく嵐のような情念と、その結果として生じる身体の情緒は欲望に起因するものと考えるべきであって、美それ自体が引き起こす効果ではない。

第二節　均整は植物の美の原因ではない

通常、美は各部分の間のある種の均整(proportion)に存すると言われている。この問題を考えるにあたって、私はそもそも美が均整に属する観念であるかどうかという点に、疑問を抱いている。均整は、あらゆる秩序の観念がそうであると思われるのだが、ほとんどすべて便宜性(convenience)と関連している。それゆえ、それは感覚と想像力に働きかける主要な原因であるというよりはむしろ、悟性の産物であると考えられねばならない。いかなる対象であっても、われわれがそれを美しいと感じるのは、長期にわたる関心と探求の力によるのではない。美は推論の助けを求めることはない。意志さえも関与しないのだ。氷や火を当てることで冷たさや熱さの観念が生まれるのと同じくらい確実に、美の姿が見えることで、われわれの中にある程度の愛が生み出されるのである。この点に関する満足のゆく結論を得るために、均整とは何かを考察すればいいだろう。というのは、均整という言葉を用いている者の中には、この言葉の力をはっきり理解していない者や、そうした事物そのものに関する明確な観念をもっていない者もいるからである。均整とは、相関的な量を測ることである。すべての数値は分割可能であるから、ある量へと分割されたすべての部分は、他の部分もしくは全体と何らかの関係をもっている。この関係が、均整の観念の起源なのである。それは計測によって発見され、数学的な探求の対象となる。しかし、特定の量をもつある部分が、全体の四分の一、五分の一、六分の一、もしくは二分の一なのか、あるいはある部分が他の部分と等しいのか、二倍なのか、半分なのかということは、精神とはまったく無関係な問題である。精神はこの問題に対して中立的な位置に立つ。そして、この精神の絶対的な無関心と平静さから、数学的思索はそのほとんどの利点を引き出すのである。というのは、そこには想像力の関心を引くものが存在しないからであり、問題を吟味する判断力が自由かつ偏見をもたずにいられるからである。すべての均整、すべての量の配置は、悟性にとっては同じなのである。なぜなら、悟性にとってはすべてから、つまり、比較して大きい場合も、小さい場合も、等しい場合も、等しくない場合も、同じ真理が帰結するからである。だが、美が計測に属する観念ではないことはたしかである。また、美は計算や幾何学とも関係がない。もし関係があるなら、われわれは、それ自体であるいは他との関係の中で、証明可能な美がもつたしかな数値を指摘できるはずである。また、感覚しか保証人のいない自然物の美をその都合のよい規準に照らして、われわれの情念の声を、理性の決定によって裏づけることができるはずである。だが、そうした助けがない以上、これまで一般に考えられ、また一部で確信をもって断定されてきたように、均整が何らかの意味で美の原因と見なされていいのかどうかを考えてみようではないか。もし、均整が美の構成要素のひとつであるなら、その力は、ある規準に内在して機械的に作用する自然な属性に由来するのか、慣習の作用に由来するのか、あるいは特定の便宜的目的に対応する手段の合目的性(fitness)に由来するのかのいずれかであるはずである。だから、われわれがするべきことは、動植物の世界においてわれわれが美しいと見なす対象を構成する部分が、つねにある数値にしたがって形成されていて、それらの美が自然の機械的原因、もしくは慣習、もしくは特定の目的に関する合目的性のいずれかに基づく数値に由来していると納得できるのかどうかを探求することである。私はそれらの問題点を、この順序で考察するつもりである。だが、考察を進める前に、私の探求を支配した、あるいはもし私がまちがっているなら私を迷わせた、規則を規定しておくことは的外れとは見なされないだろう。(一)もし二つの物体が精神に対して同じか、もしくは似かよった効果を生み出し、しかも吟味した結果それらがある属性で一致し、べつな属性で異なっている場合、共通の効果の原因は、異なる属性ではなく、一致する属性にあると考えるということ。(二)自然物の効果を、人工物の効果から説明しないこと。(三)自然な原因を挙げることができる場合には、いかなる自然物の効果も、その効用に関する理性の結論から説明しないということ。(四)ある効果が異なった、あるいは反対の数値や関係によって生み出される場合、もしくはそれらの数値や関係が存在してはいるものの、効果を生み出さない場合、特定の数値あるいは数値の関係をその効果の原因と認めないということ。これらが、自然な原因として考えられた均整の力を調査するさいに、私が主としてしたがった規則である。そして、もし読者がこの規則を正当であると考えるなら、以下の議論をとおしてこれらの規則を記憶にとどめておいてほしいのである。その議論の中では、第一にどのような事物の中にわれわれが美という性質を見出すのかを検討し、つぎにそれらの中に、美の観念は均整から生まれるということをわれわれが納得するようなかたちで指定できる均整を発見することができるかどうかを検討する。われわれは、植物、人間より劣る動物、人間の中に見られる場合の美という快い力を考察することにする。植物に目を向けた場合、花ほど美しいものを見出すことはできない。しかし、花のかたちはじつにさまざまで、その配列もさまざまである。花は無限に多様な形状に変容し、かたちづくられている。そのかたちに基づいて植物学者たちは花に名前を与えるわけだが、その名前もまた同様に多様である。花の茎と花びらの間に、あるいは花びらと雌蕊の間に、どのような均整をわれわれは見出すことができるだろうか。ばらの細い茎は、それがしなりながら支えている大きな頭部と、どのように適合しているのか。だが、ばらは美しい花である。そして、ばらの美しさの大部分がこの不均衡に負っているのではないと言うことなどできるのだろうか。ばらは大きな花であるが、低木に咲く。りんごの花は小さいが大きな樹木に咲く。だが、ばらの花もりんごの花もともに美しい。そして、それらを咲かせる樹木の装いは、この不均衡にもかかわらず、人々を引きつけるのである。だが、葉と花と実を同時につけるオレンジの木よりも美しいと一般に認められているものなどあるだろうか。だが、高さ、幅、全体の大きさ、特定部分相互の関係などに関する均整をそこに探し求めても無駄である。

多くの花の中に規則的なかたち、花びらの秩序だった配列といったものをわれわれが観察できるということは、私も認める。ばらの花はそのようなかたちと花びらの配列をもっている。だが、斜めから見た場合、そのかたちの大部分は失われ、花びらの配列も混乱して見えるが、それでもなお、ばらは美しさを維持する。ばらはそれが大きく開く前の、その正確なかたちが形成される前の、蕾の状態のほうがなお美しい。均整の要点である秩序と正確さが、美の原因に対して奉仕するというよりもむしろ損なう例はこれだけではない。

第三節　均整は動物の美の原因ではない

美の形成において均整がごくわずかしか関わっていないことは、動物においては十分にあきらかである。動物界においては、きわめて多様な姿と、部分の配列が、美の観念を喚起するのに適しているのである。白鳥はあきらかに美しい鳥であるが、首は体の他の部分よりも長く、尾はとても短い。これは美しい均整なのだろうか。われわれはそうだと認めざるをえない。だが、孔雀に関してはどう言ったらいいのだろうか。孔雀の首は比較的短いが、その尾は首と体を合わせたものよりずっと長い。これら各々の規準から、あるいは人が定めた他のあらゆる基準からかぎりなくずれて、かたちも異なり、ときには正反対な鳥が、いったいどれだけいるだろうか。それでもなお、それらの多くはとても美しい。それらを考察するとき、われわれはどの部分からも、他がどうであるべきかをアプリオリに言うことを決定してくれる何ものをも見出さないし、経験に照らしたときに失望と誤解に終わらないような何ごとかを推測することもできないのである。鳥もしくは花の色彩に関しては――というのはそれらの色彩に似たところがあるからだが――、それらの広がりについて考えられた場合でも、あるいは濃淡法について考えられた場合でも、したがうべき均整は存在していないのである。あるものは単色であり、あるものは虹のようにさまざまな色をしているし、あるものには主要な色があり、あるものは混じっている。つまり、注意深い観察者は、これらの色彩においても、かたちにおいてと同様に、均整というものはほとんどないと結論するだろう。つぎに獣に目を向けよう。美しい馬の頭部を見てみよう。それが胴体、そして足に対してどういう均整をもっているかを発見しよう。また、それらがお互いにどういう関係をもっているかを発見しよう。そして、それらの均整を美の規準として定め、つぎに犬、猫その他の動物を取り上げ、それらの頭部と首の間、それらと胴体の間などに、その同じ均整がどの程度当てはまっているかを検討しよう。つぎのように言ってもまちがいないだろう。あらゆる種で均整は異なっているが、それほどまでに異なっているじつに多くの種の中に、きわめて美しい個体が発見できるのである。さて、非常に異なり、正反対ですらある形状や配列が美と一致するということが認められるなら、少なくとも動物の種に関するかぎり、美を生み出すために、自然の原理によって機能する特定の数値は必要ではないということが結論できるのである。

第四節　人間の種において均整は美の原因ではない

人間の身体には、お互いに均整を保っていることが観察されるいくつかの部分が存在する。美を生み出す原因がそうした均整にあると結論する前に、そうした均整が正確である場合にはいつでも、その均整を備えた人間が美しいということが証明されなければならない。私がここで意味しているのは、個別的に考えられた身体部分あるいは身体全体のいずれかを見た場合にもたらされる効果のことである。また同様に、それらの部分はお互いに、比較がかんたんになされ、また心の動きがそれらから自然に生まれるような関係性を有しているということが証明されなければならない。私自身は、そうした均整の多くを注意深く観察し、多くの人間の中でその均整がほぼ、あるいはきわめて似かよっていながら、お互いにとても違っているばかりか、ある者は美しくある者は美から遠く離れているということを見出してきた。均整の取れている身体部分に関しては、それらは場所、性質、機能においてあまりにかけ離れているので、どのような比較がありえるのかが理解できず、結果としてそれらの均整からどのような効果が生まれるのかも理解できないということがしばしばある。美しい身体における首は、足のふくらはぎと同じ長さであるべきであり、同様に、手首の周囲の二倍であるべきだと言われている。この種の見解は、多くの人々の書きものや会話の中に無数に存在している。だが、ふくらはぎと首、あるいはこれらふたつと手首との間にどういう関係があるというのだろうか。そうした均整は美しい身体の中にたしかに見出すことができる。だが、調べてみれば、そうした均整は醜い身体の中にも確実に存在するのである。いや、もっとも美しい身体のいくつかにおいては、そうした均整はもっとも不完全であるかもしれない。人間の身体のあらゆる部分に好きな均整を割り当てることができるだろう。だが、請け合ってもいいが、ある画家がそれらの均整を宗教的なまでに遵守してなお、彼が望むならば、とても醜い人物を描けるだろう。その同じ画家は、それらの均整から大きく逸脱してなお、とても美しい人物を描けるだろう。じっさい、古代や近代の偉大な彫刻の傑作においては、非常に目立ちかつ重要な部分において、お互いの均整が大きく異なっていることが観察されるだろうし、生身の人間がもつ非常に顕著でしかも快適な形状とも、それに劣らず異なっていることも観察されるだろう。結局のところ、均整美の支持者の間で、人間の身体の均整に関して、どの程度の合意があるのだろうか。ある者は七等身であると言い、ある者は八頭身であると言い、それを十頭身にまで拡大する者もいる。こんな小さな数字の分割においてもこれほどの違いがあるのだ。均整を算出するその他いくつもの方法があり、それらは等しく成功を収めている。だが、これらの均整は、すべての美しい男性において、正確に同一なのだろうか。それらはそもそもすべての美しい女性において、見出せるものなのだろうか。そうだとはだれも言わないだろう。疑いもなく、男性も女性も美しくありえるが、女性の方がより美しい。だが、女性の方が均整の正確さにおいて勝っていることがその理由であるなどと、ほとんど信じることができない。しばらくこの問題に留まって、人間という単一種の両性の多くの類似部分に一般的に見られる量の違いがどれだけあるかを、考察してみよう。ある定まった均整を男性の手足に指定し、人間の美をこの均整に限定したとしよう。もしあらゆる部分の構造と量が指定と異なる女性を発見したなら、あなたは自分の想像力の示唆に逆らって彼女は美しくないと結論するか、想像力にしたがって規則を否定するかのどちらかをしなければならない。あなたは、定規とコンパスを捨てて、ほかの美の理由を探さなければならない。というのは、美が自然の原理によって作用する特定の数値に付属するものであるなら、なぜ、違った均整の数値をもつ類似の部分が――しかもまったく同一の種においての――美しいと見なされるのだろうか。しかし、少々展望を開くためにつぎのような観察をすることには意味があるだろう。つまり、ほとんどすべての動物はとても似かよった性質をもち、ほぼ同一の目的を果たすようにつくられた部位をもっている。頭、首、胴体、足、目、耳、鼻、口などである。だが、神の摂理は、それらの必要を最良の方法で満たし、神の創造における知と善の豊かさを開陳するために、これらの少数の類似した器官と身体部分から、その配置、量、関係において、ほとんど無限とも言える多様性を生み出したのである。しかし、上で述べたように、この無限の多様性の中にあって、ひとつのことが数多くの種に共通である。それは、それらの種を構成する個体のいくつかがわれわれの愛らしさの感覚を刺激するということである。それらは、美の効果を生み出す点では一致していても、その効果をつくり出す部分の相対的な数値においては極端に異なっているのである。こうしたことを考えるだけで、快適な効果を自然に生み出すように作用する特定の均整という概念を、私は拒絶したくなるのである。しかし、特定の均整の効果という点で私と同意見の人の中にも、もっと曖昧な均整の観念に強く賛同する人々がいる。彼らの考えによれば、一般的な美は、いくつもの種類の快適な動植物に共通な特定の数値に関係しているわけではないけれども、各々の種の内部では、その特定の種の美に絶対的に必要なある均整が存在しているというのである。動物界一般を考えた場合、美は特定の数値に限定されていないことがわかる。しかし、部分の特定の数値と関係によって各々の種が区別されるのだから、各々の種における美しさは、その種固有の数値と均整に見出されるのは必然的なのである。というのは、そうでなければ、それは固有の種から逸脱しているということであり、ある意味で怪物的だからである。しかしながら、どんな種でも、個体間のかなりの多様性を許容しないほど特定の均整に厳密に限定されているということはない。各々の種が共通形態から逸脱することなしに許容するあらゆる均整において、美が区別なく見出されるということは、人間においてはすでに示されてきたし、同様に動物においても示されるであろう。そもそも部分間の均整が尊重されるのはこの共通形態の観念のためであって、自然的原因の何らかの作用のためではない。じっさい、少し考えればわかるのだが、形態に属するあらゆる美をつくるのは数値ではなく様式である。われわれが装飾的意匠を研究するとき、この幅を利かせている均整というものから、どのような光明を得ることができるであろうか。もし芸術家たちが、均整こそ美の主要な源泉であると信じているなら——そう信じているかのごとくに彼らはふるまっているのだが——、彼らが何か優美なものを制作しようとするさいに、適切な均整に彼らを助け導くような、あらゆる美しい動物に関する正確な数値を彼らが自分たちでまったくもち合わせていないということは、私には驚くべきことに思われるし、彼らがしばしば、自分たちの実践を導くのは自然における美の観察であると主張しているのだから、なおさらである。建築物の均整は人間の身体の均整から取られているということが長く言われており、ある著述家からべつな著述家へと木霊のように何度も何度も言い交わされていることは、私も知っている。この強引な類比を仕上げるために、彼らは手を横いっぱいに伸ばした人間の図を描き、この奇妙な図の先端を線が通るようなある種の四角形を描く。しかし、人間の図が建築家にいかなる着想も与えたことがないのは、きわめてあきらかであるように思う。というのは、第一に、人間はそうした無理な姿勢で見られることがめったにないし、その姿勢は自然ではないし、似つかわしくもない。第二に、そうした人間の姿勢を見て自然に思い出すのは、四角形の観念ではなく、むしろ十字架である。なぜなら、その図がだれかに四角形を考えさせる前に、腕と地面の間の大きな隙間をなにかで埋めなければならないからである。第三に、建築物の中には、最良の建築家によって建てられたにもかかわらず、まったく四角形ではないが、同じくらい良いか、もしくはさらに良い効果を生み出すものがあるということである。たしかに、建築家が自分の設計において人間の姿をモデルとすることくらい、説明不可能なまでに滑稽なことはないだろう。なぜなら、人間と家や寺院ほど類似性や類比性をもたないものはないからである。それらの目的がまったく違っているということを述べる必要があるだろうか。こうした類比が考案されたのは、自然の中のもっとも高貴な作品との類似点を示すことで、人工の作品に名誉を与えるためであって、前者が後者の完全性に関するヒントを与えるからではまったくないと、私は考えている。そして私は、均整の擁護者たちは人工的な観念を自然に転嫁しているのであって、人工の作品で用いられている均整が自然から借り受けられているのではないと、ますます信じるのである。なぜなら、この問題に関する議論においては、彼らはいつも、自然美の広々とした領域と動植物の王国からできるだけ早く抜け出して、建築の人工的な線と角度によって自分たちを守ろうとするからである。というのは、人間には、自分自身、自分の見解、自分の作品を、他のものすべての卓越を測る規準にしようとする不幸な傾向があるからだ。だから、各部分がお互いに対応するような規則的なかたちで建てられた場合に、住居はもっとも便利で堅固であるということを観察したとき、彼らはその観念を庭に持ち込み、立木を柱やピラミッドやオベリスクのかたちに仕立て、垣根を緑の壁に変え、そして歩道を正確で対象的な四角形、三角形その他の幾何学的なかたちに造形したのである。彼らは、かりに自分たちが自然を模倣していないとしても、少なくとも自然を改善し、自然に本来の仕事を教えているのだと考えていたのである。しかし、自然はついに彼らの統制と足枷から逃れた。そして、われら英国の庭は、他はどうあれ、われわれ英国人が数学的観念は美の真の尺度ではないと感じ始めたことをはっきりと示しているのである。また、植物界と同じように、動物界においても数学的な観念が美の真の尺度でないことはたしかである。美しい叙景詩や無数のオードや哀歌が世界の人々の口に上り、その多くは時代を超えて愛されてきたし、熱情的な力をもって愛を描き、その愛の対象を無限に変化する光のもとに表現した作品もある。だが、だれかが主張するように、均整が美の主要な構成要素であるなら、それらの作品の中で均整に関して一言も触れられていないというのは、異常なことではないだろうか。他方では、同時に、他のいくつかの性質が頻繁かつ熱心に言及されているのである。だが、もし均整にそうした力がないのなら、なぜ人々がそもそも均整に関して、そこまで過大に考えるようになったのかが、奇妙に思える。思うにそれは、すでに触れたように、人が自分自身の作品や考えに対して抱く偏愛に由来するのである。それは、慣れ親しんだ動物の姿の効果に対する誤った推論に由来するのである。また、それは合目的性と適合性に関するプラトン的理論に由来するのである。そうした理由から、次節では、動物の姿に関する慣習の効果を考察し、その後で合目的性の観念を考察する。なぜなら、もし均整がある数値に付随する自然な力によって機能しているのでないなら、それは慣習もしくは功利性の観念によっているのであり、その他の理由ではないはずだからである。

第五節　均整に関するさらなる考察

もし私がまちがっていなければ、均整の力を過大に考える偏見は、美しい対象に見出されるある数値ではなく、美の反対物と考えられてきた奇形(deformity)が美に対してもつ関係についての誤った考えに由来しているのである。その原理にしたがえば、奇形の原因が取り除かれれば、美が自然かつ必然的に生み出されるという結論が出るのである。私はそれがまちがいであると信じている。というのは、奇形は完全で共通な形態の反対物なのであって、美の反対物ではないからである。もし、ある人の足が片方の足よりも短ければ、その人は奇形である。なぜなら、人間に関してわれわれが抱く完全な観念から欠けるものがあるからである。それは、生まれつきの欠陥においても、事故によって生じた障害や欠損と同様の効果をもたらす。だから、もし背中が曲がっていれば、その人は奇形である。なぜなら、彼の背中は不自然な姿をしており、病気や不幸といった観念を伝えるからである。また、もしある人の首が通常よりもかなり長い、あるいは短いならば、われわれはその部分は奇形であると言う。なぜなら、人は一般にはそのような姿をしていないからである。しかし、日常的な経験ですぐに確信できることだが、足の長さが等しく、あらゆる点で似かよっていて、首の長さも適当で、背中もまっすぐでありながら、それでもなお知覚可能な美をまったくもっていない人もいるのである。じっさい、美は慣習の観念には属していないので、現実にそうした仕方でわれわれに働きかけることはきわめて希で珍しいことなのである。美は、奇形それ自体と同様に、われわれを目新しさで打つのである。われわれが新たにその存在を知るようになる動物の種についても同様である。新しい種のひとつが紹介された場合、われわれはその美醜の判断をするのに、慣習によって均整の観念が決定されるのを待ったりはしない。そのことが示すのは、美の一般的な観念は自然な均整に基づいていないのと同様に、慣習的な均整にも基づいていないということである。奇形は共通の属性の欠如から生じる。だが、ある対象においてそうした属性が存在しても、その結果として必然的に美が生まれるわけではない。かりに自然物における均整が、慣習や慣れと関係があると想定したとしても、積極的かつ強力な性質としての美がそれらから生じるのではないということは、慣れと慣習が本来的にもつ性質によってあきらかになるだろう。人間は一方では目新しさを激しく求める生き物でありながら、他方では習慣や慣習に強い愛着をもつという、驚くべき性質を付与されている。しかし、慣習によって維持されている事柄は、それが存在しているときにはわれわれの注意を引かないのに、なくなると強く注意を引くという性質をもっている。私は長い期間にわたって毎日、ある場所を頻繁に訪れたことがある。正直に言うが、そこに快を見出したことはなく、ある種うんざりした感じと嫌悪感をもったのである。そこに行っては、快適な感じをもたずに帰ってくるということをくり返した。だが、ある事情で、そこにいるべき時間をやり過ごしてしまうことがあると、どうにもそわそわした気もちになり、そこに行くまでは落ち着かないのだった。かぎ煙草を吸う者は、自分ではほとんど意識せずに吸っており、その強い臭いからほとんど何も感じないほど、臭いに対する鋭敏な感覚は失われている。だが、彼から煙草入れを奪うなら、彼は世界で一番辛い思いをする人間となるのだ。じっさい、慣れと習慣それ自体は快の原因からほど遠いのであり、恒常的な慣れはその結果として、あらゆる種類のあらゆるものを、まったく無感動にしてしまうほどである。というのは、慣れは多くのものの不快な効果を最終的に取り除くのと同様に、快適な効果も減じてしまい、苦と快の両方をある種の中庸で無関心なものに変えてしまうのである。慣れを第二の自然というのはじつに正しい。そして、われわれの自然で通常の状態は、苦と快の両方にひとしく備えたある種の絶対的な無関心なのである。しかし、われわれがこの状態から放り出され、この状態を維持するのに必要なものを奪われた場合、もしそのことが機械的な原因で起こった快によるものでなければ、われわれはつねに傷つくのである。それは、第二の自然としての慣習、そしてそれに関するあらゆる事柄について当てはまるのである。こうして、人間と動物の通常の均整から欠けたものがある場合、それはたしかに忌み嫌うべきものとなるが、それがあるというだけで真の快の原因になるということは、けっしてないのである。人体の美の原因として主張されている均整は、美しい人体においてしばしば見出されるのはたしかであるが、それはその均整が一般にすべての人間に見出されるものだからである。しかし、もし、それらがあってもなお美しくないものがあること、それらがなくてもなお美しいものがあること、それらがあってもなお美の原因がつねに他のよりはっきりした原因に基づいていること、などが同様に示されたなら、美と均整は同じ性質をもつ観念ではないという結論に達するのは当然であろう。美の真の対立物は不均整や奇形ではなく、醜(ugliness)なのである。醜は積極的な美の原因と正反対の原因で生じるがゆえに、われわれはそれを論じ始めるまで、醜について考察することはできない。美と醜の間にはある種の中庸があり、そこでは件の均整がもっとも当たり前に見出される。だが、それらが情念に働きかけることはないのである。

第六節　合目的性は美の原因ではない

功利性の観念、あるいは部分がその目的に応えるべくよく適合しているという観念が美の原因であるとか、あるいは美そのものであると言われている。もしこの見解がなかったなら、均整の理論がこれほどまでに長く支持されることはなかったであろう。自然の原理にも目的への適合性にも、何にも関係しない数値について聞くことに、世間はすぐに飽き飽きしてしまったであろう。均整に関して人類がもっとも普通に抱く観念は、目的に対する手段の適合性である。この問題が存在しないところでは、彼らは事物を測るためのさまざまな数値の効果に関して思い悩むことはほとんどないのである。したがって、この理論のおかげで、人工物だけでなく自然物においても、それらの美は目的に対する各部分の適合性に由来するということを主張する必要が生じるのだ。だが、この理論の形成にあたって、経験に鑑みるということが十分になされなかったのではないかと危惧するのである。この原理にしたがえば、イノシシの場合、先端に硬い軟骨をもった楔形の鼻や、落ちくぼんだ小さな目や、頭全体の形状は、穴を掘ったり根を掘り返したりする役目にとても適しているわけだから、非常に美しいはずである。ペリカンのくちばしに垂れ下がった大きな袋は、この動物にとってとても有用なので、人間の目にも美しいはずである。棘だらけの皮膚ですべての外敵からの攻撃から身を守るハリネズミや、飛び出す針をもったヤマアラシは、少なからぬ優美さをもった生き物と見なされるはずである。サルよりも身体部分が巧妙につくられている動物は少ない。サルは人間の手と獣の弾むような足をもっている。サルが走ったり、跳ねたり、摑まったり、登ったりすることが得意なようにつくられているさまは賞讃に価する。だが、人間の目から見て、サルほどに美しく見えない動物は少ないのだ。さまざまな役に立ちながら、美に寄与することのない象の鼻については触れるまでもないだろう。狼は何と走ったり跳ねたりすることに適しているであろうか。ライオンは何と素晴らしく戦う能力を備えているであろうか。だが、だれが象や狼やライオンを美しい動物と呼ぶだろうか。だれも人間の足を、馬や犬や鹿やその他の動物の足のように、走ることによく適合しているとは思わないだろう。少なくとも外見上はそうである。だが、きれいなかたちをした人間の足は、美しさにおいてそれらすべてをはるかに凌いでいることが容認されるだろうと私は信じる。もし、部分の合目的性がその形状の愛らしさをつくるとしたなら、じっさいにそれを用いることが、その美を疑いなく増大させるだろう。しかし、それがつねに事実であるわけではまったくないし、たとえそうである場合でも、異なる原理に基づいていることが少なくない。翼を広げて飛んでいる鳥は、木に止まっているときほど美しくない。それどころか、家禽のいくつかは、飛んでいるところはめったに見られないが、だからといって美しくないわけではない。しかし、鳥はその形状において人間や獣ととても異なっているので、それらの体の各部分がまったくべつな目的に合わせて設計されているということを考慮せずに、合目的性の原理に基づいてそれらの快適さを認めるわけにはいかない。私はこれまでの人生において、孔雀が飛んでいるのを見たことはない。だが、それが飛行生活に適しているかどうかを考察するずっと以前に、世界中の飛行する最良の鳥類の多くを凌ぐその非常な美しさに打たれたのである。だが、私が見るかぎり、孔雀の生活は、それが農場で一緒に飼われている豚の生活とよく似ているのである。それは、雄鶏や雌鶏などにも当てはまる。それは飛ぶようなかたちをしているが、その移動方法は人間や獣と大して変わらないのである。そうした人間以外の動物の例を離れて考えるとして、もし、人間という種の美が有用性と結びついているなら、男性の方が女性よりも愛らしいであろう。そして、力と俊敏さが唯一の美と見なされるだろう。だが、力を美という名前で呼ぶことや、ほとんどあらゆる点で違っているヴィーナスとヘラクレスの性質に対してひとつの呼び名しかないということは、たしかに観念の奇妙な混同であり、言葉の乱用である。思うに、この混同の原因は、とても美しいと同時にとても目的に適っている人間や動物の身体部分を、われわれが頻繁に見ていることにある。そして、われわれは、たんなる同時存在を因果関係と取り違える詭弁によって欺かれているのである。それは、埃を大きく立てている馬車に止まっているという理由で、自分が埃を大きく立てていると考えるハエの詭弁である。胃、肺、肝臓その他の臓器は、比類なくその目的に適合している。だが、それらはとても美しいとは言えない。だが、何の役に立つのか分からないのにとても美しいものはたくさんある。また、美しい目、かたちのいい口、姿のいい足を見たときに、見たり食べたり走ったりに適しているといった観念をわれわれはもつのかという、人間の最初でもっとも自然な感情に私は訴えかけたいと思う。植物の世界でもっとも美しい花は、いったいどんな有用性の観念を喚起するだろうか。たしかに、かぎりなく賢明で善き創造主は、恵み深くも、われわれにとって有用なものに美を結合された。しかし、だからといって有用性と美の観念が同一のものであるということや、それらが相互に依存しているということが証明されたわけではない。

第七節　合目的性の本当の効果

私が、均整と合目的性は美に関与しないと言ったとき、それらに価値がないとか、芸術作品においてそれらを軽視していいとかということを意味していたのではけっしてない。芸術作品はそれらの力が生かされる最適な領域であるし、そこでこそ最大の効果を発揮する。ある物事が感情に働きかけるように、われわれの創造主が定めたときはいつでも、その意図の実行を、のろく気まぐれな理性の働きに任せず、それを悟性だけでなく意志の働きをも止めてしまう力と属性に任せたのである。その力と属性は、悟性がそれに賛同もしくは反対して介入する準備ができるより先に、感覚と想像力をとらえて、魂を虜にするのである。神の作品に見られる賞讃すべき智恵をわれわれが発見するのは、長きにわたる推論と多大な研究の後である。それを発見したさいの効果は、準備なしにわれわれが崇高や美に打たれる場合とは、そこに到達する仕方においても、その性質においても、とても異なっている。筋肉と皮膚の役割、つまりさまざまな動きにおける筋肉のすばらしい仕組みや、全体を覆いながら吸収や排出の全体的な役目ももっている皮膚の驚くべき組織を身体に発見する解剖学者の満足は、繊細で滑らかな肌や身体のその他の美しい部分――それを知覚するには何の研究も必要としない――を見たときに、一般の人々が感じる情動と何と違っていることだろう。前者の場合、われわれは創造主を賞讃と賛美をもって見上げるだろうが、その対象物は忌わしく、嫌悪感をもたらすだろう。後者はしばしば大きな力で想像力をとらえるので、われわれはその仕組みの巧みさを子細に検討するということはほとんどしないし、かくも強力な機構を発明した智恵に思いをはせるために、その対象の魅惑からわれわれの精神を引き離すには、理性の大きな努力を必要とするのである。少なくとも作品それ自体の考察だけに由来するかぎりにおいては、均整と合目的性は賞讃と悟性の同意を生み出しはするが、愛やそれに似た情念を生み出すことはない。時計の構造を調べ、各部分の機能を熟知したとき、われわれはその全体の合目的性に満足するだろうが、それは時計の仕掛けの美しさといったものを知覚することとはほど遠いのである。だが、そのケースに施された職人の精巧な彫刻を、その有用性など考えずに見た場合、その時計本体からよりも――それが有名なグレアム社製のものであったとしても――美に関する生き生きした観念を得ることができるだろう。すでに述べたように、美における効果は、有用性に関する知識に先立つ。しかし、均整についての判断を下すさいには、われわれは、その作品が意図されたそもそもの目的を知る必要がある。目的によって均整はさまざまに変わってくるからである。塔に相応しい均整があれば、家の均整、回廊の均整、広間の均整、部屋の均整がある。それらの均整について判断を下すためには、それらが設計された目的を最初に知る必要がある。良識と経験が共に働いたときに、すべての芸術作品において、何がなされるべきかが発見されるのである。人間は理性的な動物であり、そのあらゆる仕事において目的と目標が重視されるべきである。情念の満足は、それがどれほど無害なものであろうと、二義的なものとして考えられるべきである。そこにこそ、合目的性と均整の力の本来の場所がある。それらはそれらを考察する力である悟性に働きかけるのであり、悟性は仕事の成果に賛同し、同意するのである。情念と情念を生み出すことを主要な仕事とする想像力は、そこではほとんどすることがないのである。むき出しの壁と飾りのない天井だけで、ほかには何もない部屋があるとしよう。かりにその均整が素晴らしいものだとしても、人に快を与えることはほとんどないだろうし、それが得られるものはせいぜい冷たい是認でしかない。だが、もっと均整の悪い部屋であっても、優美な繰型や素敵な花綱飾りや鏡やその他の装飾的家具があれば、想像力は理性の判断に反逆する。つまり、その部屋は、見事なまでに目的に合致しているとして悟性が大いに是認した最初の部屋の裸の均整よりも、想像力に快を与えるのである。均整に関して私がここであるいは以前に述べたことは、芸術作品における有用性の観念を愚かしくも無視するように説得することを目的としているのでは、けっしてない。私が証明したいのはたんに、美と均整というすばらしい二つの事柄が同じものではないということであって、そのどちらかを軽視すべきということではない。

第八節　要　約

全体として、もし均整のとれた身体部分がつねに美しいとしたなら(そうでないことはたしかだが)、あるいは、もしそれらが比較によって快を生み出すなら(それは希なことである)、あるいは、動物であれ植物であれ、つねに美が伴うものにおいて列挙可能な均整が見出せるなら(それはありえない)、あるいは、もし部分が目的によく適合している場合にはつねに美が存在し、有用性が見えない場合には美が存在しないなら(それはあらゆる経験に反する)、美は均整もしくは功利性に存すると結論づけることができる。しかし、あらゆる点において、まったく違うのだから、美の原因がほかの何であれ、均整と功利性には依存していないということを、納得できるだろう。

第九節　完全性は美の原因ではないということ

美に関するもうひとつの概念が流通しているが、それはこれまで論じたことと密接に関連している。それはつまり、完全性(perfection)が美の構成要因だという考え方である。この見解は、可感的な対象以外にも拡大されてきた。しかし、可感的な対象をそれだけで考察した場合、完全性が美の原因となることはけっしてないので、可感的な美——それは女性において最高である——は、弱さと不完全性の観念をつねに伴うのである。女性はそのことに気づいている。それゆえ、彼女たちは舌足らずに喋ったり、よろめいたり、虚弱さや病気さえも装うことを学ぶのである。それらすべてにおいて、彼女たちは自然に導かれているのである。苦悩する美女は、大きく心に訴えかける。赤面はそれに劣らぬ力がある。一般に謙虚さ——それは不完全さを認めることである——はそれ自体愛すべき性質と考えられており、その他の愛らしい性質を確実に高めるのである。完全性を愛すべきであるという言葉が、あらゆる人の口に上ることを私は知っている。その言い方自体が、完全性が愛の適切な対象ではないことの証拠である。われわれに快を与える美しい女性や美しい動物を、愛するべきであるなどと言った者がかつていただろうか。愛を感じるために、意志の同意は必要ないのである。

第一〇節　美の観念はどの程度まで精神の性質に適用できるのか

このことは一般に、精神の性質にも同様に適用可能である。賞讃を呼び起こす崇高な美徳は、愛よりもむしろ恐怖を生み出す。不屈の精神、正義、智恵などである。これらの性質のおかげで人が愛らしくなることはない。われわれの心をとらえ、愛らしいという感じを与えるのは、気性の穏やかさ、同情、優しさや寛大さといった、柔和な美徳である。たしかに後者は、社会にとって緊急性や重要度は低く、威厳も小さい。しかし、まさにそれゆえに、それらは愛らしいのである。偉大な徳はおもに、危険、刑罰、困難に結びついており、好意を与えるというよりはむしろ最悪の災禍を防ぐために発揮されるのであり、それゆえに、それらはとても尊重されるけれども、愛らしくはないのである。副次的な美徳は、解放、満足、耽溺に依存しており、それゆえに威厳は低いがより愛らしいのである。人々の心に入り込み、安楽な時間の友あるいは気苦労や心配事からの解放として選ばれるのは、輝かしい性質や強固な美徳をもった人々ではないのである。輝かしい対象を見るのに疲れた目を休めるのは、柔らかな緑色に目線を置くことによってなのであり、人間の徳についても同じことが言える。サルスティウス〔古代ローマの歴史家、紀元前八六～三五年〕が見事に対照的に描いているカエサルとカトーの性格を読むとき、われわれがどう感じるかということは、注目に値する。前者は「寛恕に篤く」(ignoscendo, largiundo)、後者は「寛恕するところがない」(nil largiundo)。また、前者は「不幸な者の避難所」(miseris perfugium)であり、後者は「危険を追い求める者」(mails perniciem)である。後者の中には、大いに賞讃すべきもの、大いに尊敬すべきものがあり、おそらくは幾許かの恐るべきものがあるのだ。われわれは彼を尊敬するが、距離を置いて尊敬するのである。われわれは前者に親しみを覚え、彼を愛し、彼の気にいることをしようと考える。こうした事実をわれわれのもっとも原初的でもっとも自然な感情に近づけるために、ある聡明な友人がこの部分を読んでつけ加えてくれたコメントを書き足すことにしよう。父親の権威はわれわれの幸福のために有用であり、あらゆる点で尊敬に値するけれども、われわれが母親に対してもつような全面的な愛情をもつことを妨げる。親の権威は、母親においては慈愛と溺愛の中に溶けてしまうのである。だが、われわれは祖父に対しては大きな愛情をもつ。というのは、祖父においで権威はわれわれから離れたものとなり、年齢からくる弱さが権威を女性的な偏愛へと変えてしまうからである。

第一一節　美の観念はどの程度まで徳に適用できるのか

前節で述べたことから、どの程度まで美を徳に対して適切に適用できるかをたやすく知ることができる。美の性質を徳に対して包括的に適用することは、物事に関するわれわれの観念を混乱させ、際限なく気まぐれな理論を生み出してきた。均整、調和、完全性に対して、あるいは美の自然な観念からさらに遠く隔たっており、またお互いに遠く隔たっている諸性質に対して、美という名前を付すことは、美の観念を混乱させてしまうだけでなく、判断の規準あるいは規則として、われわれ自身の空想と変わらないくらいに不たしかで誤謬に満ちたものしか残さないのである。それゆえ、そうしたゆるく不正確なものの言い方は、趣味と道徳の理論の両方においてわれわれを誤謬に導き、(われわれの理性、関係性、必然性といった)適切な基盤からわれわれの義務に関する学を引き離してしまい、まったくもって空想的で実体のない根拠の上にそれを乗せてしまうのである。

第一二節　美の本当の原因

これまで美が何でないかを示すことに心を砕いてきたが、少なくとも同じ程度の注意力をもって、美が本当は何に存しているのかを論じる仕事が残っている。美は作用する力がとても強いので、何らかの積極的な性質に基づいていないはずはない。また、美は理性の産物でなく、有用性と無関係に、あるいは有用性がまったく認められない場合でも、われわれの心を打つ。さらに、自然の秩序と方法は、一般的に言って、人間がもつ規準や均整ととても異なっている。これらの理由から、美はその大部分が、物体がもつ性質として、感覚の介在によって人間の精神に機械的に働きかけると、われわれは結論せざるをえないのである。それゆえ、われわれは、経験によって美しさを見出すような事物において、可感的な諸性質がどのように配列されているのか、それらの諸性質の中の何が愛やそれに相当する情念を喚起するのかを、注意深く考察しなければならない。

第一三節　美しい対象は小さい

どんな対象であっても、それを吟味するさいに自ずと浮かびあがってくるもっとも明白な点は、その広がりと量である。美しいと見なされる物体における広がりの程度は、それに関わる通常の表現法から類推することができる。ほとんどの言語において、愛される対象は、指小辞のもとで語られると言われている。そのことは、私が知っているすべての言語に当てはまる。ギリシャ語においては、ιον その他の指小辞は、ほとんどつねに愛情と優しさを表す用語である。それらの指小辞は通常ギリシャ人たちによって、友情と親密さをもって会話する相手の名前に付加される。ローマ人はギリシャ人よりも鋭敏さや繊細さに欠ける人々であったが、それでも同様の機会には、自然に小ささを表す接尾辞を用いるようになった。古い英語では、小ささを表す ling が、愛の対象である人間や物の名前につけ加えられていた。そのいくつかは「親愛なるあなた」という意味の darling という言葉やその他の用例に残っている。しかし、今日の日常会話においては、愛するすべてのものに、親愛の情を示す little をつけ加えることが一般的である。フランス語やイタリア語においては、英語よりもさらに多くの親愛の情を示す指小辞を用いる。人間以外の動物について言えば、われわれは小鳥やある種の小さな動物を愛する傾向がある。大きな美しいものといった言い方はほとんどしないが、大きな醜いものという言い方は普通である。賞讃と愛の間には大きな違いがある。賞讃の原因となる崇高は、つねに大きく恐ろしいものの上にあるが、愛は小さく快いものの上にある。われわれは賞讃するものにしたがうが、われわれにしたがうものを愛する。前者の場合、われわれは強いられるが、後者の場合、われわれは嬉しがりつつ自らしたがうのである。つまり、美と崇高の観念はまったく違う基盤の上に立っているがゆえに、情念に対するどちらかの効果を大幅に切り下げることなく同一対象の上に両者が共存するということを考えるのは難しく、不可能であるとすら言いたくなるのである。したがって、量に関して言うなら、美しい対象は比較的に小さいのである。

第一四節　滑らかさ

美の対象につねに観察されるつぎの性質は、滑らかさ(smoothness)である。* それは美にとっての本質的な性質であるがゆえに、滑らかでないのに美しいといったものを思いつくことができないほどである。樹木や花における滑らかな葉は美しい。庭園における滑らかな地面の傾斜、風景の中の滑らかな小川、鳥や美しい獣の滑らかな毛並み、美しい女性の滑らかな肌、ある種の装飾的家具の滑らかで磨かれた表面などを思い起こしてほしい。美の効果のとても大きな部分、本当に大きな部分がこの性質に起因している。美しい対象の表面を、ぼろぼろでごつごつしたものに変えたなら、その他の部分がいかによく整形されていたとしても、それはもはや快いものではなくなってしまう。だが、逆に美の構成要素の多くを欠いていても、滑らかさを欠いていなければ、それは滑らかさを欠いているほとんどすべてのものよりも快適なのである。このことは私にとってあまりにも自明なので、このテーマをあつかっている著述家の中に、美を構成する要素として滑らかさの性質に言及している者がだれもいないことに驚いている。というのも、じっさいにごつごつした性質、突然の突起、急角度といったものはすべて、美の観念に大いに反しているのである。

＊第四部第二一節。

第一五節　漸進的変化

完全に美しい物体は角張った部分によって構成されていないだけでなく、それらの部分が長くつづく直線であることもない。＊それらは刻々と方向を変え、目前で絶えずつづく逸脱によって変化するが、その変化の始まりと終わりの点を特定することは難しいのである。美しい鳥を見れば、私の言いたいことがわかるだろう。その頭部は中央において気づかれないような仕方で膨れ上がり、そこから首と交わる部分までしだいに細くなってゆく。首は大きく膨れ上がる部分で消滅し、その膨らみは胴体の真ん中までつづく。そこから全体は尾に向かってふたたび細くなってゆく。尾は新しい方向を取るが、その中ですぐに変化してゆく。それはふたたび他の部分と溶け合い、その線は上下両側に変化しつづける。この描写で私が眼前に思い浮かべているのは鳩の観念であるが、鳩は美の諸条件ときわめてよく一致するのである。それは滑らかで毛羽立っており、それらの各部分は(そうした表現を使っていいなら)お互いに溶け合っている。全体として、突然の突起を見つけることはできないが、絶えず変化している。美しい女性のもっとも美しい部分、首や胸、を観察してほしい。その滑らかさと柔らかさ。ゆるやかで気づかないような膨らみ。どんな小さな部分もけっして同じではない表面の変化。どこに定まるとも、どこに運ばれるとも知れず、ふわふわと漂う不安定な目線が辿る人を欺くような迷路。表面における絶えることのなく、しかもどの地点でもほとんど気づかれないようなこうした変化を見せることこそ、美の最大の構成要素ではないだろうか。この時点で、私の理論をきわめて創意工夫に富んだホガース氏の見解によって補強できることを発見したのは、私にとってとても嬉しいことである。美しい線に関する彼の観念は、全体としてきわめて正しいものであると私は考える。しかし、変化の仕方に対して正確な注意を払わなかったので、変化の観念に引きずられて、彼は角張った変化まで美しいと考えるようになってしまった。それらの形象はたしかに大いに変化するが、それらは突然かつ途切れ途切れに変化するのである。私は自然の対象物の中で、角張っていて同時に美しいものは知らない。どこもかしこも角張っているものは自然の対象物の中にはほとんどないが、それに近いものはもっとも醜いものであると私は考える。自然を観察するかぎり、完全な美を見出すことができるのは変化する線においてだけであるけれども、つねにもっとも完全な美と見なすことができ、それゆえ他のあらゆる線に勝って美しいような特定の線は存在しないということを、ここでつけ加えておかなければならない。少なくとも、私はそれを見たことはいまだかつてない。

＊第五部第二三節。

第一六節　繊細さ

たくましく力強い外観は、美を大いに損なう。繊細さ(delicacy)ばかりか脆弱さの外観さえもが、ほとんど美に不可欠なのである。動植物を観察した者ならだれでも、この見解が自然に根ざしたものであることがわかるだろう。われわれが美しいと見なすのは、樫やトネリコや楡といった森の中のたくましい木ではない。それらは恐ろしくかつ荘厳である。それらはある種の畏敬の念を喚起する。われわれが植物の美を見出すのは、繊細なギンバイカ、オレンジ、アーモンド、ジャスミン、つる植物である。われわれに美と優美さのもっとも生き生きした観念を与えてくれるのは弱々しさと命のはかなさで目を引く花々なのである。動物界においては、グレーハウンドはマスティフよりも美しいし、スペイン産の子馬やバーバリ馬やアラブ種の馬は、軍馬や馬車馬の力強さや安定性に比べるなら、ずっと愛らしい。私の論点がたやすく認められるのは女性についてであるが、それをここで述べる必要はほとんどないだろう。女性の美はその虚弱さと繊細さに多くを負っており、それらに類似する精神的性質である内気さによって促進さえされるのである。だが、不健康の現れである虚弱さが美に貢献するということを私が言っていると理解してほしくない。だが、その悪影響は虚弱さから来るのではなく、その虚弱さを生み出した悪い健康状態が、美の他の条件を変えてしまうからである。そうした場合、手足は萎え、若さの輝き(lumen purpureum juventae)は消え、繊細な変化は皺や唐突な変化や直線の中に失われてしまうのである。

第一七節　色彩における美

美しい物体に通常見出される色彩について、それらを確定することは難しい。なぜなら、自然のいくつかの部分においては、無限の変化があるからである。しかし、この変化の中でもいくつか確実なことを定めることができる。第一に、美しい物体における色彩は黒ずんで濁ったものであってはならず、明るく晴れやかなものでなければならない。第二に、それは強烈なものであってはならない。美に相応しい色彩はあらゆる種類において穏やかである。明るい緑、柔らかな青、薄い白、ピンク、紫など。第三に、もし色彩が強烈で生々しい場合には、それらはつねに変化に富んでおり、対象が強烈な色一色ということはない。そこにはほとんどつねに(斑入りの花のように)多くの色彩があるので、個々の色の強さや輝きは、かなりの程度和らげられるのである。美しい表情においては、色合いだけでなく色彩の変化があり、赤も白も強烈で目立つことはない。おまけにそれらは、お互いの境界線がわからないような様式と変化によって混ざり合っているのである。孔雀の首や尾や雄鴨の頭の不たしかな色彩は、この同じ原理によって快適なものとなっているのである。じっさいに、形状と色合いは、それほどまでに違った性質をもつ両者が、そうすることが可能なのかと思われるほど、密接に関係しているのである。

第一八節　要　約

全体として、たんに可感的なものとしての美がもつ性質は以下のようなものである。第一に、それは比較的小さい。第二に、滑らかである。第三に部分のもつ方向性に変化がある。第四に諸部分は角張っておらず、お互いに溶け合う。第五に、力強い外見が目立っておらず、繊細なかたちをもつ。第六に、明るく輝かしい色をもつが、とても強烈なものではない。第七に、もし強烈な色をもつ場合には、それは他の色と混じり合っている。これらが、美を支える性質であると私は考える。それらは自然によって作用する性質であり、他の性質と比べて、気まぐれによって変更されたり、趣味の多様性によって混乱したりすることの少ないものである。

第一九節　顔立ち

顔立ち(physiognomy)は、とくにわれわれ人間の種においては、美における大きな要素となる。顔つきはある程度まで振る舞い方によって決定されるのであるが、両者はきわめて規則的に対応しているので、精神のある快適な性質がもたらす効果を、身体の快適な性質に結びつけることができるのである。だから、人間の美を形成し、それに十分な影響力を与えるためには、外形の柔らかさ、滑らかさ、繊細さと対応するような優しく愛らしい性質を、顔が表現しなければならない。

第二〇節　目

私はこれまで、動物の美に大きく関与する目について言及することを意図的に避けてきたが、それは、目はこれまで論じた項目に——じっさいには同じ原理に還元できるのだが——分類することが容易ではなかったからである。思うに、目の美しさは第一にその澄み切った色(clearness)に依存している。どのような目の色がもっとも好まれるかということは特定の連想に左右されるだろうが、水分(そうした用語を用いていいなら)がどんよりと濁っているような目を好む者はいない。* この見解によれば、われわれはダイヤモンドや澄み切った水やガラスといった透明な物質を好むのと同様の原理によって、目に魅かれるのである。第二に、目の動きは、絶えず方向を変えることによって、美に貢献する。しかし、ゆっくりとけだるい動きの方が、素早い動きよりも美しい。後者は活気があるが、前者は愛らしい。第三に、目と隣接部分の結合に関して言うなら、他の美しい部分に関して述べたのと同じ規則が当てはまる。それは、隣接する部分の線からはっきりと逸脱するようであってはならず、また、正確に幾何学的なかたちに近づいてはならないということである。それらすべてに加えて言うべきは、目が影響力をもつのは、精神のある性質を表現しているからであり、また、その主要な力はそこに由来するということである。つまり、顔立ちについて述べたことが、ここにも当てはまるのである。

＊第四部第二五節。

第二一節　醜　さ

醜の性質についてここでくどくどと述べれば、すでに述べたことのある種の反復のように、おそらくは聞こえるだろう。というのは、醜(ugliness)は、美の構成要素としてわれわれが規定してきた諸性質の、あらゆる点における正反対の性質であると、私は考えているからである。しかし、醜が美の反対物であるとしても、均整や合目的性の反対物ではない。なぜなら、ある事物が均整やある用途への合目的性をもっていながら、なおかつ醜いということがありえるからである。醜は崇高の観念と十分に両立すると私は考える。といっても、醜そのものがひとつの崇高な観念であると私は言いたいわけではまったくない。醜が強い恐怖を喚起するような性質と結びついた場合はべつであるけれども。

第二二節　優雅さ

優雅さ(gracefulness)は美とそれほど異なった観念ではない。それは大体において美と同じ原因から生まれる。優雅さは姿勢と動きに属する観念である。どちらの場合においても、優雅であるためには困難さを思わせる外観がないことが必要である。必要とされるのは、身体のわずかな湾曲であり、物腰においては、身体各部分がお互いに邪魔をせず、鋭く急な角度でバラバラにならないような落ち着きが求められる。態度と動きのこの楽々とした姿勢、丸み、繊細さに、優雅さのすべての魔法、いわゆる「名状しがたいもの」(je ne sais quoi)が存しているのである。このことは、メディチのヴィーナスやアンチノウスその他の一般に非常に優雅であると認められている彫像を入念に考察した観察者とっては明白なことであろう。

第二三節　気品ともっともらしさ

ある物体が、滑らかで磨かれた部分から成り、それらの部分がお互いに邪魔をせず、でこぼこや混乱を見せず、同時に規則的な形状を取っている場合、私はそれを、気品がある(elegant)と呼ぶことにする。それは美と密接に関連しており、規則性においてのみ異なる。だが、それは、生み出される情動という点で実質的に異なっているので、べつな種を構成すると考えていいだろう。私はこの項目に、気品ある建築物とか家具といった、特定の自然物を模倣しない繊細で規則的な芸術作品を挙げることにする。ある対象が上述の諸性質もしくは美しい物体の諸性質を帯び、なおかつ同時に巨大な容積をもったとき、それはたんなる美の観念から大きく離れたものとなる。私はそれをすばらしい(fine)とかもっともらしい(specious)と名づける。

第二四節　触覚における美

目で見られるかぎりの美に関する前述の説明は、触感をとおして類似の効果を生み出す対象の性質の説明によって、大いに理解が助けられるだろう。それを私は触覚の美と呼ぶ。それは視覚に対して同種の快をもたらすものと、驚くほど対応しているのである。われわれ人間のすべての感覚の間には繋がりがある。それらはさまざまな対象の作用を受けるように計算された違った種類の感覚ではあるが、すべて同様の仕方で作用を受けるのである。触って快いすべての物体は、それらがもたらす抵抗の少なさゆえに快い。抵抗とは表面にそった動きに対する、もしくは各部分のお互いの圧力に対するものである。前者が少ない場合、われわれはその物体を滑らかであると言い、後者の場合、柔らかいと言う。触覚からわれわれが得る快の主たるものは、これらの性質のどちらかである。もしこれらの性質が結合すれば、われわれの快は大いに高まる。あまりに明白なので、このことを他の例から説明するよりも、このことで他の事柄を説明するほうが適切なのである。この感覚における快のつぎなる源泉は、他のすべての感覚においてと同様に、つねに何か新しいものがもたらされることである。つねに表面を変化させる物体は、触覚にとってもっとも快いあるいは美しいものであるとわれわれは知るのであるが、それは快を感じる者のだれもが経験することである。そうした対象の第三の属性は、表面がつねにその方向を変化させながらも、けっして急激には変化しないことである。何においても急激なものを適用することは、その印象それ自体に乱暴なものがほとんどあるいはまったくなくとも、不快である。常温よりも少し暖かいあるいは冷たい指を予告なしに突然当てることは、われわれを驚かせる。予期せずに肩を軽くたたかれることは、同様の効果をもつ。角張った物体、輪郭の方向を突然変える物体が、触覚にほとんど快を与えないのは、そうした理由からなのである。そうした変化はすべて、ある種の小規模な上昇あるいは落下なのである。だから、四角形、三角形などの角張った形状は、視覚にとっても触覚にとっても美しくないのである。柔らかく、滑らかで、変化に富み、しかも角張っていない物体に触れたさいの精神の状態を、美しい対象を目にしたさいの精神状態と比較した者はだれでも、両者における驚くべき類似を知覚するであろうし、それは両者に共通な原因をあきらかにする上で大いに貢献するであろう。この点で触覚と視覚が異なるのは、ごくわずかの点においてだけである。触覚は、視覚の主たる対象ではない柔らかさから快を受け取るが、他方、視覚は、触覚ではほとんど知覚できない色彩を把握する。また、触覚は適度な温かさから生じる新しい快の観念に関しては優位に立っているが、視覚は対象の無限の広がりと多様性において勝利する。しかし、この二つの感覚の間には大きな類似があるので、もし触覚で色彩を感知できるなら(盲目の人の中にはそれができる人がいると言われている)、視覚にとって美しいのと同じ色や同じ傾向の色合いが、触覚にとっても同様にもっとも心地よいのだろうと、空想したくなるのである。だが、推測は脇に置いて、つぎの感覚、聴覚、に話を移そう。

第二五節　音の美

聴覚においても、われわれは柔らかく繊細な響きによって快い刺激を受けるという同様の傾向を見出す。どの程度まで甘美で美しい音が他の感覚における美に関する説明と合致するかは、各自の経験によって決定されなければならない。ミルトンは若書きの詩の一篇*において、この種の音楽を描いた。ミルトンがこの技に完璧に通じていたことや、彼以上に繊細な聴覚をもち、ひとつの感覚における情動をべつな感覚から取られた隠喩によって表現するすばらしい方法を身につけていた詩人は存在しないことは言うまでもないだろう。その表現とは以下のようなものである。

……心に食い入る悩みに抗して、
私を柔らかく甘美な調べで包め。
長く引き伸ばされ、繋がった、
曲がりくねった音のひとくさりで私を包め。
気まぐれな注意とめくるめく技巧をもった、
溶けるような声は、迷路を通して流れる。
隠された魂の調和を縛る
すべての鎖を解きながら。

〔ミルトン「ラレグロ」一三五～四二行〕

これを、他の事物の美がもつ柔らかさ、曲がりくねった表面、途切れのない持続、やすやすとした漸進的変化といったものと並べてみよう。いくつかの感覚の多様性は、それぞれいくつかの違った情動をもたらしながらも、お互いに光を投げかけ合って、複雑さと多様性によって曖昧化されるよりはむしろ、ひとつの明快で一貫した全体の観念を最終的につくり出すだろう。

以上の説明に、いくつかの注釈をつけ加えたいと思う。第一に、音楽の美は、他の情念を喚起するのに用いられるかもしれない音の大きさや強烈さには耐えられないし、甲高い音、耳触りな音、深い音には耐えられない。それは、明快で均一で滑らかで弱い音にもっともよく合致するのである。第二に、音量や音の高低における大きな多様性や急激な推移は、音楽の美の神髄に反している。そうした推移**はしばしば浮かれ騒ぎや、その他の急激で騒々しい情念を引き起こすが、あらゆる感覚における美の効果に関する特徴である沈み込むような、溶けるような、物憂い情念を引き起こすことはないのである。美によって喚起される情念は、じっさいにはどんちゃん騒ぎや浮かれ騒ぎよりも、ある種の憂鬱に近いのである。私はここで音楽を一種類の音、音調に限定するつもりはないし、音楽は私が熟達しているとは到底言えない分野の芸術である。ここでの説明における私の唯一の意図は、美に関する一貫した観念を定めることである。人間がもちうる無限の種類の情動は、明晰な頭脳と熟練した耳のもち主に、それらを喚起するのに適した多様な音を示唆するだろう。通俗に美の規準とされている、お互いに異なり、ときに矛盾する膨大な数の観念から、同じ種類に属し、お互いに調和する個別的特徴を明確化し、区別することは、そのこととけっして抵触しないのである。私の意図はそうした特徴の中から、他の感覚がもつ快の項目と聴覚が一致するような主要な点だけを明示することなのである。

＊「ラレグロ」。
＊＊「私は、甘美な音楽を聴いて陽気になることはない」、シェイクスピア。〔『ヴェニスの商人』第五幕第一場六九行〕

第二六節　味覚と臭覚

諸感覚の全般的な一致は、味覚と臭覚を子細に検討することでさらに明白になる。われわれは隠喩的に甘さの観念を視覚や音に適用する。しかし、これらの感覚において快や苦を喚起するのに適した物体の性質は、他の感覚におけるほど明白ではないので、すべての感覚に共通な美の作用因を考察する予定の箇所で、それらの類比――それはとても近い類比である――を説明することにする。このように、他の感覚にある似かよった快を吟味すること以上に、視覚的な美の明確で決定的な観念を打ち立てるのに適した方法はないと、私は考えている。というのは、ある感覚において曖昧なことが、他の感覚においては明確だということが、ときにはあるからである。そして、すべてが一致する場合には、感覚のひとつに関してより確信をもって言うことができるのである。このようにして、それらはお互いの証人となる。自然がいわば精査されるのである。そして、自然それ自体の情報から受け取ったことだけを、われわれは報告する。

第二七節　崇高と美の比較

美に関する一般的な説明を閉じる前に、美を崇高と比較すべきだという考えが自然に起こってくる。そして、その比較において著しい対照が浮かび上がってくるのである。というのは、崇高な対象はその容積において巨大であるが、美しい対象は比較的小さい。美は滑らかで磨かれているが、偉大なものはごつごつしていて野放図である。美は直線を避け、なおかつそれと気づかれないように直線から逸れてゆくべきである。偉大なものは多くの場合に直線を愛し、それから逸れるときには急角度で逸れる。美は曖昧であってはならないが、偉大なものは暗く陰鬱でなければならない。美は明るく繊細であるべきだが、偉大なものはがっしりとして大きくなければならない。それらはじっさいにとても異なった性質であり、一方は苦に、他方は快に基づいている。各々の原因がもつ直接的な性質からその後で逸れてゆくとしても、それらの原因は美と崇高を永遠に区別しつづけるし、情念に対して働きかけることを業とする者はその区別をけっして忘れてはならない。われわれは、自然の組み合わせの無限の変化の中に、考えられるかぎりもっとも疎遠な性質が同じ対象の中で結びついているのを見つけることを予期しなければならない。われわれは芸術作品の中に諸性質の同種の結びつきがあることもまた予期しなければならない。だが、対象が情念に及ぼす力を考えるとき、その対象のすぐれた属性によって精神に訴えかけようとするのであるならば、その対象のもつ他の属性や性質が同質であり、なおかつ同一の主要な意図に向かってゆく場合に、生み出される情動がより均一で完璧なものになるということを、われわれはわきまえておかなければならない。

もし白と黒が混じり合い、和らげられ、千もの仕方で
結びつくならば、白と黒というものはなくなってしまう。

〔ポープ『人間論』第二巻二一三～一四行〕

もし崇高と美がときとして結びついていることが見出されるなら、それらが同じものであることの証拠なのだろうか。それらが何らかの仕方で関係していることの証拠なのだろうか。それらは反対でもなく矛盾してもいないということの証拠なのだろうか。黒と白は和らげ合い混じり合うこともあるだろうが、だからといって同じものではない。それらがお互いにあるいは他の色と和らげ合い混じり合った場合には、それぞれの色が均一かつ単独である場合よりも、黒としての黒の力や、白としての白の力は、強くはないというだけである。

第四部

第一節　崇高と美の作用因について

私が崇高と美の作用因を探求するつもりだと言うとき、究極原因に行きつけるということを意味しているのではない。なぜ身体のある状態が、ほかでもないある特定の心の動きを生み出すのか、なぜ身体はそもそも精神の影響を受けるのか、あるいはなぜ精神は身体の影響を受けるのか、といったことを説明できるかのようなふりをするつもりはない。すこし考えれば、そんなことが不可能であるのはわかるはずである。だが、もしわれわれが、精神のどのような状態がある身体の動揺を生み出すのか、どのような特定の身体的感覚とその性質がある特定の情念を心の中に生み出し、ほかの情念を生み出さないのかを発見できれば、大きなことが成し遂げられるであろうと私は思う。それは、少なくとも現在われわれが考察対象としている情念についての明確な知識に向かうための手助けとなるだろう。思うに、それがわれわれにできるすべてである。かりにわれわれがさらに一歩前進したとしても、われわれは第一原因(神)から依然として同じだけ隔てられているわけだから、困難は依然として残る。ニュートンが引力の属性を最初に発見し、その法則を定めたとき、彼はそれが自然界におけるもっとも目覚ましい現象のいくつかを説明するために大いに役立つことを発見した。しかし、事物の一般的体系に関しては、引力はひとつの効果にすぎないと彼は考え、その原因をその時点では突き止めようとはしなかったのである。しかし、後年彼が希薄で伸縮性のあるエーテルによってそれを説明し始めたとき、この偉大な人物は(もしこれほど偉大な人物の中に欠点のような何かを発見するのが不敬でないならば)いつもの慎重な思索法から外れていたように思われる。というのは、かりにこのテーマに関して提案されたすべてが十分に証明されたとしても、われわれは依然として、その証明がもたらす成果と同じ数の困難とともに取り残されるように私には思われるからである。神自身の玉座に至るまで原因をひとつひとつ繋げてゆく原因の大いなる鎖は、人間がいかに勤勉でも、解き明かされることはない。われわれが直接に可感的な性質を超えてほんの一歩を踏み出すなら、われわれは自分の背丈の立たない深みへと出てしまうのである。これ以降に行うのは、われわれは自分自身に属さない領域の中にいるということを証明する、はかない努力にすぎない。だから、私が原因とか作用因と言うとき、私が意味しているのは、身体にある変化をもたらす心の動き、もしくは心に変化をもたらす身体のある力あるいは属性のことだけである。それはちょうど、私が地面に落下する物体の動きを説明する場合に、それは重力が原因であると言い、それが作用する仕方を示そうとするけれども、なぜそういう仕方で作用するのかを示そうとはしないようなものである。あるいは、物体がお互いにぶつかりあう効果を衝撃の一般法則によって説明する場合に、運動そのものがいかに伝達されるかを説明しようとはしないようなものである。

第二節　観念連合

われわれが情念の原因を探求するさいには、つぎのことが小さからぬ障害となる。つまり、多くの情念に機会が与えられ、それらの支配的な動きが伝達されるのは、それらについてわれわれが反省する余裕がないとき、つまりあらゆる種類の記憶が心の中で磨滅してしまったときだということである。というのは、自然の力にしたがってさまざまにわれわれに作用する事物に加えて、後になってから自然な効果と区別することがとても難しい観念連合が、早い段階から形成されるからである。多くの人々に見られる説明不可能な反感については言うまでもなく、われわれはいつから断崖が平地よりも恐ろしくなったのか、土くれよりも火や水が恐ろしくなったのかを思い出すことができない。これらすべてはおそらくは経験あるいは他の人々からの警告の産物であり、その中のいくつかはかなり後年の産物であることはたしかである。しかし、多くの事柄が、ある目的のためにそれらに自然が与えた力によってではなく、観念連合によってわれわれに作用しているることは認めなければならないが、他方ですべての事物が観念連合によってのみわれわれに作用するのだと言うのも、ばかげたことである。というのは、あるものはもともと自然に快適だったり不快だったりするし、そこからその他のものが観念連合による力を引き出すのである。だから、情念の原因を観念連合の中に探し求めることは、事物の自然な属性の中にそれを探し求めることに失敗した後でなければ、ほとんど意味がないと思われる。

第三節　苦と恐怖の原因

恐怖を喚起するものはすべて崇高の基盤となりうると前に述べたが、* 加えて、危険をまったく感じさせない多くのものも、恐怖を喚起するものと同様の仕方で作用するという理由で、同様の効果をもつこともある。私はまた、快、それも積極的で根源的な快を生み出すものはすべて、美という性質を帯びるのに適しているとも述べた。** それゆえ、崇高と美の性質を解明するために、それらの基盤になっている苦と快の性質を説明することが必要であろう。激しい身体的苦痛を受けている男がいるとしよう。(その結果をより明確にするために、もっとも激しい苦痛であるとしよう)。大きな苦痛に苛まれる男は歯を食いしばり、激しく眉を寄せ、額にしわを寄せ、目は落ちくぼみ、きょろきょろと激しく動き、毛は逆立ち、短い叫び声やうめき声を絞り出し、体の組織全体が震える。苦痛や死に対する不安や恐れはまさに同じ結果を示し、原因の近さや対象の弱さに応じて程度を変えながら、いま述べたような状態に近づいてゆく。それは人間だけに限定されるわけではない。私は罰を恐れる犬が、じっさいに打たれたかのように身悶えし泣き叫ぶのを一度ならず見たことがある。このことから私は、苦痛と恐怖は、程度こそ違え、身体の同じ部分に同じように作用すると結論する。さらに私は、苦痛と恐怖は神経の不自然な緊張に存するということ、それは不自然な強さを伴い、それがときに突然異常な弱さに転ずるということ、それらの効果はしばしば交替して起こり、ときに混じり合う、と結論するのである。これはとくに、もっとも強烈な苦痛と恐怖の印象を受けやすい、より弱い者においてとくに見られるすべての痙攣的動揺の特徴である。苦痛と恐怖の唯一の違いは、苦痛を引き起こすものは、身体の介在をとおして精神に作用するのに対して、恐怖を引き起こすものは一般に、危険を示唆する精神の作用によって身体器官に働きかけるという点である。しかし、一次的あるいは二次的に、神経の緊張、収縮、激しい動揺を生み出すという点で一致する両者は、*** その他のすべての点でも一致しているのである。というのは、この例やその他多くの例からはっきりとわかることだが、どんな手段によってであれ、身体がある種の情念によって、かつて頻繁に引き起こされたような動揺に陥るときには、身体それ自体もその情念にとても似かよった何かを精神の中に喚起するように思われるからである。

＊第一部第八節。　＊＊第一部第十節。

＊＊＊私はここで、苦痛は神経の収縮の結果なのか、緊張の結果なのかという、生理学者たちの間で議論が闘わされている問題に入り込む気はない。というのは、緊張という言葉で私は、その仕方がどうあれ、筋肉や膜組織を構成する繊維の激しい引きつけだけを意味しているからである。

第四節　同じ主題のつづき

この目的に関して、スポン氏〔ジャコブ・スポン、フランスの医学者、一六四七―八五〕はその『古代研究』において、カンパネッラという有名な観相学者の興味深い話を紹介している。どうやらこの人物は、人間の顔の正確な観察を行っただけでなく、人目を引くような表情を模倣する達人であったようである。治療する必要がある人々の性格を深く知ろうとするときには、彼は検査の対象となる人にできるだけ似せて、顔、身振り、体全体をつくり、その後でその変化によって彼が知り得た心の変化を注意深く観察したのである。著者によれば、その結果、彼はまるで当人になり変ったかのように効果的に、その人の性格や思考に入り込むことができたのである。私はしばしば観察しているのだが、怒ったり、落ち着いていたり、驚いたり、愛情を表現したりしている人々の表情や身振りを模倣するとき、知らず知らずに、私がその外見を真似ようとしている人々の情念へと、自分の心が変化していったという経験がある。いや、たとえ人が情念とそれに対応する身振りを切り離そうとしても、それを避けることが難しいと確信する。われわれの心と身体は、あまりに密接かつ親密に関係しているので、そのどちらかがもう一方と無関係に苦や快を経験することは不可能なのである。話題になっているこのカンパネッラという人物は、身体の苦痛から注意をうまく逸らせたので、さしたる苦痛を感じずに、拷問に耐えることもできたのである。もう少し苦痛の度合いが低い場合には、注意をほかに向けることによって、苦痛がしばし中断するのは、だれでも観察したことがあるはずである。他方、どういうわけか身体がそうした身振りを示さないとき、あるいはある情念が通常身体の中に引き起こす動揺に身体が引き込まれないとき、たとえその原因がそれまでになく強く作用していたとしても、情念それ自体が発生しないのを観察したことがあるはずである。それがたんに心的なもので、直接的に感覚に働きかけることがない場合でもそうなのである。それは麻酔薬やアルコール類が、未然に防ごうとしても、悲しみや恐れや怒りの働きを停止させるようなものであるが、それは身体の中にそうした情念から受けるのと正反対の傾向を誘発することによってなのである。

第五節　いかに崇高が生み出されるのか

恐怖を神経の不自然な緊張と激しい動揺であると考えれば、先述の内容からたやすくつぎのことが帰結する。つまり、そのような緊張を生み出すのに適したものはすべて恐怖*に似た情念を生み出すということ、そして結果として、たとえ危険の観念と結びついていないにしても、崇高の源泉となるに違いないということである。だから、崇高の原因を説明するために残るのは、崇高に関して第二部で示した例がそれらの性質上、心もしくは身体の基本的な働きによって、その種の緊張を生み出しやすい事物と関係していると証明することだけである。危険の観念との連合によって作用する事物に関しては、それらが恐怖を生み出すこと、そして恐怖の情念をいく分緩和させることによって作用するのは疑いがない。そして、恐怖が十分に激しい場合には身体に前述のような動揺を引き起こすということにも疑問の余地がない。しかし、もし崇高が危険もしくは危険と似かよった情念、つまり苦をその対象としてもつ情念、に基づいているなら、一見相反するような原因からいかにしてある種の悦びが引きだされうるのかをあらかじめ探求しておくのが妥当であろう。私が悦びという言葉を使うのは、すでにしばしば触れたように、それがじっさいの積極的な快とは、その原因と性質においてあきらかに異なっているからである。

＊第二部第二節。

第六節　いかにして苦は悦びの原因となりうるのか

神の摂理は、休息と不活動の状態が、いかに人間の怠惰にとって心地よいものであっても、多くの不都合を生み出すように定めた。つまり、休息と不活動は体調不良をもたらすので、人生をある程度の満足をもって送るためには、労働することが絶対に必要となるのである。というのは、休息の性質とは身体のすべての部分を弛緩させることであり、それは身体部分がその機能を発揮できなくするだけでなく、自然で必要な分泌作用をつづけるために必要な身体繊維の活力を奪ってしまうからである。同時に、こうした活気のない不活発な状態にあるときの神経は、引き締められ強化された場合よりも、恐ろしい痙攣に陥りやすいのである。憂鬱、落胆、絶望、そしてしばしば自殺は、身体の弛緩状態のときにわれわれが陥りがちな、物事に関する陰鬱な見方がもたらす結果である。これらのすべての不幸に対する治療法は運動もしくは労働である。労働とは困難の克服であり、筋肉の収縮力の行使であり、そうしたものとして、緊張と収縮に存する苦痛に、程度以外のあらゆる点で似ているのである。労働は人間の粗野な器官が機能するための最適な状態に保つために必要なだけではない。それは、想像力やその他の心的な能力が働くさいの基盤となる、より精妙でより繊細な器官にとってもまた必要なのである。なぜなら、情念と呼ばれる魂のより下位の部分だけでなく、悟性それ自体も、作用するさいに繊細な身体的機能を用いることがあるらしいからである。それが何であり、それがどこかということを決定するのは難しいが。しかし、悟性が身体を用いているのは、長く精神的な力を用いると身体全体の倦怠がもたらされるということや、他方、大いなる身体的労働や苦痛が精神的な機能をじっさいに破壊するということから、わかるのである。身体構造の粗野で筋肉的な部分には適切な運動が必要不可欠であり、そうした刺激がなければそれは活力を失い病気になってしまうのだが、同じ法則が上で触れたより精妙な部分に関しても当てはまるのである。それらを適切な調子に保つためには、適度に動かされ、使われることが必要なのである。

第七節　より精妙な器官に必要な運動

苦痛の一形態である通常の労働が身体システムのより粗野な部分の運動であるように、恐怖の一形態が身体システムのより精妙な部分の運動となるのである。もし、ある種の苦痛が目と耳に作用するような性質をもっているなら、目と耳はもっとも繊細な器官であるから、それがもたらす情動は、精神的原因をもつ情動にもっとも近いものとなるだろう。これらの場合において、苦痛と恐怖がじっさいに有害でなくなるように緩和された場合、また、苦痛が激しいものとならず、それらの情緒が身体部分――精妙な部分であれ粗野な部分であれ――に対する危険で手ごわい厄介物をもっていないという理由で、恐怖が直接的な身体の破壊につながらない場合、それらは悦びを生み出すことができる。それは快ではなくある種の悦ばしい恐怖、恐怖の色合いを帯びたある種の平静さであり、それは自己保存に属しているがゆえにあらゆる情念の中でもっとも強いものである。その対象が崇高＊なのである。その最高度のものを私は驚愕と呼ぶ。その程度の弱いものが畏怖、畏敬、尊敬であり、まさにそれらの（恐怖と結びついた）語源が、どういう源泉からそれらが由来するのかということと、それらがいかに積極的快と異なるかということを示している。

＊第二部第二節。

第八節　なぜ危険でないものが恐怖に似た情念を生み出すのか

ある種の恐怖や苦痛はいつも崇高の原因となる。* 危険と結びついた恐怖については、これまでの説明で十分であると思う。しかし、第二部で示したような崇高の例があるかたちの苦痛を生み出し、恐怖と結びつきうるということ、さらにはそれらもまた同じ原理に基づいて説明できるということを示すのは少々面倒である。最初にあつかうのは容積において巨大な対象である。まず、視覚的な対象について述べよう。

*第一部第七節、第二部第二節。

第九節　なぜ巨大な視覚対象は崇高であるのか

視覚は対象から反射した光線によって、網膜、つまり目のもっとも神経の鋭敏な部分に瞬時に一枚の映像を形成することによって機能する。べつな人々の説明によれば、一度に知覚できるように目に描かれる映像は、対象のほんの一点でしかない。だが、目を動かすことによって対象の諸部分を敏捷に拾い集め、統一的な絵を作り出すのである。もし前者の意見が正しいなら、大きな物体から反射される光は一度に目を打つとしても、その物体自体は膨大な数の個別の点から構成されているのであり、それらの点のひとつひとつ、あるいはそれらから来る光線が、網膜に印象を残すと考えられるだろう。* だから、かりに一点の映像は膜にほんのわずかな緊張しかもたらさないとしても、つぎからつぎ、さらにつぎと来る映像はその過程で大きな緊張をもたらし、ついには最高度に達してしまう。そして、目の能力全体は、そのあらゆる部分が振動することで苦痛の原因となるような性質に近づいてゆき、結果として崇高の観念を生み出すに違いないのである。

さらに、一度に対象の一点しか識別できないと考えても、事態は同じことである。あるいはむしろ、そのことによって、容積の巨大さがなぜ崇高の源泉になるのかということは、さらに明確になる。もし、一度に一点しか見ることができないならば、目はそうした物体の巨大な表面を迅速に行ったり来たりしなければならないし、結果的に、目を動かす役目をもった繊細な神経と筋肉は大いに緊張する羽目になる。そして、それらの非常な繊細さは、緊張によって大きな影響を受ける。それにまた、物体の部分が結合して一度に全体の印象を与えるのか、あるいは一度に一点の印象しか与えないのだが、同じ点や他の点の素早い連続を生み出し、結果としてそれらが統一的に見えるのかどうかは、もたらされる結果に関しては何の意味ももたないのである。そのことは、火のついた松明や木切れを旋回させてみればわかる。早く回せばそれらは火の円に見えるのだから。

＊第二部第七節。

第一〇節　巨大さにはなぜ統一性が必要なのか

この理論に対してはつぎのような反論が考えられる。つまり、目はつねに同じ数だけの光線を受け取るわけだから、開いている間に目はつねに多様な対象を見ているのであり、対象が巨大だからといって、目に入る光線の数が多いはずがないという反論である。それに対して私はこう応える。目を打つ光線の数や光の粒子の量がつねに一定であるとしても、光線があるときは青、あるときは赤とその性質をしばしば変え、色であろうとかたちであろうと変化のたびに、無数の小さな四角あるいは三角といったようにその消え方を変える場合、目の器官はある種の弛緩もしくは休息を得るのである。しかし、弛緩と労働が小刻みに交替するのはけっして楽なことではないし、それはまた活気ある均一な労動を結果としてもたらさない。激しい運動とささいでつまらない行為の違いに気づいたことのある者はだれでも、身体を疲れさせ同時に弱める厄介で苛立たしい仕事がなぜ大きな成果を生み出さないかを知っている。絶えず唐突に進路と方向を変えることで苦痛というよりはむしろ苛立ちをもたらすこの種の衝動は、十分な緊張すなわち強い苦痛と結びついて崇高を生み出すような均一な種類の労働を阻害するのである。さまざまな種類の事物を合計した場合、数の上でひとつの全体を均一に分けた部分の合計と同じであっても、身体器官に対する効果という点で同じになることはないのである。すでに述べたこと以外に、この違いをもたらすもうひとつのとても大きな理由がある。精神はじっさいに複数の事物に対して勤勉に注意を払うことはほとんどできないのである。事物が小さければ、効果は小さいし、数多くの違った小さな事物は注意を引きつけることはできない。精神の範囲は対象の範囲によって限定される。注意の対象とならないものと存在しないものはその結果において同じである。大きく均一な対象において、目もしくは精神(この場合、両者に違いはない)は容易に限界には達しない。対象を観察している間、目もしくは精神には休息はないし、得られる映像はどこでも同じである。だから、容積において巨大なものは、単一で、単純で、全体的でなければならないのである。

第一一節　人為的無限

われわれはすでに、ある種の偉大さは人為的無限から生じるということと、人為的無限は大きな部分の均一な連続に存するということを見た。さらに、均一な連続は音においても同様な力をもつということを見た。しかし、多数の事物がもたらす効果は諸感覚の中のあるひとつでより明確になるし、すべての感覚は相同性をもっていて、お互いに説明し合うわけだから、音における力に関する説明から始めることにしよう。というのは、連続に由来する崇高の原因は聴覚においてより明白だからである。ここではっきりと言わせていただくが、人間の情念の自然で機械的な原因の探求は、主題の興味深さ以上に、もしそれらが発見された場合には、この問題に関してわれわれが宣言する規則に、二重の力強さと輝きを与えることになるのである。耳が単一音を受け取るとき、それは単一の空気振動によって打たれる。それは鼓膜その他の膜の部分を、打撃の種類と性質に応じて振動させる。打撃が強ければ、聴覚器官はかなりの程度緊張することになる。打撃がすぐ後に反復される場合には、その反復はもうひとつの打撃の期待を喚起する。そして、期待それ自体が緊張の原因となるということをつけ加えなければならない。このことは、音を聞くための準備をして身を起こし、耳をそばだてる多くの動物たちにおいてあきらかである。したがって、ここでは音の効果は新しい補助手段である期待によって、大きく高められているのである。しかし、数多くの打撃の後で、われわれは到着のときを確信できないままさらなる打撃を期待するけれども、それらが到着すればある種の驚きを生み出し、それがさらに緊張を高めるのである。というのは、すでに述べたことだが、私が間隔をおいてくり返される音(たとえば大砲の連続発射)を熱心に待っているときにはいつでも、音の反復を十分に予期しているにもかかわらず、それが来ると、いつも私を少々驚かせる。鼓膜は痙攣し、身体全体もそれに応じる。打撃それ自体と期待と驚きが結合して、打撃のたびにこのように増大する緊張は、重なり合って崇高を生み出しえるほどの高みへと達し、いまにも苦痛を生み出しそうになるのである。原因が終息した後でさえ、しばしば同様に継続的な打撃を受けた聴覚器官は、その後しばらく同じように振動しつづける。それが、大きな効果をもたらす付加的な助けとなるのである。

第一二節　振動は似かよっていなければならない

振動が与える各々の印象が似かよっていなければ、それはじっさいの印象の数を超えて行くことはない。というのは、振り子のようなものを一方に動かせば、それは既知の原因がそれを止めるまで、同じ円の弧を描いて揺れつづけるが、最初にそれをひとつの方向に動かした後、それをべつな方向に押したなら、振り子は最初の方向に戻ることはないからである。なぜなら、振り子は自分で動いているのではなく、結果として最後の動きの影響をもつだけだからである。だが、同じ方向に何度も押せば、それは大きな弧を描き、より長く動きつづけるのである。

第一三節　視覚対象における連続の効果の説明

もしわれわれが、事物がいかにひとつの感覚に作用するのかを明確に把握できるなら、それらが他の感覚に作用する仕方を想像することにもほとんど困難はないだろう。個々の感覚におけるお互いに対応する情動に関して長々と述べることは、十分で豊かな論述によってこの主題に光を投げかけるというよりも、長々しく冗漫なくり返しによって、読む人を飽き飽きさせる結果になるだろう。しかし、この論考においてわれわれは視覚に作用する崇高に主たる関心を寄せているわけだから、同じ直線状に均一な部分を連続的に配置することがなぜ崇高となるのか、*どのような原理に基づいてこの配列は比較的小さな量のものを、異なる配列のより大きな量のものよりも、偉大にすることができるのか、ということをとくに考察してゆきたい。一般的な概念の複雑さを避けるために、眼前に直線に並べられた均一なかたちの柱による列柱を思い浮かべてみよう。そして、われわれの目線が列柱に沿って走るように立ち位置を決めてみよう。というのは、列柱はそう見たときにもっとも効果的だからである。そうした状況において、最初の丸い柱から来る光線はある種類の(神経の)振動、つまり柱そのものの映像、を目の中に生み出すことはたしかである。後につづく柱はそれを増大させるだろう。引きつづく柱がその印象を更新し増大させる。どの柱も順番に衝撃と打撃をつぎつぎとくり返し、ついには、同じ仕方で運動をさせられた目はその対象をすぐには失うことはなくなり、この持続的な動揺によって激しく興奮した目は、精神に対して壮大で崇高な概念を提示することになるのである。では、均一なかたちの柱の列を見るかわりに、丸い柱と四角な柱が交互に連続していると想像してみよう。この場合、最初の丸い柱によって引き起こされた振動はつくられるやいなや消滅してしまう。そして、べつな種類(四角)の振動がすぐにその場を占める。だがそれはすぐに丸い柱に席を譲ってしまう。そして、目は、建物がつづくかぎり、交互にひとつの映像を受け入れてはべつの映像を捨てながら、進んでゆくのである。ここからつぎのことがあきらかとなる。最後の柱において、印象は最初の柱においてと同様に、まったく継続的にはならない。なぜなら、じっさいには感覚器官は最後のものからしかはっきりした印象を受け取らないからであり、それは似ていない印象を自らふたたび帯びるということはけっしてない。さらに、あらゆる対象の変化は視覚器官にとって休息であり弛緩である。そして、これらの休息が崇高を生み出すのに必要な激しい情緒を妨げるのである。だから、これまで述べてきたような事象において、完全な壮大さを生み出すためには、完全な単純さ、すなわち配置、形状、色彩における均一性がなければならないのである。この連続性と均一性の原理に基づいたときに、なぜ長い白壁が列柱よりも崇高にならないのかという疑問が起こってくるかもしれない。なぜなら、そこでは連続性はけっして遮られないし、目は妨害されないし、それ以上に均一なものは考えられないからである。長く白い壁はたしかに、同じ長さと高さの列柱よりも壮大な対象ではないが、この違いを説明するのは難しいことではない。われわれが何の飾りもない壁を見るとき、対象の均一性のおかげで、目は全空間をすばやく流れ、すぐに終わりへと到達してしまう。目はその進行を妨げるものには何も出合わないし、それはつまり偉大で永続的な効果を生み出すのに適切な時間だけ目線を引き止めることがないのである。何の飾りもない壁の光景は、その長さと高さが巨大であれば、疑いなく壮大である。だがそれは単一の観念であって、類似の観念の反復ではない。だから、それは広大さの原理に基づいて偉大なのであって、無限の原理に基づいて偉大なのではない。しかし、われわれはひとつの衝撃からは、それが桁外れの力をもっている場合を除いて、類似の衝撃の連続からほど力強い影響を受けないのである。なぜならば、感覚器官の神経は（そういう表現を用いてよいなら）、原因の作動が終了した後までも継続するような仕方で同じ感情を反復する習慣を身につけてはいないからである。その上、第一一節において私が期待と驚きに由来するとしたすべての効果は、むき出しの壁の場合には、存在しないのである。

＊第二部第一〇節。

第一四節　暗闇に関するロックの見解についての考察

暗闇は自然な恐怖の対象ではないし、過剰な光は目にとって苦痛の種になるけれども、暗闇の過剰はけっしてそうではないというのがロック氏の見解である。彼はまたべつなところで、乳母や老女がひとたび幽霊や悪鬼を暗闇と結びつけると、それ以降ずっと夜は想像力にとって苦痛と恐怖に満ちたものになると述べている。＊ この偉大な人物の権威はだれよりも大きく、われわれの一般原理の障害となっているように思われる。われわれは暗闇を崇高の原因の一つと考えてきたし、同時に崇高は緩和された苦痛と恐怖に依存すると考えてきた。だから、もし幼少期に迷信に染まらなかった心にとって暗闇が苦でも恐怖でもないとしたなら、暗闇は彼らにとって崇高の源泉ではないということになる。しかし、ロック氏の権威に尊敬の念をもってはいるが、私には、より一般的な性質の観念連合、つまり全人類に関わるような観念連合によって、暗闇は恐ろしいものとなるように思われるのである。というのは、完全な暗闇の中では、どの程度の安全の中にいるかが分からないのである。われわれは自分たちが何に取り巻かれているのか分からないし、いつ何時危険な障害物にぶつかるかもしれない。最初の一歩で断崖から落ちるかもしれないし、敵が近づいてきた場合、どの方向を防御すればいいのか分からない。そのような場合、力はたしかな防御にならないし、智恵も推測で動くしかない。もっとも大胆な者ですらたじろぐであろうし、彼が身を守るために何かを求めて祈るとすれば、光しかないのである。

父なるゼウスよ、アカイアの息子たちを、この霧の中から救い出し、
晴れた空を与えたまえ。われらの目で見えるように。
よしんば、われわれを滅ぼすにしても、
日の光の中でそうされんことを。

〔『イリアス』第一七巻六四五〜五七行〕

幽霊や悪鬼との観念連合について言うなら、もともと恐怖の観念であった暗闇がそうした恐ろしい表象に適した場面として選ばれたと考える方が、そうした表象が暗闇を恐ろしいものにしたと考えるよりもたしかに自然である。人の心は前者のような錯誤にしばしば陥る。しかし、暗闇のようにいつの時代にも、どこの国でも遍く恐ろしい観念の効果が、一連の他愛もない話や、その性質上かくも些細で作用が気まぐれな原因によってもたらされたと想像することは、きわめて難しいのである。

＊第二部第三節。

第一五節　暗闇はそれ自身の性質によって恐ろしい

調べてみれば、おそらく黒色と暗闇は、あらゆる観念連合と関係なく、その自然な作用によってある程度の苦をもたらすように思われるだろう。私は、暗闇の観念と黒色の観念はほとんど同じものであり、黒色はより限定された観念であるという点だけが異なると言わねばならない。チェセルデン氏〔ウィリアム・チェセルデン、イギリスの外科医、一六八八―一七五二〕は、生まれつき盲目で一三〜一四歳まで盲目の状態だった少年に関する奇妙な物語を語っている。彼は白内障のための発窩《はっか》術を施され、そのおかげで視力を回復した。彼の最初の知覚と視覚対象への判断に関しての、注目すべき細部にわたる話の中で、チェセルデン氏は、この少年が最初に黒い対象物を見たときに大いに落ち着きを失ったこと、そしてしばらく後に偶然に黒人女性を見たときに、彼が目にしたものに対する大きな恐怖に打たれたことを語っている。この場合、恐怖が観念連合に由来すると考えることはほとんどできない。報告によれば、この少年は年齢の割には注意深く分別があったそうである。だから、もし黒を最初に見たときに感じた不快感が、他の不快な観念との関係から生じたのであれば、彼はそのことについて語ったり、触れたりしたはずである。というのは、ある観念が観念連合によってのみ不快であるなら、情念に対する悪影響の原因はその第一印象から明白であるはずである。通常の場合、それはしばしば忘れ去られる。その根源的な印象が幼少期につくられ、その結果としての印象がしばしばくり返されるからである。だが、この場合にはそうした習慣が形成される時間はなかったので、より快活な色の快い効果が快適な観念との関係に由来すると考えることができないのと同様に、彼の想像力に対する黒色の悪い効果が不快な観念との関係に由来するとは考えられないのである。おそらく両方とも、それらの自然な作用にその効果の原因をもっているのである。

第一六節　なぜ暗闇は恐ろしいのか

なぜ暗闇が苦を生じさせるような仕方で作用するのかを調べることには意味があるだろう。光から遠ざかると、遠ざかった距離に比例して、虹彩が外周へと退くことで瞳孔が拡大するように自然によってつくられていることが観察からわかっている。さて、光から少しだけ退くのではなく、光を完全に遮断してしまえば、虹彩の放射状繊維の収縮はそれに応じて強まる。その部分が大きな暗さによって収縮すれば、構成する神経を自然な程度を超えて緊張させ、苦の感覚を生み出す、と考えるのが合理的である。われわれが暗闇に包まれている間、そうした緊張があることはたしかであるように思われる。というのは、そうした状況で目を開いていると、光を受け取ろうと絶え間なく努力するからである。そのことは、そうした状況下でしばしば目前に現れる閃光や光る幻影からあきらかである。それは対象を追い求める目それ自体の努力が生み出す痙攣の効果以外の何ものでもない。多くの機会にわれわれが経験するように、光の実体そのもの以外にも、いくつかの強い衝動が目の中に光の観念を生み出すのである。暗闇を崇高の原因として認める者の中には、瞳孔が拡張することから、痙攣だけでなく弛緩も崇高の原因になりうると推測する者もいるだろう。しかし、思うに、彼らはつぎのことを考慮に入れていないのである。つまり、虹彩の円環組織はある意味では単純な弛緩によって拡張する括約筋であるが、ある点で身体の他のほとんどの括約筋とは異なっていること、つまり、そこには虹彩の放射状繊維という拮抗筋が備わっていて、円環状の筋肉が弛緩するや否や、均衡を求めるそれらの繊維は無理矢理に引き戻され、瞳孔をかなり大きく開くのである。だが、かりにわれわれがこのことを考慮に入れないとしても、暗い場所で目を開いて何かを見ようとしたならば、だれでもかなりはっきりとした苦痛がその後に起こるのを発見するだろうと、私は信じる。私は、何人かの女性たちから、長時間黒い地面の上で働いた後で、目が痛んで弱くなって、ほとんど見えなくなったという話を聞いたことがある。暗闇の効果に関するこの機械的理論に反対して、暗闇や黒色の悪影響は身体的なものではなく精神的なものに見えるという反論があるかもしれない。私もそう見えることは認めるし、われわれの身体システムの繊細な部分の状態に依存するものはみなそうである。悪天候がもたらす悪影響は、精神の憂鬱や落胆にほかならないように見える。だが、この場合、身体器官が最初に痛んで、それらの器官を通して精神が痛むのである。

第一七節　黒色の効果

黒色とは部分的な暗闇にほかならない。だから黒色はその力を、色のついた物体に混じったり取り囲まれたりしていることから引き出す。黒色はその性質上、色と考えることはできない。視覚に関して言えば、光線をほとんどあるいはまったく反射しない黒い物体は、われわれが見る対象の間に点在する多くの空虚な空間としか考えられない。隣接する色彩の作用によって生じるある程度の緊張を保持した後でこれらの空虚に目線を置くとき、それは突然にある弛緩状態に陥り、そこから目はある痙攣的な反動によって回復するのである。それを説明するために、椅子に座ろうとして、その椅子が思ったよりも低くて、ショックがとても大きかった場合を想像してみよう。ひとつの椅子と他の椅子の高さの違いがそれほどないことからすると、考えられないくらいそのショックは激しい。階段を下り切った後で、不注意に前の段と同じように段を踏もうとすると、そのショックはとても激しく不快である。われわれがそれを予期し準備しているときに、同じようにそのショックを生み出そうとしても、どうしてもできないのである。それは予想に反して起こる変化との出会いに由来するのだと言うとき、私は心が予期する場合だけを言っているのではない。どの感覚器官であっても、ある程度の期間に一定の仕方で作用を受けた後、突然に異なる仕方で作用を受けると、ある痙攣的な動きが引きつづいて起こる。それは、心の予期に反してことが起こったときに発生するのと同じ類の痙攣である。通常は弛緩を生み出す変化が、突然に痙攣を生み出すというのは奇妙に思われるかもしれないが、それはたしかであり、どの感覚においても妥当する。睡眠が弛緩であることや、静寂、つまり聴覚器官を活動させるものが何もないとき、が一般にこの弛緩をもっとももたらしやすいということはだれもが知っている。だが、ある種のかすかな物音が人を眠りに誘うとき、もしその音が突然に止めば、その人は即座に目覚める。つまり、その器官に緊張が強いられることで、彼は目覚めるのである。それは私自身がしばしば経験しているし、注意深い人々から同じことを聞いている。同様に、明るい日光の中で眠りに落ちた人がいる場合、突然にあたりを暗くすれば、暗くしている間、その人の眠りは妨げられるのである。静寂と暗闇は、突然にもたらされたのでなければ、それ自体は睡眠にとって都合のいいものではあるのだけれども。私がこうした報告を最初に聞き知ったときには、諸感覚の類比のみによって理解したのだが、その後私自身がそれを経験したのである。私自身、そして何千という者が経験していることだが、最初に眠りに落ちそうになるとき、われわれは激しい驚きとともに突然に目覚めることがある。そして、この驚きはたいていの場合、われわれが崖から落ちるような類の夢に引きつづいて起こるのであり、その夢から奇妙な動きが発生するのである。だが、この不思議な動きが、あまりに急激な弛緩以外の何かから生じうるのだろうか。身体は、自然なメカニズムに基づいて、筋肉の収縮力を急速かつ活発に発揮することで、その急激な弛緩から自らを回復しようとするのである。その夢自体もこの弛緩から生じるのであり、それ以外の原因を考えるにはあまりに画一的すぎるのである。身体器官があまりに突然に弛緩することは、性質上は落下と同様であり、身体上のそうした出来事が精神の中に落下のイメージを誘発するのである。われわれが健康と活力においてしっかりとした状態にある場合には、それらの変化はそれほど急激でも極端でもないので、そうした不快な感覚に対して不平を洩らすことはほとんどないのである。

第一八節　黒の効果の緩和

黒色の効果はもともと苦痛をもたらすものであるが、それがつねに持続すると考える必要はない。われわれは習慣によって、あらゆるものと和解することができる。黒い物体を見ることに慣れてしまえば、恐怖は緩和されるし、色が黒くても滑らかさや光沢といった快適な付随的性質が、もともとの恐ろしく厳しい性質をいくぶんか和らげるのである。だが、根源的な印象は依然として持続する。黒色には何かしら憂鬱さがあるのだが、それは他の色から黒色への変化はつねに感覚器官にとってあまりに激しいものだからである。もし、黒色が視覚の全領域を占めてしまえば、それはすなわち暗闇であり、暗闇について述べたことがここでも当てはまるだろう。私はここで光と暗闇の効果に関するこの理論を説明するであろうすべての細部に立ち入るつもりはないし、この二つの原因のさまざまな緩和や混合によって生み出される異なった効果を検討するつもりもない。もし、これまでに述べたことが自然に基礎をもっているならば、黒色と他の色のすべての結合に由来するすべての現象を説明するのに、それで十分だろうと考えている。あらゆる細部に入り込み、あらゆる反対論に答えることは、際限のない仕事になってしまうだろう。われわれはこれまでもっとも主要な道筋にしたがって来ただけであるし、美の原因の探求においても、同様に振る舞うことにしよう。

第一九節　愛の身体的原因

愛と満足を喚起する対象を目の前にするとき、私に観察できたかぎりでは、おおよそ以下のような仕方で身体に作用がある。頭はどちらか一方に傾き、瞼は通常よりも閉じぎみになり、目は対象の動きにしたがって優しく動き、口は少し開いて、息はゆっくりと吸い込まれ、ときおり低いため息になる。身体全体は落ち着いて、両手は脇にだらりと垂れ下がる。それに安らぎと倦怠の内的な感覚が伴う。こうした外見は、対象の美しさと観察者の感受性の度合いに比例する。美と感受性の最高潮から凡庸と無関心の最底辺に至る階梯とそれに対応する効果が存在するということが、つねに念頭に置かれるべきである。さもなければ、上の描写は決して誇張ではないのに、誇張のように見えてしまう。だが、こうした様子から考えるなら、美は身体全体のシステムの固い組織を弛緩させることで作用するという結論を下さずにいることは、ほとんど不可能だろう。そうした弛緩を示すあらゆる外見が存在する。そして、自然な調子をいくぶん下回る弛緩が、すべての積極的な快の原因であると、私には思われるのである。快によって和らげられ、弛緩し、柔弱となり、動転し、優しい気もちになるという、あらゆる時代と国に共通な気もちの表現の仕方に馴染みのない者がいるだろうか。感情に忠実な人類共通の声は、一致してこの共通で一般的な効果を確認している。かりに、かなりの程度の快がありながら弛緩の特徴が見られないという奇妙で特殊な例外があったとしても、だからといってわれわれは多くの一致する実験から引き出された結論を退けるべきではなく、むしろその結論を維持し、ニュートンが『光学』第三巻で定めた賢明な規則にしたがって例外を付記事項とすべきなのである。もし、われわれがすでに美の真の構成要素であると述べたものが、身体繊維を弛緩させる自然な傾向をそれぞれに有していることを証明できるなら、われわれの立場は、あらゆる合理的な疑念を超えて裏づけられると思われる。そして、それらすべての美の構成要素が感覚器官を前にして結合したときの人間の身体の様子が、われわれの意見をさらに後押しすることが認められるならば、われわれは思い切って、愛と呼ばれる情念はこの弛緩によって生み出されると結論してもいいだろうと信じる。崇高の原因を探求したさいに用いたのと同じ推論方法によって、われわれは同様に以下のように結論できるだろう。つまり、感覚に対して提示された美しい対象が、身体に弛緩を生じさせることによって心の中に愛の情念を生み出すのと同様に、何らかの方法で最初にその情念が心の中に発生すれば、外的器官における弛緩が、その原因の程度に応じて、確実に生じるだろうということである。

第二〇節　滑らかさはなぜ美しいのか

私が他の諸感覚の助けを要請するのは、視覚における美の原因を説明するためである。かりに滑らかさが触覚、味覚、臭覚、聴覚における快の主要な原因であるように思われるなら、それが視覚における美の構成要素であることはたやすく認められるであろうし、すでに示したように、とくにこの滑らかさという性質が、一般的同意によって美しいと考えられている物体中に例外なく見出されるということも、たやすく認められるであろう。粗く角張った物体が感覚器官に興奮と痙攣を与え、筋肉繊維の緊張と収縮に由来する苦の感覚の原因となるということに疑いはない。それに対して、滑らかな物体を当てると身体は弛緩する。滑らかな手で優しくなでることで、激しい痛みと引きつりは緩和するし、不自然な緊張によって苦しんでいる身体部分は弛緩する。それはまた、非常にしばしば腫れや閉塞を取り除くのに、少なからざる効果を発揮する。触覚は滑らかな物体に大いに満足する。滑らかで柔らかく敷かれたベッド、すなわち、あらゆる点で抵抗がほとんどない場所、は大いなる贅沢であり、それは全体的な弛緩につながり、他の何にも増して睡眠と呼ばれる弛緩の一種へと誘うのである。

第二一節　甘さ、その性質

滑らかな物体が弛緩によって積極的な快を生み出すのは、触覚においてだけではない。味覚や臭覚においても、それらにとって快適であり一般に甘いと呼ばれているものはすべて滑らかな性質をもっていること、またそれらはすべて対応する感覚器官にあきらかな弛緩をもたらすということを、われわれは知っている。まず味覚について考えてみよう。液体の属性を調べることはもっともかんたんで、しかも、あらゆるものはそれを味わうためには液体の媒体を必要とするのであるから、私は食品の中でも固体ではなく液体について考察を進めようと思う。あらゆる味覚の媒体は水もしくは油である。味を決定するのは味覚に作用するいくつかの物質である。そうした物質は、それ自体の性質と、それが他のものと結びつく仕方に応じて、さまざまに作用する。単純に考えるなら、水と油は味覚に対して快を与えることができる。水はそれだけなら無味、無臭、無色でかつ滑らかである。水は冷たくなければ痙攣を大いに緩和し、身体繊維の潤滑剤となる。その力はおそらく水の滑らかさに由来している。というのは、もっとも一般的な見解によれば、流動性は、物体の構成部分の丸さ、滑らかさ、凝集力の弱さに依存しているからである。そして、水は単純な液体としてのみ作用するので、その流動性の原因、つまりその部分がもつ滑らかさと滑りやすい性質、が同じように弛緩をもたらす性質の原因であると結論することができる。もうひとつの味覚の流動的な媒体は油である。これもまた、それだけなら無味、無臭、無色であり、触覚と味覚にとって滑らかである。油は水よりも滑らかであり、多くの場合、より大きな弛緩をもたらす。油は無味であるにもかかわらず、視覚、触覚、味覚にとってそれ自体である程度快適である。水は油ほど快くはないわけだが、水は油ほど柔らかく滑らかではないということ以外にどのような原理に基づいてこの事実を説明すべきか、私にはわからない。さて、水もしくは油に、舌の神経組織である味蕾に優しい振動を引き起こす力をもった一定量の特定の物質を加えたとしてみよう。つまり、その中に砂糖が溶け込んだとしてみよう。油の滑らかさとそうした物質のもつ振動を呼び起こす力が、いわゆる甘さの感覚を引き起こすのである。すべての甘い物体には、砂糖もしくは砂糖と非常に似かよった物質が見出される。味覚に作用するあらゆる種類の物質を顕微鏡で見ると、それぞれが独特で規則的で不変のかたちをもっていることがわかる。ニトロの結晶はとがった楕円形であり、海の塩の結晶は正確な立方体であり、砂糖の結晶は完全な球体である。男の子たちが遊びに使うおはじきのような滑らかな球体が、前後にあるいは上下に転がした場合に触覚に対してどのように作用するかをためしてみるなら、そうした性質をもつ結晶に存する甘さが、いかに味覚に作用するかということをかんたんに想像することができるだろう。というのは、単一の球体(それは触覚にとっていく分心地よくはあるが)は、その形態の規則性やそのかたちが直線からいく分急激に曲がっていることなどのために、いくつかの球体に手を触れて、手が優しくひとつのものに上がってゆき、べつなものに下りてゆくような場合ほど、触覚にとって心地よくはないのである。そして、その快は、球体が動いていてお互いに擦れ合っている場合にとても大きくなるのである。なぜなら、その柔らかな多様性によって、それがなければ複数の球体の規則的な動きによってもたらされたであろう退屈さが、妨げられるからである。こうして、甘い液体においては、流動的な媒体の部分は、おそらくは丸いのだが、あまりにも微小であるので、もっとも精妙な顕微鏡の精査によっても、その構成要素のかたちをとらえることはできない。また、結果として、それらは極端なまでに微小であるので、たんに滑らかなだけの物体を触覚に当てた場合に似た、ある種の平板な単純さを味覚にもたらすのである。というのは、ある物体が、極端なまでに小さな丸い部分がきつく密集してできている場合、その表面は視覚にとっても、触覚にとっても、ほとんど平板で滑らかなように感じられるからである。顕微鏡でそのかたちをあきらかにすればわかることだが、砂糖の粒子は水や油のそれに比べて大きく、結果としてその丸さから来る効果は、舌という精妙な器官にある味蕾の神経にとってより明確でわかりやすいのである。それは甘さと呼ばれる感覚を引き起こす。その感覚は、より弱いかたちで油に見出され、さらに弱いかたちで水に見出される。というのは、無味であるとはいえ、水と油はある程度は甘いのであり、また、あらゆる種類の無味の物質は他のどんな味よりも甘さの性質に近づいてゆくと言えるのである。

第二三節　甘さは弛緩をもたらす

他の感覚器官においても、滑らかさは弛緩をもたらすとすでに述べた。いまや、味覚における滑らかさである甘さもまた、弛緩をもたらすことがあきらかなはずである。いくつかの言語においては「柔らかい」と「甘い」がひとつの言葉であることは注目に値する。フランス語の doux は「甘い」と「柔らかい」の両方を意味する。ラテン語の dulcis とイタリア語の dolce も多くの場合、同様に二つの意味をもつ。甘いものが一般に弛緩をもたらすということは明白である。なぜならば、甘くて油っこいものを頻繁にあるいは大量に摂取すると、胃の調子をひどく弱めるからである。甘い味わいと大いなる類似性をもっている甘い匂いが弛緩をもたらすことは、とても顕著である。花の甘い匂いは、人々に眠気をもたらす。その弛緩効果は、神経の弱い人たちがそれを用いたときに受ける強い作用からも、さらにあきらかとなる。この種の味わい、すなわち甘い味わいや滑らかな油や味覚に作用して身体を弛緩させる物質がもたらす味わいが、根源的に快い味わいであるかどうかを調べることは、意味があるだろう。なぜなら、習慣によって快くなるものの多くは、最初はまったく快適ではないからである。それを調べる方法は、自然が疑いもなく根源的に快いものとしてわれわれに与えたものを吟味し、それがもつ属性を分析することである。乳は子供時代の糧である。その成分は水と油と乳糖と呼ばれるある種のとても甘い物質である。これらが混ぜ合わせられると味覚にとっての大いなる滑らかさとなり、皮膚に弛緩をもたらす性質となる。つぎに子供が求めるものは果物であり、それは主として甘い果物である。果物の甘さは、微妙な油と前節で触れたような類の味覚に作用する物質によって生み出されることはだれでも知っている。その後、慣習、習慣、好奇心その他の多くの原因によって、われわれの味覚は混乱し、不純となり、変化する。その結果、われわれはもはや満足して本来の味覚について考えることができなくなるのである。この項目を離れる前につぎのことを述べておかなければならない。つまり、滑らかなものが本来味覚にとって快適で、弛緩をもたらす性質をもつのに対して、経験的に強壮効果をもち、身体繊維を引きしめる作用をもつものは、ほとんどつねに粗く、味覚にとって刺激的で、多くの場合、触覚にとっても粗いということである。われわれはしばしば隠喩的に甘い性質を視覚対象に当てはめる。諸感覚の間のこの目覚ましい類比をよりよく進めるために、ここで甘さを味覚上の美と呼んでいいだろう。

第二三節　変化はなぜ美しいのか

美しい対象のもうひとつの属性は、その構成部分の線が絶えずその方向を変えるということである。だが、その変化は気づかないほどのものであって、驚くほど急激に変化することはけっしてないし、その角度の急激さによって視神経に引きつりや痙攣をもたらすこともない。同じ調子で長くつづくものや、急激に変化するものが美しいということはありえない。なぜなら、両方とも美の特徴的な効果である快適な弛緩の対極だからである。このことはすべての感覚に当てはまる。直線的な動きは、とてもゆるやかな下降についでもっとも抵抗にあうことが少ないが、下降に比べるとはるかにわれわれを飽き飽きさせるのである。休止はたしかに弛緩をもたらすが、休止よりも弛緩をもたらす種類の動きがある。それは、優しい左右や上下の動きである。優しく揺り動かした方が、完全に静止させるよりも子供をよく寝かしつけることができる。その年頃では、優しく上下に動かすこと以上に快を与える動きはじっさいにほとんど存在しない。乳母が子供たちをあやすさいの動きや、その後に子どもたちが自ら楽しんで、ぶら下がったり揺れ動いたりすることを好むという事実が、十分に証明している。ほとんどの人は、緩やかな起伏のある芝地を安楽な馬車に乗って素早く引かれてゆくさいの感覚を経験したことがあるはずである。それは他の何よりも美の観念をよりよく伝え、また、そのたしかな原因をよりよく指し示している。それに対して、粗く石だらけででこぼこした道を急いでゆくときに、その急な起伏から感じる苦は、類似した景色や感触や音が、なぜ美の反対物となるのかを示している。触覚に関して言うなら、たとえば、あるかたちの物体の表面に沿って手を動かしたり、そうした形の物体を手に沿って動かしたりした場合に、同様のあるいはきわめて近い効果を得ることができる。だが、この諸感覚間の類比を目に当てはめてみよう。もし、光線を最強から最弱へと気づかないほど微妙に変化させながら反射するような、波打つ表面をもった物体を目前に提示されたなら(なだらかに変化する表面をもつものはつねにそうである)、視覚と触覚に対する効果はきわめて類似したものになるに違いない。後者に対する作用は直接的であり、前者に対する作用は間接的であるけれども。もし、表面を構成する線が、大いに変化していて、注意力を飽きさせ散漫にしてしまわないような仕方で継続していれば、その物体は美しい。変化それ自体も絶えず変化していなければならないのである。

第二四節　小ささについて

同じ理屈や同じ性質の説明を頻繁にくり返すことから生じる単調さを避けるために、私は、美の量に関する傾向や量そのものについて見出されるあらゆる細部に詳しく立ち入ることはしないつもりである。物体の量に関して言うことには大いなる不たしかさが伴う。というのは、大小の観念は、対象の種類に応じた、まったく相対的なものであり、その対象の種類には限りがないからである。対象の種類とその種類に属する個物に共通な大きさを確定した後なら、たしかにわれわれは、通常の基準を超過したものや規準に達しないものを見つけることができるだろう。その種類自体があまり小さくない場合、大きく標準を超過したものは、その超過ゆえに、美しいというよりはむしろ偉大で恐ろしいものとなる。しかし、動物界においては、そして植物界においてもかなりの程度そうであるのだが、美を構成する要素が容積的に大きなものと結びつくことがある。それらが結びついたときには、それは崇高とも美とも異なる新たな種を構成する。私はそれを立派である(fine)と呼ぶ。だが、この種のものは、巨大なものがそれに対応する崇高な性質を帯びたとき、もしくは美の性質が小さな対象と結びついたときほど、情念に対して大きな力をもたないと考えられる。美という戦利品で飾られた巨大な物体が生み出す効果は、絶えず緩められる緊張であり、それは性質として中庸に近づく。だが、そのような機会に私自身がどのように感じるかに関して言うなら、崇高なものが美の性質と結びついても大して損なわれることはないが、美が量の大きさやその他の崇高の属性と結びつくと、その効果は大きく減じることになる。われわれに畏怖を呼び起こすものや、遠く離れた恐怖に属するものにはすべて、圧倒的な何かが存在しているので、それらの前ではその他のものは存続することはできないのである。そこでは美の性質は、消えてしまうか無効になるか、あるいはせいぜい偉大さの自然な付随物である恐怖の過酷さと厳しさを和らげるだけである。あらゆる種における異常な大きさに加えて、その反対物である矮小性と短小性について考察すべきだろう。たんなる小ささそのものには、美の観念に反するものは何もない。鳥の中で最小のハチドリは、そのかたちと色彩において、他の鳥類に劣ることはないし、おそらくその美しさは小ささによって増しているのである。だが、並外れて小さいために、美しいということが(かりにあっても)めったにないという種類の動物がいる。その背丈に対して、ほとんどいつも体格ががっちりし、ずんぐりしているがゆえに、われわれに不快な感じを与える、並外れて小さな男女がいる。しかし、たとえ身長が二～三フィートを超えない男性でも、その身長に適合するすべての繊細な身体部分をもっているなら、またそうでなくても他の美しい身体と共通の諸性質を与えられているなら、そうした体躯の者でも美しいとみなされ、愛の対象となり、見たときに非常に快適な観念をわれわれに与えることがあると私は強く確信している。われわれの快を妨げるようなかたちで介在する唯一の場合というのは、そのような者たちが、どのようなかたちであれ異常であり、それゆえにしばしば怪物的であると考えられるような場合である。大きく巨大なものは、崇高とはきわめて両立しやすいけれども、美とは対立する。巨人が愛の対象となることはありえない。ロマンスの中でわれわれが想像力を解放するときに、そうした大きさと自然に結合する観念は、専制、残酷さ、不正、そしてあらゆる恐ろしく忌まわしいものの観念である。われわれは国を荒らし、無垢な旅人から略奪し、彼の生きた肉を貪り食う巨人を絵画に描く。ロマンスや英雄詩で大きく取り扱われるポリュフェモスやカークスらはそうした者たちである。われわれが大いに満足して注意を払う出来事は、彼らの敗北と死である。『イリアス』の中で数多くみられる多くの死の場面の中で、目覚ましいまでに巨大な体躯と力をもった者の死がわれわれに憐憫の情を喚起したことは記憶にないし、人間性にあれほど精通していた作者がそもそもそれを狙ったということも考えられない。その早すぎた死によってわれわれの涙を誘うのは、優しい若さの盛りに両親から引き離され、その力に似合わぬ勇気で打ち震えるシモイシウスであり、若く美しい花嫁を抱擁する間もなく戦によって急き立てられたもうひとりの戦場での新参者である『イリアス』第一一巻に登場するイピダマス]。ホメロスが外見に与えた多くの美的な性質と内面を飾った多くの偉大な徳にもかかわらず、われわれはアキレスを愛の対象とは考えない。ホメロスは、トロイ人たちの運命に対するわれわれの同情をかき立てるために、ギリシャ人たちに対してよりもトロイ人たちに対して、かぎりないほどにより多くの愛すべき社交的徳を割り振っている。トロイ人たちに対してホメロスが喚起しようとした情念は憐みである。憐みは愛に基づく情念である。これらの劣位の、こう言ってよければ、平凡な徳はもっとも愛すべきものである。だが、彼はギリシャ人たちを、政治的、軍事的徳において、トロイ人たちよりもはるかに優位にあるものとした。プリアモスを補佐する重臣たちは脆弱で、ヘクトールの武芸は比較的弱く、その勇気は遠くアキレスにおよばない。それにもかかわらず、われわれはアガメムノンよりもプリアモスを、また、彼を打ち負かしたアキレスよりもヘクトールを、愛する。ホメロスがギリシャ人たちに関して喚起しようとした情念は賞讃であり、ホメロスはギリシャ人たちに愛とはほとんど関係のない徳を与えることで、それを実現しているのである。この短い脱線は、われわれの目的から大きく外れてはいない。なぜなら、ここでのわれわれの目的は、巨大な容積をもった対象は美と両立しないと証明することだからである。それが大きくなるほど、両立不可能となる。だが、かりに小さなものが美しくないとしても、その原因をその小ささのせいにすることはできないのである。

第二五節　色彩について

色彩に関する探究はほとんどかぎりないものとなるが、この第四部の最初で確立した原理は、すべての色彩の効果や、それと並んで、液体であれ固体であれ、透明な物体のもつ快適な効果を説明するのに十分であると、私は考える。青や赤の色のついた濁った液体が入った瓶を手に取ったとしよう。青や赤の光線は目にはっきりと届くことはなく、微小で不透明な物体の介在によって、突然かつ不均等に遮られる。そのことによって観念は準備なしに変化するし、またそれは、第二四節で確立した原理にしたがって、不快な観念へと変化するのである。しかし、ガラスや液体が透明な場合に、光線がそうした抵抗なしにガラスや液体を通過すると、その通過によって光線は和らげられ、光線自体がより快適なものとなる。そして、液体がその色に含まれるすべての光線を均等に反射することで、その液体は、滑らかで不透明な物体が目や触覚に対して与えるような効果を、目に与えるのである。だから、ここでの快は、通過するものの柔らかさと、反射される光の均等性が混合したものなのである。もし、その透明な液体を入れた容器が、こうした種類の事象の性質に関する判断と合致するようなあらゆる変化を伴って、漸進的で交錯する色彩の強弱を示すように絶妙に変化するならば、他の事柄と共通な原理によって快は高まるだろう。崇高と美の原因と効果に関してこれまでに述べたことを総括するなら、以下のようになるだろう。つまり、崇高と美はまったく異なった原理に基づいていて、それらが喚起する情動もまた異なる。偉大なものは恐怖に基づいており、恐怖は緩和された場合には驚愕と呼ばれる情緒を精神の中に引き起こす。美は積極的な快に基づいており、愛と呼ばれる感情を魂の中に引き起こす。それらの原因がこの第四部の主題であった。

第五部

第一節　言葉について

自然物がわれわれに作用するのは、物体の運動や形状と、それが心の中にもたらす感情との間に、神の摂理が定めた関係性の法則によっている。絵画は同様の仕方によって作用するが、そこには模倣の快がつけ加えられる。建築物は自然の法則と理性の法則によって作用し、後者から均整の法則が生まれる。その建築物が設計の目的に適切に応えているかどうかに応じて、全体的あるいは部分的に賞讃されたり非難されたりするのは、その均整の法則によってである。しかし、言葉に関して言うなら、自然物や絵画や建築物とはとても異なった仕方によって、われわれに作用するように思われる。だが、言葉はそれらと同等に、ときにはそれらよりも大きく、われわれの中に崇高や美の観念を喚起する働きをもっている。それゆえ、いかにして言葉がそうした情緒を喚起するのかという点についての考察は、この種の論考においては、大いに必要なものである。

第二節　詩の一般的な効果は事物の観念を喚起することによるのではない

詩や雄弁の力、あるいは日常的な会話における言葉の力に関する一般的な考え方によれば、言葉は習慣によって表象するように定められた事物の観念を心の中に喚起することによって、心に作用するのである。この考え方の正当性を吟味するために、言葉はつぎの三種類に分類できるということを述べる必要があるだろう。第一の種類は、あるひとつの明確な構成物を形成するために、自然によって結合された多くの単純観念をまとめて表象するものであり、たとえば人間、馬、木、城といった言葉である。わたしはそれらを集成語(aggregate words)と呼ぶ。第二は、赤、青、丸、四角といった、そうした構成物の中のひとつの単純観念だけを表すものである。わたしはそれらを単純抽象語(simple abstract words)と呼ぶ。第三は、それら両方が恣意的に結合すること、もしくはそれらのさまざまな関係が大なり小なりの複雑さをもって結合することによって形成されるものである。徳、名誉、説得、治安判事、などがそれにあたる。私はそれらを複合抽象語(compound abstract words)と呼ぶことにする。言葉をもっと緻密に分類できるということは私も知っているが、この三つの分類はもっとも自然で、現在の目的にとって十分である。その三つは人が言葉を学習する順序、そしてそれらが表す観念を心が理解する順序に並べられている。私は第三番目の、名誉、説得、従順さといった複合抽象語から始めることにしよう。それらについて言うなら、情念に対してどのような力を発揮しようとも、その力は、言葉が表す事物の観念の表象が、心の中に喚起されることに由来するのではないのはたしかである。それらは構成物であって、実在的な本質ではないし、実在的な観念を呼び起こすことはほとんどないと私は考える。徳、自由、名誉といった音を聞いて、複合観念や単純観念、またはそれらの言葉が表すいくつかの関係性を伴った特定の行動や思考の明確な様式の概念を思い浮かべる人はいないと私は信じる。さらに、それらが複合した一般的な観念をもつこともない。というのは、もし人が何らかの観念をもつとしたなら、たとえ不明瞭で混乱しているにしても、いくつかの特定の観念がすぐに知覚されることになるだろうからである。しかし、そうしたことが起こるとは思われない。なぜなら、それらの言葉のひとつを分析してみるといい。何らかの実在的観念が浮かび上がってくる前に、また、そのような構成物の第一原理のようなものを発見する前に、予想したよりもはるかに長々と、それをまず一連の一般語から一般語へと、つぎには単純抽象語と集成語へと還元してゆかなければならない。そして、もとになった観念を発見するころには、そうした構成物の効果はまったく失われてしまう。この種の一連の思考は、日常的な会話の中で辿るにはあまりにも長すぎるし、また辿る必要もまったくない。そのような言葉はたんなる音にすぎない。しかし、それらの音は、われわれが善を享受したり悪を被ったり、他の人々が善や悪の作用を受けるのを見たりする特定の機会に用いられるし、それらの音が、他の興味深い事物や出来事に適用されたり、習慣によってそれらが属することをわれわれが知っているさまざまな場合に適用されるのを耳にする。その後、それらの音が誰かの口に上るときはいつでも、そうした機会と同様な効果を精神の中に生み出すのである。その音はしばしば特定の機会に関係なく用いられながらも、なおかつ最初の印象を伝達するが、ついにはそれを生み出した特定の機会との関係をまったく失ってしまう。それでも、その音は、付随する概念との関係なしに、以前と同じように作用しつづけるのである。

第三節　観念に先立つ一般語

ロック氏はいつもの明敏さをもってつぎのように述べている。つまり、ほとんどの一般語——とくに徳と悪徳、善と悪に関するもの——は、それらが表す行動様式が精神に対して示される前に、その一方への愛着と他方への憎悪とともに、教え込まれるのである。なぜなら、子供の精神はとても従順なので、乳母や子供を取り巻く大人は、どんな事柄やどんな言葉に関しても、満足や不満を見せることで、子供の気質に似かよった傾向を与えることができるのである。後に人生のいくつかの出来事がそれらの言葉に当てはめられるようになると、快いものが悪の名の下に現れ、本性にとって不快なものが善や徳と呼ばれる場合が生じる。観念や情動の奇妙な混乱が多くの者の精神に生じ、概念と行動の間に小さからぬ矛盾が現れる。偽善や衒いからではなく、本当に徳を愛し悪徳を憎みながら、非常にしばしば悪く非道な行いをし、しかもまったく後悔の念をもたない多くの者たちが存在する。なぜなら、もともと他人の息吹で熱せられた言葉によって徳に対する情念が熱く動かされたときには、そうした特定の状況は視野に入っていなかったからである。また、同じ理由で、ある程度心を動かされることなしに、ある一連の言葉――それら自体では何の作用ももたないことが認められていようとも――を反復することは難しいし、たとえば「賢明」、「勇壮」、「寛大」、「善」、「偉大」といった言葉に、熱く感動的な声の調子が伴う場合にはとくにそうである。これらの言葉は、適用されなければ機能しないはずである。しかし、一般に重大な状況に対してのみ用いられる言葉が使われるとき、われわれはそうした状況なしでも、それらの言葉によって大いに心動かされるのである。一般的に重大な状況に適用される言葉が合理的な見通しのないまま、あるいはお互いに整合性を欠いたまま、結合されると、その文体は大言壮語と呼ばれることになる。言語のそうした力から身を守るために、大いなる良識と経験が必要になる場合がある。というのは、文体の適切さが無視されてしまえば、感情に訴えるそれらの言葉が数多く用いられるようになり、それらが多様なかたちで好き勝手に結びつけられてしまうからである。

第四節　言葉の効果

言葉がもてる力を十全に発揮するためには、三つの効果が聞き手の心の中に起こるはずである。第一は音、であり、第二は映像もしくは音が意味する事物の表象であり、第三に音と映像の両方あるいはどちらかによって生み出される情動である。われわれが論じた複合抽象語(名誉、正義、自由など)は第一と第三の効果は生み出すが第二の効果は生み出さない。青、緑、熱い、冷たいといった単純抽象語は、偶然それらに付随しているかもしれない他の観念に対して注意を逸らすことなく、あるひとつの単純観念を意味するために用いられる。単純抽象語は言葉の三つの役割を果たすことができる。同様に、人間、城、馬といった集成語はもっと高い程度でそれができる。しかし、私の考えでは、これらの言葉でさえ、そのもっとも一般的な効果は、想像力に対してそれらが表象するであろういくつかの事物の映像を形成することから生じるのではないのである。なぜなら、自分自身の心を熱心に観察しても、あるいは他人にそれをさせた場合にも、そうした映像が形成されるのは二〇回に一回もなく、形成される場合には、一般にそのために想像力が特別な努力を払っているのである。つまり、集成語は、複合抽象語について私が述べたように、精神にイメージを提示することによってではなく、もとのイメージがじっさいに見られたときに発揮していた効果と同じ効果を、習慣によってその言葉が用いられただけで発揮することによって、作用しているのである。つぎのような文章を読んだと想像してほしい。「ドナウ川は多湿で山がちな中央ドイツに水源をもち、あちこちで曲がりくねりながらいくつかの公国に水を供給する。ついにはオーストリアに入り、ウィーンの岩壁を離れてハンガリーに入る。サヴァ川とドラヴァ川に合流して川幅を広げ、キリスト教圏を離れて、タタール地方に境を接する蛮族の国々を流れて、数多くの河口から黒海に流れ込む。」この記述の中では、山々、川、街、海といった多くの事物が言及されている。だが、だれでもいいから自分を振り返って、川、海、湿った土壌、ドイツといった映像が、想像力に刻印されたかどうかをたしかめてほしい。じっさい、会話における急速で素早い言葉の連続の中で、言葉の音と表象された事物の両方の観念を思い浮かべるのは不可能である。それに加えて、実在的本質を表す言葉の中には、他の一般的で唯名的な意味をもつ言葉とあまりに混じり合っているものがあるので、人生の目的に応えるようなかたちで意味から思考へ、個別から一般へ、事物から言葉へと跳躍することは不可能であるし、そうする必要もないのである。

第五節　イメージを喚起することなく言葉が作用するいくつかの例

私は、観念をもたらさない言葉によって情念が作用を受けるということを何人かに納得させようとして、大いなる困難を感じているが、通常の会話において、話の対象となっている事物のイメージを喚起しなくても十分に理解してもらえるということを納得させるのはさらに困難である。心の中に観念をもっているかどうかということは、だれと議論する場合でも奇妙な話題である。一見だれでも、それに関しては上告することなく、自分の内部の法廷で判断を下せるはずである。しかし、奇妙に思われるだろうが、事物に関してどのような観念をもっているのか、あるいはわれわれはある対象に関してそもそも観念をもっているのかということを、しばしばまったく知ることができないのである。この点に関して十分に納得するためには、大いなる注意力が必要とされる。このことを書いて以降、私はある可能性に関する二つの衝撃的な実例を知ることになった。つまり、人は言葉が表象する事物について何の観念ももたずにいくつかの言葉を聞き、その後でそれらの言葉を、新しいやり方で結合し、しかも実に適切で活力と示唆に富んだかたちで、ふたたび他者に投げ返すことができるという可能性である。最初の実例は、生まれつき盲目の詩人ブラックロック氏〔トマス・ブラックロック、スコットランドの詩人、一七二一―九一〕である。完璧な視力を備えた者であっても、この盲目の人物ほどに視覚対象を生き生きと適切に描ける者はほとんどいない。それは、彼が描く対象に関して、他の人々が一般にもっているよりも明確な概念を彼がもっていることが原因ではありえない。スペンス氏〔ジョゼフ・スペンス、イギリスの批評家、オックスフォード大学詩学教授、一六九九―一七六八〕はこの詩人の作品集に付した格調高い序文の中で、この驚くべき現象の理由に関して、とても見事に、そして私が思うに大筋においてきわめて正当に、推論している。だが、それらの詩に見られる不適切な言語と思想は、視覚対象に関するこの盲目の詩人の不完全な概念から来ているという彼の意見には、完全には同意できない。なぜなら、そうした、あるいはもっと大きな不適切さは、ブラックロック氏よりも高い資質をもち、さらに完全な視力をもった作家においても見られるからである。この詩人は疑いなく、どんな読者にも劣らず、彼自身の記述によって心動かされているわけだが、強烈な熱狂をもって彼を動かしたのは、それに関してたんなる音以上の観念を彼がもたず、またもつこともできないような事物なのである。だとしたら、彼の作品を読んだ者が、彼と同じ仕方で、記述されている事物の本当の観念をほとんどもたずに、心動かされるということは、ありえるのではないだろうか。第二の例は、ケンブリッジ大学の数学教授ソンダーソン氏である。この学識ある人物は、自然哲学、天文学、そして数学的知識に基礎をもつあらゆる学問を習得していた。もっとも驚くべき、そして私の目的にかなう事実は、彼が光と色彩に関して優れた講義をしたことである。この人物は他の人々に、彼らがもっていて、彼自身は疑いなくもっていない観念の理論を教えたのである。しかし、赤、青、緑といった言葉が、色彩の観念と同様に、彼の目的にかなっていたということはありえる。というのは、屈折性の大小といった観念がこれらの言葉に適用されており、この盲目の人物はその他の点でも観念の一致不一致ということを教えられていたわけだから、あたかも彼がそれらの観念に精通しているように、それらの言葉に関して推論することは容易だったのである。じっさい、実験において彼が新しい発見をできなかったということは認めねばならない。彼が行ったことは、われわれが日常の中の一般的な談話において行っていることにほかならない。私がこの最後の文の中で日常と一般的な談話という言葉を使ったとき、時の経過やお互いに会話する人々のイメージを心の中で思い浮かべなかったし、それを読んだ読者がそのような観念をもつだろうと想像してもいない。また、私が屈折という言葉だけでなく、赤、青、緑という言葉を使ったときに、それらの色彩や、異なった媒体を通過した光線がその進路を変える様子を、イメージとして思い描くことはなかった。私は、人の心というものが、そうしたイメージを思いのままに描く能力をもっていることをよく知っている。だがそれには意志の行為が必要となるし、日常の会話や読書の中でそうしたイメージが心の中に喚起されることはめったにないのである。「私は来年の夏にイタリアへ行く」と言えば、理解してはもらえる。だが、その言葉によって、発話者が、陸路、水路、あるいはその両方で、ときに馬に乗り、ときに馬車に乗って行く正確な姿を、旅のあらゆる細部とともに想像力の中で思い浮かべる者はいないだろうと私は信じる。行こうとしている国であるイタリアについての観念はなおさらない。夏という言葉が代用するその国の緑、熟れた果実、空気の暖かさ、季節の移り変わりなどに関しても同様である。だが、もっともイメージ化が不可能であるのは来年のという言葉である。というのは、その言葉は多くの夏からひとつだけを除いて残りを排除することを表しているが、来年の夏と言った人は、夏の連続や排除のイメージを心に抱いてはいないのである。つまり、一般に抽象的と呼ばれ、そもそもそれに関するイメージの形成が不可能な観念だけでなく、個別的実在物に関しても、われわれは想像力の中にそれらの観念を呼び起こすことなく、会話をしているのであるが、それは注意深く自分自身の心を吟味すれば、きっとあきらかになるのである。じっさい、詩はその効果について可感的なイメージを喚起することにほとんど依存していないので、もし、すべての記述がその必然的な結果として可感的なイメージを喚起するのであれば、詩はその活力の大部分を失ってしまうだろうと私は確信している。なぜなら、もし可感的なイメージがつねに喚起されるのであれば、すべての詩的な手段の中でもっとも強力である感動的な言葉の結合は、その適切性や一貫性とともに、その力をしばしば失うことになるだろうからである。おそらく、『アエネーイス』全巻の中で、エトナ山におけるウルカヌスの洞窟とそこで行われている仕事の描写ほど、壮大で工夫が凝らされた部分はないだろう。ウェルギリウスは、キュークロープスの鉄槌の下で未完成の雷がつくられてゆく様を、細部にわたって長々と述べている。だが、この驚くべき作品の原理は何であるのか。

> 編み合わせられた激しい雨の三本の光線、

三つの湿った雲、三つの火、翼をもった三つの南風。
それらが混ぜあわされて、恐ろしい稲妻、音、恐怖、怒り、
追いかける炎という作品となった。

〔ウェルギリウス『アエネーイス』第八巻四二九〜三二〕。

これは見事なまでに崇高であると私には思える。だが、この種の観念の結合がつくり出すに違いないであろう種類の可感的なイメージに冷静な目を向けてみるならば、狂人の妄想でもその絵よりは荒唐無稽でばかげてはいないだろう。この奇妙な混合物はひとつの塊となり、キュークロープスの鉄槌の下で、ある部分は磨かれ、ある部分は粗いままにとどまる。じっさいに、詩が多くの高貴な観念に対応する高貴な言葉の集合体をつくり、その高貴な観念が時間と空間の状況で結びあわされ、因果によってお互いに関係し、自然な仕方で繋ってゆくとき、それらはどのようなかたちでも取りうるし、その目的に完璧に応えるのである。絵画的な関係は必要がない。なぜなら、映像はじっさいには形成されないし、記述の効果はその点にまったく依存していないからである。ヘレネーの美しさについてプリアモスと彼の重臣たちが語る言葉は、一般に運命の美女のもっとも高貴な観念をわれわれに与えると考えられている。

彼らは叫んだ。このような天上的な美しさが、
九年間の長きにわたり世界を戦に巻き込んだことに不思議はない。
何と魅力ある優美さ。何というすばらしい表情。
彼女は女神をも動かすだろうし、女王にも相応しい。

〔ウェルギリウス『アエネーイス』第三巻一五六〜五八行、ポープ訳による〕

ここでは、彼女の美しさに関する個別的なことについてはひと言も触れられていないし、彼女の身体に関し

て正確な観念を形成するのを助けるようなものは何ひとつない。それでもわれわれは、何人かの作家に見られるようなヘレネーに関する長々と工夫を凝らした記述――たとえそれが伝統によって伝えられたものであれ、空想によってつくられたものであれ――よりも、こうした記述から大きな感動を得るのである。それは、スペンサーがベルフィービについて書いた細かい記述〔『妖精女王』第二巻第三部二一～三一行〕よりもたしかに私を感動させるのである。もっとも、その部分には、この卓越した作家のすべての記述と同様に、とても素晴らしく詩的な部分があることは認めねばならないが。ルクレティウスが、彼の哲学的英雄が宗教と向き合うさいの寛大さを示すために描いた宗教についての恐ろしい絵は、大胆さと勇気をもって構想されたと考えられている。

人間の生活が地面の上に卑屈に這いつくばって、
宗教の重荷の下で押しつぶされていたとき、
宗教は天の領域から、恐ろしい表情で人間を見下していたが、
それに対してあえて目をあげた最初の者は、ひとりのギリシャ人であった。

〔ルクレティウス『事物の本性について』第一巻六二～六七行〕

この卓越した光景から、どのような観念を引き出すことができるだろうか。何の観念も引き出せないことはたしかである。そして、想像力が生み出すことができるあらゆる恐怖を表現するこの幻影の手足や表情を思い描くのを助けるような言葉を、詩人はまったく用いていないのである。じっさい、詩や修辞学は絵画のように正確な記述に成功することはない。それらの仕事は、模倣ではなく共感によって感動を与えることであり、事物それ自体の明確な観念を提示するというよりもむしろ、話し手の精神に対して事物が与える効果を示すことなのである。それこそが、詩や修辞学のもっとも広大な領域であり、それらがもっとも大きな成功

を収める領域なのである。

第六節　詩は厳密には模倣芸術ではない

以上のことから、一般的な意味での詩は、厳密な意味では模倣芸術と呼ぶことはできないと言ってよいだろう。詩は言葉が表現できる人間の振る舞い方や情念を記述するかぎりでは、たしかにひとつの模倣である。「それは、舌を通訳として、心の中の情念を表現する」〔ホラティウス『詩論』一一一行〕。そこでは、詩は厳密に模倣であり、すべてのたんなる劇的な詩はこの種類である。しかし、叙述的な詩は主として代置、つまり慣習によって現実効果をもつようになった音によって作用する。他の何かに似ているということがなければ、何ものも模倣ではない。言葉は、疑いなく、それが表しているものとまったく似ていないのである。

第七節　いかにして言葉は情念に作用するのか

さて、言葉はそれ自体に起源をもつ力によらず、表象によって作用するわけだから、情念に対する影響力は小さいと考えられるかもしれない。だが、事実はまったく逆である。というのは、われわれは経験から、雄弁や詩は非常に多くの場合に、他のあらゆる芸術や自然そのものと同等もしくはより深く生き生きした印象さえも、じっさいに与えることができるということを知っているからである。そしてこれはつぎの三つの原因から生じる。第一に、われわれは他人の情念にとても大きく参与するということである。われわれはその情念に関して示されるしるしによってかんたんに心動かされたり共感に引き込まれたりする。そして、言葉ほど、ほとんどすべての情念を取り巻くあらゆる状況を表現できるしるしはないのである。だから、何かの主題について話すときは、その主題だけではなく、それによって心がどう動かされているのかということまでも、伝えるのである。たしかに、われわれの情念に対するほとんどの事物の影響は、その事物そのものからというよりはむしろ、それらに関するわれわれの意見から来るのであり、われわれの意見はまた、大部分が言葉によってしか伝達されない他者の意見に大きく依存しているのである。第二に、人に大きな感動を与えるような性質をもつものの中には、じっさいにはめったに起こらないが、それを表象する言葉は頻繁に聞かれるといったものがある。それらは、現実の観念は希薄なのに、精神に深い印象を与え、かつ深く根を下ろすことになる。戦争、死、飢饉など、人によってはおそらくはどのようなかたちでもじっさいに起こることはないが、それでも大きく心を揺さぶる言葉がある。それに加えて、神、天使、悪魔、天国と地獄といったように、だれにとっても言葉によってしか感覚に対して示されない多くの観念がある。だが、それらはすべて情念に対して大きな影響力をもつのである。第三に、言葉によってわれわれは、それ以外の方法では実現できない結合をつくる力をもつことができるのである。この結合の力に、注意深く選ばれた状況を付加することによって、われわれは単純な対象に、新しい生命力と力をつけ加えることができるのである。絵画においては、われわれは自分が好むどんなすばらしい形象でも表象できるが、言葉だけが与えられるような生命力溢れる性質を与えることはできない。絵画に天使を描くときには、翼をもった美しい若者を描くことができるだけである。だが、どのような絵画が「主の天使」というひとつの言葉を付加するだけでもたらされる壮大さを与えられようか。たしかにそこには明確な観念はない。しかし、その言葉は、可感的なイメージよりも心に強く働きかけるのである。私が言いたいのはそういうことなのだ。祭壇の足もとに引き立てられ、そこで処刑されるプリアモスの絵は、見事に仕上げられたなら間違いなく感動的なものになる。しかし、それが表現できないきわめて深刻な状況がある。それは、

彼は自分自身が聖化した火を、自らの血で穢した

〔ウェルギリウス『アエネーイス』第二巻五〇二行〕

ことである。もうひとつの例として、ミルトンから取られた詩行を考察しよう。そこで彼は陰鬱な国を通ってゆく堕天使たちの旅を描いている。

……数々の暗く陰鬱な谷を超えて、
彼らは悲しい場所を通り、数多くの凍てついた山々、
数多くの炎の山々を超えて、進んでいった。
岩、洞窟、湖、沼地、湿地、洞穴、死の影
死の宇宙を超えて。

〔ミルトン『失楽園』第二巻六一八～二二行〕

ここには、「岩、洞窟、湖、沼地、湿地、洞穴、影」といった言葉の結合の力が示されているが、もしそこに「死の……」という言葉がなければ、その効果の大部分は失われてしまっただろう。言葉によってもたらされるこの観念、この情動――それは言葉だけが他のものに付加できるものなのだが――は、非常に大いなる崇高を喚起する。そして、その崇高は、後につづく「死の宇宙」という言葉によって、さらに高められる。ここにもまた、言葉によってしか表象できない二つの観念があり、それが結合すると考えられないくらい偉大で驚くべきものとなる。精神に対してはっきりしたイメージを提示しないものを観念と呼ぶことが正しいならばだが。しかし、それでもなお、実在の対象に属する情念を、それらの対象を明確に表象することのない言葉が、いかにして動かすのかということを考えるのは難しいだろう。それが難しいのは、言語に関する観察において、われわれは明確な表現と強い表現を十分に区別していないからである。その二つはじっさいに

はまったく違うものであるにもかかわらず、しばしば混同されてきた。前者は悟性に配慮し、後者は情念に属する。前者は事物をありのままに記述し、後者はそれが感じられるさまを記述する。感動的な声の調子、情熱的な表情、興奮した身振りといったものが、それらが向けられる主題と独立して力を発揮するのと同様に、とくに情念的な対象に奉仕し、情念の影響下にある者につねに用いられる言葉やその配列といったものがある。それらは明確かつ明瞭に表現された主題よりも、われわれの心に触れ、感動させるのである。われわれは、記述された内容によって説得されなくても、共感してしまうことがある。真実はつぎのようなことである。つまり、すべての言語記述は、たんなる記述としてはけっして正確でなく、記述の対象となる事物に関して貧困で不十分な観念しか伝達できないので、話し手は、強く生き生きした感情を際立たせるような話し方を、手助けとして呼び出さなければ、ほんの小さな成果を上げることすらできないのである。だから、情念の伝染という手段によって、われわれは他者の胸の内に灯された火――それは記述された対象がけっして灯すことがなかった火かもしれない――をとらえるのである。言葉は、先に述べたような手段で情念を強力に伝達することで、その他の弱点を十分に補うのである。つぎのように言ってもいいだろう。すぐれた明確さと明晰さゆえに賞讃されるような、非常に洗練された言語は、一般に力強さにおいて劣っているのである。フランス語はそのような完全性と欠点をもっている。その一方で、東洋の言語や洗練の度合いがとても低い国民の言語は一般に、大きな表現の力と活力をもっているが、それは自然なことである。洗練されていない人々は、事物の平凡な観察者にすぎず、それらを区別する批評眼ももちあわせてはいない。しかし、まさにその理由で、彼らは目に入るものを大いに賞讃し、大いに感動するがゆえに、自らをより熱く情熱的な仕方で表現するのである。もし、情動がよく伝達されれば、それが明確な観念を伴わなくとも、あるいはその言葉を生み出した事物の観念をまったく伴わなくとも、しばしばその効果を発揮するのである。

この主題のもつ豊かさゆえに、私が崇高と美一般との関連で、詩を考察することを期待される読者もいるかもしれない。しかし、その観点から詩はすでにしばしば、しかも見事に論じられている。私の意図は、芸術分野における崇高と美の批評に入り込むことではなく、それらを確定し区別し、それらに関するある種の基準づくりに資するような原理を打ち立てる試みをなすことであった。その目的は、われわれの中に愛と驚愕を引き起こす自然中の事物の属性を探求し、さらに、どのような仕方でそれらの事物がそうした情念を引き起こすのかをあきらかにすることで、もっともよく果されると考えたのである。言葉に関しては、どのような原理によって自然物を表象することができるのか、あるいはどのような力によって、それが表象する事物と同じくらい、ときにはより強力に、われわれに働きかけるのかを示すかぎりにおいて、考察を行った。

〈了〉

初版への序文

以下の研究に筆者を誘った動機について、ここで何がしかを述べておくことは場違いではないだろう。本書の主題となっている問題は、以前から筆者の大きな注意を引いていた。だが筆者自身、大いに当惑していたのである。筆者は人間の情念に関する正確な理論やその真の起源に関する知識のようなものをもっているわけではけっしてないし、自分の考えを確実で一貫した原理に還元できないことはわかっていた。また、他の人々が同様な困難のもとで呻吟していることにも気づいていたのである。

筆者は、崇高と美の観念がしばしば混同されていることに気づいていたし、それらが非常に異なった事物や、まったく正反対の性質をもつ事物に区別なく適用されていることにも気づいていた。ロンギノスでさえ、この主題に関する比類のない論考の中で、お互いにまったく相反する事物を、崇高というひとつの共通な名称のもとに包括しているのである。美という言葉の濫用はさらに頻繁であり、さらに悪い結果をもたらしている。

こうした観念の混乱は、この種の主題に関するあらゆる考察を、非常に不正確かつ散漫なものにしてしまう。もし、この事態を改善することができるとしたなら、それは、われわれの胸中にある情念を入念に吟味すること、経験上われわれの情念に作用することがわかっている事物の性質を入念に観察すること、それらの性質が身体に作用し、われわれの情念をかき立てることが可能となる自然の法則を慎重にかつ注意深く探求すること、から可能となるのである。それがなされたならば、そうした探求から導出された法則を想像的な芸術やそれが関連するあらゆる領域に、大した困難もなく適用できるであろうと予想される。

この論考が完成して四年が経過した。その間、筆者は自らの理論に大きな変更を加える必要を見出さなかった。筆者は学識がありかつ率直な友人たちにそれを見せたが、彼らはそれを不合理なものとは見なさなかった。筆者はいまやそれを公にするわけであるが、自分の考えを蓋然性の高い推測として提示するのであって、確実で反駁を許さないものとしてではない。もし、筆者が自分の意見を確実であるかのように述べている個所があるとしたなら、それは不注意に起因するものである。

〔初版は一七五七年四月二一日に出版された〕

第二版への序文

私はこの版を、最初の版よりいく分かは充実しかつ満足のゆくものにするように努力をしてきた。私は、公に表明された私への反対意見を最大限の細心さと注意をもって探し求め、友人たちの率直な意見を利用させていただいた。こうした手段で本書の欠点をよりよく発見することができたのは、その不完全性にもかかわらず本書が享受してきた寛大なあつかいのために、本書をさらに良いものにするための努力を惜しまないという気持ちになれたからである。私は自分の理論を実質的に変更すべき十分な、もしくは十分と思われる理由を見出せなかったが、多くの点でそれを説明し、例示し、強化する必要を感じた。私は趣味に関する序論的な論考をつけ加えた。趣味はそれ自体で興味をそそる問題であるし、この本の主題に自然につながってゆく問題である。この論考と他の説明をつけ加えたために本書のページ数は大きく増加してしまった。それに伴って欠点も増えてしまったのではないかと恐れている。それゆえ、本書は最初に出版されたときよりもさらに寛大なあつかいが必要となっているかもしれない。

この種の探求に慣れている人々は、この本には多くの欠点が見出されるということと、それを許容しなければならないということを、最初から予想しているだろう。彼らは、われわれの探求の対象の多くがそれ自体曖昧で入り組んでおり、しかも、それ以外の対象も多くの場合、見せかけの洗練と偽りの学問のために曖昧で入り組んだものとなってしまっているということを知っているはずである。彼らは、この主題には人々の偏見にとどまらず、われわれ自身の偏見が障害となっており、そのために自然の真実の容貌を明らかな光のもとで見ることが少なからず難しくなっていると知っている。彼らは、物事の一般的な性質に注意を傾ければいくつかの個別的な事柄が無視されてしまうということ、また、文体を問題の性質にあわせて明晰さを追求すれば、しばしば文体の洗練に関する賞讃は諦めなければならないと知っている。

自然の文字が読解可能であることはたしかだが、走りながらでも読めるほど平明ではない。われわれは細心な、あるいは小心と言ってもよい、探求の方法を用いる必要がある。われわれは這いまわることすらほとんどできないときに、飛翔をこころみてはならないのである。複雑な問題を考察するときにはいつでも、われわれはその作品のあらゆる個別的な部分をひとつひとつ検討し、すべてをもっとも単純なかたちに還元しなければならない。というのは、われわれ人間の本性の条件は、厳格な法則と狭い範囲の中に制限されているからである。われわれは、原則によって作品を検討するだけでなく、作品の効果によって事後的に原則を再検討する必要がある。また、われわれの主題を、似かよった性質をもつ事物と、さらには反対の性質をもった事物とさえ比較すべきである。なぜならば、単一的な視点からは逃れてしまう事柄を、比較対照によって発見することができるし、じっさいにしばしば発見されてきたからである。比較を数多くすればするほど、われわれの知識は、広範囲で完全な帰納法に基づいた普遍的で確実なものとなるのである。

細心に行われた探求は、たとえ真実の発見に最終的に失敗するとしても、人間の悟性の弱さを明るみに出すという、有益さでは劣らない目的に資することになるだろう。それは、われわれの知識を増やさないとしても、われわれをより謙虚にするだろう。それほどの努力が最終的にそれほどの不確実さしかもたらさないとしたなら、かりにその探求がわれわれを錯誤から守ってくれないとしても、少なくとも錯誤の精神からは守ってくれるだろうし、何かを性急に断言してしまうことに対してわれわれを慎重にさせるだろう。

私が願うのは、この理論の妥当性を検討するさいには、それを立てるさいに私がしたがったのと同じ方法を用いてほしいということである。反対意見というものは、明確に考察された原理に対して、もしくはその原理から導出された結論の正当性に対して向けられるべきであるというのが、私の考えである。だが、よく見うけられるのは、前提や結論を素通りしておいて、私が確立しようとした原理では容易に説明できない詩の一節を反対意見として提示することである。こうしたやり方は、非常に不適切であると私は考える。もし、詩人や雄弁家たちの中に見出せるあらゆるイメージや記述の複雑な細部をあらかじめすべて解明しておかなければ、どんな原理も立てることもできないとしたなら、われわれの仕事は際限のないものとなってしまうだろう。かりにそのようなイメージの効果をわれわれの原理でうまく説明できないとしても、その原理が確固として反駁不可能な事実に基づいているならば、原理そのものを無効にすることにはならない。推測ではなく実験に基づいた理論はつねに、それが説明力をもつかぎりで有効なのである。その理論を無制限に適用できないということは、その理論に対する反論とはならない。そうした無力さは、ある必要な媒介項を見落としていることや、適切な適用がなされていないことといった、われわれが用いる原理に内在する欠陥以外の原因に由来する可能性がある。じっさいに、この主題は、われわれの方法論が要求する以上の細心な注意を要求するのである。

もしそれがこの著作に、一見現れていないとしたなら、私が崇高と美の網羅的な論考を意図したのだと読者が想像しないように注意をしなければならない。私の探求はそれらの観念の起源を超えてゆくことはない。もし私が崇高という項目のもとに分類した諸性質がお互いに共通しており、また美の項目のもとに分類した諸性質と違っていることがわかれば、また、美という項目を構成する諸性質が同様の共通性をもっており、崇高の名のもとに分類された諸性質と同様の対立関係にあることがわかれば、私がそれらに与えた名称に人々がしたがうかどうかは、私にはどうでもいいのである。私が違う項目に分類したものが、じっさいに性質上違うものであるということが認められさえすればいいのである。それらの言葉の使用法が、狭すぎるもしくは広すぎるという批判はあるだろうが、私がそれらに与えた意味は誤解のしようがないはずである。

結論としては、この問題の真理の発見にどの程度前進したかに関わらず、私は自分の取った労苦を後悔してはいないのである。こうした探求の効用は大きなものとなりうる。魂が自らに向かって内面に目を向けるならば、それは自らの力を集中させることになり、学問におけるより偉大でより力強い飛翔に適したものに自らを変えてゆくという結果をもたらす。物理的な原因に目を向けることで、われわれの精神は開かれ拡大する。最終的に獲物を捕えるか逃がすかに関わらず、追跡することがたしかに役立つのである。自身はアカデメイア派の哲学に忠実で、その他のあらゆる種類の確実性と同様に、物理的な確実性を拒絶したキケロも、それが人間の悟性に対してもつ大いなる重要性を率直に認めている。「自然に関する考察と瞑想は、それ自体がわれわれの精神と知性の自然な糧なのである」〔キケロ『アカデミカ』第二巻一二七行〕。もしわれわれがこうした高邁な思弁から引き出す光を、想像力というより低次な分野に向け、人間の情念の源泉を探りその方向性を辿るなら、趣味というものにある種の哲学的な厳密性を与えることができるだけでなく、逆に、厳格な諸学問に趣味の優美さと洗練を与える結果となるであろう。それなしでは、それらの諸学問に大いに精通することは、何かしら狭量なことに見えてしまうのである。

〔第二版は一七五九年二月一〇日に出版された〕

訳者解題　オトラント城——千葉康樹

十八世紀中葉、ロンドン郊外のトウィクナムの地に、奇妙な中世風の館が出現した。当時の趣味から明らかに逸脱したゴシック様式。銃眼つきの屋根にアーチ型の窓。広間には古めかしい甲冑が並び、踊り場に高く聳えるステンドグラスが陽光を妖しく遮り、大階段の親柱に設えられた羚羊の木像が、天井から吊されたランタンの灯りに浮かび上がる——十八世紀の大宰相ロバート・ウォルポールの三男、ホレス・ウォルポール(一七一七〜九七年)が建てたゴシック風邸宅〈ストロベリー・ヒル〉である。

このときホレス・ウォルポールは三十歳代半ば。上流階級の子弟のたしなみである大陸旅行《グランド・ツアー》を終え、形ばかりに国会議員の椅子を手に入れた数年後のことであった。政治に野心のなかったホレスにとって、生きることはすなわち〝趣味〟を追求することだったといっていい。早くから芸術を愛し、大陸旅行で数々の傑作に出会ったホレスは、帰国後、美術品蒐集に専心した。英国の古美術、古代ギリシャ・ローマの遺物、肖像画、古銭、細密画、陶磁器、飾り簞笥と、その対象は無限であり、好奇心の尽きることはないようにみえた。ありあまる閑暇を使って骨董や美術に沈潜するその姿は、当時の言葉を用いれば「目利き」(connoisseur)であり、「愛好家」(amateur)であり、「好事家」(virtuoso)であり、「古事研究家」(antiquary)であった。この時代の貴族・ジェントリー階級にとって、古美術蒐集はお決まりの趣味といっていい。ただ、ウォルポールに

〈ストロベリー・ヒル〉の全景

は途方もない財産があり、膨大なコレクションとは別に、自身の情熱を、さらに建築や庭園に向けることも可能だった。

ウォルポールが、ロンドン西郊十マイルのテムズ河畔に、約二万平米の土地を求めたのが一七四七年。その二年後から〈ストロベリー・ヒル〉の建築を始め、一七五三年頃には、最初のプランが完成したとされている。それから残りの人生、四十年近くかけての増築につぐ増築で膨らませていったのが、彼の「もうひとつの自我《オルター・エゴ》」とも呼ぶべき〈ストロベリー・ヒル〉なのであった。

多才なウォルポールは、文章もよくしたが、何らかの一貫したプランや大望に沿って執筆を進めたわけではない。歴史についての考察、美術品についての断章、時事的なエッセイ、伝記、書簡、演劇の台本、そしてゴシック・ロマンス——多方面に筆を走らせたものの、どの分野も窮め尽くすということはなかったし、ひとつのジャンルに執着することもなかった。一七六四年に書かれた『オトラント城』は、実のところウォルポール唯一の小説であって、この一作によって文学史に名を刻んでいるものの、情熱の中心が小説になかったことは間違いない。彼が生涯かけて情熱を注いだものがあったとすれば、それは〈ストロベリー・ヒル〉の建築だったのである。

繰り返される増築にウォルポールの執着が見て取れるだけではない。〈ストロベリー・ヒル〉はさまざまな意味で、ウォルポールの活動の中心であり、興味の結節点だった。ウォルポールの蒐集した美術品は、すべて〈ストロベリー・ヒル〉に収蔵されることでその一部となり、一七五七年に開設された印刷所〈ストロベリー・ヒル・プレス〉からはウォルポールの主要な文学作品が生み出されていく。蒐集にせよ、執筆にせよ、ウォルポールの主要活動は〈ストロベリー・ヒル〉を基点とし、〈ストロベリー・ヒル〉に帰結する。そして〈ストロベリー・ヒル〉に住むウォルポール自身が、己のゴシック趣味の主人公にほかならない。古美術に造詣深く、珍品をこよなく愛し、社交の愉しみを生活の糧とし、膨大な量の書簡を日々したためてはゴシップに興じる――。〈ストロベリー・ヒル〉を核としたウォルポールの生活がすなわち彼の作品であり、ゴシック城主ウォルポールの存在と〈ストロベリー・ヒル〉とは相補的な関係にある。

　そういう意味では、『オトラント城』を産み出したのも〈ストロベリー・ヒル〉なのだろう。ウォルポールは書簡の中で、『オトラント城』執筆の経緯を次のように明かしている。

　私とストロベリー・ヒルを贔屓にしてくれているあなたならば、こんな荒唐無稽な物語も許してくれるのではないかと期待しています。それどころか、物語のいくつかの場面を読んで、この屋敷を思い出してくださっているのでないかと思うくらいです。例えば、絵が額縁から離れて動き始めるシーン、あそこであなたは、ストロベリー・ヒルの絵画室にあるフォークランド卿の絵を想起しなかったでしょうか。そもそもこの物語がどんなふうに生まれたか、それも教えて差し上げましょう。昨年の六月初めのことです。私は夢をみて目覚めました。憶えていたのは、私が古城にいたということと（私のように中世風《ゴシック》の物語ばかり考えている人間の見そうな夢です）、そこの大階段の手すり上部に具足をつけた巨大な手が載っていたということです。夕刻になって、私は筆をとり、物語を書き始めました。ですが、どんな物語を書こうとしているのか、私はまったく判っていなかったのです。筆が進むにつれて作品は成長し、この作品が好きになっていきました。（確かに、政治以外のことを考えられたのはありがたかったのですが。）とにかく私は執筆に夢中になり、二ヶ月と経たずに物語は完成しました。ある日など、夕方六時に紅茶を飲みながら書き始めて、そこから深夜一時半まで書き通しで、手がしびれてしまったこともありました。それ以上ペンを持つことができず、イザベラとマチルダの会話の途中で、執筆をやめてしまったのです。

〈ストロベリー・ヒル〉での暮らしが〝古城〟の夢を呼び、夢の続きの舞台として〈ストロベリー・ヒル〉の具体的な細部が活用されていく。実際、〈ストロベリー・ヒル〉は様々に『オトラント城』の中に織り込まれている。例えば、絵画室の横に大寝室があるというオトラント城の空間配置(三三頁)は、〈ストロベリー・ヒル〉の間取りと同じである。また、イザベラの寝室となっている「空色のお部屋」(一三三頁)も〈ストロベリー・ヒル〉に実在する(「青の部屋」Blue Bed-Chamber)。ウォルポールは、イタリア語の物語『オトラント城』の翻訳者というペルソナを使って書いた「初版への序」の中で、『オトラント城』の原著者は、どこかに実在する城を「思い浮かべながら書いているのではないか」と記している。だが、その〝城〟は南イタリアの古城な

〈ストロベリー・ヒル〉の絵画室

どではなく、作家の想像力と一体化した〝ゴシック風邸宅〟だったのである。

一七六四年に出版された『オトラント城』は、「ゴシック小説」あるいは「ゴシック・ロマンス」の始祖となった。中世の雰囲気、古城、怪異、謀略、暴君、地下空間、騎士、甲冑、修道院、亡霊、謎の人物、廃墟、洞窟、迫害される乙女、謎の部屋、肖像画、罪、予言、簒奪者、秘密の通路、殺人、礼拝堂、隠者、決闘、失神、骸骨、呻き声、牢獄、月光、塔、ロザリオ、大階段、修道僧、森、松明――『オトラント城』にはこうした「ゴシック・ロマンス」の大道具・小道具の全てが見事なまでに揃っているのであって、その意味でジャンルの方向性を決定づけたといえるだろう。後の世代は、『オトラント城』の道具立てを換骨奪胎し、パーツを適宜、組み合わせたり、改造したりすればよかったのである。

イギリスではM・G・ルイス『修道士』、アン・ラドクリフ『ユードルフォの謎』、『イタリアの惨劇』、マチューリン『放浪者メルモス』、ベックフォード『ヴァテック』、メアリー・シェリー『フランケンシュタイン』が明らかに『オトラント城』の系譜に属し、ウォルター・スコットの歴史小説、エミリー・ブロンテ『嵐が丘』、シャーロット・ブロンテ『ジェーン・エア』などに色濃い影響を見ることができる。詩においても、イギリス・ロマン派詩人の多くに霊感を与え(特にコールリッジやバイロン)、アメリカでは「アッシャー家の崩壊」のエドガー・アラン・ポーが直系であり、ホーソンやヘンリー・ジェイムズにも多大な影響を与えている。

しかし、〈ストロベリー・ヒル〉と『オトラント城』がゴシック趣味の大きな潮目を作ったのは間違いないが、ゴシックの流行それ自体は、ウォルポールの独創だったわけではない。すでに、エドワード・ヤングの「夜想」(一七四二年)やトマス・グレイの「墓畔の哀歌」(一七五一年)といったいわゆる墓畔《グレイヴヤード》詩が、恐怖、崇高、憂愁といった感情をうたって注目を集めていたし、建築でも後に〝ゴシック・リバイバル〟と呼ばれる中世趣味が、一七四〇年代に始まっている。中世・ゴシック趣味の明確なマニフェストとしてはリチャード・ハードの『騎士道とロマンスについての書簡』（一七六二年）が『オトラント城』の数年前に書かれているし、さらにその五年前には、エドマンド・バークの『崇高と美の起源』が出版されている。つまり、萌芽の状態にあったゴシック流行に火をつけて、巨大な炎にまで成長させたのが、ウォルポールの手柄ということになるのだろう。

中世趣味やゴシック建築の流行と「ゴシック・ロマンス」の隆盛とは、雁行する現象だったわけだが、その意味でも物語の中心に〝城〟を据え、〝城〟を主人公とした『オトラント城』の着想は秀逸だった。確かに、文学作品として『オトラント城』が出来のよい作品かどうかについては、色々な議論がある。ラヴクラフトのように『オトラント城』は「平板で、ぎこちなく……退屈で、人工的で、メロドラマチックである」と指摘したくなるのはよく判る。時間の処理も上手ではないし（特に第一章）、登場人物の性格造形にも不満を感じないわけではない（マチルダとイザベラの描き分けなど）。作者自身が「序」で気にしていた「喜劇的」な要素（家来や小間使いを使ってのコミック・リリーフ）にしても成功しているかどうかは疑わしいし、愁嘆場の描写もいささか〝やり過ぎ〟ではないかとの懸念が残る。そして、肝心の主人公の〝城〟にしても、その不気味さや恐怖を十分に描ききっているとは言い難い。現代のホラー小説やファンタジーの作家だったら、細部に工夫を凝らすことで、絵画室も地下空間も、はるかに効果的に演出することができるだろう。とはいえ、物語の舞台を〝城〟と隣接する教会に限定し、あらゆるゴシック的要素を城の空間内に配置したことは、ウォルポールの非凡といっていいだろう。これは恐らく、ウォルポールの周到な計算というよりは、前に述べたように、〈ストロベリー・ヒル〉とウォルポールの同一化の帰結なのだろうが、この一作によって〝城〟というゴシック的トポスが永遠のものになったのだ。

実際、『オトラント城』の後裔の多くは、同じように〝城〟や〝館《やかた》〟を主人公に据えることで作品の魅力を獲得している。すぐ後の時代ならば、エドガー・アラン・ポーのアッシャー家や「赤死病の仮面」の館などが思い出されるし、さらにくだれば、デュ・モーリアの『レベッカ』に描かれるマンダレーの館、さらには、エーコの『薔薇の名前』の修道院などが、〝館〟を主人公にした見事な成功例に数えられる。

一七五〇年代前半にいったんの完成をみた〈ストロベリー・ヒル〉は、その後『オトラント城』執筆時にかけて大きく増築された。円形の塔、絵画室、回廊、礼拝堂――それらは奇しくも『オトラント城』の怪異と恐怖の雰囲気《アトモスフィア》を支える主要舞台だった。ウォルポールは己の夢を〈ストロベリー・ヒル〉という形に具現化し、さらにそこで育んだ夢を『オトラント城』というテクストとして紙の上に折り畳む。実際、ウォルポールにとって、建築とテクストは別物ではなかったし、〈ストロベリー・ヒル〉に蒐集品を貯蔵することとテクストの細部を書き込むこととは別次元の事柄ではなかった。「私の城は紙でできています」「私の建築物たちは、作品と同じく紙なのです」――ウォルポールは書簡の中でこんな謎めいた言葉を何度も書いている。かろうじて言えるのは、ここでウォルポールが建築物をテクストになぞらえているということである。『オトラント城』が建築物をなぞったテクストであるように、〈ストロベリー・ヒル〉もテクストを模倣しようと欲望しているかのようである。そしてウォルポールは実際に、〈ストロベリー・ヒル〉のテクスト化に着手する。それが『ホレス・ウォルポールの屋敷の記述』（*A Description of the Villa of Horace Walpole*, 一七七四年）と題された〈ストロベリー・ヒル〉のカタログ本の執筆・出版である。一七五七年に開設した〈ストロベリー・ヒル・プレス〉で印刷されたこの冊子には、屋敷の全体的な記述に続いて、各部屋の内部の様子、そして、そこに収められている古物、美術品、工芸品の一品ずつの紹介がなされている。まさに文字に置換された〈ストロベリー・ヒル〉であり、一冊の本という小宇宙の中に〈ストロベリー・ヒル〉が再現されているのである。しかし〈ストロベリー・ヒル〉のカタログ化はこれで終わらなかった。〈ストロベリー・ヒル〉の増築と同じように、『ホレス・ウォルポールの屋敷の記述』も増殖する。一七七四年版で収録漏れだったアイテムの追補を継続していたウォルポールは、一七八四年、同書の「図版追加版」(extra-illustrated edition)を出版するのである。「図版追加版」と言葉で述べても何のことか判りにくいかもしれないが、図をじっくりとご覧になっていただきたいと思う。まず、もとの『ホレス・ウォルポールの屋敷の記述』の四倍はあろうかという大判の紙を用意する。その中央部分に、『ホレス・ウォルポールの屋敷の記述』の一頁を、マージンをトリミングした上で貼り付ける。そしてその上下左右、四方のスペースを使って、そこに本文で紹介されている美術品・工芸品の絵や、建物や庭園のイラストなどを配置するのである。もちろんこれらの図版は、「図版追加版」のために特別に描かれたものである。ページを繰っていくと、必ず中央に文字テクストがあり、その周囲には、あるページでは肖像画、また別のページでは古銭のイラストと、様々な図版が配される。こうして〈ストロベリー・ヒル〉は、文字テクストに織り込まれただけでなく、図像としてもカタログ化される。これが「図版追加版」という当時一時的に流行した贅沢な出版形式であり、最初はイラスト入りの人物事典の企画として出発したものであった。ウォルポールはこの形式を利用することで、「紙の館」としての〈ストロベリー・ヒル〉の果てしない夢を見続けることになる。〈ストロベリー・ヒル〉を一日四名までに限って公開していたウォルポールは、見学者用のガイドブックとして「図版追加版」を使っていたという面白い話も残っている。だがそれ以上に、自身の死後、蒐集品が散佚してしまう可能性を考慮して、紙の上に完璧なコレクションを再現しようとしたのだろう。

ウォルポールは生涯、建築物やテクストを通じて、ゴシック的なるものの夢の実現を希求し続けた。『オトラント城』というウォルポール唯一の小説は、その長い夢の途中に現れた、例外的な夢の一場面のようにも思えるし、あるいは、架空の〝城〟を構築することで、〈ストロベリー・ヒル〉に見た己の夢を、より純化した形で再現したのだとも思えてくる。

『ホレス・ウォルポールの屋敷の記述』図版追加版より
（Courtesy of The Lewis Walpole Library, Yale University）

さてここまで、〈ストロベリー・ヒル〉を軸にして『オトラント城』の解題を綴ってきた。〈ストロベリー・ヒル〉に偏った文章になったのは、それなりの理由があってのことであって、最後にそのことをお断りしておこう。

ウォルポールの死後、〈ストロベリー・ヒル〉は遠縁にあたる女性彫刻家アン・デイマーの所有となったのだが、やがて人手に渡ってしまう。二十世紀になって長い間、セント・メアリーズ・ユニバーシティ・カレッジの地所となっていたが、今世紀に入ってからストロベリー・ヒル・トラストが設立され、〈ストロベリー・ヒル〉の修復活動が続けられていた。そして二〇一〇年十月、ついに、改修された〈ストロベリー・ヒル〉が一般公開されたのである。今のところは四月から十月までの公開期間となっているが、ロンドン中心部から一時間とかからない場所であり、チケットもインターネットで事前予約することができる。ウォルポールの集めた美術品・工芸品は残念ながらほとんど残されておらず、建物と内装、および庭園だけの観賞となるのだが(ウォルポールの蒐集品の多くは、米国コネチカット州ハートフォード郊外にあるルイス・ウォルポール・ライブラリに所蔵されている)、先に言及した大広間、絵画室、大寝室などに実際に足を踏み入れることができる。ウォルポールが『オトラント城』を構想・執筆した〝城〟の雰囲気を、十分に味わっていただけるだろう。

〈ストロベリー・ヒル〉の一般公開の直後というタイミングで、こうして新訳『オトラント城』をお届けできることは、訳者として大きな喜びである。〈ストロベリー・ヒル〉の宣伝を兼ねた「訳者解題」になったことをご了解いただけたらと思う。

翻訳の底本として用いたのはオックスフォード・ワールズ・クラシックス版(W・S・ルイス編)である。原文は極端に段落が少なく、また、登場人物のセリフに引用符は使われておらず、行替えもなされていない。

この翻訳では、読者の読みやすさを優先して、段落を増やし、引用符を用い、行替えも適宜行っている。登場人物の名前の表記についてもひとこと述べておこう。オトラント城の場所からいっても、登場人物たちはいずれもイタリア人と考えるのが妥当だろう(「初版への序」では「原文はイタリア語」とされていた)。だが、ウォルポールの表記は、ジェローム神父、ヒッポリタ妃というように、英国人風になっている。翻訳にあたってジローラモ神父、イッポーリタ妃などと、イタリア人らしい表記にすることも考えたが、既訳のすべてが英国人風のまま訳していることもあり、煩瑣になることを避けて、従来のものを踏襲した。本来ならばウォルポール自身が人名表記に気を配るべきだったと思うのだが、こんな瑕瑾についても、十八世紀の作品ということで大目に見る必要があるのだろう。

謝辞

『オトラント城』の新訳にあたっては、以下の三者による既訳、平井呈一訳『オトラント城綺譚』(牧神社、一九七五年)、井口濃訳『オトラント城奇譚』(講談社文庫、一九七八年)、井出弘之訳『オトラントの城』(国書刊行会、一九八三年)を参考にさせていただきました。先達の訳業に感謝申し上げます。研究社の津田正氏と星野龍氏には、企画時点からずっとお世話になりました。ありがとうございました。

訳者解題　崇高と美の起源——大河内　昌

エドマンド・バーク(Edmund Burke)は一七二九年に、アイルランドのダブリンで、プロテスタントで弁護士の父親、カトリックの母親の次男として生まれた。ダブリンのトリニティー・カレッジで教育を受けた後、法律の勉強をするために一七五〇年にロンドンに出た。しかし、法律よりも文学に熱意をもち、作家のサミュエル・ジョンソン、オリヴァー・ゴールドスミス、俳優のデイヴィッド・ギャリック、画家のジョシュア・レノルズなどと交友関係をもった。一七五六年に『自然社会の擁護』を書いて文人としてデビューし、一七五七年には本書『崇高と美の起源』(原題は *A Philosophical Enquiry into the Origins of the Ideas of the Sublime and the Beautiful*)を出版した。二年後に「趣味に関する序論」を付した第二版を出版した。本書は、その第二版の訳である。その後、ホウィッグ党の大立者ロッキンガム侯の後援を受けて下院議員となり、ホウィッグ党の論客として時のトーリー党政権を批判した。政治論として『現在の国情についての考察』(一七六九年)、『現代の不満の原因』(一七九〇年)を公刊し、またアメリカ植民地問題やインド植民地の経営問題に関して、歴史的な演説を残した。(バークの政治的な著作・演説の主要なものは、中野好之編訳、『バーク政治経済論集』[法政大学出版局、二〇〇〇年]によって読むことができる。)政治家としてのバークが取り組んだ主な問題は、国王ジョージ三世の影響力から下院の独立を守ること、アメリカ植民地を解放すること、インド植民地を不当な経営政策から守ること、フランス革命の影響を受けた無神論的ジャコバン主義者からイギリスの国制を守ること、などであった。とくに、フランス革命にさいして書かれた『フランス革命についての省察』は、保守主義的な政治理論の古典として、現在も読み継がれている。だが、バークはフランス革命の帰結をその目で見ることはなく、一七九七年に没した。

　本書のテーマである「崇高」は、十七世紀後半から十八世紀にかけてイギリス文壇の大きな話題のひとつであった。崇高という言葉の起源は、紀元一世紀のギリシャの修辞学者ロンギノスが書いたと伝えられる『崇高論』にある。ロンギノスにとって崇高とは、弁論によって聞き手を熱狂させるための修辞的な技法のひとつであった。しかし、主としてボワローのフランス語訳をとおして崇高概念がイギリスで広く流布するようになると、それは巨大な自然がもたらす圧倒的な感動を意味するようになっていった。バークが説明しようとしたのも、巨大で危険な対象がもたらす感動という意味での崇高である。バークが『崇高と美の起源』でほとんどロンギノスに言及しないのも、弁論術に関わる修辞的な技法として生まれた崇高が、バークの時代には趣味判断に関する美学的概念に変貌していたからである。『崇高と美の起源』は、バークが政治家になる前の青年時代の著作であり、政治論が中心の彼の著作の中では一見孤立した存在である。しかし、バークが文学批評家でも美学者でもなく、政治家・政治理論家であったことを考えるなら、彼の崇高論が内包している政治的な意味を考慮することが重要と思われる。以下では、『崇高と美の起源』が内包する政治的な意味について、若干の解説を加えたい。

エドマンド・バーク

十八世紀イギリスの崇高美学の文脈における『崇高と美の起源』の特徴は、崇高と美を対立する一対の概念として考えたことにある。カントの『判断力批判』以降、われわれは崇高と美を一対の概念ととらえることが自然であると思いがちだが、歴史的にはそうではないのである。バークの同時代にも崇高論は多数書かれているが、それらは美と崇高を二項対立的に考えているわけではない。たとえば、ジョゼフ・アディソンは美的な性質として「美しさ」、「目新しさ」、「巨大さ(崇高)」という三項目を設定しているし、アレグザンダー・ジェラードは『趣味論』において、趣味の対象として「目新しさ」、「崇高」、「美」、「模倣」、「調和」、「可笑しさ」、「美徳」の七項目を論じている。ケイムズの『批評の原理』も崇高を「美」、「滑稽さ」、「類似」、「機知」その他数多くの項目のひとつとして論じている。一方、ジョン・ベイリーのように崇高だけを単独に考察した作家もいる。バークは崇高と美を一対の概念として設定することで、崇高美学の体系化を目論んだのである。バークの美学体系の最大の特徴は、生理学的な用語を用いて美と崇高を身体論的に説明したことにある。

『崇高と美の起源』においてバークは、美と崇高を、快と苦という、人間がもつ究極的な二つの感覚に結びつけて説明している。美は快から生じ、崇高は恐怖や苦痛をもたらす対象によって喚起される。バークによれば、崇高の情緒は恐怖がもたらす身体組織の収縮によって生み出され、美の情緒は快がもたらす身体組織の弛緩によって生み出される。美と崇高の情緒を喚起する対象は、どちらも知覚可能な特定の物理的特徴をもっている。たとえば、美しい対象は「小ささ」、「滑らかさ」、「漸進的変化」といった特徴をもち、崇高な対象は「巨大さ」、「欠如」、「曖昧さ」といった特徴をもつのである。美的な対象のこうした属性が引き起こす身体的変化が、崇高や美の原因となるのである。バークが身体的な感覚に美的情緒の原因を置くのは、感覚だけが趣味判断の普遍的な基準を提供すると彼が考えるからである。バークにとって、趣味判断の普遍性を支えるのは、同一の対象は同一の知覚をもたらすという身体の機械論的構造である。万人に共通な原理としての感覚が趣味の表面的な多様性の根底に存在するがゆえに、趣味の一般理論を構築することが可能となるのである。こうした趣味の一般性・普遍性という考え方から、バークの美学が内包しているある種の政治学が浮かび上がって来る。

バークの美学理論が暗黙のうちに内包している政治学は、近代的な商業社会を擁護するタイプの政治学である。美と崇高という一組の美学的概念にバークは、近代の市民社会を統制するための、対立しながらも相補的な社会的機能を託しているのである。バークによれば、美は他の人々との交流を快適にするという「社交的な性質」をもっている。美は社会を構成する原理なのである。美がもつ社交的な性質なしで社会は成立しないが、美の快には同時に危険が潜んでいる。というのは、美の快の原因である身体的な弛緩は、活動の停滞と怠惰へ人々を誘う傾向をもっているからである。美と洗練には、怠惰や憂鬱をもたらすことによって、社会を堕落させる危険があるのだ。ここでバークが視野に入れているのは、近代的な商業社会がもたらす洗練は、結果として虚弱さと堕落を社会に蔓延させるだろうと警告する、商業批判の言説である。バークの言う美が、当時の社会的・道徳的争論における中心的テーマのひとつであった「奢侈」(luxury)の別名であることはあきらかである。バークはそうした商業批判の言説に対抗しようとしているのである。

十八世紀イギリスの社会理論において、奢侈は情念と想像力に結びつけられていた。バークの『崇高と美の起源』の注目すべき点は、想像力には過剰な洗練がもたらす堕落を抑制する自己調整機能が備わっているのだと証明しようとしていることである。想像力に内在する自己統制のメカニズムをバークは崇高と呼ぶ。身体組織の弛緩から生まれる美とは対照的に、崇高は「神経の緊張」から生まれる。身体的に苦痛な労働が、筋肉に運動を与えることによって身体の健康を保つのと同様に、崇高がもたらす神経の緊張は精神を活性化し、健やかに保つのである。崇高は、美の過剰がもたらす怠惰と無気力を治癒する、精神の労働なのである。この労働倫理と美学の結合において、バークの『崇高と美の起源』のイデオロギー的含意が明確に浮かび上がってくる。バークの美学は、趣味の洗練と奢侈を加速度的に生み出す商業的市民社会を肯定する政治学を内包している。もし、優れた趣味が、奢侈と怠惰を生み出すだけでなく、崇高による道徳的な訓練を市民に授けるなら、洗練された商業社会は虚弱化と堕落をもたらすという批判は的外れだと主張できるのである。

このように、バークは崇高と美を、機械的な因果関係で説明できる生理的・身体的な現象に還元する。美的な趣味が、だれもが共通にもっている身体構造に基づいているなら、趣味を身につけた市民はだれもが、血統や世襲財産に関係なく、公共圏における自由かつ洗練された活動に参加できるはずである。だが、バークはそのために高い代償を払うことになる。というのは、もし趣味の微妙な差異が人間の身体構造の共通性によって塗り込められてしまうなら、洗練された趣味や鋭敏な感受性とは何かという、そもそも美学の出現を要請した問題がほとんど無意味なものに見えてしまうからである。バークの美学が、大土地所有に基づいた貴族階級のヘゲモニーに対抗するブルジョア階級の文化的戦略の一部をなしていたことは明白である。だが、バークのように趣味を身体構造というあらゆる人間に共通な属性の上に基礎づけてしまえば、市民社会の市民権の条件となる趣味や感受性の領域に、労働者階級や下層階級が参画する可能性に道を開くことになりかねないのである。じっさい、十八世紀の末にフランス革命と連動したかたちで、イギリスで急進的な政治運動が起こってくると、そうした問題が切迫したものになってくるのである。それは崇高と美の関係に対するバークの態度を微妙に変化させることになる。『フランス革命についての省察』でバークが見せた立場の転回――ブルジョア的労働倫理と結びついた崇高よりも、むしろ貴族的洗練と結びついた美を高く評価する立場への転回――はそうした歴史的な文脈で考えられるべきであろう。

『美と崇高の起源』にはすでに複数の日本語訳がある。とくに中野好之訳(みすず書房)は訳者も学生時代からお世話になったものであり、今回もその正確で格調高い訳文から教えられるところが多かった。今回の訳ではできるだけ平易で読みやすい訳文を提供する努力をしたが、それがどの程度成功しているかは、読者からの批判に待ちたい。今回の翻訳の底本にしたのは、もっとも流布しているジェイムズ・ボールトン編のブラックウェル版である。適宜、オックスフォード版バーク著作集やペンギン・クラシックス版のテクストと注を参考にした。『聖書』からの訳は新共同訳によっている。引用の出典に関する情報は訳注として〔　〕に入れて本文中に挿入した。バークは、ウェルギリウスなどの古典作品の引用に、かならずしも原典に忠実でないポープやドライデンら同時代の文人たちの英訳を付していることが多いが、その場合には英訳部分を訳出し、出典とともにその旨を記した。その他、人名等について若干の訳注を加えた。

本書刊行にあたっては、研究社編集部の星野龍氏に大いにお世話になった。バークの文体に引きずられて晦渋になりがちな訳者の日本語表現に対して、とても有益な示唆を数多くいただいた。記して感謝する。イギリス文学史あるいは西洋思想史・美学史において、いわゆるイギリス趣味論の集大成として重要な地位を占める本書が、いささかでも広く読まれる一助となれば、望外の幸せである。

図版について

八、三九、六八、九八、一二六頁
Castle of Otranto or Harlequin and the Giant Helmet (J. K. Green, 1854) より

二〇、二四、八七、九一、九五、一二一、一五八頁
Horace Walpole, *The Castle of Otranto and the Mysterious Mother*, edited with introduction and notes by Montague Summers (Constable and Company Limited, 1925) より

三二六頁
一八世紀の銅版画より

三二八頁
Edward Edwards, *The Gallery at Strawberry Hill* (1784)

三三三頁
A Description of the Villa of Horace Walpole, Walpole's extra-illustrated copy (Strawberry Hill Press, 1774). Courtesy of The Lewis Walpole Library, Yale University.

三三七頁
Studio of Sir Joshua Reynolds, *Edmund Burke* (c. 1767–69)

«訳者紹介»

千葉康樹（ちば・やすき） 1963年生まれ。東京都立大学大学院修了（英文学専攻）。東邦大学教授。主な訳書にR・L・スティーヴンスン&ロイド・オズボーン『箱ちがい』（国書刊行会）、ジョン・モーティマー『ランポール弁護に立つ』（河出書房新社）がある。

大河内 昌（おおこうち・しょう） 1959年生まれ。東北大学文学研究科修士課程修了。東北大学教授。主な論文に「崇高とピクチャレスク」（『岩波講座 文学7』）、「シャフツベリーにおける美学と批評」（『未分化の母体――十八世紀英文学論集』、英宝社）、共訳書にポール・ド・マン『理論への抵抗』（国文社）がある。

KENKYUSHA

〈検印省略〉

オトラント城《じょう》／崇高《すうこう》と美《び》の起源《きげん》
（「英国十八世紀文学叢書」第四巻）

二〇二二年三月一日 初版発行
二〇二三年四月二八日 三刷発行

著者 ホレス・ウォルポール
エドマンド・バーク

訳者 千《ち》葉《ば》康《やす》樹《き》
大《おお》河《こ》内《うち》昌《しょう》

発行者 吉田尚志

発行所 株式会社 研究社
〒一〇二―八一五二
東京都千代田区富士見二―十一―三
電話 （編集）〇三―三二八八―七七一一
（営業）〇三―三二八八―七七七七
振替 〇〇一五〇―九―二六七一〇
https://www.kenkyusha.co.jp/

装丁 柳川貴代

印刷所 図書印刷株式会社

定価はカバーに表示してあります。
万一落丁乱丁の場合はおとりかえ致します。

ISBN 978-4-327-18054-6 C0397
Printed in Japan